新号外 壹

写在新闻纸背面

新京报传媒研究院 编著

新星出版社 NEW STAR PRESS

图书在版编目（CIP）数据

新号外·壹：写在新闻纸背面 / 新京报传媒研究院编著 . —— 北京：新星出版社，2012.1
ISBN 978-7-5133-0405-4

Ⅰ．①写… Ⅱ．①新… Ⅲ．①报纸－新闻工作－北京市 Ⅳ．① G219.271

中国版本图书馆 CIP 数据核字 (2011) 第 229589 号

新号外·壹：写在新闻纸背面

新京报传媒研究院　编著

责任编辑：许　璇
责任印制：韦　舰
装帧设计：九　一

出版发行：新星出版社
出 版 人：谢　刚
社　　址：北京市西城区车公庄大街丙 3 号楼　100044
网　　址：www.newstarpress.com
电　　话：010-88310888
传　　真：010-65270449
法律顾问：北京市大成律师事务所

读者服务：010-88310800　service@newstarpress.com
邮购地址：北京市西城区车公庄大街丙 3 号楼　100044

印　　刷：北京京都六环印刷厂
开　　本：660×970　　1/16
印　　张：22.5
字　　数：300 千字
版　　次：2012 年 1 月第一版　2012 年 1 月第一次印刷
书　　号：ISBN 978-7-5133-0405-4
定　　价：38.00 元

新京报·新号外丛书编委会

8
★
新京报
2003.11.11—2011.11.11

论"持久战"

戴自更

一、关于新京报

去年年底开始，我就想着怎么来纪念报社成立八周年，为此还专门成立了新京报传媒研究院，目的是总结过去八年的经验，展示成绩、鼓舞士气，同时给新京报人一个抒发情感、规划未来的机会。当初定的方案是出一套书，包括：新京报八年来刊登的重要报道，传媒界著名学者对新京报的研究文章，本报有关人员阐述办报理念、营销理念和实战案例，本报员工八年的工作、生活记忆。后来在一次讨论会上，同事问应该给这套书取个什么名字，我脱口而出，叫"论持久战"——八年，正好是打一场抗日战争的时间。大家都笑了。

不过这确实是我的心里话。在内部会议上，我曾经说过，新京报能够存在，本身就是个奇迹，能做到今天这样的局面更是个奇迹，毕竟它有着特立独行的"不合时宜"，因此办这张报纸真的如同打一场持久战，并且是每天都在发生的战争。不仅做新闻像打仗，内心矛盾的交织更像打仗，在我，包括很多新京报人，总纠结于：是遵循新闻规律还是屈从利益集团，是坚持新闻理想还是得罪广告客户，是执着新闻人的良知还是向人情社会妥协……八年来，我们有过无奈，有过失落，但更多的是在坚持，日复一日，年复一年，打着持久战。

八年前，有许多人预言新京报不可能成功。他们说北京报业市场已经饱和，没有机会了；他们说新京报会水土不服，在现实环境下是死路一条；他们说新京报只是小报，办一份与首都地位相称的报纸纯属痴人说梦；他们说新京报的版面架构有致命缺点，不可能熬过第一个冬天。但是在他们的猜疑中，新京报从无到有，从小到大，从弱到强，走着一条高速发展的道路。如今无论社会影响力还是经营业绩，新京报已是北京地区同类媒体之首，并连续两年被权威研究机构评为引导舆论热点的主要媒体，与国内最大的通讯社和最大的门户网站并驾齐驱。

新京报的成功是遵循新闻规律的成功。新京报的最高标准，也是最基本的标准，就是"尽可能真实报道，尽可能说真话"。这有两层意思：一是对新闻事件的报道必须是真实的，是经过充分求证还原的，刊登的评论是理性的，是基于基本常识的；二是要"尽可能"地把稿件发出来，在现有体制框架内，最大限度地满足读者的知情权、表达权、参与权、监督权，在判断不会带来重大风险的前提下，让稿件见报。凭借扎实的调查、客观的报道、理性的评论、贴近民生的服务意识和矢志不渝的创新激情，新京报赢得了读者的认可和赞赏。

新京报的成功是坚持文化品位的成功。新京报始终保持"有尊严的报格"。作为媒体，我们一向坚持独立自主的办报理念，就算是"工具"，也是维护国家和人民根本利益的"工具"，而不是为某地、某人服务的"工具"；其次，新京报具有积极向上的价值观，坚守法治精神、人文情怀，遵从进步的、美好的价值取向。第三；新京报的报纸形态是有内涵的而不是肤浅的，是高雅的而不是媚俗的，是适合阅读的而不是为难读者的。

新京报的成功还是自由创新的成功。新京报发轫于《南方都市报》，但又在很多方面进行了改良。在借鉴传统都市报和传统党报优势的基础上，我们提出了"走第三条道路"的办报理念。新京报重视对现实的批判，更强调报纸的责任，重视对权力的制衡，更强调秩序的重建。新京报有着较为广泛的、专注于新闻本身的自由，在理念一致的前提下，具有较大的新闻操作空间。在新京报，没有不能报道的新闻，只有不会报道的记者。

二、关于新京报人

我曾在很多场合形容过新京报人："他们是可爱的自我完美主义者，对生命、对生活、对事业有自己独特的理解。他们张扬个性，但是协作互助；他们挥洒激情，但是恪守责任；他们筚路蓝缕，但也乐天向上。他们纯粹如永不长大的孩子，深刻如度尽劫波的智者。他们有诗人的情怀，学者的专注，僧徒的虔诚，也有政治家的敏感。"在我眼中，新京报人好像就是作为真正意义的新闻人而存在的。

新京报人简单，他们不需要知道社会潜规则，唯一要面对的就是把工作做到极致；新京报人正直，他们可以坦诚地表达自己的意见，不用拐弯抹角小心谨慎；新京报人职业，无论什么情况都把自己应该承担的责任放在首位；新京报人充满激情，他们觉得一个新闻人活着的意义，就是要尽最大的努力去真实地报道这个世界，并推动其不断进步。

是新京报的制度和文化铸成了新京报人。新京报是个充斥民主精神的地方，上到总编，下到记者编辑，只有岗位不同，没有人格高低，在新京报永远是对事不对人。这里没有拉帮结派，没有阿谀奉迎，没有整人搞事，没有繁文缛节，没有无事生非，没有文山会海，特别是不会在业务上逼着大家去做不想做的、违背职业准则的事情。新京报有清晰的制度规范，但没有违背人性的人身约束，大家相处的基本准则就在于价值观的趋同。当然即便如此，也不是所有人都满足，他们可能有更理想化的期望，甚至要突破"报社共同利益"的底线，那就只能合则留，不合则去。

八年来，新京报的人走了一茬又来一茬，差不多有上万人来来去去。以前我也曾为此叹息，但现在已经看淡很多。因为文化在，报纸的灵魂就在，变的是面孔，不变的是精神。退一步说，即使报纸没了，那些在新京报呆过的人，不是依然带着新京报的烙印吗？9月初，报社有些变故，一些从新京报出去的人夤夜从千里之外赶来探问究竟，让我深为感动。我说过，新京报就是一所没有围墙的学校或军营，能够永久相处固然最好，但人总在进步，新京报不可能为所有人提供更高的职位，何况外面的世界也很精彩，我唯一希望的就是，曾经的新京报人，是带着美好、带着充实、带着感情离开的。

新京报的民主氛围和新京报人的职业感，是这份报纸能够有今天成就的一大原因。很多时候，为了一篇稿子的刊发，我和王跃春等人要没完没了地挨批评，而我们很少跟记者说，甚至也不会跟中层说，为什么？就因为记者、编辑、中层都各司其职，写稿、编稿、内容核实是他们的事情，但发不发稿、发多大篇幅、会不会有风险，是我们的事情。常常是我们一边为一篇很有影响力但被有关部门批评的稿件写检讨，一边还要在报社内部肯定这篇稿件采编人员的职业精神。新京报培养了一大批名记者，在他们最有影响力的稿件背后，往往有我们一干人的检讨，甚至要付出更大的代价，但这是我们应该担当的职责。为此，我也常想起鲁迅的话："肩住了黑暗的闸门，放他们到宽阔光明的地方去。"这八年，我能起到的作用就是一柄雨伞，或一块铺路石。

三、感谢的话

借此机会，我要感谢为新京报的创办和发展付出心血、做出贡献的人。

程益中，新京报首任总编辑，他是新京报文化的奠基人之一。尽管与新京报相处的日子只有几个月，但他在推动南方与光明合作、选派和培训团队、确立新京报报纸形态方面发挥了重大的作用。他是一个有才华、有激情、有领导力的人，也是一个有原则也懂合作的人。

喻华峰，新京报首任总经理，他是新京报经营的奠基人之一。最初合作办报方案，就是我跟他在一个咖啡厅达成的。他是个务实的、顾大局的人。新京报的经营人才大多是他带出来的，经营模式也基本沿袭《南方都市报》的模式。让我感动的是，在他身陷囹圄的时候，依然让人带来有关市场经营的建议。

还有杨斌、韩文前、王跃春、孙献涛、孙雪东、李多钰、郑万洪、罗旭、迟宇宙等，他们是新京报第一任班子成员，他们都有才华，都很职业，都很真诚，都很正派。新京报有句广告词，叫做"做什么事情很重要，与什么人一起做事更重要"。现在我还是很诧异，怎么会有这么多优秀的新闻人集中在一起办一份报纸。记得那时有点事就开会，无论夜里还是周末，从没人缺席。对有关报社的任何事情，大家都当仁不让，由于个性都强，甚至争得不可开交，但丝毫不会影响彼此的感情。八年来，他们有人出去创业，有人另谋高就，也有人坚守至今，但大家对新京报的支持、关心、爱护一如既往，因为这里留有他们的智慧、心血、理想，有他们可歌可泣的经历。

还要感谢曾经在新京报工作过的所有新京报人。白手起家，从头开始，那种艰难困苦、难堪境遇，只有亲自经历过才知道，可以说是新京报人的青春、热血和必胜的信念，支撑新京报走过八年，走向荣光。他们是最值得骄傲的，也是新京报的价值所在。

还要感谢《光明日报》的袁志发、苟天林、胡占凡三位总编辑，和薛昌词、赵德润、李春林、刘伟等编委。他们有的是创办这份报纸的直接决策人，有的为这份报纸承担了很大的压力，有的为报纸的生存委曲求全。感谢《南方日报》范以锦、杨兴锋两位社长，和王春芙、张东明、钟广明等社委。他们在新京报创办的关键时期调动很多人力和资金，给予了决定性的支持，在后来外部环境不如意的情况下，依然义无反顾地信任新京报、扶持新京报。最后要感谢主管单位的有关领导。在新京报有些成绩的时候，他们总给予充分的肯定；在新京报出现问题、受到批评的时候，他们多以一个读者的身份给予善意和帮助，没有他们，也不会有新京报的今天。

四、关于丛书

由于各种原因，这套书最后只有四本，少了有关介绍本报经营的那本。现有的四本大致内容如下：

一是《写在新闻纸背面》，这本书的前半部分讲"新京报是一张怎样的报纸"，以访谈的形式，由报社评论、时政、经济、文娱、消费、视觉等各板块的负责人来谈相关的内容特色和采编经验。后半部分讲"新京报何以成为这样的报纸"，由多位对传媒业有深入研究的专家学者，采用一定的方法论，通过对新京报及"新京报现象"的解剖式观察，形成更有普遍意义的报业指导理论。

二是《影响中国》，这本书希望说明"新京报有怎样的影响力"，影响力体现在我们八年来倾尽心力制作的许多堪称经典的新闻报道。这些新闻曾经引发广泛的社会反响，曾经改变了很多人的命运，曾经见证许多重要的历史时刻，甚至或多或少影响了中国的社会进程。

三是《闻道》，展示"新京报做了怎样的报道"。我们每年都会在报社内部评选年度新闻奖，这些获奖作品既凝聚了新京报编辑记者的聪明才智，也基本可以代表中国都市报媒体的最高职业水准。

第四本书叫做《从光明顶到幸福大街》，这个需要稍稍解释一下：新京报创办初期的办公场所，是在光明日报社的老办公楼顶上，所以俗称"光明顶"。"幸福大街"则是现在新京报社所在地。八年间，有一万多名员工在光明顶和幸福大街奋斗过、成长过，希望以此书记录他们的故事，记住"新京报有一群怎样的人"——他们一起成就了这张报纸的光荣与梦想。

最后要感谢武云溥和张寒。我因为忙，没有更多的时间来接受他们的访谈，但他们查阅了很多材料，不仅写得很认真，而且写得很准确，不失为本报优秀记者的名头。

2011 年 11 月 8 日

（作者为新京报社长、总编辑、新京报传媒有限责任公司总裁）

目 录

新京报高层访谈

◎办一份进步而美好的报纸

◎一张报纸的新北京梦

◎以公民的名义言说常识

◎主流大报的价值观力量

◎挖掘你不知道的真相

◎致力传播现代商业文明

◎从专业主义到现实情怀

◎「好消息」的价值和生产秘密

◎做中国最美的报纸

办一份进步而美好的报纸

受访者： 戴自更（新京报社长、总编辑、新京报传媒有限责任公司总裁）

访谈时间： 2011 年 8 月 30 日、10 月 12 日

创业记忆 改革理念催化报业创新

武云溥： 2009 年新京报六周年社庆，您在接受我访问时谈到了新京报的创业历程、取得成绩和当时的战略规划。现在时间又过去两年，新京报自身所处的环境、北京乃至整个中国的媒体市场环境，都发生了许多新变化，相信您也有很多新的感触。再回首当年，是不是可以补充更多细节记忆？

戴自更： 新京报的诞生可以说凝结着种种机遇，天时、地利、人和的因素都有。从我个人的视角来讲，在办新京报之前，我在广东工作生活了十一年。1992 年到广州，正好是邓小平"南巡"之后，珠三角地区的改革风起云涌，我看到各行各业，每个人都是热火朝天的劲头。当时南方有一大批新兴的报纸比如《南方周末》、《南方都市报》、《珠江新报》、《信息时报》、《粤港信息报》等等，还有一批顺应时代变革的报纸，像《广州日报》、《羊城晚报》，所有这些报纸都有别于传统的党报，更多采用了市场化的运营手段，加上更加符合新闻规律的现代媒体理念，它们的存在发展甚至影响到《南方日报》这样的党报都在改革。我作为《光明日报》驻广东的记者，自然感触很多。

当时看到的报业改革浪潮，最核心的问题就是读者关心什么？当地发生了什么新闻？一切读者关心的事情都应该在主流媒体上呈现而不是回避，广东的媒体已经意识到，不这么做就没有生存机会。

我当时从新疆记者站调来广州，对很多事情都感到新鲜，特别是体现经济改革和社会变迁的事件，让我很有写稿子的冲动。但当时的《光明日报》严格局限在教科文领域的报道，结果我写的稿子老是被毙掉，他们问我为什么不关注教科文，怎么老是不对路？我说这些在广东不是主流，广东的主流就是做生意赚钱，教育方面只能报道民办高价贵族学校，文化方面没有话剧歌剧芭蕾舞，人们顶多是去卡拉OK厅唱港台流行歌曲。后来徐光春当总编辑，倡导改革，增加了经济报道内容，扩版后设立了社会新闻版，这样我写的一些关于股份制、合资企业、金融改革、甚至选美比赛的报道才能够见报。但是由于报纸定位，始终还是觉得隔着一层。

广东蕴藏的改革活力和商业文明，是中国其他地方不能比的，令当时内地包括北京的人难以想象。换句话说，在广东的经历和视野让我明确了，我们需要推动报业改革，以及怎样创造一份真正的好报纸。

武云溥：有了改革的理念，要促成新京报的诞生，还需要恰当的机缘。

戴自更：是的，这个机缘最初还是来自《光明日报》。2002年我到北京跑"十六大"报道，结束之后，领导找我谈话，说《生活时报》难以维持了，欠了很多债，需要想办法改革一下。《生活时报》是《光明日报》所属的一份报纸，1996年创刊，办了六年，换了五任总编，不少能人都去试过，还是不能实现当初定的"做第二张《北京晚报》"的目标，发行量和影响力日渐式微，还欠了光明日报印刷厂两千多万的资金，把印刷厂都几乎拖垮。办不下去的原因，我想主要还是按照办党报或者办党报副刊的思维办报纸，市场不接受。

武云溥：领导为什么找到你来谈《生活时报》的问题？

戴自更：之前报社有时开地方记者会，我也会就报纸改革讲几句，可能领导觉得我有些想法吧，加上当时的分管编委薛昌词也是从驻站记者出来的，也许觉得我可以一试。但当时我的职业选择机会也有，有关领导推荐我去广东省的报社或出版社去工作。但是既然光明这边需要我，我决定还是回京。这样就任《光明日报》报刊工作部主任，负责子报子刊的管理，但给我的主要任务是改造《生活时报》。

武云溥：按照很多人的想法，这样做下去可以比较稳妥地干到退休，级别也不低。

戴自更：是的，当年和我一起分到《光明日报》的很多同事都是这样过来的。但反复考虑，还是想折腾点事。《生活时报》当时有大概五六十个人，在光明日报社的老大楼里办公，勉强维持着，已从日报变成周二刊，版面也从原来的三十二版，变成十六版。我权衡再三，觉得再这样下去肯定不是办法，只能另起炉灶，重新开始。当时想法很简单，去圈钱，找投资。于是跑了两趟浙江，一趟贵州，又到广东去转了一圈。我指望以《生活时报》的刊号，找一笔钱，少则两三千万，多则上亿，办一张新的报纸。

直到 2003 年 5 月前后，联系了六七家投资方，都是企业的，也有上市公司，广告公司，甚至影视公司。合作意向也有，他们愿意投钱，但都比较少。

武云溥：当时投资做媒体的环境怎么样？

戴自更：感觉很多人想的是用办报纸作为噱头，再去图谋赚钱，目的并不是办报。浙江有个《青年时报》模式，当时是很创新的，就是企业出钱控股，与刊号方合作。这种模式我不同意，我还是希望报社控股，企业出钱，最不济也是一家一半，但很多企业觉得这样不合适，总之谈不拢。另外办报人才也成问题。当时正是"非典"来袭，《生活时报》的工作有一搭没一搭的，很多人在混日子，觉得大不了《生活时报》垮了，就回《光明日报》去。

没办法，"非典"快要结束时，我又去了趟广州。先找的是沈灏，问他有没有兴趣办一份周报，像《南方周末》或《21世纪经济报道》那样的。我在他办公室聊了半个多小时，感觉他兴致不高，只是有些应酬地表示考虑一下。出来到楼下，忽然想起程益中，就给他打电话。程益中刚好在外地，让我先跟喻华峰谈。我不认识喻华峰，就约到《南方日报》旁边的外商活动中心咖啡厅见面。我们谈了大概一个小时，就达成了初步的意向，喻华峰的意思是两家一起出钱，然后《光明日报》出刊号，《南方都市报》出资源，主要是人才资源。

武云溥：跟喻华峰谈完之后，回京的运作顺利吗？

戴自更：后面基本就是水到渠成的事情。资金上一直不多，开始说五百万，我想五百万办什么报纸啊，工资都发不了几天。然后又谈到七百多万，还是少，最后终于谈成两千万，各出一千万，就是全部的启动资金。采编和经营的骨干基本来自南都，8月19日，先来了行政人员做租房等工作，9月3日又到了十九人，以后陆续来了约一百八十多人，组建起采编和经营团队，着手制订采编方案、经营计划和人员培训。

后面的事情大家都知道了，2003年的秋冬是在忙碌和等待中度过的。现在想起来，还是应该感谢中央有关领导的支持，让当时竞争还不够激烈的北京报业市场，又增添了一张带"京"字的报纸。

博采众长　走"第三条道路"

武云溥：让你自己来概括的话，新京报是一份什么样的报纸？

戴自更：新京报开创了都市报的崭新格局，我们称之为报业"第三条道路"。概括起来就是在报道形式上把传统党报的严肃性、权威性和时政特色，与传统都市报的服务型、可读性和市场特色结合起来；在报道视角上把体现党的意志和反映人民群众的呼声兼顾起来；在报道内容上把传统都市报擅长的社会新闻、文娱新闻、消费新闻和各种资讯信息与传统党报的时政新闻、经济新闻等融为一体；在报道效果上以社会效益为主，尽可能满足读者的知情权、参与权、表达权、监督权，同时兼顾经济效益。

武云溥：很多人说新京报是师从南都，你觉得体现在哪些地方？

戴自更：参与创办新京报的主要负责人很多来自南都，肯定会借鉴南都的成功经验。但新京报的办报理念又在当时南都的基础上有所改进和提高。新京报创办的时候，正是南都走向鼎盛的时期，但是他们已经感觉到，传统都市报存在一些固有弊端，就是重破坏、轻建设，重社会新闻、轻时政新闻，重眼球效应、轻社会责任，等等。因此很想借助这次新京报创刊的机会来推行新型都市报办报理念。

首先我觉得，与传统都市报相比，我们更强调报纸的责任感。开始时我们提出"负责报道一切"，后来又提出"品质源于责任"；二是我们在兼顾社会新闻的同时，更强调时政新闻，加上北京是首都，是一个时政色彩很浓的城市；三是更强调建设性，即使在报道负面新闻时，也要让人感受到方向，传递信心；四是更追求客观公正，力求报道的精准、平实、克制，不夸张、不渲染、不炒作，体现对事实负责、对读者负责的最大诚意和努力；五是不仅有大量的时政评论，还有经济和文娱评论，甚至后来开设《评论周刊》，为读者提供各种新闻分析和价值判断；六是追求清新、大气、时尚的版式风格，不搞视觉暴力。可以说新京报是在借鉴南都成功经验的基础上的"改进版"，因此我们说它是"一出生就风华正茂"。新京报创办时就很成熟，又很新颖，核心是其采编理念和新闻操作手段比当时的都市报都领先，新京报的这一办报理念，后来很多同类媒体也在跟风模仿。

武云溥：新京报不仅得到了读者的认可，据我了解很多传统党报和机关报的从业人员也评价很高。

戴自更：我想这大概是因为新京报的时政报道比传统机关报更有亲和力吧，当然还在于我们社会新闻、深度报道、甚至评论等方面的优势。很多业内人士，包括一些宣传主管单位，对新京报的新闻操作、报纸风格是十分认可的。报纸必须遵循新闻规律、讲究报道手段，不能把报纸的导向要求与遵循新闻规律对立起来。举个例子：报道一场灾难事故，新闻的着眼点到底是灾难事件本身，还是领导批示？传统机关报会选择后者，认为"领导批示"是新闻，如果选择前者，就会批评为"不懂规矩"，不讲政治，至于这么做是不是与新闻规律不合，大概没人会去想。再比如有个重要会议的文件，机关报一般是全文照登，不管中间的文字有没有登过，是不是有套话。但新京报不会这样处理，报道灾难事故，着眼点肯定在灾难本身，领导批示如果是新闻事件的组成部分，那就肯定登，否则可以不登；会议文件会从市民需要的角度来刊登和解读，不会搞全文堆砌。

我个人觉得，现在把报纸分成"时政类"和"非时政类"还可以商榷，因为"时政"和"非时政"在定义报纸时会有歧义，不如用公益和非公益更恰当。公益报纸就是传统党报，他们是以宣传党和政府的方针政策为主，不以盈利为目标，由国家财政支付成本。而非公益的报纸，就应该走市场，在坚持正确导向的前提下，可以更多地遵从新闻规律，自主作为，按照读者或者市场的需要去办报。

武云溥：以前有人说新京报是民间的《人民日报》，这样表述有其合理性吗？

戴自更：这大概是因为新京报作为一份都市报比较严肃，比较关注时政新闻吧。我觉得如果是一份市场化的报纸，还是要体现双向选择的特点，否则其传播效果是要打折扣的。要知道除了意识形态属性，报纸也是一种产品或消费品，因此新闻纸不同于文件或一般宣传品，不能采取单向灌输，而要双向互动，如果有人选择花钱订报纸，那么他就一定会认真看报，不用担心宣传的效果。新京报作为都市报，追求快捷传播、讲究实效、贴近群众。对报道内容进行科学分叠，实现厚报时代的轻松阅读；

刊发百姓喜闻乐见的社会、经济、文娱新闻；推出《汽车杂志》、《学习公社》、《旅游公社》、《娱乐周刊》等特色周刊；即使是重大时政类题材的报道，也注重传播效果。比如《物权法》通过人大审议后,新京报做十六版的《法说物权》特刊,用漫画和以案说法的方式解释物权法。再比如党的"十七大"报道,新京报约请中央党校专家解读胡锦涛总书记的政治报告,提出报告的新变化、新观点,效果很好。无论是主管部门还是广大群众,都觉得这样的报道形式比全文转摘会议文件公报的效果要好很多。

武云溥：业界还有个评价,认为新京报在做新闻时,比较注重责任感和职业操守。你怎么看？

戴自更：新京报始终在坚守新闻伦理和新闻的本原价值。但我们也很清楚在中国办报纸的底线,必须首先保证政治上的安全。我们试图把政治家的意识和知识分子的良心结合起来,把社会责任和自由精神结合起来,把职业报人的新闻理想和职业经理人的营销理念统一起来,把深厚的人文底蕴和强烈的市场意识统一起来。

新京报的价值观说起来很简单,一是人文,二是法治。我们的所有报道,特别是时事评论、深度报道、包括日常的社会新闻,都很好地体现了这两个主旨。新京报强调时政报道,我们觉得党和国家以及北京市的一些重要的方针政策,都是与群众生活息息相关的民生新闻,不仅不能放弃,反而要加强报道,当然前提是要找到与市民生活相关的内容。我们希望新京报能在目前的社会转型期承担一种思想启蒙和公民教育的责任,普及法律知识,重新回归常识。这些年来,这样的例子不胜枚举。新京报的汶川地震报道,获得了全球灾难报道一等奖,获奖理由是因为本报的报道"不仅反映了灾难的惨烈,还反映了灾难面前人性的美好和生命的价值"。

新京报的责任意识和人文情怀特色,是新京报人赋予的。新京报汇集了一批有理想的、正直的、有强烈使命感和职业操守的编辑记者。他们关心国家的前途,关心普通人的命运,他们希望政治更加民主、社会新京报发刊词：责任感使我们出类拔萃。

不断进步，人民安居乐业，并愿意为实现这样的目标奔走呼号。因此看新京报的报道有时会比较沉重，不同于一些靠软绵绵的、以娱乐八卦等吸引眼球的报纸，我们更大气一些，境界也更高一些。

武云溥：新京报的影响力大，主要是做舆论监督报道，这方面有什么特色？

戴自更：舆论报道是新京报的一大特色，创办至今大概数以千计，有些还产生过巨大的影响力，个别报道甚至惊动了中央高层领导。我很认同中央领导同志有关"加强和改进舆论监督"的讲话，如果媒体没有舆论监督，就不可能得到相应的社会地位，也不可能取信于民。坚持正确舆论导向是前提，但前提不能代替过程，还要讲究传播方式。打个比方，媒体是不分场合地歌功颂德效果好，还是有见地的"小批评、大帮忙"效果好？做媒体不能回避介入社会问题。我跟领导说过，新京报99％的内容是正面和中性的报道，但读者记住的却是1％的批评报道，为什么？批评报道在宣传正确的价值观、弘扬社会正气方面，比常规的正面报道效果更好。

有关领导说国内媒体"不会讲故事"，导致国家的软实力和全球话语权缺失，我觉得说的是传播手段太单一，其中很大原因是我们在舆论监督方面做得不好。美国的《华盛顿邮报》之所以成名，揭露"水门事件"功不可没，这篇报道的矛头直指当时美国总统尼克松，尽管批评对象是总统，但捍卫的是美国宪法，起到了正向的作用，其起到的效果比无数"正面报道"都好。

新京报当然不能照搬国外媒体的做法，但是通过批评反面典型，传播正向价值的做法确实值得借鉴。新京报舆论监督遵循的原则是：第一要有建设性，目的是解决问题，是帮忙而不是添乱，当然有时监督官员也会认为我们是"添乱"，这个需要澄清；第二要客观准确，这点必须百分百做到。如果与事实有出入，哪怕不是主要事实，也会招致麻烦；第三要有普遍意义，不是个别现象；第四尽量局限在基层或局部，就事论事，不扩展到更广的大面上。新京报的舆论监督报道与目前国内媒体比较，应该算是第一流的吧，至今没有大的失误。尽管如此，我们还是会遭到一些打击报复，记者被跟踪甚至挨打不说了，有些地方政府部门甚至指鹿为马，不知羞耻地向上级写违背事实的"告状信"。因为媒体做舆论监督很难，利益集团和一些地方政府对媒体监督总是抵触，所以新京报能够坚持下来并有所作为，就十分可贵了。

现实处境　恪守真实客观的底线

武云溥：到北京办报，你发现有哪些特殊的环境问题需要面对？

戴自更：当时北京已经有很多报纸，仅都市报就有十家左右。新京报的到来，改变了都市报的生态，之前的都市报定位市民阶层，关注的多是家长里短或者社会八卦，但从新京报开始，都市报逐渐成为很多机关和事业单位官员、专家学者、企业白领，甚至外国驻华使领馆人员的读物，当然也引起新闻宣传主管部门的重视，觉得都市报不再是可有可无的"小报小刊"，而是一种新的报业形态，这对提升中国都市报的地位是作出了贡献的。印象中从 2005 年开始，主管单位开始举办"都市报晚报总编辑培训班"，有关领导还专门就都市报的管理问题跟我们座谈，这在之前从来没有过。

在北京办报纸有三个优势，第一是传播上的优势。在北京有了影响力之后，意味着在全国也具有了影响力，这是从中央向地方的辐射作用，这方面网络的二次传播起了很大的推动作用。第二是办报资源丰厚。北京集中了党政军领导和经济、文化、科技等各方面的精英人才，是政治、经济和文化中心，这为办一张综合性的主流日报奠定了坚实的内容基础。第三是读者的优势。北京的中高端人群是中国最多的，有影响力和话语权的人也是最多的，如果他们成为新京报的读者，报纸的口碑和品牌将十分可观。我知道有很多驻华使馆都订有新京报，有些多达几十份，因此新京报的影响力也就有向全世界传播的可能。

武云溥：这些优势资源，同时也给新京报的创办带来了很多压力吧？

戴自更：没错。新京报的读者很多是各级领导，无论他们是赞誉还是批评，我们得到的肯定要比其他都市报要多。再说报纸做好了，大家觉得应该的，如果有纰漏，就不能容忍，因为你影响力大，这也是原来主管部门领导经常说到的——责任大，承受的自然也多。不瞒你说，新京报创办以来，我们写的检讨是以"百"为单位来计数的。现在想来，也不全是我们水平比人家差，主要还是受到的关注度太高。

武云溥：怎么把握这种压力和动力之间的平衡？

戴自更：一方面我们必须遵守法律、法规和上级主管部门的指令，另一方面，我觉得也不能给自己划定太多的禁区。我一直跟编辑记者讲，天底下没有不能报道的事情，就看你怎么去报道，看你的报道分量和立场。无论报道什么，真实性是第一位的。做媒体切忌剽窃抄袭、胡编乱造，这是底线。新京报经历了八年风雨，依然屹立不倒并且更加壮大，一个很大的体会就是恪守真实的底线，这一点坚持好了之后，就不会出大问题。现在中央领导也提倡公开化，提倡实事求是，对于新闻媒体的报道，只要是真实的，也就可以理解。

武云溥：在办报方针上，除了真实、客观的报道，还有什么理念是新京报所倡导的？

戴自更：现阶段中国正处于转型期，需要重建理性的价值观，需要回归常识。我们经常会接触到违反常识的事情，举个例子，纳税和纳税人是两个概念，之前天天强调依法纳税，但是纳税人依法享受的权利我们是不是也应强调？如果通过我们的报道把纳税人的价值观建立起来，就是一种社会进步。以前老百姓讲县长一句坏话，县长派公安来抓你，好像天经地义的事情。现在不是了，现在我们知道纳税人有权利监督政府，老百姓批评县长是天经地义的。新京报致力于公民社会价值观的重构，致力于普及这样的常识，这也是我们的目标。

武云溥：你认同"政治家办报"这个说法吗？

戴自更：不是认同不认同的问题，而是必须。事实上中国的政治格局决定了媒体格局。办报纸必须在现有体制框架之内，媒体行使话语权不能超越底线。体制和媒体的关系，是互相依存、互相博弈的关系，体制决定了媒体的形态，反过来媒体的报道也会给体制带来一定的改变。

武云溥：你提出过新京报的办报目标有三个，现在依然如此吗？

戴自更：依然如此。我们的办报目标依然是三个方面：第一，办一份在中国现有体制下最好的报纸，这点现在可以改一下，要做最好的全媒体报业集团。第二，培养一支最职业的、最专业的采编和经营团队。第三，获得尽可能好的经营效益。这三个目标互相支撑，互相促进，缺一不可。

新京报是一个企业，当然要追求利润，我始终觉得一份报纸好不好要由市场检验，报纸特别是都市报，也是商品，不过是一种含有意识形态的特殊商品，既然讲市场，就包括投入、产出和利润等指标。但盈利不是办报纸的唯一目标，甚至不是最重要的目标。

武云溥：你怎么看待新京报这样的都市报在当下社会的价值或者作用？

戴自更：我之前讲过，都市报是时代的产物，在特定的历史时期，都市报勇敢地承担了主流媒体的责任，在逆境中发挥了媒体应有的作用。都市报尽最大的努力，恢复了报纸作为新闻载体的固有特征。都市报靠近了市场规律和新闻规律，捍卫了新闻真实性的普遍价值，做到了时效性强、可读性强、服务性强、信息量大。包括新京报在内，不少都市报可能有这样那样的问题，但它的优点远远比缺点多。据统计，都市报的发行量占国内报纸的80％以上，广告占90％以上，这就很能说明问题。

市场定位 "影响力营销"另辟蹊径

武云溥： 任何一张报纸办起来，都要对自身的定位和目标读者，有一个通盘清晰的思考。刚才我们聊到北京的特殊市场形态和阅读趋势，这对于新京报的定位有什么影响？

戴自更： 新京报的定位很明确，就是想成为北京政治界、经济界、文化界和主流阶层首选和必读的一份报纸。我们预设的读者对象是社会中坚力量、成长阶层、活跃分子、实力人士。他们是社会事务的决策者、意见领袖、潮流领导者、消费主力军，他们有较高的文化素质，较高的经济收入，较高的社会地位和较好的发展潜力。但是高端不代表少数，我们所说的高端，其实就是主流。

武云溥： 所以新京报从2003年创刊起就定价一块钱，当时北京市面上绝大多数报纸是五毛钱，新京报显得很另类，而且给读者留下了"贵"的第一印象。当然，几年时间过去，现在我们看到都市报已经进入了"一块钱时代"。

戴自更： 定价一块，当时是有过争论的，但最终还是决定一块。主要是基于以下考虑：一是我们觉得新京报在品质和服务上超越对手不是问题。报纸的定价是一块还是五毛，取决于读者对品质的追求。定价一块，就意味着我们的报纸比其他的报纸更有价值，更能满足读者的需求，或者说能给读者带去五毛钱的报纸没有的感觉。这里是首都、是文化中心，我们决心办一份与其地位相称的报纸，定价五毛肯定不合适。

定价一块钱还有一层意思是维护报业市场的共同利益。当时国内不少地方报刊搞价格战，一份报纸你卖一块钱，我卖五毛钱，你卖三毛钱，我干脆白送，卖废纸的钱甚至高过报价，这不是好现象。第一伤害报纸，第二伤害读者，第三伤害办报方，不是共赢而是共输。定价低会影响收入，收入少就影响采编投入，采编不好广告也不上去。中国的都市报定价已经偏低，如果还打价格战，只会把市场搞垮，新京报作为一份有责任的媒体，肯定不干这样的事。

还有，说实在的，新京报的创办资金十分有限。一些同事对外宣传说我们准备的资金有一个亿、两个亿，实际上只有两千万，还没全到，要打价格战也没这个条件。在新京报之前两年创办的《京华时报》就是靠散钱铺开的发行量，据说铺了几千万元，我们没这个条件，得另辟蹊径。我们反复讨论后认为，如果有人非要坚持付五毛钱看报，也就不是我们的目标读者。

武云溥：实际上从新京报进入北京开始，就打破了北京报业市场的固有形态，不光体现在价格上，也在办报理念和更多的市场营销层面，提出了一些不同以往的说法，比如"影响力营销"，怎么理解这个概念？

戴自更："影响力营销"是新京报经营的核心理念，就是利用报纸影响力来做经营。这也是从《南方都市报》得到的经验。通常做报纸广告，与客户谈的是，你给多少钱，我给多少版面，关注点是版位、价格、优惠、提成等，还有就是发行量——这在国内报纸是糊涂账，谁都说自己发行量最大，无非如此。但新京报不是这样，我要求经营人员，做广告、做发行的，首先要掌握新京报的采编特点和优势，跟客户见面不是一来就谈价格折扣，而是我们的办报理念，我们有哪些有影响力的报道、评论，产生了怎样轰动的效果，比其他报纸有什么优势，只有在客户认可这份报纸的前提下，才有投放广告和订阅报纸的意愿。

武云溥："影响力"听起来是个虚无缥缈的词汇，如何落到实处，令人信服？

戴自更：在与南方谈办报合作期间，我参加过一次他们举办的客户沟通和答谢活动，当时出席这个会并主讲的都是采编的人，讲的是当时南都很轰动的"孙志刚被收容致死案"的报道，以及引起省内外广泛讨论的"全国在前进，深圳怎么办？"的系列报道等，这给我很大的启发，我想如果自己是客户，投放广告时一定要先了解并认同这份报纸。这些年来我们在经营上做得比较成功，与这样的经营理念很有关系。如果客户知道新京报是一份进步的美好的报纸，是一份致力于推动社会进步的报纸，是受到主流社会关注的报纸，你不投广告，就是你的损失了。

报纸的影响力促进经营，而经营人员向客户不遗余力地推广也扩大了报纸的影响力，这是一个良性循环。新京报是有很多很好的报道，但刊登这些报道的报纸还是得送到想看它的人手中才产生影响力，因此经营人员的推广，很大程度上促进了报纸发行量的增长。"好的报道"加上"好的发行"再加上"好的广告"，这就是新京报能够在很短时间内崛起的根本原因。

武云溥：这样的营销手法在北京获得的反馈怎样？

戴自更：很好。当时报纸还在筹备，报名也没有定，因为南都的影响力，举办一个广告客户的沟通会，就来了一百多家客户。11 月 11 日创刊号上有二百四十多万的广告，从创刊到年底短短五十天，广告营业额收到一千四百多万元。发行也是，报纸还没创刊，就订出去五千多份，这就是影响力，未见其人，已闻其声。

我们做经营一直不是急功近利的，而是着眼长远，对市场负责。我们的发行八年来年均保持 15% 的增长，即使是在互联网的冲击下，还是保持增长势头，特别难得的是有效发行、有影响的发行，更是在北京首屈一指。我们的广告以年均 20% 以上的速度增长，去年实际收入已经据北京报媒首位，居国内前三；我们的利润则是以年均 40% 的速度递增，成为国内单一媒体中最盈利的报纸之一。这样的业绩说明我们选择"影响力营销"的道路是正确的。

武云溥：那时候很多市场观察人士都不看好新京报，说北京报业市场已经饱和了。

戴自更：市场饱和与否，应该是市场说了算，我不知道当时猜测新京报"一定会死"的专家和业界人士现在怎么看。新京报进来之前,"报业市场饱和论"已叫喊了一阵子,他们说北京的报业格局早已确定,没有机会了;北京的读者量是一个常态,不会增加了;北京的广告份额已瓜分完毕,不可能有后来者的份,等等。但我始终觉得这有些自欺欺人,报业格局已定,就没有改变的可能?读者总量是个常态,也是相对现有报纸的常态呀。广告已瓜分完毕,且不说增量,难道不能重新瓜分?提出"饱和"论的人,否定了人的智慧和创造力,否定了社会在进步,经济在发展,否定了人类追求知识、追求真理、追求美好的努力。报纸饱和不饱和,要由市场去检验,而不是道听途说,人云亦云。新京报八年的实践证明"市场饱和论"和"没有机会论"站不住脚。

武云溥: 那时候你们这帮创办者这么相信自己的判断?认为一定会成功?

戴自更: 这倒确实没有怀疑过。南都来的同事不用说了,我作为南都多年的读者,对此也深信不疑。当时新闻出版总署的有关负责人也善意提醒我们认真考虑,说风险很大,但我们好像铁了心,觉得会成功,从来没有疑虑。

武云溥: 总有具体理由支撑这样的信念吧?

戴自更: 当然也有一些客观数据。创办新京报之前,北京有很多路牌广告,价格很高,这说明北京平面媒体的影响力太弱。广州广告市场平媒占70%份额,电视占30%,北京刚好倒过来,电视媒体广告比平媒高得多,北京是国际大都市,是经济文化中心,报业这样不发达,肯定是当下的报纸办得不好,不能满足读者的需求,对广告客户没有足够吸引力。因此,我们认为在北京办一份好的报纸是很有前途的。

还有就是北京报业市场很大。当时北京有一千六百万人口,不仅基数很大,素质也很高;有三十亿左右的平面媒体广告额,在全国城市中居前列。在一个论坛上我讲过一个例子,当时我在北京住的公寓,有一百四十多户住家,但订报纸的也就十几户。这些人经济条件和社会地位都还可以，都有汽车，有的还不止一台，为什么不去订一份只有区区两三百元钱的报纸？而国外几乎每户人家都订有报纸，不能简单地说我们的文化素质低，而是办的报纸离他们的要求有很大的差距。如果我们能够办一份好点的报纸，让这栋公寓的订户翻一番，应该不是天大的难事。北京有七百万个家庭，三分之一家庭订报，就是了不起的数字。现在过了八年，新京报用业绩证明，我们对市场空间的判断是准确的。

武云溥：讲到经营，报业发展的势头你怎么判断？

戴自更：从数据上看，去年本报一到九月份的广告刊例是九亿多，今年十一个亿，增长21%。无论刊例还是实收，我们的增长势头都很好，也比同城同类媒体要好。从北京的报业市场占整个媒体市场的比例来看，可能呈萎缩的态势。电视、广播、杂志、新媒体等都在抢夺广告份额，挤压报纸空间，尤其是互联网新媒体，北京集中了全国最牛的网络媒体，有门户网站，有搜索引擎，有视频网站等等，现在很多广告商，都比较看重网络投放。因此我这里说的萎缩态势，主要是指相对比例而不是绝对量。据我们调查，北京报纸广告的总量今年以来有11.3%左右的增长。据慧聪国际的数据：上半年全国报纸广告刊例为五百二十三亿元，同比增长13.2%，其中都市报为四百四十三亿元，同比增长14.23%；报纸广告的增幅超过电视和广播等媒体。因此说报纸广告可能处于下降趋势，但即使趋势如此，不排除每种媒体形态里面有领先的　两家能分到更大的蛋糕。

武云溥：蛋糕的分配，已经越来越不利于传统媒体了，所以新京报今年尤其响亮地提出"互联网时代的报纸"这样的转型口号。

戴自更：转型是必要的，但在传统的报业领域，我们仍然要保持和加强领先地位，更加凸显新京报的内容特色和品牌定位，避免同质化竞争。

我摸索出来的一套报业成本控制办法，就是量入为出、科学发展。新京报到目前为止发展都是良性的。具体说，就是发行增长、广告营收和采编投入这三块，要统筹平衡。根据新京报历年的情况，我们总结出一套规律性的东西，就是每年按照20%的广告增量、15%左右的发行增量，10%左右的采编投入增量，能够保证30%—40%的盈利增量。我们的年度目标和相关投入，都是根据这样的比例来做预算并付诸实施的。我们不做好大喜功的事情，从来不觉得发行量做到一百万份就好，如果发行量与广告营收、与新闻影响力不成正比，就意义不大。经营业绩的稳步上升而不是"拔苗助长"很重要。如果你看新京报八年来的财务报表，刚好是个很好上升的曲线。很多投资人都对新京报的经营业绩表示肯定甚至敬佩。

武云溥：媒体的经营和内容经常会面临矛盾，比如广告客户的产品有问题，但却要投放大价钱的广告，而且可能要求报纸屏蔽相关的监督报道。在处理此类问题上，你的原则是什么？

戴自更：新京报实行采编和经营完全分开的原则，采编人员的价值体现在报纸质量上，经营人员的价值体现在报纸或版面的营销上，采编不能直接用版面去换钱，而经营人员也不能通过具体的新闻报道去搞营销，创造经济效益不能违背职业道德。对此我们有一套很好的职业操守管理办法。

新京报在广告经营中也坚持"品质源于责任"的理念，对广告经营也有一整套的要求，比如不登虚假征婚广告、虚假招工广告、非法医疗广告、快速致富广告、有色情内容倾向的声讯广告等，目的就是坚持"社会效益第一"的原则，确保负责任的主流报纸的良好品牌形象。刚开始时我们一年的直接损失有数千万，当时大家也有过争论，因为同城同类媒体都在做，但最后大家还是取得一致意见。我们是承受了一时的损失，但得到的是客户和读者的赞赏和信任，是我们品牌价值的提升。

当广告和内容发生冲突时，我们是很坚决地遵循内容至上原则的。报社与客户的关系是平等、互利的关系，客户是我们的上帝，读者也是我们的上帝，报社、读者和客户是一个稳定的等边三角形的关系，客户如果有问题，我们肯定会报道。我们绝对不会因为眼前的经济利益，而损害报纸的公信力和作为主流媒体的健康形象。

武云溥：新京报的广告采用了直销方式，这有别于很多媒体惯用的广告代理模式，这是出于怎样的考虑？

戴自更：经营的直销模式，是从《南方都市报》移植过来的，新京报照这样运作也非常成功。在广告市场普遍低迷、报业经营普遍不景气的情况下，由于我们手中直接掌握经营资源，直接面对客户，所以抗风险能力很强，经营后劲也越来越大。我们有三百多名广告人员，广告人员是直接面对广告客户的，不需要中间环节，可以直接下单，经营主动权完全掌握在我们自己手里。报社如果有什么策划或活动，比如推出各种特刊或大型活动等，我们都会通过媒介顾问及时告诉客户，让客户及时参与。采取广告直销模式，还有一个特点就是可以充分调动一切资源。我们创刊第一年广告实收就达到 1.83 亿元，这里面有报纸自身的影响力，有《南方都市报》的市场辐射，但是跟我们选择直销这样的经营模式，也是密不可分的。

发行也是一样，我们有一千二百多名发行人员，订户资源也完全掌握在我们手中，新京报发行推行的一些特色服务措施就可以直接实施，比如我们的"一报两投"措施，读者订了一份报纸，周一至周五上班，我们投到办公室，周六、周日在家，投递员就会投到家里。如果订报人出差，一个月或半个月，你就可以在报箱留张纸条，等你出差回来，我们的发行人员会在第一时间把出差期间的报纸一起送去。这就是直销的好处，可以按需定产，可以与客户保持无缝对接，直销要求我们非常强调服务质量，因此只要不违背原则，力所能及的事我们都愿意去做。

管理之道　办一张有情怀的报纸

武云溥：对于任何一家企业来说，人才都是核心竞争力。新京报八年，确实打造了一支在业界享有盛誉的团队。那么现在，就团队建设和人才培养这方面，你有怎样的考虑？

戴自更：我们之前谈了很多外部环境的问题，但在我看来，无论外部环境如何艰难，我们都有理由和机会去克服困难，继续前进。而内部的问题，才是一张报纸办到第八年，最让我费心思去思考的。我总在想，新京报的企业文化、企业精神是不是还保留着？我们的团队意识，和团队成员之间的彼此信任与被信任的关系，是不是还一如既往？

基于这些考虑，还有更多的细节问题有待思考，比如我们报社内部的激励机制和考核机制，是不是还足够有效？我们的规章制度，能不能对员工切实起到约束和规范的作用？

武云溥：新京报年轻人多，是不是都市报更适合年轻人？年轻人思想活跃，外面的诱惑多，如何才能把一些才俊留下来？

戴自更：对。都市报的特点决定了人才上要更多使用年轻人，因为办都市报需要更多的热情、理想、创造力，需要艰苦的付出和超强的体力，需要充满朝气的、乐观的人生态度，需要一往无前的、敢作敢为的优秀品格。现在在新京报工作的也基本都是年轻人，我们的采编人员平均年龄大概是二十七岁。如何留住人才？我认为一是事业留人，希望把报社的新闻理想和个人的奋斗目标结合在一起，给年轻的人才更多的工作压力，让他们把自己的才华充分地发挥出来；二是待遇留人，我们有一个相对完善的按劳分配机制，可以激励人才；三是感情留人，在报社倡导平等和谐的工作环境，倡导简洁明快的工作方式，尊重人才、尊重劳动，让他们充分享受工作的快乐。

武云溥：为什么会意识到这些问题的重要性？

戴自更：因为任何企业发展到一定阶段，管理者都要面对这些问题。我想有两种心态会带来麻烦：一种是自我感觉特别好，觉得新京报办了八年，自己也立了很多功劳，很牛了，目空一切，老子天下第一。有了这种心态，导致的问题就是看什么都不顺眼，觉得待遇不好，没升官，没发财，办公桌也没换，报社也没盖新大楼，总之觉得付出多，得到少，心里愤愤不平。

第二种心态，就一个字——混。觉得这个地方待着还可以，不想去创新，不想去创业，不想改变现状，就这么混口饭吃可以了。这种心态会导致我们丧失创业时期的激情和创造力。

武云溥：也就是说，你依然认为新京报还需要继续创业，戒骄戒躁？

戴自更：办企业跟打仗一样，单纯的守是守不住的，必须进取。我们需要永远给自己设定目标，对我来说就是要给报社员工设定新的目标。两年前我跟你讲过，我希望新京报能够借助资本的力量，进一步扩张业务领域和影响力。现在我们把网站和杂志都做起来了，但我认为还远远没有达到预定的目标，而且我们的人才储备还远远不够。这就促使我回过头来反思，新京报员工的水平真的就比别人高很多吗？也许以前是，现在就不见得了，因为现在有更高的要求，不是守成，而要进取，需要有创业激情、有拓展能力的人才。

新京报刚办起来，是打硬仗，排兵布阵需要关羽、张飞这样的猛将，但那是在传统媒体领域创业。现在几年时间过去，新京报的处境已经不单是在传统媒体领域，当我们意识到需要跟新媒体竞争，需要把新京报旗下的产品进一步多元化，需要思考资本运作的时候，缺乏的就不是原来意义上的人才了。所以我从前几年起就呼吁有能力的人站出来，给你足够的支持，无论资金上还是利益上都给予倾斜，只要你能够把新京报带上一个新的高度，进行二次创业。

武云溥：那么对于员工难免产生的惰性和浮躁情绪，又该如何看待？

戴自更：现在社会心态普遍浮躁，写一两篇稿子就想成名成家，人家《纽约时报》、《华尔街月报》做一辈子记者的有的是，记者可以是终身的职业。我觉得一些同事对自己能力、对自己想要什么还不是很清楚，你就是当了主编，甚至当了社长又怎么样？也不过是外部的名声，关键还是自己是不是过得充实。新京报是个不错的平台，坦率地说，来新京报前有不少同事缺少社会认同，但在这里通过自己的努力，在业内闯出了地位和知名度，发奋图强大概就是这个意思。英雄不问出身，有好的机会、好的平台真的很重要。但我很想对同事们说，还是要沉下心来，做事情最重要，要一步一个脚印。人生重要的不是别人的承认，而是你自己领悟到了什么。

武云溥：这有点修道的感觉，现实中要这样超脱恐怕很难。

戴自更：当然，人要避开名利的诱惑是很难，特别年轻有为的时候更是不易。我们有些同事有了名气后，希望有更好的前程，更好的职位，更好的待遇，我也是主张去尝试的。不过据我所知，从新京报出去的人，除了少部分还好，大部分可能还有所不如。我以前说过，要让全体员工共享报社发展的成果，为了留住人才，我们需要完善报社的福利待遇，进一步提高对员工的物质上的激励。

不过，我还是认为精神层面的满足更重要。当你年老之后，一生的成就感从哪里来？《纽约时报》有驻中东的记者，也有驻白宫的记者，也有在编辑部的办公桌前坐一辈子的。问题不在于你坐在哪个位子上，而是你写过怎样的文章，做过怎样的努力，给这个世界留下了什么东西。

武云溥：也就是不能光低头走路，还要抬头看路。

戴自更：你要想明白，加入新京报是为了干什么？新京报能给你带来什么？经常有人高喊一些理想主义的口号，心里憋着一股邪火。应该承认，新京报的成功，有很大成分在于我们打破了原来的一些框框，走了一条异于常人的发展之路。新京报的员工有名牌大学、知名媒体出来的，也有很多是半路出家，光脚不怕穿鞋的，靠这种心态闯出来一条路。有这股"邪劲"的人，或者说愤怒的人是可以成功的，但未必能持久。相反，得有责任心、有爱心，有怜悯之心、慈悲之心的人，才可以走得更远。

武云溥：很少在新闻人讲的话里，听到这样一些"道"的层面的表述，在每天务实地做新闻工作的同时，可能也要经常思考一下价值观的问题，这也关系到我们每天看待新闻的态度。

戴自更：你说的很对，我希望新京报人有更大的胸怀，有一颗悲悯之心。有些报纸的记者，在新闻事实还没有搞清楚的时候，就主观论断，这样不好。报纸应该是社会的良知，是一面镜子，不能公器私用，要力求避免伤及无辜。

武云溥：新京报是一家媒体，新京报社和新京报传媒有限责任公司又是面向市场的企业，在企业管理的经验上，你有怎样的理论总结？

戴自更：新京报社作为面向市场、自主经营、自负盈亏的独立法人，决定了其运作方式和管理格局与有财政补助的传统报业有很多不同。在管理格局的设计上，新京报根据报业实际和发展需要，把经营业务从报社剥离，投资组建了一个全资有限责任公司，承担报社的经营业务、品牌推广业务和资源整合任务。报社属于公益性资产，不追求盈利最大化、而是追求社会效益的有效性，实行事业性质企业化管理；行政和经营则属于经营性资产，追求经济利益最大化，采取完全企业化管理。从而改变了传统报社机关不像机关、企业不像企业、事业不像事业的尴尬局面，保证了资产经营权、利益分配权的合一，从制度上确保国有资产的保值增值，并为新京报推行报业体制的深层次改革，进一步接轨资本通道，确保可持续发展奠定了基础。

在内部运作机制设计上，我们把报社的采编部门当成是企业的产品生产中心，把公司的广告、发行部门当成是企业的营销服务中心，把行政、后勤当成是企业的保障供应中心，按现代企业管理框架，推行业务管理和横向监督的分工协作制度，建立了采编、经营和行政后勤三大高效运转、互相支持、互相依赖、互相协调的内部运作模式。

在内部管理机制设计上，我们引进现代企业制度，用企业化的方式进行高效管理。一是坚持推行真正意义上的全员劳动聘任制，取消全体员工的行政级别；二是建立职级工资加绩效工资的薪酬模式，职级工资与专业能力、报社工作年限等挂钩，绩效工资与每月绩效考核挂钩；三是建立起月度、季度、年度的定期考核模式，基层员工的考核结果作为岗位聘用、月度薪酬、职级升降的参考依据，中层以上管理人员年度业务指导能力与管理能力的考核结果与岗位聘任、年终奖挂钩，实现高层问责制、中层竞聘制、基层淘汰制。同时在报社、公司推行全预算管理，明确事先申报，事后考核的管理制度，使得各部门责权利分明，运作高效，更能适应市场变化。

八年来，新京报已经实现了以优化业务流程为根本，以资金流有效控制为依据，以人力资源配置为重点的企业管理格局。新京报不仅报纸质量平稳提升，经营业绩年年增高，而且培养了大批优秀的报业人才，实践证明，新京报的管理机制具有生机和活力，也是报社得以持续发展的核心动力。

科学发展　理性与自由的媒体文化

武云溥：八年了，我想请问社长，你自己坚持在新京报的理由是什么？

戴自更：坦率跟你讲，人一辈子只能做一到两件事。一个人最好的黄金年代，大概也就十五年到二十年，这点时间能做成一件事就不容易了，而决定事情成败的关键时间更短，可能也就一年或者几个月，甚至一两天。那你就只能抓紧时间做你最熟悉、最能想明白的事情。对我来讲，做成新京报这项事业，就是一生中最熟悉，也最想做的事。

在市场经济里的企业，一把手付出的精力，是其他人无法想象的。把新京报办起来并领着走到今天，我觉得已经是自己才智的极限，在我是完成了一项几乎不可能完成的使命。我不能说新京报走的每一步都正确，但跟其他媒体比起来，新京报的决策失误是最少的。

武云溥：如果说社长你感觉自己的布局和心血没有被所有员工理解，一方面可能像你刚才所说，是大家位置不同，思考问题的角度也不同；但另一方面，是不是也有你平时很少讲这些问题的缘故？

戴自更：我是认为媒体人应该低调一些，更希望大家共事，能达成默契。新京报这个团队总体上是很和谐的，不存在拉帮结派、钩心斗角，大家有争论也是在工作上就事论事。在这样的氛围里，你能看到我平时是不管员工具体事务的，我鼓励大家发挥个性，只要你心情愉快，能把工作做好就行。

武云溥：最后回顾这八年的办报历程，新京报的成功之道，以及历经艰难困苦获得的生存经验，请社长再总结一下。

戴自更：新京报能取得今天的成绩，我特别想强调一下"自由"和"独立"这两个意思。从外部环境说，要办一份有竞争力的报纸，体制必须给予空间，如果管得过多、干预过多，这份报纸就不会有个性、有差异化，也就不会有市场前途。从内部管理上说，要给记者编辑以空间，世界上没有不能报道的新闻，就看你怎么报道、报道什么，如果报社的各级领导总以自己的判断左右记者的一线采访，报纸也是没有前途的。我觉得新京报的成功，在于无论是外部环境还是内部环境，都给了大家比较充分地进行独立思考、独立采编、独立运作的空间，最大限度地激发了各自的创造力。当然这里说的自由、独立不是没有边际的。

武云溥：这两个意思多是在理念层面，管理层面提得较少，新京报文化中是不是也有这样的内涵？

戴自更：报纸是新闻信息载体，肯定带有意识形态特点，但是办报纸确实还得遵循新闻规律，八年来，有很多人觉得新京报好，但不知道为什么好，也有个别人不喜欢新京报，但他们根本不了解这份报纸，他们受固定思维的束缚，很难判断新京报的好与不好。

说实在的，在我们内部，除了个别的管理人员，很多人是不清楚新京报的办报禁区和底线在哪的，更不用说那些特别拧巴和逆反的人了——希望不受体制所限，希望搞点春秋笔法把不满情绪表达出来。但是说实在的，在大众媒体上，这样有很大的风险。

我看了六年多的夜班版面，对这个问题有着深刻的认识。但是我觉得，不应该给编辑记者，甚至中高层管理人员下达一些注意事项或指令，我知道如果有了这样的"一二三四、甲乙丙丁"，这份报纸风险是不会有了，但估计离死也不远了。这是我的纠结，我每天看版，只针对具体的稿件，不搞形而上的举一反三。没问题就通过，能修改的修改，不能修改的就撤换。这是很大的工程，并且日复一日，有些时候我也绝望悲观，但是想到能让这份报纸活下去，能让下面的编辑记者活得自在，无拘无束，也就继续着。主管单位领导不了解，甚至同事也不了解，但我很清楚。新京报和办这份报纸的人，与外部世界有很大差异的，这种差异需要我在这里承担。因此我是既对外部世界给予的批评和责难表示不认同，同时也对本报内部个别人，那种一味地表示自己多么有反抗精神，并因此觉得自己站在道德制高点的态度表示不认同。办报纸只能在现有体制下，再通过具体的报道进行突破。

文化上的包容应该是更核心的东西。为什么美国会产生乔布斯这样富有创新能力的人物，会产生很多好看的电影？我想和制度层面较少束缚有很大关系。新京报的成功也是在于我们独特的地位，过去八年能够走出一条自由创新之路，我们只对新闻事实本身负责，没有牵扯太多利益相关方，没有包袱，可以轻装前进。放眼中国，没有哪个地方的报纸，能获得新京报这样的成长空间。

这种空间不是天上掉下来的，是我们一点一点努力争取来的，所以更加弥足珍贵。为什么我要特别提到媒体的自由空间，道理很简单，如果媒体依附于某个利益集团，那就无法获得大众的信赖。于报社内部而言，我也希望能够营造这样宽松自由的空间，让每个新京报人，都能在报社找到归属感，找到自己的幸福。

《新京报》创刊酒会
人民大会堂
2003年11月28日

新京报创刊酒会

一张报纸的新北京梦

受访者: 王跃春（新京报执行总编辑）

访谈时间: 2011 年 8 月 10 日

职业生涯　新闻是最有意思的工作

武云溥: 从你自己的新闻职业生涯谈起吧，入行是哪年？

王跃春: 1994 年，我的第一份正式工作是在《深圳法制报》当记者，因为我上大学就是学的新闻，不过是广播电视新闻专业，毕业之后分到深圳。

武云溥: 为什么没去电视台呢？

王跃春: 当时听说女的没机会扛摄像机，就没兴趣了。喜欢报纸还有一个重要原因是大三在《中国青年报》社会周刊实习了三个多月。那是 1993 年，中青报最火的时候。

武云溥：这三个月都学到了什么？

王跃春：怎么去做新闻，什么样的东西是有新闻价值的，报纸应该是什么样的。中青报是"实习生的天堂"，我去实习第一天就碰到突发新闻，刚巧报社的记者都出去了，就我跟另外一个实习生在那，于是就派了我们俩。接到的报料是有个流浪汉被火车撞伤后一直昏迷，不知道被哪个医院用救护车扔在了铁路医院门口，救护车把伤员扔下就跑了。伤员身上还穿着病服，但胸口的医院标志被特意剪掉了。这事就算放到现在也是很重要的社会新闻，让我赶上了。

我们去了现场，当时就一个想法，要查出是哪个无良医院把病人抛弃不管。当时铁路医院已经把伤员的病服给扔了，我们就跑去那个医院处理医疗垃圾的地方，徒手翻医疗垃圾。幸运的是，在准备焚烧处理的垃圾里，我们真刨出了那身病服。经核查，这病服来自北京一家著名的大医院。当时完全没有担心自己染病什么的，就觉得应该把这个东西找出来，就觉得在垃圾堆里找新闻线索很有快感。我的第一篇报道就这样做出来了，还挺轰动。那年有个全国新闻系大学生实习作品比赛，我们拿了一等奖。

武云溥：这是挺有成就感的实习经历，而且你一开始做的就是比较"硬"的社会新闻。

王跃春：对，感觉很幸运，第一次进入报社，就遇到这样的新闻和专业的新闻人。可以说，我的新闻"专业"和新闻"观"是在中青报学到和养成的。

武云溥：毕业后你怎么没去《中国青年报》呢？

王跃春：我是想进中青报，但他们那一年不要女生，我只好去了《深圳法制报》。

在《深圳法制报》新闻部，分条线的时候，我跑了没人愿意跑的一条线，就是城管。大概跑了一年多，跟深圳的城管们混得特别熟，从执法大队到各个区，还包括环卫垃圾处理什么的。

武云溥：为什么选这条线？

王跃春：没有选择，没人跑这个，我是新人，必须跑。

武云溥：有乐趣吗？

王跃春：挺有意思的。我始终觉得，对于一个记者，最大的兴趣爱好就是自己不知道、不了解的人和事。虽然那些东西未必总能写到稿子里面去，但我有兴趣了解。

武云溥：做新闻不光是为了写稿子？

王跃春：对，好奇心非常重要。我现在也老跟大家讲，做记者最好的一种感觉就是，你每天都不知道自己接下来会遇到什么人、什么事。我觉得这个特别有意思。

经验积累　市场化都市报的内容革新

武云溥：在《深圳法制报》做了几年？

王跃春：六年。

武云溥：后来怎么去了《南方都市报》？

王跃春：我记得是 1998 年，戴安娜王妃之死，那个新闻让大家认识了《南方都市报》，因为南都是第一家把戴安娜之死做成封面，把国际新闻放在报纸最前面的。当时我就想，如果再换一个工作的话，就去这样的报纸。但是我不想去广州工作，我喜欢深圳。到 1999 年底的时候，机会就来了，南都要进入深圳市场，创办《深圳新闻》。我在南都的校友帮忙推荐了一下，我就进了南都深圳记者站。

武云溥：南都这样一个媒体，是什么地方吸引你？

王跃春：真正地做新闻，做纯粹的新闻。记得我在南都发的第一篇稿子，就是我自己出去打车，突然发现深圳的出租车开始装一种新型防盗抢装置。当时深圳打劫比较厉害。这个装置只有半圈围栏，围着司机一圈。我问司机这是什么东西，司机说他脚底下有一个按钮，一踩，钢板就弹上来了，特别厉害，能把人胳膊打断。我在《南方都市报》发的第一篇稿子就是写这个。

武云溥：这种敏感，你觉得是天生的还是训练出来的？

王跃春：有天生的成分，好奇心大部分是天生的，可以训练的是新闻操作技能。所以说，我觉得一个人如果要进新闻单位的话，首先要想清楚，自己是不是真的喜欢新闻。有一些人很苦恼，说对某个新闻就是没兴趣，别人的故事跟我有什么关系呢？没有兴趣去采访，就做不好新闻。因为你的提问首先是你个人的本能，你关心什么，你好奇什么，你想知道什么，你才会去提出问题。不是说新闻学院的老师训练你，或者报社要求你去问什么问题。所以做新闻一定要有天生的好奇心，没有的话，做这行会很难过。如果有人说对新闻提不起兴趣，我一定劝他改行，不要让没兴趣的工作折磨自己。

武云溥：这是不是新京报采编团队的选人标准？

王跃春：如果我来面试新同事，我肯定会问他对新闻感不感兴趣。新闻是一个"杂学"，更多是靠实践。不当记者的话，在家里看多少书你都搞不清楚采访是怎么回事，导语应该怎么写，标题应该怎么做。新京报的选人标准不拘一格，对新闻的热情肯定是第一位的。

武云溥：在《南方都市报》你学到了哪些经验？

王跃春：在南都，更多的是一种市场化理念的熏陶，现代化的新闻职业规范，还有就是创业与创新。

武云溥：你在南都还是做社会新闻吗？

王跃春：我当了半年的记者，然后当南都驻深圳记者站的副站长，又过了半年多，竞聘当了站长。再过一年，当了南都的编委，属于升职非常快的那种。

武云溥：怎么做到的呢？

王跃春：过去在深圳的积累，并且抓住了机会。当时南都在深圳的影响力超过在广州。南都在深圳是绝对的第一，无论发行量还是影响力。当时的零售量做到了深圳其他所有报纸零售量总和的 1.5 倍。

内容特色　摸清北京人的阅读口味

武云溥： 那么后来北上创办新京报的过程是怎样的？

王跃春： 筹办新京报，在我理解就是"到北京来"。没啥决定，说来就来。不考虑什么事情，新京报创办团队的大部分人，都是在一夜之间做的决定。

武云溥： 这份新报纸靠什么吸引大家过来？

王跃春： 就是做一个新的报纸，这一条理由足够了。

武云溥： "一出生就风华正茂"的口号当时怎么理解？

王跃春： 我们当时想的就是，除了北京本地新闻，其他所有的东西都可以从南都移植过来。什么叫"一出生就风华正茂"？当时来了二百多人，基本上把南都采编重要的部门骨干，全搬来北京了。否则怎么可能有信心只用两个月的时间，去创办一份每天八十版的报纸？当时跟我们差不多同一时间创刊的《第一财经日报》整整筹备了一年。

武云溥： 我们一直说新京报办得很"仓促"，但在采编内容方面是很有信心的？

王跃春： 当时的想法很简单，大不了就把南都的版面拿来填嘛。事实上后来也没填多少，还是白手起家做起来的。起初想得过于简单了，以为北京人想看的新闻跟广东人一样，后来发现根本不是一回事。但是，假如当时想到这么多差别和困难，可能也就做不成了。只要想到就去做，没有路就去闯一条路，这是新京报成功的经验。

武云溥： 新京报创刊时，对采编内容的规划是怎样的？

王跃春： 我当时来北京的第一件事情，是研究北京已有的报纸。记得我买了一堆报纸铺在宾馆的床上，数每份报的版数、结构，主要栏目有哪些，有什么样的特色。当时感觉北京的报纸无论品相、内容，都没法跟广东的报纸比。在新闻操作理念上，广东确实领先很多。所以，当时办报的信心很足。

武云溥： 实际上在北京办报有困难吗？

王跃春：后来才发现，这种比较太浮浅了，北京与广东有着本质的不同。拿社会新闻举个简单的例子，北京不是社会新闻的富矿，广东三天两头有打劫、拍砖甚至枪战的案子，北京没有多少治安刑事案件，大部分社会新闻都是家庭矛盾之类的。偶尔有杀人案，也往往是家庭矛盾引起的。两座城市的新闻类型和形态很不一样。

武云溥：这确实很有意思啊。

王跃春：还比如时政新闻，深圳、广州的各个政府机关非常希望媒体来报道自己的工作，比如市领导有什么活动，有什么政策出台，都希望媒体报道甚至做大的策划。但北京不同，身处首都，领导更显低调，政府机关与媒体的互动也少得多。全国各地的都市报，时政要闻版每天都是省、市领导的行踪，北京很少看到这些。

还有老百姓对新闻关注度也不同。广东是一个典型的市民社会，报纸报道一个事情，轰动效应来得特别快。北京是圈子结构的社会，很难形成大的全城关注的热点新闻。

武云溥：那面对北京这种特殊的地方特色，报纸应该怎么做？

王跃春：新京报托了"新北京人"的福。新京报创刊八年时间，正是新北京、新北京人快速发展的八年。无论政府机关、高校、大型企业还是文化机构，包括演艺圈接纳了大量的"新北京人"，他们融入主流社会，也慢慢改变着北京。这是新京报的读者基础。

武云溥：我看到新京报创办初期的资料，报社内部对目标读者的描述特别有意思，这里引述一下："具体而言，新京报的读者是北京地区政府公务员、国内外大中型驻京企业管理阶层、泛文化产业有成就的专业人士、商场上的成功人士、各国驻华使馆外交人员、有房有车的市民、深居简出的退休高官、神通广大的高干子女、收入可观的自由职业者、奋发向上的有为青年和大学生、海内外来京办事出差旅游并且养成了看报习惯的人士。他们年富力强，是中坚力量、成长阶层，实力人士、活力人群——是这个社会向上生长的力量。我们要咬定高端、吸引中端、团结低端，成为北京政治界、经济界、文化界和主流社会首选和必读的报纸。"

王跃春：这个目标完全实现了。一开始，我们吃不准北京读者喜欢看什么内容，还是按照南都原有的套路在办报，版面架构跟南都几乎完全一样。慢慢接触和了解北京这座城市，北京新闻的面貌就不一样了。中国新闻这边的读者口味也不一样，可能更偏时政和国际，北京人对国际新闻这块的阅读需求比广东人更大。然后文化新闻、娱乐新闻和广东报纸的做法完全不同。广东报纸最像香港报纸的地方就是很多娱乐新闻，比较八卦，更多的是港台娱乐圈的消息，专业的电影报道很少，话剧、歌剧几乎没有，但是在北京，这些全都是重点。

现在新京报的读者跟我们创刊时所设想的或者说所梦想的读者群基本上是吻合的，是一个拥有一定社会地位，拥有一定经济基础，有一定话语权的，有一定影响力的人群。而这个又得益于我们身处北京，北京聚集了一大群这样的人。记得新京报七周年时，我们拍了一个电视片，采访了于丹，她说新京报在北京"影响了一个阶层"。我遇到很多这样的情况，一个人在看新京报，他周围的朋友、他所在的圈子都在看新京报，这是一种很奇特的媒体现象。我想这个就是新京报所带来的一种价值，它为北京人提供了一种新的选择，选择新京报的人以这份选择为荣。

武云溥：新京报能在北京扎根下来，你觉得关键因素是什么？

王跃春：创刊时我们给自己的定位是"走第三条道路"，就是在传统都市报和传统党报之间探索出"新型时政类主流城市日报"这样一条路。回头看，当年的这个设想是成功的。首先在读者定位上面，新京报面向一个中高端的市场。因为这样的办报理念和这样的目标读者群，也就要求这张报纸有更多的责任感，小到对我们读者，对报道对象，大到对这个城市，对这个国家，对整个社会，都抱有强烈的责任感。包括在我们内部，从企业文化上来讲，我们要求所有的新京报人对自己的职业，对自己的报社拥有更强的责任感。

突破之道　新闻专业主义为王

武云溥：我特别想知道，在一天的工作里面，占用你时间最多的事情是什么？

王跃春：我总是说在中国干媒体这行，80% 以上的精力是在新闻业务之外。

武云溥：这很痛苦吧？

王跃春：这个，你懂的。我们不是生活在真空里的，当我们影响力越来越大的时候，也就意味着写下文字、发出声音要更谨慎，因为无数的人盯着我们。

武云溥：所以说媒体的影响力是一把双刃剑，你怎么看待新京报所发出的观点价值？

王跃春：新京报的口碑建立，一方面靠着对新闻事实的客观报道，另一方面就是我们的评论能够讲出独到的观点。八年前，北京还没有报纸把评论放在最前面的，新京报开了这个头，人家看惯了以后，觉得这样还挺好，现在更是成了所有报纸的潮流。事实上，在互联网时代，报纸不做评论几乎是无法生存的。而且，我觉得新京报的评论，最大的优势就是把评论当成新闻来做。

武云溥：把评论当成新闻，怎么理解？

王跃春：我们最早写报纸编辑大纲的时候，每个版有一个定位，写到评论的时候我写过四个字："观点新闻"。根据新闻来做评论，刚发生的新闻，你在看到新闻事实的时候，我的观点已经出来了。评论对新闻作快速反应，有的时候甚至是完全同步的，比如我们独家的调查或者大型的策划，做到评论与新闻同时见报。抛开这一点，新京报的评论将一钱不值。

武云溥：面对网络媒体的竞争，特别是现在微博兴盛，网络舆论很活跃，这样的"观点新闻"仍然有优势吗？

王跃春：当信息与观点更加庞杂的时候，报纸的价值越凸显。报纸应当汇聚精华，让读者在更短的时间内收获更大的价值。

武云溥：做了这么多年媒体工作，你的成就感来自哪些方面？

王跃春：前面我谈了做新闻要有好奇心，所以成就感首先来自对好奇心的满足。另一点也很重要，就是我们做一篇报道出来，这篇报道有没有影响力，能不能干预社会，这是支撑很多人坚持做新闻的原动力。所以，我的成就感完全来自于这张报纸，来源于它的影响力，来源于我们所做的各种新闻报道的力量。

当然，解决问题并不是媒体本身的职能，而是政府部门、司法机关的责任，媒体的责任就是报道事实真相，从专业上来讲仅此而已。至于报道的事实和表达的观点能不能推动问题获得解决，那是另外一回事。如果我们的理想就是解决所有问题，那这个理想很容易破灭。曾经有一个记者对我说，他觉得不过瘾——不过瘾的原因是他做了几年报道，感觉也就是撤掉几个乡镇级别的官员，不能撬动更大的官，不能推动更大的改变，他很不满足，于是选择去别的地方。作为媒体人，如果这样看待自己的工作，真有点走火入魔了。

武云溥：呵呵，这可能也说明，在当下的社会，媒体承担了社会太多的期望，这是一种无奈的现实。

王跃春：那个记者走后，新京报的报道影响过更高级别的官员。但我始终觉得，这不是衡量媒体成绩的标准，媒体人只要站在客观公正的立场上报道事实，能够看到问题的解决当然好，但如果问题解决不了，那不是媒体的错。所以，我们强调要做专业的、职业的新闻人。在这个时代，我们通过这个职业，坚持我们的专业，广泛而直接地参与社会进程，这就很有意义。

武云溥：坚持新闻专业主义，必须要面对很多压力吧？因为我们所处的社会，仍然是个"人情社会"，各种或明或暗的关系无处不在。

王跃春：压力肯定是有，我自己总结过，每天接的电话主要是两种：一种就是希望你去做某个报道；另一种是希望你不要做某个报道。后一种比前一种更多。怎么去面对呢？我想最主要的衡量标准就是它的新闻价值，衡量它的真实性、客观性，以及这个事情如果做会给新京报带来一个什么样的影响，如果不做又会损失什么样的一些东西。作为媒体当然需要有一个良好的发展环境，需要跟媒体发展的相关方面保持良性的互动。我们有一个口号叫做"理性、建设性"，哪怕是做负面报道，还是要坚持善意，要有助于解决问题。媒体的舆论监督作用，包括干预社会的能力，包括在一些事情上的话语权，这是我们绝对不能放弃的，因为放弃了这个东西，媒体就没有价值了。

版面革新　好的更需要改变

武云溥：我注意到一个现象是，从 2003 年创刊一直到 2005 年新京报开始改版，以后每年都要改版，这是出于什么考虑？

王跃春：2004 年我们第一次改版的时候，大家讨论出一句推广语，比较能概括改版的本意——"好的更需要改变"。此话一出，改版就变成了一种沿袭的惯例。

武云溥：但是新京报每次的改版看起来变化并不大。

王跃春：更多的是一种微调，不像有些报纸一改版就"面目全非"。我们坚持只做微调，让读者的阅读保持稳定性，同时每年又能在内容与版式上感受到一些新意。而更多的，每年的改版是我们内部的一次改变与创新的动员，让团队保持常做常新的活力。

武云溥：这种不断的微调很有必要吗？

王跃春：我觉得有必要。改版更多是办报理念上的与时俱进。比如第二年，我们把通栏版式改为二四分栏，其实就是对"视觉暴力"的一种反思。那时都市报都是超粗黑、通栏大标题，"逼着"读者一定要看头条，其他新闻就会被忽略。我们觉得要减轻读者视觉上的负担，提供更多的版式可能，一张面向中高端读者群的报纸，应当严肃一点，平和一点。

武云溥：内容本身的调整呢？比如有的版开始没有，后来增加了，有些原来的版又取消了，作出这些判断的依据是什么？

王跃春： 新京报内容的基本架构是保持不变。架构微调通常有两种考量。一是读者需求，比如新京报最早是没有电视节目表的，第一年改版讨论时，感觉服务信息，北京人还是挺需要的，于是我们逐步增加报纸上的服务信息。第二个是行业的需求，新京报的行业周刊会根据广告市场的变化来进行调整。

武云溥： 每年改版，报纸的宣传口号也在相应变化。

王跃春： 从创刊到现在，新京报使用过很多口号，基本上每年改版都会有一个新的推广口号。创刊之前，我们的口号是"一出生就风华正茂"，创刊之后我们的口号叫做"负责报道一切"，强调要负责任地报道我们所面对的一切。后来还使用过的口号包括"好的更需要改变"、"北京人的新闻主干道"等等。2006年开始有一个全新的，也是现在打在我们报纸上的口号，叫做"品质源于责任"。口号虽然不断变化，但从创刊到现在，这些口号里面有一个不变的东西就是"责任"。责任是新京报的办报理念，也是我们的企业文化。所以从"负责报道一切"到"品质源于责任"，都是一脉相承的。

武云溥： 回顾这几年来从版面到口号的改变，我们能看到新京报传递出的气质更加沉稳、平实了，你觉得这意味着什么？

王跃春： 你说现在的口号更加平实，我的理解是变得更加成熟。刚创办时需要张扬，需要新锐，需要生气勃勃，体现一种新出生的力量。新京报现在扎根北京、影响中国，这里面是新京报一点点走向成熟的过程。无论是"一出生就风华正茂"，还是"品质源于责任"，我觉得对于新京报人来讲，本质的东西从没有改变。

转型之路　互联网时代的报纸

武云溥： 这两年报纸在面对互联网的冲击方面，进行了很多有针对性的调整，我们越来越多地在新京报上看到短小、快速的报道，以及一些文本体裁上的网络化试验。更深层面的策略，你是怎么考虑的？

王跃春：现在大家上下一致的共识是：互联网的发展以及互联网发展所带来的传播方式的改变，是整个传统媒体必须去面对和拥抱的，必须把互联网能够为传统媒体所用的东西用到极致。且不说新京报在新媒体上的尝试和发展，就是做报纸本身，做新闻报道本身，做一个记者，做一个编辑，在我们整个工作环节中间，包括工作流程，还有工作内容，其实已经在很大程度上要去对接互联网的一些东西。包括我们的新闻来源，与读者的互动，新闻报料方式，以及整个新闻操作模式，还有很多新的传播手段、传播渠道，从最早的论坛发帖，到后来的跟帖，到现在的微博，这些都在深刻改变整个媒体的报道方式。所以我觉得必须张开双臂拥抱这个东西，否则最后还是会被淘汰掉。因为包括读者阅读习惯、阅读体验也在随着互联网的发展在改变。以前就是单纯的编辑部办报，编辑部想办成一份什么样的报纸，读者就得接受它。但现在不是这样，现在我们得更多考虑读者的接受程度，与读者之间的互动，让读者参与，考虑每一个版式和每一个标题，读者的阅读体验会是什么样子。读者和互联网结合越来越紧密，我们也一样。

武云溥：通过什么样的渠道去了解读者的阅读需求？

王跃春：我们每年会做一些读者调查，比如周年庆活动，我们会邀请读者来，到报社来体验和开座谈会，主要是跟采编人员进行交流。我们的发行部门会定期搜集他们从报摊上、送报时跟读者的交流，搜集很多这样的信息回来。其实还有一点，我觉得是最主要的，就是我们自己随时随地把自己还原成读者。现在我们每天有一个白天评报会，就是一群采编中层拿着当天的新京报和其他媒体做比较，事实上他首先是作为一个读者在评报。前一天晚上当编辑的时候和第二天坐这里评报的时候其实是两种思维，一个是读者思维，一个就是编辑思维。所以这两个之间怎么能够拉近距离，怎么能够互动起来，我觉得是一件很有意义的事情。你自己爱不爱看这篇文章，能不能把一个报道专题读下去，这个标题能不能看得懂，这是我们每个人每天都在体验的。

今天最稀缺的东西是耐心。现在受众在某一个热点上的注意力，我认为通常不会超过三天。这就要求我们改变原先的操作流程。比如原来一个事情发生之后，我们可以花一个月甚至更长时间调查，等全准备好了再推出一个重磅报道。现在不能这样了，且不说三天过去之后大家已经没有兴趣再看，或者已经有新的热点事件出现了，当你花心思花时间做这个重磅的时候，网站可能花几个小时已经把这个专题做出来了。因为现在信息的传递手段越来越快，越来越直接。比如说成都发生大火，我们记者还在往机场赶呢，这边微博实时报道，对现场最细致的描写、图片、视频已经全部出来了，这个时候我们坐在家里编报纸的人是等记者到现场再说，还是坐在家里头就要开始电话连线，梳理材料，寻找疑点？这是一个很大的挑战。

武云溥：日报跟网络拼速度肯定是不行的，那有什么别的办法？

王跃春：传统媒体的优势是什么？我觉得不是第一手的信息发布，而是对事实的解释，是解释权的竞争，是观点的竞争，是深度的竞争。当然这一点我觉得对于新京报来讲正是长项。我刚才说了，原来强调调查报道，调查是要花时间，现在不是不要深度了，而是更要加强。我们从去年开始在内部提出"快速的深度、全民的深度"，就是所有记者在事情发生的第一时间都要想到去做深度，并且最短时间内做出深度报道。它可能是一篇现场特写，可以是抓住一个方向的疑问调查，可以是一个专家权威解读，也可以是新闻当事人的对话。这些东西可以跟互联网上面的快速信息、滚动新闻形成很好的互补。今天的读者第一时间都是通过网络、通过手机知道哪里发生了什么样的事情，那么为什么事情会发生，发生以后会怎么样，还有一些什么样的故事和细节？以二十四小时为周期的报纸，在这方面能够发挥很大的作用。正因为如此，我们可以在拉登被击毙的次日推出十二个版的完全纵深化、杂志化的专题；在动车事故发生后的第二天用六个版的规模去独家分析事故原因；在日本地震海啸引发的核恐慌最严重的时候推出十六个版的"核危机"特刊。

武云溥：从整个报社的层面来看，在面对互联网的转型时期，新京报在内容架构上有什么样的设想？

王跃春：新京报在 2010 年提出"转身全媒体"，现在已经形成了"一报两网三刊"的全媒体形态，一报就是新京报，两网是"新京报网"和"京探网"，京探网定位社区消费门户。还有三本杂志，包括《名汇FAMOUS》、《房地产世界》、《居尚》。"京探网"和这三本杂志切入的是不同的细分领域，这些细分领域都是新京报拥有优势资源的。比如"京探网"，新京报是一个大众媒体，它的一大优势就是不断在影响城市生活，影响城市生活的消费，在这方面形成很大的媒体影响力跟权威性，这为京探网打下了基础。《名汇 FAMOUS》定位做泛文化领域的人物报道，依托的就是新京报在文化娱乐方面的资源。新京报广告排首位的是房地产，家居也是发展非常好的一个市场，所以这两块顺理成章做成了《房地产世界》和《居尚》杂志。

武云溥：你自己也用 iPhone、iPad，怎么看待这类流行的互联网工具？它们会对报纸造成什么影响？

王跃春：我是坚信每一种媒体都具有自身的灵魂和使命，无论传播介质怎么改变，新闻就是用事实真相去影响和干预社会，拥有这样的能力才能立于不败之地。新京报转身全媒体，要做互联网时代的主流报纸，所以我们也做了基于各种移动平台的阅读应用。现在新京报的发行量并没有因为新媒体的冲击而下滑，相反，我们还拥有更多海外的、全国各地的、移动的读者群，每天通过 iPhone 和 iPad 浏览新京报新闻。我们所坚持的新闻理念，我们所拥有的专业技能，我们所追求的不断创新，正在带来更大的影响和成就。我刚刚看到一份由中国传媒大学网络舆情研究所发布的 2011 年第三季度网络舆情报告，在"媒体网络舆情影响力排行榜"中，新京报排在第二位，仅次于新华社（新华网），领先于"新浪微博"。

理念诠释　理想是最大限度讲真话

武云溥：前面我们聊了很多成就与希望，最后我想问的是，作为执行总编辑，你最忧虑的是什么？

王跃春：最忧虑的，还是人的问题。怎么样让一线编辑记者在新京报的工作中，获得更大的成就感和幸福感，就是我现在忧虑甚至焦虑的问题。

武云溥：这种幸福感是指物质条件和待遇的改善，还是来自别的什么方面？

王跃春：物质只是一个方面，从大的环境到我们内部的管理，很多因素会对每个人的成就感与幸福感产生影响。今年报社的人员流动又显得频繁起来。媒体是一个流动性很快的行业，但太快的流动总会让我担心和反思。

武云溥：报社也像一个企业，当摊子做大的时候，问题也会相应产生。

王跃春：我觉得恰恰是我们的摊子铺得还不够大。之前新京报有过至少两次向外扩张的机会，一次浙江，一次上海，有去外地扩张办报的机会，但是种种原因都没有做成。在新京报，人的成长速度非常快，因为这个环境很锻炼人，但是我们又确实没有太多的上升通道，总不能人人都当主编。这种情况下要留住人才，我想提供更多创业的平台，把摊子铺得更大一些，会是一条比较好的出路。

武云溥：那我们看国外特别是欧美国家的传媒行业，有很多全国性的大报，新京报也希望做成百年大报，在你看来，瓶颈在哪里？

王跃春：中国的情况是特殊的，媒体行业的地方垄断很厉害。假如你计划做一个全国性的报纸，这个报纸注册在哪里就是个大问题。且不说政策方面的种种限制，首先在发行渠道上就会一路受阻。

我们看美国的报纸，以《今日美国》为例，它怎么发展起来的？首先是靠非常强大、非常便利的发行体系。《今日美国》可以一夜之间把报纸卖到全美国所有交通枢纽，甚至人烟稀少的黄石公园。上个世纪八九十年代，美国出现非常频繁的人口流动，那情景有点像现在的中国。《今日美国》瞄准的就是这种流动人口，所以他们在机场、火车站、汽车站还有旅游景点，全都放上自动售报机。一个美国人走到全美任何地方，总能随手看到当天的《今日美国》。

我常想，这在中国能做吗？我觉得从硬件上来说都不是问题。问题是每个地方的渠道都很难打通。你进机场需要民航部门批准，进火车站需要铁道部门批准，进地方需要当地政府支持，单从这个层面上来讲，在中国做全国性的报纸就很难生存。影响中国报业发展的，归根结底是体制的因素。

但无论如何，社会总在进步，媒体行业也一样，新京报能走到今天很不容易，形成了属于自己的一条路，希望能走得更远一些。

武云溥：一家有独立精神气质的报纸，也会用这种气质来感染一线的编辑记者，你能感觉到新京报人的气质是什么？

王跃春：我们自己内部讲，新京报有 DNA，虽然我们不能准确描述这个 DNA 是什么样的一个东西，但是在每个报道、每个版面上，甚至不管是在这里工作一年还是八年的人身上，自然而然地就会带上这样的 DNA。责任感可能是这个 DNA 里面最重要的东西。

我永远记得 2008 年的 5 月 19 日。我们在全国哀悼日第二天出了一个《逝者》特刊，三十二个版，报道在地震中遇难的普通人。从策划到出版仅仅花了三十个小时，这是一个奇迹，几乎不可能完成的事情。三十个小时包括什么？后方策划安排就不说了，前方有十多个记者，在不到一天时间里完成对几十位逝者的采写，找到他（她）的亲人、朋友、同事、邻居，回述遇难过程，讲述他在遇难前是一个什么样的人，尽可能还原。后方编辑方面，当天新京报的时事新闻、经济新闻、文娱新闻、体育新闻，还有北京杂志，各个新闻部门全部抽调了人员。我记得当天晚上所有采编部门中层都抢着来做编辑，参与完成这样一个特刊。《逝者》特刊出来以后反响非常大，媒体界都很感叹：为什么新京报能够想到并完成了这样一个东西？这就是新京报人的责任，一种很深的人文情怀，一种悲天悯人的情感，一种明知不可为还要去做的执著。我们相信，在那样一个时刻，作为媒体，任何事情都比不过"履行记录"这样一个职责。我们相信，任何一个平凡的人都有非常伟大的人格魅力和人性之美。新京报正是不断地通过这样的报道来增强凝聚力，大家共同参与、共同努力、共同产生属于每个人的影响力和职业成就感。很简单，我们就是通过这样一个又一个的报道来实现办报理念和企业文化的传承。

《逝者》特刊

武云溥：你经常提到"理想"这个词，理想到底是什么？

王跃春：讲个故事来解释吧，这个故事是我的中学语文老师王栋生讲给我的，说的是我的一位中学校友，现在在美国研究生物学，回国探亲时他很高兴地告诉老师：再有十三四年，他将完成一个研究项目，这个项目有助于攻克红斑狼疮。老师问他："你的研究对攻克红斑狼疮是起决定性作用吗？"他回答："大概是百分之一的作用。但全世界大约有五万五千个科学家都在研究攻克红斑狼疮的办法，相信再有七八十年，人类一定能够彻底战胜红斑狼疮。"

我想，这正是我要表达的：理想的力量让我们坚持和前行。理想是具体但远大的志向，是充满寂寞、重复、艰辛、痛苦、无奈、失败甚至绝望的过程，而且可能永远也看不到实现的那一天。我们每一个人在新京报工作的时间都是有限的，甚至做新闻的职业生涯也是有限的，但这不妨碍新京报人拥有办"百年大报"的理想，不妨碍我们拥有"无限逼近事实、最大限度讲真话"的理想。

以公民的名义言说常识

受访者：王爱军（新京报编委、评论部主编）

资料整理：赵继成（原新京报评论部编辑，现搜狐评论主编）

高明勇（新京报评论部编辑）

访谈时间：2011 年 8 月 12 日

观点新闻　用最少的人，做最专业的评论

武云溥：请先介绍一下新京报评论版面的基本运作流程吧？

王爱军：新京报创刊时，报纸评论并不像今天这样繁盛。大多数报纸只能见到一两条评论，并且往往不是每天，更谈不上社论了。一些高校新闻系老师在给学生介绍国外媒体时，总要特别强调《纽约时报》把最重要的版面留给评论，把社论和来信放在新闻前面，很有点高不可攀的意思。

但这样的高不可攀，在新京报创刊后打破了——我们每天推出七八篇评论，放在二版、三版这样一个显著的位置，其示范效应甚至波及许多传统机关报和网络。现在这个"最特别的"版面设置已成寻常，很少有哪家主流报纸不拿出重要版面来做评论。

新京报至今将本报社论放在重中之重的位置。我们一直认为，评论尤其是社论，是一张报纸的灵魂，体现报社的立场，表明报社的态度，是对公众持续不断地正式发言，影响力最大。

我们整个操作过程是，每天下午编辑上班以后，会通过报纸、网站、电视等各个渠道，以及大量的来稿，从里面寻找当天的新闻话题，寻找值得评论的题材。每个编辑找出三五个左右的选题，每天下午三点多钟召开评论部的全体会议，让各位编辑把选题报出来，根据报题进行话题筛选。这个会议决定第二天报纸上要评什么话题，怎么去评，从哪个角度去评，让谁来写等诸如此类的问题。我们整个的运作是建立在同事们一起研究、探讨的基础上。

武云溥：对评论部团队的组建还有评论专家队伍的组建，你是怎么设想的？

王爱军：你会发现，新京报评论部长期大概就六七个人，好像是报社人员最少的一个部门。但是我经常说，我们是新京报人员最多的部门，因为有大量的社外人员。评论部人员各有擅长，有学法律的，有对社会学有研究的，有专门关注国际问题的，有钻研文化领域话题的，等等。如果我们决定自己写的话，根据会议研究评论的角度，讨论好怎么写，评论员就执笔开写。如果感觉某个话题自己拿捏不准，我们还有四五百人的专家学者队伍可供选择，其中和我们合作比较紧密的常用作者就有上百位。根据我们会议研究出来的写作方向，编辑会向他们约稿，让他们比较专业、完整地表达我们评论部所需要的观点。

这实际上是基于两种需要：第一种是新京报评论定位的需要。为什么我们没有建立非常庞大的专职评论员队伍？因为我要特别讲究专业性，就专业性来说，任何一个报社，无论你在自己报社内部组织多少人，他们的专业都很难覆盖全社会方方面面的领域，很难涵盖所有话题。所以我们就必须从社会上寻找这些问题的专业研究者，以便在具体的问题上做一些探索，发表理性、独到的观点。

第二个原因，也是一种成本的需要。《华尔街日报》有二十九个专职评论员，日本《朝日新闻》有三十五个评论员，中国任何一家媒体还不可能有那么多钱去养这些人员，而且现在中国也没有这样的人员存在——把全国专业化的评论员加在一起，估计也很难有这么多的人。所以必须建立社外的评论员队伍，我觉得这是新京报在当前的情况下采取的一个比较明智的选择，而且效果还不错。

武云溥：只有六七个编辑，你对他们有什么要求？

王爱军：自己的团队要承担一定的功能，并不要求他们都会写作任何话题，主要是几个职务能力的要求：第一是新闻价值判断的能力，就是在浩如烟海的新闻里面，你要发现有评论价值的新闻，找到当天公众关注的热点；第二要有充分利用评论队伍的资源的能力，你要知道这个话题找谁来写最合适，要对社会专家资源充分了解；第三个要有对文章优劣的判断能力，就是作者写过来评论以后，你要看出他这个文章写的到底对不对，好不好，哪些地方还要修改。

我认为一个好的评论编辑至少要有这三种能力，至于能不能写出来好文章，我觉得倒是其次的。当然，这并不是说编辑有好的文字写作能力不重要，毕竟还要对文章进行修改嘛。

武云溥：刚才说到在每天的选题会上，选题定下来的同时也就定下了评论的思路？

王爱军：对，我们会讨论写什么、怎么写、观点是什么，让编辑和作者在写作之前充分沟通，最后达成共识。这样就弥补了个人专业上的缺陷，你看到新京报上每一篇评论，都是集体智慧的结晶。

武云溥：这是不是也压抑了评论作者自己的创造力呢？

王爱军：不会，因为任何一个话题的选择，他首先得有写作的角度，可能很多新闻在重复发生，今天的新闻过去某个时间也发生过类似的，所谓"日光底下无新事"。要从重复的新闻事件中找到一个很独特的角度或者观点，发现这个新闻不同以往的地方，实际上也是考验一个编辑的准确判断力，没有长期的评论和新闻操作历练是不易达到的。

在作者写作之前的沟通有两种需要，一种是我们会准确告诉作者这个新闻事件进展到哪一步了，因为对于一个社外作者来讲，他的信息可能没有我们掌握得全面，也没有我们快速。第二个会告诉他评论的重点是什么，因为同样一个新闻，让一般人去写，他首先考虑的都是普通见解，很难找一个很新的角度，而普通见解基本上过去都说过了，没有什么新鲜的，写出来就很平淡，是重复。我们就通过编辑告诉他写作新的角度，哪个角度过去是没有评过的，或者是过去评得不够充分的，和别人是不一样的，这就保证了评论的独特性。

武云溥：这就是观点新闻，和新闻事件的进展同步进行评论。

王爱军：评论行为是要讲究独特性，通过这种操作模式可以接近目标。

武云溥：这样说来，评论部和报社其他新闻部门的联系要非常紧密，你要知道每天新闻的走向。报社内部的沟通机制是怎么样的？

王爱军：评论部相对来说还是独立的，这个独立性有这么几个方面，第一个就是我选择话题的范围，不一定要依据本报的报道。第二个，我们的观点不一定完全认同本报报道的内容，就是说有时候会有所偏差。

武云溥：不怕产生矛盾吗？

王爱军：大的矛盾应该没有，因为整个报社理念是统一的，但是局部有一些偏差的东西一定是会存在的。新闻负责报道事实，但眼前的事实未必就是全部事实，甚至未必是真相，因为新闻总是在不断发展变化，不断更新的。而评论指出的是新闻事件背后的问题或者规律，是推理和逻辑，这不一定能被报道出来。

新闻记者采访的时候，他讲究的是事实真相，我们评论的观点可能就是针对新闻事实真相之后的一种理论真相，这两个真相承载的功能是不一样的。

深度社论　谈问题，视野要大，分析要深

武云溥：新京报在全国的都市报里是率先开设"社论"栏目的媒体之一，你怎么看待社论的意义？

王爱军：社论的重要性和影响力是匹配的，因为它庄重、严谨，且又具有公共性，所以对社会的影响最大。同时，既然是代表报社发言，慎之又慎地把握好言论的尺度，就显得至关重要。

举个例子，当年"圆明园铺膜事件"经过媒体报道之后，我们觉得这个不是简单意义上的"要不要铺膜"的技术性问题，牵扯到在中国环境影响评价被忽视的情况下，它可能会是一个非常有代表意义的事件。况且在世界文化遗产上面做这样大的项目，却没有经过环境评价，我们觉得一直低迷的中国环保事业确确实实需要有一个代表性事件来推动一下。新闻报道出来以后，我们就开始关注，三个月连续发表十四篇社论来谈这个事。后来大家都知道了，国家环保总局对这个事情非常重视，先是叫停相关行为，后来又决定召开听证会，又做了环境影响评价，一直到最后圆明园对方案进行了整改。

现在大家反思这件事情，有几个收获：第一，圆明园事件得到一个比较圆满的解决；第二，公众从这个事件中得到了一次环境教育；第三，国家环保总局主导整个事件的处理过程，反映了透明开放的行政方式。我们通过系列社论来推动新闻事件的热度，这个过程持续了三个月。在三个月里面，我们前后发了十四篇社论，这恐怕在中国新闻史上也是不多见的。社论的功能，由此可见一斑。

武云溥：在选题的操作上，什么样的选题可以成为新京报的社论？什么样的选题会做其他的处理，比如说发一些短点的文章？

王爱军：社论是对当下国家或者社会某个阶段的基本判断，表达了报

社的态度，所以它首先要求"重大"。社论谈的事情一定是与时局有密切关联的，能够影响中国社会进程的大事件。尽管我们都是找一个很小的切口开始论述，但是它一定要和社会的脉搏、时代的潮流相吻合，不可能芝麻绿豆的事也放到社论里面。

不是说小事不值得评论，一般情况下我们是在三版做一些就事论事的评论，就是说这篇评论发出来，就是为了推动事情、解决事情，道理非常简单，不需要更多的发挥。但是社论一定要立意相对高远一些，必须要有准确、全面的把握。你会发现很多报纸的评论局限于就事论事，大问题和深层问题没有谈到或者不敢谈。

武云溥：那么"来论"的操作是怎样的原则？我们经常在新京报看到著名学者与普通读者在同一个版面上发文，这个版面的创办是基于怎样的考虑？

王爱军：我认为，以思想水平来衡量，舆论实际上呈现一种"梯形结构"。处于最底层的、面积巨大的是"草根声音"，也就是每个人都能发出自己的声音。这表现在报纸评论上，就是类似"读者来信"、"街谈巷议"的栏目。这里的文章重在对问题的"发现"，不是"论"，并不十分讲究写作的逻辑或者思维的缜密，就是表达一种感受，也就是"我对这个事情有什么看法"，感性强，理性弱。好像是广场上众人叽叽喳喳的议论，因为人数众多，所以在"梯形"中占的面积最大。社会越发达、越开放，这个面积越大，它构成了自由演说的社会的基本形态，也成为新闻评论发展的基础。任何一个媒体都不可忽视这样的声音。即便在国外有百年历史的媒体上，"来信"栏目也会长盛不衰。

"梯形"的第二层是"来论"，主要是一些所谓"写手"的文章。他们不仅能发现问题和观点，也有自己的判断，而且能够论证自己的观点，能够自圆其说。这个层次介于感性与理性之间，它比普通公民表达更理性一点，但缺点是对自己观点的论述又不是十分恰切，因为他们毕竟没有专业的研究。来论版还有一类文章，是专家学者写的，主要为约稿，比起一般投稿的专业性要强，符合我们追求的专业性批评的目标。

武云溥：评论版接受读者自由投稿的比例有多大？

王爱军：这个其实很少。我们不排斥任何读者投稿，每天也接到大量的来稿，但是其中符合我们要求的文章非常少，估计1%都不到。现在往公共信箱投稿的作者，相对来说专业性不是很强，很难有把握时局的观念，整体来讲和我们的定位稍有差异。另外现在一稿多投现象也很普遍，我们是必须要求独家的。所以平时还是约稿为主，偶尔采用读者来稿里写得非常漂亮的，这也是为了保证版面的一贯水准。

武云溥：什么样的评论文章，是你认为符合专业水准要求的？

王爱军：刚才提到梯形结构，在"梯形"中位置比较高的，主要体现在我们的"观察家"栏目、专栏版和时事访谈版上。这一部分更强调"专业"。作者可能是大学教授、社科机构研究员等，他们对于某个专业非常熟悉，比如一些社会学、经济学、环保学专家，他们一辈子都在研究某个领域，对国内外的情况都非常了解，所以他们不仅能发现问题，而且能够有力准确地给予论证观点，达到评论的一个很高的准确度。现在，一些报纸向专家学者的约专栏，走的就是这条路子。

处在"梯形"最顶部的，我认为是"权威写作"。这些人除了大学教授或者研究员的身份，他们还是有政府背景的一些权威人士。比

李庄案：请用法治细节证明"铁案"

如，他们不仅能研究某个问题，而且更能与国家的实际情况相结合，他研究的成果能影响政府决策，直接用于对现实的促进。他们的身份可能是政府官员，也或者是政府部门智囊团成员，他们本身都有某个学科或者研究背景，同时又能参与政府政策的制定，他们的文章既有专业价值又有可操作性，他们的观点可能就体现在政府未来出台的公共政策里。类似央视评论栏目《今日观察》会请一些权威人士做嘉宾，让他们来谈环保问题、劳动保障问题、医疗问题、教育问题等。这部分栏目主要满足高端读者的需求，提供更为专业的公共意见。

比如，对于李庄案，对于醉驾要不要一律入刑等话题，我们邀请非常有专业权威的法学专家讲解，拨乱反正，提供了非常站得住脚、经得住检验的意见，甚至《人民法院报》也会转载我们的法律类访谈，这充分说明专业的重要性。

写作规范　舆论广场上的演讲者

武云溥：新京报评论从创刊开始，一直强调"法治"与"人文"的理念，强调操作过程中要"积极、稳健、有见地"。不过现在，"稳健"差不多成了"保守"的代名词，为什么还要强调这样的写作原则？

王爱军：中国当下最稀缺的，一个是法治，一个是人文。现代法治理念包涵了民主、宪政等内容，人文主要强调人权和以人为本。几乎所有的社会问题，都能从这两个方面寻找到原因。至于强调稳健，也是在当下的舆论环境下的必然选择，而且解决中国问题，必须有耐心，一点一滴推动。

另外，从新闻评论本身的特性来讲，新京报创刊时，我们撰写编辑大纲，"评论版"的定义用了四个字：观点新闻。之所以把评论称为"观点新闻"有两层意思，一是说明时评非常重要，它是以新闻为载体的报纸的必要组成部分；二是说明时评必须紧扣时事和新闻，不能无病呻吟，脱离实际、空洞无趣。而这，正要求我们时刻稳健，不能冒进，不能偏激，要遵循发现真相的规律。今天看来，这样的定义，就是新京报评论能产生影响的理由。

武云溥：新京报《评论周刊》有一个口号"建设公民读本"，这句话怎么理解？

王爱军：公民社会建设，是中国社会进步的必由之路，我们愿意为这一目标贡献力量。公民社会首先要有公民精神，评论正是形成公民精神的重要力量。公民社会的建设，同样需要报纸提供交流和连接的平台。所以我们提出"建设公民读本"，本质上就是为中国的公民社会建设服务。

具体来说，我们会为公民社会里的权力制约、经济自由、民间组织自由发展等等目标贡献力量，我们的主要话题选择基本都是围绕这些目标进行的，不是所有的新闻都能成为评论的选题，那些真正有价值、有长远意义的话题才会被关注和放大。

另外，公民社会必然是言论自由的，没有言论垄断和霸权，所以在编辑周刊时，我们力求交锋和互动，不追求话语霸权，不搞一锤定音。我们有"PK台"栏目，曾经就中国土地要不要私有制、如何看待"中国不高兴"言论等等展开过辩论。网评版还有专门的交锋栏目，体现公民时代的自由表达精神。

武云溥：做评论时间长了，常常会面临文章观点重复的困局，除了刚才讲到的编辑提前介入与作者沟通，还有什么办法可以提倡时评写作的创新？

王爱军：确实有这个问题。要从几个方面来看，首先说明了读者的欣赏水平、理论水平在提高。新京报创刊以后，北京媒体评论经历了从无到有、从有到多的过程，当媒体都没有做评论的时候，那些现在看起来很普通的观点，当时大家都会认为很新奇，但是当你连续做了七八年以后，大家觉得这个问题一点都不新鲜、需要创新了。

比如矿难和拆迁问题，如果第一次发生这种事的话，大家觉得新奇，如果两三年了，再来评价它"不尊重私权"，大家觉得是老生常谈，这也是社会文明进步的表现。大家都不说话，谁说一声，不得了，这样的声音非常响亮，当大家都去说的时候，当网络声音铺天盖地的时候，这种声音会被淹没，不会突出表现出来你的声音非常独特。

这也为以后评论的发展提出了挑战，你怎么样才能在这个基础上发展，怎么样才能让你的声音响亮起来？

第二个方面，我们的评论也做了总体上的改变，我们会更加注重建设性，更加重视理性，我们提出"专业批评"的概念，追求深度和新意，追求新知识和新观念，比如说我们的评论里很少用问号和感叹号。不是感性上的冷嘲热讽，而是要弄明白你这个事情应该怎么做，是非对错大多普通读者都会有判断，大家都想知道这个问题该怎么解决，这是评论需要努力做的工作。

武云溥：你还提过一个说法"要找到舆论广场的演讲者"，为什么强调"广场"这个概念？

王爱军：如今是信息和言论爆炸的时代，尤其是互联网的勃兴，在这种情况下，报纸的版面有限，只能提供更加有价值、更经得住时间检验的阅读材料，所以我们提出做舆论广场的演讲者，在众说纷纭的人群中，找到那个站在凳子上、手持麦克风演讲的"意见领袖"，把他的观点和思想记录下来、传播出去。

武云溥：事实上由于互联网的兴起，现在众声喧哗，每个人手里都有麦克风。

王爱军：人人都有麦克风，但是你会发现，一定有人在唧唧喳喳的发言中能够"脱颖而出"。大家安静下来听你说，你就是意见领袖——为什么会这样？大家觉得某人说的最有道理，大家就安静下来听他说，这和过去不一样的地方是什么呢？过去可能这个麦克风是垄断的，你在某个媒体的评论部工作，只有你的声音能传播，你所说的话就是对的。现在大家都能说话了，舆论场就形成一种自然的淘汰，不是谁封给你的称号，而是大家觉得这个人说得好，说得有道理，观点客观公正，而且有理性，有建设性，又专业，那大家就信服你了。这是自然诞生的、正常的舆论环境，你如果说错了，大家一定骂你。

报纸也一样，我们也需要选择一些意见领袖去发出声音，这些人是经过多元淘汰和筛选，优中选优的过程。所以我不希望评论员闷在自己的小天地里，希望大家到"舆论广场"上倾听声音，开门办报。

即使报纸消亡，新闻也会永久。如果还停留在"口水评论"、"废话评论"的浅层次阶段，别说没有网络的冲击，平面媒体长期这样下去，也没有出路。事实上，人们不可能遍览网络的海量评论，网络也一定会沿袭传统媒体的操作模式，把自认为好的网络文章挑选出来，打造一个立体化的评论架构。

打开网站的评论网页就会发现，网站编辑们也从已经公开发表的诸多评论中，挑选出最有专业价值的文章，置于最突出的位置，按照网络传播规律进行"二次创造"。

武云溥：这也涉及新闻评论的一个工作，就是网络上有大量的信息，事实和谣言都可能夹杂在里面，这时候我们怎么判断？

王爱军：还是要综合各种信息进行判断，比如现在大家都上微博，微博的好处就是让各种信息在一起综合，谣言也好、真相也好，各种信息相互求证，你基本上能够发现哪些是真相，偏差不会太大。如果真的判断不了，就不要轻易去评论它，要大胆地放弃，尽管这个事情大家很关注，但是当事件完整性没有呈现的时候，必须要放弃，至少评论要留有余地，而不要给它下定论。

表达方式 所有问题都可以坐下来谈

武云溥：刚才讲到评论的"稳健"，对于言论尺度的把控，你的考虑是什么？

王爱军：我们强调理性，这个非常明确，所以你会发现新京报的评论文章里很少用问号和叹号，很少出现反问句，拒绝居高临下、大声呵斥、讽刺挖苦。

武云溥：反问句其实很有力量，也是很多评论作者喜欢的表达方式。

王爱军：对，但是有时候反问往往成为一种情绪的宣泄，这么多年我们的评论都是直接的叙述，很少用反问，除非这个事件已经恶劣到了不得不拍案而起的程度。但是我发现这类事件很少，有些即使该拍案而起了，也要尽量让自己静下来，还是要耐心地讲道理。

有一句俗话说：有理不在声高。吵架永远解决不了问题，做人也是，写文章也是。所以不要觉得自己就是对的，不要以为真理在手就可以对别人发号施令，这是不对的。首先你要放下架子，要平等地和你所批评的对象交流，你就可以理解对方之所以做这个事情有他的初衷。他为什么会出现偏差？怎么去解决这种偏差？这就是一种说理，不是说教，更不是呵斥。

现在很多人对"理性"有很多误解，有人认为理性就是软弱，理性就是无原则的放弃，理性就是为自己的懦弱找理由。我不这样认为，我觉得你越觉得自己所论述的事情是正确的，你越是要讲究表达的方式，越是要让对方接受你的方式，这和无原则、懦弱是两个不同的概念。

新京报评论这么多年，我们发表这么多的评论，很少以呵斥谁的语气出现。但是我们发现理性的评论文章，社会效果反而是正向的。好比两个人发生了一些不愉快，你说你是破口大骂的好，还是坐下来耐心交流的好？

武云溥：所有的问题都可以坐下来谈吗？

王爱军：我觉得是。首先解决问题的姿态很重要，要放低自己的姿态。过去报纸的评论，实际上是灌输性的，这个习惯很重，以机关报为代表的报纸发展历程，几十年都是这样。好像报纸上讲的东西必须是真理，不容辩驳，其实言论本身就是一种自由的表达，肯定是会有谬误的地方，要允许别人批评，要和对方平等交流，完全没有必要居高临下。

武云溥：那你觉得评论所应该承担的社会责任是什么？

王爱军：我曾经写过一篇文章，叫《不要让暴风雨来得太猛烈了》。大家常常听到的是"让暴风雨来得更猛烈些吧"，我恰恰反对这种提法，我更注重的是一种理念的启蒙，同时也伴随着表达方式的改进，我更注重和风细雨的点滴进步。

所以我觉得评论对于中国社会有两个功能：一个功能是对事件的推动，无论是批评还是表扬，就是对单个事件的推动，对热点事件肯定会做这些事情。另一个功能是普及常识，包括人的基本价值观的介绍，这些理念也会和新闻热点挂钩，但是它的目的并不是仅仅解决单个事件，可能更长远一些，试图从根本的精神层面让大家明白需要做什么、应该做什么，慢慢改变人们的传统思维和处事方式。后者可能是一个新闻媒体的评论更应该具有的态度。我不追求一口吃个胖子，不追求立竿见影，也不追求狂风暴雨，我更注重的是一种慢慢的影响，通过不断地交流、沟通，甚至批评和反批评，在这样的过程中大家逐渐形成共识。

武云溥：编辑部是怎么来判断一篇评论的效果和反响？你会看网络上的转载率和反馈吗？

王爱军：会考虑这些，过去我每天看网站的跟帖，现在是搜索微博上关于新京报的网民意见，看看我们的言论是不是有一些错误的地方或者是应该修改的地方。我每天打开所有的门户网站，看其他媒体评论版的话题选择，看我选准了没有，看别人选的都是哪个，然后在下午的会议上做一个研讨。

武云溥：也就是相比"反响"而言，你更看重"视角"。

王爱军：对，你看我们这些年来有些话题经常提起，有些常识总是在普及，很多呼吁为什么一直没有落实？我觉得还是我们这个社会的一些思想准备、理念普及还不够，就是一些基本共识没有达成。民间觉得应该做，但是政府觉得时机不够。评论本身是要超前的，有前瞻性。比如说我可以预先发出这种呼求，但是你不要觉得一发出呼求就马上会得到落实，总是有一个准备的过程，有一个达成共识的过程，有一天事情突然就水到渠成了。中国的事情确实是一个渐进的过程，这要求媒体和评论人要有韧性和耐力。

武云溥：我特别想问一句，你觉得自己是乐观的人，还是悲观的人？

王爱军：我不是悲观派，也不是乐观派，我是"客观派"。无论你说还是不说，他就在那里，我要逐渐改变他，我会努力做到我们这一代人应该做到的事情。我是"温和而坚定"的态度，我希望新京报评论也可以温和而坚定。我不希望是激进的，但是我也不希望是动摇的，我希望大家对任何事情都要微笑着去谈，但是我们认为正确的东西就要坚持，我们要把正确的价值观坚持下来。

纵横比较　若事实不清，须谨慎发言

武云溥：从纵向来讲，八年来，新京报时评本身的发展经过了哪些变革？

王爱军：这八年来评论的形态越来越多样，可以说与时俱进。我是有危机感的人，所以总想着改变。从最初的社论、来论等传统形态，到后来创办《评论周刊》，创办"京报调查"、"网评"、"观察"、"记者手记"、"本周人物"等版面或栏目，尤其要提的是微博栏目的创立，日常评论版的"微博大义"，已经成为阅读率非常高的栏目。

评论的形式越来越丰富，内容越来越专业，每年争取有一些新的东西呈现，和时代的发展合拍，这是我们努力的方向，也是新媒体勃兴时代传统媒体评论突围的必然选择。

武云溥：你怎么看待时评和杂文的区别？

王爱军：杂文是一种文化副刊的内容，胡适是写时评的，但是你读过鲁迅，鲁迅是写杂文的，杂文是讲究嬉笑怒骂的表现形式，杂文也讲究批判性，这个和时评是相同的。但是杂文不太讲究建设性——我批评之后，至于这个事情怎么改就不管了，那是"疗救者"的事情。但是时评一定要告诉大家，批评之后应该怎么改。我认为这是最大的区别，评论是以建设性为第一，杂文是以批判性为第一。当然还有时效性的区别，杂文不一定有时效性，但是时评必须要有时效性。

武云溥：横向比较的话，新京报的评论版与其他报纸有什么差异？

王爱军：有几个特点吧，一是量大，新京报评论的数量一直在国内媒体是数一数二的；第二，我们的话题多样，时政、社会、文艺、经济、体育、国际，我们都有评论；第三，我们最强调专业性、建设性，表达方式我认为也是最理性的。最后还有一点，我们的包容性很强。比如说观点交锋的时候，从我们报纸上可以看到很多针锋相对的声音。

这也是我一直想做的事情，我觉得我们不要轻易给某一个事或者某一个人贴标签，我比较反对站在预设的立场上来讲观点。很多人先把自己设定到一个道德的制高点上，对别人发号施令，这是非常讨厌的事情。而且最后你会发现，这样的姿态会引来读者的反感。

武云溥：有些话题我们可以采取中立的态度，但是有些事情似乎是有明显的是非判断的，比如说药家鑫的案子，还有后来一段时间关于死刑存废的问题，讨论得很激烈。杀还是不杀，你要么支持这个，要么支持那个，这种话题怎么处理？

王爱军：像药家鑫的这个案子，本质上是法律问题，可能会有某种意识形态的属性，但是本质上就是一个法律的专业问题。这个人要不要杀，很简单，无论是中国还是外国，当一个人最终判他入罪，首先要明确你做了坏事没有，第二要根据已经确立的法律来量刑，这是很明确的，这个问题后来为什么复杂了呢？就是被人贴上了标签，什么官二代、富二代，复杂的因素都搅和进去，让简单的法律问题变成了复杂的社会问题。新京报从案发到终审没有发一篇给"药家鑫该不该判死刑"下结论的评论，只在《评论周刊》发了一篇小稿子，大意就是让法官说了算，对案件，要交给法律。

武云溥：所以面对这种问题有时候就选择不发言。

王爱军：对，因为事实不清，需要法官调查然后公布。后来我们有一篇专家文章讲到要慎杀、少杀，这是在药家鑫被执行死刑之后做的。我们必须相信法律的解释，如果有说不通的地方，可以再商榷，但是一定要以事实为先。新闻刚出来的时候我们为什么没有评论，因为在唧唧喳喳讨论的过程中，没有事实，完全是站在各自不同的立场去推测，恰恰忽视了到底发生了什么，到底他的家庭是不是官二代和富二代。后来新京报有深度报道出来，药家鑫的父亲讲了一些真相，而这些东西当时是被湮没的。所以在当时一面倒的形势下，去做评论可能有点轻率，在事实非常不清的情况下，谨慎发言，不妨先观察。

武云溥：你作为评论部的主编，每天考虑最多的难点是什么？

王爱军：我觉得占时间最多的，还是怎么样用一种有技巧的方式，去发表我们的文章。新京报有巨大的影响力，所以我们如履薄冰。我们每一篇文章，每一个观点，在签字付印之前，都会非常小心。我倒不是担心会给我带来什么样的所谓风险，我更担心的是会不会误导公众，我担心给被批评的对方带来伤害。比如说这个评论我发了，我会想我是不是误解了对方的本意，每天晚上非常费脑筋想这个问题。因为我不愿意做很激进的东西，我也知道错误舆论可能带来的灾难，必须考虑，你认为是一个无所谓的错误，但是对当事人来说可能就是一个巨大的伤害。

武云溥：有的时候这是必须付出的代价，比如说我们批评一个个体的时候，可能我们追求的是公众利益，但是这个时候被批评的人就很倒霉了。

王爱军：那是难免的，他肯定要对他的错误付出代价，这是不矛盾的。我说的伤害，是无谓的伤害，是误伤或者过分伤害。比如说这个人错了，打一巴掌就行了，但是你非要给人家捅一刀。所以我们的评论一定要留有余地。

武云溥：在中国，说话是一门艺术。

王爱军：我觉得也不完全是艺术，就像做人一样，你要真诚，你得说服人家。好比我们也经常批评政府部门，但是你总得讲出一个道理让人家信服，而不是说你上来就直接开骂，那谁也受不了。新京报评论不会有过激的语言，我经常在想这个文章是不是留有余地，是不是能让对方接受。

武云溥：政府部门看到报纸的批评时，他们的反应通常是什么样的？

王爱军：目前，政府部门和媒体还没有形成紧密的互动，也许他觉得你这个说得对了，他悄悄地改了，但是他也不会告诉你是因为你的文章才改的。也可能你说得不太对，他也不会反驳你，说了就说了吧。这可能是令媒体人最困惑的事情，就是我一篇文章发出去了没有反响，过几天问题改正了，是不是因为我们的评论见效了呢？我也不知道。值得庆幸的是，这么多年还没有哪个政府部门对我们的批评反应特别激烈的。

武云溥：在你看来，当下新京报时评面临的最大困难是什么？是舆论空间，还是网络冲击？

王爱军：既有舆论空间，也有网络冲击。舆论空间是共同的，所有媒体共同的问题，传统媒体尤其受制。我们只能接受这个现实，在此条件下将评论做到最好。宁可十日不将军，不可一日不拱卒。我们仍然坚持一点一滴地去拓展言论空间，争取言论的表达。

至于网络冲击，是这五年来谈论最多的话题，必须承认，网络的兴盛正在改变传统的办报方式，包括如何获取信息、如何编辑信息、如何与读者互动。评论也不例外，网络跟帖、论坛、博客等正在改变报纸评论的形态、作者和内容，而这种改变给报纸评论带来了更加旺盛的生命力——看评论的人多了，写评论的人多了，评论推动社会进步，也越来越多地成为现实。

前景展望　常识普及依然任重道远

武云溥：不知道你有没有这样一种无奈的感觉：写评论的人都在反复言说常识，讲了这么多年，依然在讲。

王爱军：因为在中国，很多常识还是被湮没的。什么叫常识？我们小学的时候就听老师讲过，现在社会上还有很多人不按照常识办事，所以我们就要去讲。比如说，人的生命高于一切，人命大过天，这是常识吧？其实这样的评论文章出来，你就会发现很多人的意识里不是这样的。我们报纸曾经发过一篇评论说"人的生命高于一切"，就有人站出来批驳说，生命高于一切的话，谁去打仗，谁去灭火？

这个就是一种谬误，谬误在哪里呢？只有坚信"人的生命高于一切"，才需要保卫生命，才需要打仗，需要灭火，那是职业要求。当人站在职业的层面上，其实你正是为了生命才这样做。不能偷换概念。像这次温州动车事故，你能看到救灾过程中暴露出的种种问题，说明相当多的人仍然没有把人的生命当成第一价值。很简单，还是常识问题，这是最基本的常识了。还有更多的，比如说民生话题、医疗改革、社会保障，包括中国到底该怎么办教育这样的问题，这些是大家都知道的常识吧？恐怕很多人还不知道。所以我觉得媒体要反复言说常识，这个任务还是很重的。

回顾时事评论复兴之初，其内容多是"常识"的"贩卖"或重申，由一种全新的评判标准对事物的对与错进行评判。未来的新闻评论则有必要从"价值判断"向"专业判断"发展，抑或说，是"价值判断"和"专业判断"并举。以市场经济为导向的中国社会的转型，一些传统的理念也必然面临着更新，新理念的树立和旧观念的谢幕，存在着或激烈或温柔的交锋，在这个时代，新闻评论承担着它独特的释疑和监督作用。

武云溥：民生话题和时政话题，在新京报评论版面里占的比重怎么样？

王爱军：其实没有很明显的界限，我经常说，新闻报道很重要的一个方面，就是时政话题民生化，民生话题时政化——什么意思呢？就是政府发布的政策，我们一般认为是时政话题，但是你会发现政府发布的东西大部分是有关民生的。所以政府发一个文件的时候，一定要让它落地到民间，所以说"时政话题民生化"。至于"民生话题时政化"，就是老百姓的意见怎么上升成为政府决策，如果老百姓的呼声传递不到政府那里，脱节了，这就是媒体操作的问题。所以我就想，这个新闻不要做完就完了，它到底跟老百姓有什么关系？它有没有评论价值？一定要落到该落的地方。

武云溥：上通下达，是媒体的责任所在。

王爱军：社会的发展要求新闻评论与时俱进。就写作者而言，此前评论仅仅是新闻界人士的"职业写作"，后来扩大到更多的人，谓之"公民写作"，他们做了大量释疑解惑的事。现在，许多从事专业研究的知识分子正在把头从书本上抬起来，进入时事评论写作领域，拜网络或纸媒之赐，可以在书斋里"演讲"。他们所要回答的不仅仅是"对与错"的是非判断，而是更进一步，回答"应该怎么做"的问题。

中国的社会发展，越来越呈现一种趋势：民主和理性的因子在成长，某种价值观的诞生、传播和扎根，已经开始摒弃"说教"的传统，而代之以"说服"的理念。也就是说，中国正在由"说教时代"进入"说服时代"。

过去媒体常常以"说教"的面目呈现："你应该这样，不应该那样，否则怎样"；现在逐渐开始变为"我说这样是对的，我拿证据或者道理来说服你"。保障公民的知情权、参与权、表达权和监督权，无不体现这样的一种趋势。作为启迪民众的最直接的方式之一，时事评论也要转变观念，顺势而为。

媒体履行社会责任，新闻评论就有"说服"的使命。靠什么"说服"？盛气凌人不行，空洞的理论灌输也不行，必须理性，必须讲理。前者是说评论者要有平等、宽容、倾听、互动的态度，后者是评论的内容要有专业判断，以现代化的价值观、充分的数据材料、贴近民众的实际需求、喜闻乐见的表达方式，把超出普通民众认知范围的新的信息告诉民众，说服民众。

武云溥：将来评论版在你设想中，还会做什么变化和调整？

王爱军：最近我们有一些想法，随着信息时代的发展，传播的渠道会越来越多，相对而言显得报纸评论传播空间很小，所以一定要做好各种平台的传播准备，这也是报纸面临的最重要的一个挑战。

新京报的评论怎么做大影响力？怎么样通过各种形式去扩张我们自身的言论空间？这是目前最困扰我的问题。最近我也在想，要不要在新京报网站上开一个即时的网络评论栏目，要不要办一个新京报评论的电子杂志，要不要每天做五分钟的新京报评论视频，等等。因为现在每天评论版只能发四五篇文章，远远达不到一个平台传播效应，远远不能够让新京报评论的金字招牌带来更大的社会效益，必须拓展，必须搭乘时代的列车。

武云溥：这就是新京报今年提出面向新媒体转型的问题，各个板块都在思考。

王爱军：对，反正我觉得新媒体出现不是坏事。有很多人非常悲观，担忧未来怎么办，我历来是充满信心。一篇好文章以前只在报纸上发，将来能在更大更多的平台传播，这是坏事吗？显然不是。关键是你做的内容有没有价值，你说的道理对不对，更根本的问题就在于你的新闻有没有价值，社会有没有变得更加开放、自由。对一个非常有创造力和价值的内容产品来说，传播形式的增多，从来都是好事。要相信这一点，社会越开放，好的内容越有价值。所以我觉得现在新京报在这方面不必悲观，它已经有了巨大的影响力，我们这些生产核心内容产品的人，一定是大有前途的。

所有努力，只为中国离未来更近一点

主流大报的价值观力量

受访者： 王悦（新京报副总编辑，主管时事新闻中心）

访谈时间： 2011 年 7 月 22 日

定位　负责报道一切

武云溥： 新京报从创办开始，就把时政报道作为一个主攻方向，这是为什么？

王悦： 上世纪九十年代初，都市类媒体开始崛起，它们受到的束缚很小，而且是市场化运作。在这个过程中，都市报要迅速抢占市场，先要解决"活下来"的问题，会容易追求耸人听闻的故事，有时候带有很强烈的主观性去报道新闻，甚至会有低俗化的倾向。

到新京报创办的时候，都市类媒体已经经历了十年的发展，应该说，这一批最早从事都市报内容采编的媒体人成熟了。大家希望能做到更主流的舆论地位，所谓主流毫无疑问，一定要做时政新闻，能够影响到有影响力的人。在中国社会，这种影响力具体表现在，一是影响立法，二是影响政策。新京报想走一条介乎党报和都市类媒体之间的"第三条路"，做一份更进步、更美好、更理性的报纸。

其实在2003年创刊时，大家对"第三条路"并没有太明确的想法，只是在摸索的过程中。我们以社会新闻、调查类报道起家，但我们的主题更严肃，更关注公共价值的话题，而不是去关注一些家长里短、比较低俗化的东西。

武云溥：追求推动社会进步的价值，大于追求市场效益的价值？

王悦：对，我觉得是这样的，这是最朴素的价值。我们经常衡量一些社会新闻要不要见报，会做出一些舍弃，因为它可能太过于暴露个人隐私了。但是如果涉及公众利益，我们是一定会报道的。

武云溥：新京报在创办之初，时事新闻的采编思路是什么？

王悦：2004年到2005年，我们强调信息量，要求一个版面上新闻不能少于十条。强调客观、理性、负责任——也就是当时的口号"负责报道一切"，我们对所报道的一切负责。这样才能真正地做到客观、理性，最大限度地还原真相，接近新闻的真实。

从早期开始，我们对记者的培训要求就是，你要尽可能抓到更多的消息源，要客观，要避免孤证。时事新闻部是整个报社最早做出采

神六飞天：2005年10月12日，神舟六号在酒泉卫星发射中心发射成功。新京报记者赵亢 摄

编规范的。

专业　对客观真实的极致追求

武云溥：新闻要客观真实，我们在新闻院校里接受教育的时候，大家就被传授过这一观念。也就是说，所有的报纸都明白一个道理，我们做新闻都要做真的东西——新京报的差异化体现在哪里？

王悦：我有时候觉得，做新闻就像人的修炼一样，我们知道一个品格健康的人应该是怎么样的，但不是每个人都能做到。

在新闻操作中也是。人天生都是会懒惰的，都想少付出一点，多获得一点，都会有一种趋利避害的天性。新京报比别人做得好一点，是由于对职业的要求更高、更严格。最初的时候，我们一个稿子一个稿子拿出来讲，你这个稿子好在哪里，不好在哪里？如果稿子不好，你的稿子犯了哪些错误？是不是孤证？我手上有很多以前的培训材料，我们都是一个案例一个案例地讲。

当时有一篇稿子，是说一群农村妇女经常成群结队去商场里盗窃，很多媒体人会这么表达：她们"竟然"或者"公然"行窃。当时我们一个具有法律背景的编辑说："在当事人还没有被法院判决之前，我们要警惕有罪推定。"

这个意思是说，媒体在报道这类新闻时，要把案件当事人或者说嫌疑人，当成一个平等的人群进行描述，不能使用攻击性的语言，不能进行道德上的指责。我们只能客观地说，她们做了什么事情，现在怎么样了，仅此而已。而且她们也不是"被抓获"或者"被缉拿"，而是"被控制"。一些细微的字眼，落到个体身上，会产生巨大的杀伤力。媒体不能自行承担审判的功能，不能代替司法的功能。这就是新京报格外较真的地方，是对新闻客观性的极致化追求。我们有过很多类似的讨论，形成了一些结论性的东西，让采编在日常工作中慢慢地汲取。

武云溥：我们都知道做时政报道非常依赖与官方的沟通，这方面遇到阻碍的话，如何打开局面？

王悦： 我讲一个细节，也许很能说明问题。我们有一个同事叫马力，他当时跑环保部，环保部下面有很多的部门，里面的工作人员说："我们部委从来不接待都市类媒体。"

一天，北京下着雪，他为了采访在部委楼下等。门进不去，等了好长一会儿，他又打电话给环保部的采访对象，对方很惊讶，说："下着雪你还在下面站着？"

采访对象觉得这个记者非常敬业。后来，马力跟环保部的官员关系非常好，门就是这么敲开的。

武云溥： 也不能每一个部委都靠感动来敲开门吧？

王悦： 最重要的是，还是要靠报道的影响力和公信力，专业的报道才能赢得信任。北京"十二五"规划就是一个典型案例。北京市发改委希望借助新京报的特色，把"十二五"规划宣传好。我们从媒体的角度去想，怎样才能让百姓读懂这个关乎每个人切身利益的规划。发改委的领导逐条给我们讲解，我们动员了所有骨干力量做策划方案，特刊出来是个三赢：政府、媒体、读者都满意。

挑战 做重大新闻的领跑者

武云溥： 时事新闻中心应该是报社里面采编人数最多的部门吧？

王悦： 时事新闻的人数占了新京报采编的三分之一，人员跟创办之初相比，并没有太多的扩充。在人员上，我们越来越注意控制，但说实话，人不够用。

武云溥： 你觉得现在的新闻竞争，尤其在时事类这块，我们怎么跟网络拼速度、拼信息量？

王悦： 这几年从新京报的影响力和地位来看，整个的发展步骤是非常清晰的：最早的时候追求信息量，到后来我们发现网络对平面媒体的冲击——信息量方面你永远比不过网络，速度上你也比不过。于是，我们要求快，强调"跑"过网络，因为那会儿还没有微博，还没有博客，还没有公民记者的概念。网络只是转载，传播的效率更高、更快而已。所以我们要求一定要第一时间去现场，第一个对现场进行还原，因为主动性掌握在我们的手上。

不管网络怎么发展，公众都需要专业人员提供专业的新闻报道，人人都会做菜，世界上依然需要厨师。这是我们的优势。

从2007开始，我们强调了信息的传播速度应该更快，以应对网络的竞争。应该是从2009年开始，强调要快速进入全国热点，最经典的案例就是内蒙古越狱事件。记者在第一时间赶到了事发地，记者和警察同时抵达击毙逃犯的现场，第一时间采访到了当时内蒙古的两个当事警察。这在网络上是无法达到的，只有专业记者才能完成。这是一个路径。我们意识到网络传播对传统媒体的威胁越来越大，很多的采编人员流失到网络，我们一直在强调新闻需要更专业，网络也好、电视也好、广播也好、报纸也好，只是不同媒介的载体和介质，最终核心竞争力在于你所提供的新闻产品——内容。

武云溥：所以我们提出要做"重大新闻的领跑者"？

王悦：对。公民记者越来越多，各家媒体都跑得很快了，网络转载也不受限制，它会快速地做出专题。我们怎么样才能又快又深地报道新闻呢？在2010年以后，我们对全国性的重大时事的介入，会强调快速、延展和追问，让报道立体全面，不给对手留任何余地。这对日报来说是挺难的，要跟杂志比深度，跟网络比速度，跟周刊比文本。

武云溥：现在媒体存在这样的危险：容易变成民意宣泄的出口，媒体这个时候保持清醒很难。

王悦：这个我们很警惕。我觉得网络是一个很好的信息渠道，原来我们也探讨过，这东西到底好不好？也有一些人认为："这个东西完全不好，上面都是一堆愤青，一堆民粹主义，在上面发泄情绪。"单纯的情绪确实于事无补。但互联网毕竟给了大家一个发声的出口，先得让人说话，然后才是怎么说，如何学会理性表达？公民社会该如何做一个合格的公民。目前状况下，作为传统媒体的报纸和网络最大的不同就在于公信力上，我们发表的所有内容，都是经过核实的，强调公正、客观，不代表个体发声。

我觉得目前社会整体的心态和情绪不好。我总说，中国有一股戾气，发泄、围观多过建设性，多过踏踏实实的行动。我们真的要警惕这种心态。我一直以为，要说更要做，在力所能及的范围做自己力所能及的事，一点一点推动改变。做纸媒最好的一点就是：与很多传播方式比较而言，它不那么浮躁。

武云溥：应该有所坚持。

王悦：我看过一本书《价值观的力量》，价值观对于一个事业至关重要。我觉得新京报的价值观，是你怎么去提供权威的，有公共价值的，客观、理性和具有建设性的报道，这就是我们的价值观。我觉得我们只要遵循我们的价值观，即使报纸没了，我们依然是新闻人。这个社会需要专业的报道，需要职业的新闻操作方式，需要专业的新闻人。

武云溥：很多读者觉得新京报"敢说话"，这种口碑是如何建立起来的？

王悦：我觉得不能说其他媒体不敢说话，我们能做的新闻，应该都是有把握的。新京报不是傻大胆，当我们决定做一个"猛"的东西——比如一些监督性报道的话，我们还是会权衡再三的。我觉得新京报对舆论监督是这样一种态度：监督是媒体的首要功能，也是新京报的一面旗帜。我们希望通过这种报道去干预社会、干预城市，影响公共政策的决策。

我们把监督权作为最主要的媒体职责，对一些社会转型时期的深刻的社会矛盾给予关注。比如钱云会事件，一个有公信力的媒体你怎么去调查和还原？对于这样的事情，我们应该保持一个什么样的态度？既不能被网络暴力所绑架，也不能完全按照个人的判断去处理。记者有时候会说："我认为是这样的……"我说你们凭什么说"我认为"？敢说话，要有底气，可你的底气是什么？底气是你对真实的把握，你对真相挖掘的深度，你所掌握的素材。

坚持　理想不能挂在嘴上

武云溥：要想做出又快又深而且文本非常精致的新闻，是非常困难的一件事，时事新闻部内部的操作机制是怎么样的？

王悦：首先要告诉采编团队，你要什么东西？你最终要在报纸上呈现的是什么？从2008年开始，这一点我们是非常清晰的，我们要更快，所有的事情在反应时间上你必须做到最快。

这样大家会形成一种共识。每天对大事件跟进得怎么样？我们有评判机制，我们有这么多的白班会、夜班会，我们会做探讨。比如今天这则新闻慢了，为什么我们慢了？别人做的东西好在哪里？每时每刻，有一个业务讨论的氛围。我鼓励大家去做业务探讨和争论，哪怕是吵得天翻地覆也没有关系。

武云溥：你们经常吵吗？

王悦：经常吵，我们天天吵架，或者说是一种比较激烈的碰撞，但是碰撞之后，会有一些东西沉淀下来。每个人都是成人，在这件事情上，我们怎么看待？我们争吵的时候我不愿意认同别人的观点，但是争吵之后，别人的观点可能已经慢慢在影响我了。

我们的白班评报说，你们有些报道做得不好。我们编前会马上会加以讨论，编辑也会很沮丧地说，像是在开"批判会"。

我们的新闻报道，怎么做才能做得更好？慢慢地求同存异，把相同的东西、重大的原则性的问题，固化下来，这个东西就成为我们操作新闻时的一种行为准则。

其实我觉得，新京报并不比别人更优秀，你只能比别人更努力地追求优秀，而且永不停歇地追求。我们怎么样做到又快又深？比如你做时政类的报道，你要先做功课。现在的记者不是说拿一个话筒和一只录音笔就去采访，你要提出跟别人不同的问题，你要提出更深的问题，你要告诉大家更清晰的价值和意义。这不是一件简单的事情。你做得越久越会发现，想说清楚一件事情是非常难的。记者必须成为某一领域的专家。

我们有良好的激励机制，独家稿件，我们可以开很高的稿费，你的与众不同的稿子，我们会赞赏你。比如有一篇好的报道，我会第一时间告诉记者："你这个报道非常好。"如果做得不好，我会建议他看看别的媒体是怎么做的。我们每天有很多细节上的互动，我觉得很多理念不是天天说就能形成的，一定是在碰撞中形成的。

武云溥：前段时间有一个话题挺热的，出现了好几个"过劳死"的案例，其实媒体人大部分处于亚健康状态，新京报是如何做团队建设、调整大家的工作状态？

王悦：说实话，这一块挺惭愧的。我们的中层，基本上他们的时间不是在打电话就是在看选题，全天候的。每天下午三点半编辑们来了以后，我们就开会讨论，在这个会议上，所有的中层说说今天记者对报道的反馈，编辑开始评报……每天都很紧张。

武云溥：你觉得大家在这种紧张的工作状态下坚持下来，是为了什么呢，理想主义吗？

王悦：不能说每个人都是为了理想。理想不能挂在嘴上，理想也不能当饭吃。很多人在这里干，首先是养家糊口。但是在哪里都可以养家糊口，对吧？为什么我们在这里而不是在另外一个地方？还是有区别的。有人来新京报是希望到这样一个平台上来，到这样一个氛围中来。我们有些同事，家境很好，凭借父母亲的关系可以当个公务员或者去干其他工作，为什么还要在这里承受这份辛苦呢？时事新闻这个部门很单纯，有"赤子之心"，大家吵完了就完了，吵的是业务，不会吵完咱俩不说话。你说的理想，多多少少还是有一点的，但我不想去标榜"理想主义"。偶尔有人和我说报社如何如何，"没理想了"。我就对他们说："理想是你心中的火，别人不能给予你，也不可能掠走。"

我觉得新京报最好的一点，也是为什么我现在还没有觉得我应该要离开的原因就是，尽管我们在具体报道上，有时会存在很大的分歧，但是对新京报的核心理念和核心价值观，是所有人都认同的。骨子里的DNA或者说气质，让大家聚在一起。有些人可能早就想走了，但还是很纠结，有些人留在这里抱怨很苦、很累，也许有一天他会有更好的发展平台，但是现在大家在这里，是因为对理念和价值观有认同。

武云溥：时事新闻要求采编人员的抗压能力必须非常强，压力会有多大？

王悦：压力确实很大，除了工作时间没有私人时间，比如我每天早上要把所有的同城媒体的重点新闻和主要网站看一遍，对比短长，知己知彼。然后，会把自己的对报道的想法、意见，第一时间与同事们交换，探寻创新改进的路径。我希望自己起到一个望远镜的功能，看到多一点的东西，发现多一点的问题。一线的记者和采编中层是最累的，他们每天面对一

逝者

祭汶川大地震遇难同胞

新京报

活着

致敬汶川地震幸存者

新京报

《逝者》、《活着》特刊　　　　新京报采编团队　刊发日期：2003 年 5 月 13 日至 6 月

个一个具体的采访、版面，一样都不允许落后于同城媒体，神经高度紧绷，压力巨大。

经常会觉得非常神奇，一个看上去不可能完成的任务，我们一起，我们朝着一个共同的方向去奔，往往能达成一个惊人的结果。汶川地震的时候，我们做了一个《逝者》特刊，就三天的时间。一开始我觉得不可能，坚持说，不要那么急，一个星期后再做，我以为悲痛需要静一静，希望用一种平和的、不是那种撕裂的情绪化的东西，对逝去的生命表达缅怀和敬意。但后来特刊出来了，我觉得特别棒，幸亏大家没听我的，决策非常对，一定要在哀悼日最后一天推出来，因为我们是新闻人，我们做的是新闻纸，一定要抢时间。

郭美美事件曝光

新京报记者：底东娜　刊发日期：2011 年 7 月 4 日

每次的重大报道，包括每年的两会和奥运、世博，这些重大战役，我们从来没有失守，想做的事都做成了。关键的时候，真的是有一种聚沙成塔的力量，对这一点，我一直心存敬畏：敬畏我们每个人。我觉得新京报最大的力量在于团队。

调整　记者如何成为专家

武云溥：今年时事新闻部进行了架构调整，时政和社会新闻的编辑部合二为一，这是出于怎样的考量？

王悦：现在新闻的边界越来越模糊。我们要"又快又深"，部门之间要进行沟通，理念要统一，并且需要第一时间迅速调动整个采访的力量。比如马尼拉劫持人质事件是国际新闻，但是涉及中国人就是一个中国新闻，他们在解救人质上有很多漏洞，就需要从本地找刑警和特警进行专业分析。

很多新闻，像红十字会，一开始是微博上郭美美的八卦花边新闻，后来逐渐变成全国性的公共热点，成了对慈善机构进行监督的话题。官方出来回应了，红十字会的头头出来了，进一步，你需要调查一些深刻的问题，后来延展出很多追问。这种情况下，记者的报道需要一系列的转换。我们希望把所谓的深度报道、社会报道、时政新闻、国际新闻采访上的界限抹掉，遇到大事，我们要减少协调的困难，让记者更快速地投入采访，这样的话，能够让白天采访的效率提高。

武云溥：这个想法在现在的都市报中是一个创新吗？

王悦：应该说是回归，最早的时候也是这样的。最早，很多新闻单位是一个大的采访部、大的编辑部。后来为了点对点垂直的精细化、版面对版面的精细化，发生了改变。不能说哪个优和哪个劣，每一个架构都有利有弊。

现在我们觉得所有的记者都要让他领域化，给他一个领域。在这个领域里，从宏观到微观，只要你有本事，你都可以去跑。我觉得这就是一个专业记者的起步。

这次改变，在记者中的反弹是很大的。谁都不愿意放弃自己跑熟了的条线，但是调整后能让大家接触到更多的领域。这不能说一定好，因为很多领域别人有一定的积累了，但跑线的话，只关注自己的这条线，就不会有横向的东西。在现在的形势下，我们需要复合型记者，特别是复合型的时政类记者，不能只管自己领域的东西，必须眼观六路耳听八方，要有拓展性，现在的新闻事件往往交互性很强。

我对记者坦言："我承认现在调线不那么厚道，让你痛苦，但是这是为了你最长远的利益，为什么？如果你还是这样，不积累能力，那你已经跟不上新京报的要求了。我们对采编要求很高，要求复合型的人才，更全面、能够纵深、有独立思考能力的记者，仅仅满足于做一个来料加工的记者，是远远不够的。"

比如，作为时政记者，在你这个领域、这个线口，一定是要做同业中第一位的。所有拿到的政策和立法，你要都提供权威的解读，你要采到最牛的专家，进行最深刻的剖析。

武云溥： 其实对时事新闻记者来说，专业素养的积累既非常重要，也相当艰难。

王悦： 我们去年有很好的案例。《刑法修正案》里面提到取消十三项死罪，很多媒体做了一个动态，因为这个东西比较敏感，做完动态就完了。我们的记者杨华云在动态新闻推出的当天，同时推出了一个对话，我们独家采访到了全国人大法律委员会的一位专家，这个人在刑法方面是非常权威的，他对取消十三项死罪从立法的角度解释得很透彻：立法中间是怎么权衡的？中间有什么波折？立法背后的意义是什么？等等。

这个报道出来几天后，新华社采访的也是这个专家。在时政报道中，我们强调，一定要对舆论有引领的作用，你的话语要权威，不能瞎说。

所以我们调整，逼他们去学习，寻找自己的不足。这样确实压力很大，我跟一些记者说："我今天不给你压力，可能两年或者五年后你就不能在这里工作了。你愿意以现在的痛苦换取长远的利益，还是为了现在的利益，以后的饭碗不保？"这个利益大家都能权衡。虽然换线是一个很痛苦的过程，但是我发现并不像大家想象得那样糟糕，很多记者上手很快，你灌输之后，他自己也会调试的。

视角　新闻无处不在

武云溥： 相比于其他都市报，新京报很早就强调"大社区新闻"，这是为什么？

王悦：我们从 2008 年开始强调做"大社区新闻"，包括今年对公益版的强调，这都是跟我们一以贯之的思路有关。我们做社区新闻，关注民间的力量、草根的力量，在以前是没有的。社区是我们社会的一个基本细胞，回归到社区，所有人不管我们是什么样身份的人，在社区里你就是一个公民，你就是一个城市的市民，你怎么参与社区事务？你怎么在社区里跟邻里和谐相处？作为一个市民、作为一个业主，怎么样让基本的社会细胞动起来？

我觉得社会建设的最基础是在草根、在民间，特别是社区里面有很多活跃的人士，他们推动一些从小到水电费、物业管理，大到一些对业主权利的探讨，包括一些公共的社区活动，我觉得这些是非常有价值的尝试。我们应该对这种新兴的、先进的、成为一种趋势的社区力量有所关注。

公益方面，现在 NGO 组织很多，政府不可能解决所有的问题，很多 NGO 组织、很多志愿者已经在行动了，在做很多有价值的事情，帮助了很多需要帮助的人。这个时候，我们要传递的公益的理念是什么？原来我们经常在公益板块报道一个人生了一种什么样的怪病，把他的惨状描述出来，呼吁大家捐款。这是在帮一个人，但帮一个人是有限的，所以我们调整了公益版的理念，我们应该传递最先进的、最新的、正在探索中的公益理念。有这样一个案例出现了，我们要问：为什么会这样？我们怎么去行善？我们怎么规范行善？

现在的中国社会很多公益事业做得还不够，没有共识和凝聚力。社区、公益领域有人在做，在传递人与人之间的关怀与关爱。这种东西慢慢多了，规范了，一定会拧成一股向上向善的力量。我们在公益版专门设了两个记者。我们强调在公益领域，每一个人都可以参与，你捐一分钱也是行善。越来越多的人会有这样的意识，接着会鼓励更多的人去行动，去参与社会公益。现在除了赚钱，很多人都对自己之外的事情漠不关心。我们应该传递这些进步和美好的东西。

武云溥：传统的时政报道，就是官方发布一个信息，媒体把这个信息传达给大家，很被动，我们如何突破？

王悦：时政报道一般都是统一发布的，要想成为独家新闻非常难。如果是同题竞争，我们要有一个不同的视角。这个东西说起来容易，做起来很难。

原来我们有一个跑时政新闻的记者，那会儿国新办每年都有答谢的晚宴，各个部委的新闻发言人都会来。对于一般的时政记者来讲，就是一个晚宴而已，打扮得漂漂亮亮，吃完饭就完了。我记得她跟我商量说："这个东西可以做一个稿子，因为平时很难同时见到这些新闻发言人。"我说："好，我们做一个同题访谈，问问作为新闻发言人，他们怎么样看待信息公开。"她在吃饭的时候，一个发言人、一个发言人地问，第二天果然做出来一个比较大的报道——新闻无处不在，就在于你有没有一双发现的眼睛。

再比如同样一场会议，有的记者能听出名堂，有的记者就听不出来。我们去年两会时做了《说真话》系列。当时一个政协的领导谈到，现在会议有虚浮的风气。记者写了一条消息，我们觉得这条消息很好，然后发了。记者第二天反馈说："某先生也在讲说真话的问题，还有其他人在谈这个问题。"我们就做《说真话》系列，安排追访，第一时间把握独特的视角。当时我们在做报道的时候还有一点惴惴不安，但第

"说真话" 系列报道
新京报记者：李立强
刊发日期：2010 年 3 月 9 日

二天，领导层的评价还是比较高的。

价值　一点点影响中国

武云溥：像世博这样的长线选题，我们如何操作？

王悦：世博会的报道持续时间特别长，总共有半年。程序性的报道特别多，最早是上海是如何应对世博会的，到它后期的服务，有很多官方发布出来的信息。我们当时作出一个判断：因为奥运会刚刚过，北京老百姓对世博会可能不会特别关注。于是，所有的程序性报道，我们全部舍弃，我们要做到与众不同。世博会的本质是展示21世纪全世界最尖端科技的发展成果、新的生活理念、各种城市治理的方式。我们摸底之后发现，应该把这些可供借鉴的、对于北京的老百姓生活有相关性的内容做出来。比如世博会有哪些新的知识，我们用制图的方式告诉读者，至少可以普及科学知识。

后期我们发现，世博会展出的东西有很多发达国家成功的案例，比如关于下雨天河道蓄水的问题、解决交通拥堵的问题、在社区里解决老年人孤独的问题、孩子没有人看管的问题……我们做了一个《世博鉴》，列举了所有北京城市治理中面临的难题。

武云溥：这样就和北京的读者挂钩了？

"世博会"特刊：世博探秘
新京报美编：书红
刊发日期：2010年3月22日

王悦：对，把能对应的办法告诉读者。比如马德里的下沉广场，那个广场是可以动的，不下雨时大家在那里玩耍，下大雨就成为下沉广场，可以蓄水，防止马路上到处是积水。我们做了很多这样的报道。我们希望给北京政府一些借鉴，给城市治理做一些参考，而且我们做得非常细，包括对设计者和案例参与者的采访。我可以提供给普通读者看，政府规划专家、政府官员看了也都有好处。

武云溥：时政报道受舆论环境影响很大，你怎么应对？

王悦：时政报道是非常危险的，你做得好，比如刑法诉讼的报道，不是所有人都能看得下去，因为它非常专业。但如果我们要做"百年大报"，一定要有这样的内容。

我觉得要把时政报道做好一定要有很好的资源，你的新闻可能做出来只有一小部分，但背后有很多内容你知道了也不能报道出来，但你必须知道，你知道背后的东西，哪些权力在角逐、哪些利益在平衡、涉及哪些人，这样你才能避免出现问题。一不小心就会踩雷，会死得很难看，而且往往你死都不知道自己是怎么死的。

报纸的时事新闻每天都在行动，我们一点一点地追求进步，追求美好。在一次培训时我说："我们选择报道什么，就是我们的价值观。"我觉得就是这样的，我们选择什么，意味着我们的趋向、我们价值的取舍。我们给读者提供的是有选择的新闻、有选择的报道。每天从我们选题到我们呈现的方式，到我们坚持的一些新闻操作的原则，它是一个整体，潜移默化地影响读者。

武云溥：说实话，你觉得新闻的力量，能在多大程度上影响当下的中国？

王悦：也许很小，但也许你碰到一个机会，很小的东西就会变成很大。这就是新闻职业的魅力所在。说心里话，我真的觉得做这些事情很累、很麻烦，好像每天都在重复自己。不过因为我们所有人在一起，我们在一起就能够做成一些事情，能够帮助一些人，和改变这个社会，哪怕只有一点点。这让我欣慰，而且安心。

挖掘你不知道的真相

受访者：刘炳路（新京报编委、深度报道部主编）

李素丽（新京报深度报道部副主编）

张　寒（前新京报深度报道部记者、《名汇FAMOUS》杂志副主编）

访谈时间：2011 年 7 月 19 日

要想有地位，先要有作为

武云溥：新京报创刊时，深度报道部的定位是什么？

刘炳路：新京报的深度报道与《南方都市报》一脉相承。在全国所有都市报中，《南方都市报》是第一个建立深度报道部，而且做得也比较有影响的。新京报在创办的时候，也设立了这样一个板块。但是我们跟南都的深度又有不一样的地方。南都的很多深度选题更偏重于社会事件，包括一些操作方式，也很吸引眼球。我们希望能加以改变，倡导更加理性、建设性的报道，也注重人文关怀，但尽量避免煽情，尽量克制。

在新京报创刊初期的两年，一方面是报道环境相对宽松，选题基本无禁区；另一方面也是我们起初的设想得到落实——我们的调查类报道取得了比较突出的成绩，可能别人做不出来的题目，别人挖掘不出来的东西，我们都能够挖掘出来。也就是说，在揭露真相的层面上，新京报比同类媒体走得要远一些，关注领域也更宽泛。相比之下，有些地方都市报对个案更加重视，我们虽然也关注个体，但一定是选择有典型意义的个体事件，或者这个事件背后，有长期积累的社会矛盾、体制之弊。

武云溥：当时新京报深度的人员构成情况是怎样的？

刘炳路：创刊初期，深度报道的职能在中国新闻部，一年之后单独成立深度报道部，李列任主编，我们的编制一直不多，直到现在也就是十二个记者，加两个编辑。2003 年新京报创刊时，南都的深度报道也是十几个人，但现在他们光记者就有四十个左右，是我们的三到四倍。新京报人少，那么每个记者的任务量就很重，也很辛苦。

武云溥：深度报道好像不是一个强调人手和产量的新闻品种。

刘炳路：我是希望能再多几个人的，因为人多的好处在于可以培养更专业化的记者。比如可以进行条线细分，谁做网络新闻，谁做动态，谁做公共政策，谁做环保、公益等等。我们一共十几个人，重大热点新闻还追不过来，很难让记者去专盯某个领域的新闻。

不过人少也有人少的好处，一个是刚才说的工作量大，比较有成就感。再者，我经常说，做媒体一定要来新京报，因为在这里每个人都可以接触更多层面、更多领域的选题。在你接触面比较广的前提下，才有利于发现自己对哪个领域更感兴趣，更有专长。经过新京报的职业训练和积累，更有利于一个记者的长远发展。

对于记者初期，不圈定某个领域的另一好处，容易培养全才，掌握全面技能之后，才利于在某个领域进行专业的培养。

武云溥：刚才谈到新京报创刊初期，整个社会的舆论环境是较为宽松的，有个说法不知你是否同意：深度报道内容本身的突破，以及所能实现的监督功能，很大程度上与周遭环境有关？

刘炳路：这种影响肯定是有的。2003 年到 2004 年，是新京报深度报道的起步和快速发展阶段，我们确实做到了"一出生就风华正茂"，那两年在选题上是最猛的，基本没有不可碰的选题，步子迈得非常大。

武云溥：那么到现在这八年来，新京报遇到了怎样的环境变化，又相应做出了哪些调整？

刘炳路：从 2005 年开始，舆论环境对报纸的影响越来越大，选题的范围也更加有针对性。2006 年到 2007 年，我觉得可以归为又一个阶段，应该说是艰难调整的阶段。因为 2006 年初新京报深度的团队走了一多半人，好多人去了经济类媒体，甚至离开北京。2006 年初的时候我们甚至在考虑生与死的问题，就是新京报到底还要不要做深度报道，有几个留下的老记者，也感觉前途渺茫。

后来是开年会的时候，分管副总编孙献涛有句话刺激了我，他说："要想有地位，先要有作为。"因为当时我们好多人在发牢骚，说应该给我们怎样的条件才能做好报道。孙献涛就觉得，你先做事啊，先做了再说——这句话当时深深地刺到了我。怨妇是没有出路的，只能影响自己的心情，要用稿子说话。2006 年其实我们没有太多好的报道，很多题目不允许我们做，我们做的主要是正面的或者中性的报道，基本不能做舆论监督。以前凡是重大新闻事件，必有新京报记者在现场。那一年就变成凡有重大新闻，必定没有新京报记者在场；而新京报记者在场的地方，又必定没有重大新闻。就是这么尴尬的状态，当时我定了一个目标：既然没有我们的空间，那就先把基本功练好，就当养兵吧。一旦等到用兵的时候，我们能迅速出击。

就如一条接近静态流淌的河流，它长时间的隐忍不发，都是为了一次声势浩大的决堤。但安静地流淌是它的常态，它从不预告何时将要喷涌。

后来的事实证明，这种隐忍是有价值的。2007 年开始，环境在转变，我们也在转变，慢慢试探。到 2008 年，基本就是爆发的一年。2008 年中国发生了很多大新闻，而我们准备好了，我们团队的素质就放在那里，作品大家都看得到。

比"独家报道"更高的标准

武云溥：是的，2008 年除了北京奥运，还有汶川地震和改革开放三十周年纪念，以新京报深度报道团队为主力制作的《逝者》《活着》两个特刊，还有动员全报社力量、贯穿整年度的超大型系列报道"日志中国"，都证明了"养兵千日，用在一时"的成效。那么经过 2008 年的爆发，最近这两三年的报道，又呈现出怎样的面貌？

刘炳路：其实 2009 年和 2010 年我们做的优秀报道也很多，比如山西运城几十名少年被绑架到缅甸、张悟本、王亚丽、蝉虫和新圈地运动的报道，在全国都引起了很大的反响。今年对我们来说是至关重要的一年。微博兴起之后，新闻更新频率更快了，线索的来源也更加多元化，很多的事件容不得你像以前那样，用比较长的时间自己去调查。有些新闻以前我们可以做成调查报道，现在迫于时效性的压力和选题尺度的限制，只能用动态新闻的形式展现出来。也就是说这两年我们发现，独家的深度报道越来越不好做了，必须用更高的标准要求自己。

武云溥：新的标准是什么？或者说深度报道这样一种特殊的新闻产品，未来的突破口在哪里？

刘炳路：我认为是要更强调"专业化"。一起重大的新闻事件，很难由单一的媒体报道和推动，几乎所有重大事件都是蜂拥而上，大家都没有太多"独家"的东西，更重要的是合力。这就意味着，以前我们是以调查见长，现在不能光做调查了，反而应该去做一些专业报道。在某一个领域针对某个问题进行深度挖掘，或者说努力找到看问题的独特角度，甚至通过大量信息的采集、整合，给出最专业的解释性报道，能够把握本质，现在比拼的是综合能力。

武云溥：怎样的专业报道，举例来说呢？

刘炳路：比如说去年我们做蜱虫调查，我们发现当地有人被虫子咬死的事实，我们可以去写这个村子里村民死了，是什么时候发生的，他死了之后留下一个破碎的家庭，在当地共有多少这样的伤亡事件，为何治不好等等。这样会很煽情，也能引起大家的共鸣，但是我觉得这样理解新闻太简单化了。我们要去设问：蜱虫带来的致命细菌，是一个什么病毒，是这个虫子本身所产生的，还是通过虫子传播过来的？是不是一种新的病毒、病菌？这种怪病只在中国有，还是世界其他国家也有？这种病可防吗？可治吗？可控吗？农村的防控体系对它失灵了吗？

这样一系列的问题线索理出来，我们的操作是：第一天先发一篇现象报道，说有这么个事情，虫子咬死人了。这个报道出来之后，肯定许多报刊都要跟进，要做延展的追问，但第二天，我们马上出来一篇关于这种病毒的科学报道，解释它是什么东西。第三天跟着再来一个追问责任的深度报道：既然知道是这样一种病毒，国家卫生部也有相关的指南，那为什么还会产生大量的死亡事件？这就跟具体的操作挂钩了，案例都发生在农村，开始先发烧，乡村医生按照感冒来治，就会延误病情，如果及时送到大医院就能治好。所以这个调查就是在追问乡村医疗体制的问题，这里面有防控的空白，包括是否要对卫生部的救治指南进行修改等等。

武云溥：这样的新闻操作，的确要求记者和编辑都具有很高的专业水平。

刘炳路：这种情况下如果没有专业的知识，做出来的东西可能明明应该是一个专业领域的纵深报道，结果就会把它写成一个社会事件，反而把报道价值降低。所以我觉得深度报道发展到现在这个阶段，不能光靠拿料。当然拿料也是至关重要的，但是我们一定要求记者，要想做出更专业的报道来，或者说再想做出独家的一些东西的话，就需要有专业的知识。

需要说明一点，现在新京报的深度报道，不再是一个部门做深度，而整个报社都在做深度报道。趋势是，新京报所有的报道都是深度稿件。比如现在各个板块都开有深度栏目，社会新闻有以暗访为主的"调查"、"关注"，时政新闻有"中国眼"、"关注"等，国际新闻也有"世界观"、"国际关注"等，经济新闻有"经济纵深"、"财经观察"等栏目。每个板块都开有深度报道栏目，只不过深度报道部是其中的一个代表，承担一个更专业的分工而已。

记者不要变成新闻当事人

武云溥：从刚才的例子我们也能看出，对深度报道内容标准的改进和拔高，可能也和媒体竞争的加剧有关，是这样吗？

刘炳路：我是仍然希望做独家的，做新闻的人都这样，我巴不得一个新闻全是新京报发出来的，但有些时候做不到。你看到的是这个角度，人家可能是从另外一个角度，就是说你必须要在最快的时间，把所有的角度都想到了并且全部做出来，这是最理想的，但很难。

武云溥：我倒觉得媒体之间是竞争也是合作，大家从不同的角度努力突破，一起把报道空间撑大。

刘炳路：这点我同意你说的，现在往往依靠群力，而不是单打独斗。比如王亚丽那个案子，虽然是我们先做的，做了两篇之后，《财经》就跟进了。包括更早之前的定州血案，我们做了六七天的动态之后，王克勤过来做了一篇很长的报道，当时我们的深度报道就没发出来。现在更是这样，很难说一个报道完全由一家媒体来做。张悟本的调查报道我们前期组织了大概一两个月，派了好几个记者去做，我们觉得应该能做成一个独家的。就在我们稿子要成型的时候，突然这件事被别的媒体先捅出来了，他们大概讲了张悟本的身世，有可能涉及造假的问题。当时我看到这个情况比较懊恼，有很长时间的挫败感。

武云溥：这是很难预料的。

刘炳路：因为我们准备了很长时间，从方方面面去调查张悟本的背景，

"神医"张悟本的背后推手

● 开健康讲座积累经验人脉，被策划包装出书炒热市场
● 上电视做节目成为名人；幕后公司因此受利颇丰

"神医"张悟本的背后推手
新京报记者：黄玉浩　刊发日期：2010年5月28日

包括他影响的绿豆市场，养生保健市场的乱局，还有张悟本的推手，背后的团队到底是怎么样的，至少有四篇核心报道，几万字。那就在别人之后，一篇篇地推出我们的调查报道，当然影响也很大，但不是独家首发了。

类似的状况其他媒体也会遇到，比如三鹿的毒奶粉，现在讲到这个事情大家都知道简光洲，其实在他之前，甘肃有很多地方媒体都做了，说有小孩喝奶粉生病，但大家都没提三鹿的名字。我相信那些媒体的记者在采访的时候肯定也都写了，你只要去采访肯定知道这些孩子喝的什么奶粉，但是他们可能考虑一些什么因素，把三鹿给隐去了。而简光洲所在的《东方早报》是第一家点名的。我们很敬重这些敢为先的媒体。

武云溥：你觉得要做一个优秀的调查记者，什么能力比较重要？

刘炳路：在中国做记者是比较幸运的，做一个出名的记者，相对来说也很容易，但是很多出名的记者，包括我们自己，是不是在能力储备上已经达到了"著名调查记者"的水平，这个能力考量，我觉得是要打个问号的。前几天我跟一个朋友聊天，他讲一句话我特别认同：现在一个事件过后，只见出名的记者，不见出名的报道。优秀的调查记者首先要是完人，要有道德洁癖，因为中国诱惑太多，陷阱也很多，光环也很多，

不留神、不严格要求自己，很容易就陷进去了。其次是采访能力，能挖掘出别人采访不到的事实，采访到别人采访不到的人，当然这建立在敏锐和完整的逻辑思辨之上。最后才是表达和写作。以完整的逻辑链条和朴实的文字去陈述新闻事件。

武云溥：记者会经常变成新闻当事人吗？

刘炳路：我观察，有媒体记者会的。记者卷入事件当中，只见到他们的情绪宣泄，对这个不满，对那个不满，我觉得这些情绪是不应该有的。调查记者很重要的能力，是平常心，不要浮躁。我是这样想的，可能跟我个人的性格有关，我不希望别人知道我们的名字，但我希望非常努力地、高调地做事——我指的高调做事，是做报道，我希望我们做好每一篇报道，但我不希望做完了报道去到处说"这个是我做的"。

武云溥：为什么呢？

刘炳路：我不愿意抛头露面，因为我们是做调查记者的，讲完了之后，别人会盯上你，这就对你的平台和工作空间产生影响，不利于接下来做事。我们就老老实实地做好每一篇报道就行了，这才是一名记者的职业要求和专业诉求。

武云溥：你是有切身体会吗？

刘炳路：我在2005年做定州血案后，又接到一名举报者陈忠明反映定州的黑砖窑事件，之后我和摄影记者带着他去当地调查，结果他失踪了。有很多人来讨伐我，说我不应该带着举报人一起去采访，最后致使他失踪了。我接受网民们对我的批评，我努力去寻找，包括刊发报道，中央电视台《社会记录》还专门做了一期节目，当然后来知道他是被当地政府给弄走了，给了他一笔钱，弄到深圳去了。但当时在还没找到他的情况下，对我个人的打击是非常大的。现在需要反思的是，定州血案的报道给我带来了一定的成就，但自己作为一个盯防的目标也被放大了，而且没几天又回到那里，人家以为你又要搞个什么惊天动地的东西，害怕得要死，自然想尽办法阻止。

武云溥：看来记者因为报道而出名，是一把双刃剑。

刘炳路：对，我觉得对于一个调查记者，要能够放下名和利，能够隐忍，耐得住寂寞，默默去做一些报道，这可能是一个比较高的境界，也可能更有利于出现好的作品。多少年之后，我们在江湖上留下一些叫得响的报道，这是至关重要的，而不是自己名头的昙花一现。

■ 链接

人物报道　细节取胜

李素丽："开胸验肺"这个新闻的源头，最开始是报纸上的一篇评论，说河南有这样一个尘肺病的事情。当时河南媒体先做了报道，整件事的来龙去脉基本上已经有了，所以我们决定要做人物报道。事实很清晰，就是张海超拿不到生病的赔偿，要求开住院费，于是"开胸验肺"。我们想挖掘的是他背后的一些东西：张海超是一个什么样的人？他为什么做出这么极端的行为？他背后到底经历了什么样的痛苦、挣扎和坚持？这些问题肯定是我们派记者去之前就会想到的。一个人做出这种极端行为，背后肯定会有一系列支撑他的东西。

张寒是比较成熟的记者，所以我在后方和她沟通很顺利。张寒自己就知道要去拿什么料。如果是不够成熟或者不够默契的记者，编辑在统筹时间安排方面就会有一些问题，需要很多沟通和指导。

这篇稿子最后成型的调整不大，但是人物稿件有这样的一个特点：记者去采访一个人的时候，可能就以为这个人物已经被公众所知道，这是热点新闻事件当中的人物。但是有时候很多读者并不了解整个新闻事件的来龙去脉，也不知道为什么要做这个人物，那么关于新闻背景的穿插介绍就变得重要。人物稿的后期编辑调整主要在这一块。

张寒：我从外地直接去了张海超家里。每天早上去找他聊，晚上回住的地方整理，从采访到成稿花了三四天。如果是一些调查类的稿子，一般十天左右能完成一篇。人物对话可能相对会完成得快一点。

写人物稿需要有深入的交流，但是这件事情当时特别轰动，全国各地的媒体都一拨一拨地去，总是正聊着呢然后突然就来了一个别的记者，然后他可能又需要从头说起。

这种情况下，我就去院子里和居民聊，然后和张海超的一些亲戚聊。他的姐姐是属于那种特别会说，然后说话还比较精彩的人。所以基本上把周围的一些人都聊得差不多了，我再返回去跟张海超聊，这样就能更丰富一些，找到更多的点。

到现场你会遇到各种各样的情况，你一定要知道自己的取舍。在张海超的报道中，我就明确知道不是去做一个突发性的报道，我要去关注深层的、人性的东西。这样我就会留心他的一些细节，还有他说话的神态和语气。

而且去做一个人物的时候你需要知道，并不是只采他一个人。我希望通过这一个人的命运去反映背后的群体命运，这样的话我就会去了解：他们村里面还有没有其他的人得这种病？我找到村民就会问他们的生存环境。他们告诉我，那厂子里面每天都是雾气笼罩，天天下小细雨似的。他们的肺里面其实是一层一层的灰尘，咳嗽出来的痰全都是粉尘，戴的口罩每天下班都是黄的。这些都是特别有效的细节。我还想知道一个农

张海超：我开胸验肺只想活下去

新京报记者：张寒　新京报编辑：李素丽

刊发日期：2009 年 8 月 3 日

村人，在得了这样一种病的时候，村里其他人的看法是什么样的？他们村里人就跟我学尘肺病人这种"呼呼"喘气的声音。

我和他们聊后知道，他们村里面很多人，就是因为这个病死了，但是那时候也不知道原因，也没有赔偿。反过来我会用这个去问张海超，你为什么要赔偿？张海超就说，我不想像他们那样，我必须去想一个办法。

这样的话，人物的一些很深层次的东西，就慢慢地被一层一层挖掘出来。我觉得写人物就是这样，需要动很多脑子，不管是从外围还是从他内心入手，你要真正会去从他的角度思考问题，也真的知道他可能不愿意说出来的一些信息。然后你一点一点地去搭建故事，这样可能写出更好的稿子。

干净，才能生存

武云溥：你说在中国做记者很幸运，是和西方国家的同行相比吗？那么国外的调查报道对我们来讲有什么可以借鉴的经验？

刘炳路：很多人觉得西方国家的新闻尺度比较大，也更加规范化。在我看来，绝对的自由是没有的。我们讲调查报道要尽量做到客观中立，零度情感，但也难免有记者和编辑一定的立场在里面。西方记者做的一些调查报道，长处在于时间的投入，他可能长期观察某一个领域，很多年之后出一篇报道，这个比我们做得好。很多获奖的作品，包括普利策新闻奖的作品，在中国看起来怎么能算作新闻呢？可能就是一个很平常的民生事件，他们搞很长时间去做扎实的调查，什么原因？我觉得还是跟社会的发展有关系。我们比人家落后至少五十年，我们今天正在经历的一些事件，在西方国家可能是几十年前就见过的，他们确实在社会的各个领域发展都领先，各种法律制度都比较完备，所以西方同行很难碰到我们国家这么多的大事件——因为我们是在转型期，矛盾冲突特别多。他们要从小事件中引申出大意义，我们整天看到的都是大事件，这是我说中国记者很幸运的原因。如果一百年后中国还这样，我觉得做记者就不是一个好差事了。现在是中国记者的职业黄金期，但是你如果很浮躁，一知半解，就未必能看得清复杂矛盾之下的真相。

武云溥：在转型期的中国，调查记者面临的诱惑也非常多，新京报深度报道的职业规范是怎样的？

刘炳路：做深度报道的记者一定要干净，这是你生存的前提。谈到这个话题有很多例子，我们经常听说有记者去矿难之类的事故现场敲诈勒索，还有一些经济纠纷的调查中，记者收受贿赂被判刑的也有。我值得骄傲的是新京报深度报道没有这类事情，我很清楚地要求大家必须做到问心无愧，不被任何人收买，我们所做的工作必须合法。因为有些时候你遇到的问题可能不仅仅是收买，曾经有别的媒体记者收了当事人的钱，其实是警方设的套，把他给抓了。后来很多媒体报道认为这是冤案，但我的看法是：你为什么要收人家钱呢？且不论是不是圈套，你收钱这种行为肯定是有瑕疵的。跟一些同行交流的时候说起这个事情，他们说我太苛刻了，但我觉得没有办法。你是调查记者，你是来做监督的，别人对你的职业身份是比较信任的，这种情况下你更要严格要求自己，就应该是完美的，一点瑕疵都不能有。

武云溥：新京报的记者出去采访，你会提出什么要求？

刘炳路：不吃人家一顿饭，不拿人家一盒烟，当然钱更不能收了。我们曾经因为有人送过来一条烟，然后我们寄回给当地政府的宣传部，对方觉得不可思议，太不近人情了。有时候记者到地方采访，官方请吃顿饭个别时候也会允许，因为有时候要跟政府建立联系，需要互相信任。但是新闻当事人请吃饭绝对不行。饭桌上抽根烟是允许的，塞给你一盒带走就不行。

深度报道就像一场电影

武云溥：很多深度报道的题材是从日常动态新闻里面发现的，什么样的日常新闻会进入到你的视野，然后决定派出记者做深度报道？

刘炳路：有些是突发新闻，事件本身影响巨大，这样的选题即使我们判断没有太多延展的可能，也一定可以做深度报道。比如杨新海特大杀人案，犯罪嫌疑人杀了六十七人，奸尸二十三个，这个事件足够重大，耸人听闻，那肯定要做。

但做的过程中，我们也会发现很多其他的问题。比如说他杀的人全部都在城乡接合部，杨新海之前也都去踩点，察看一下当地的情况。他作案的时候，冬天少，就是春夏秋，尤其在夏天的时候，城郊和农村的老百姓，睡觉都开着窗户开着门。所以说，这是不是反映出来政府对于城乡接合部的管理，存在着治安方面的漏洞？

还有个问题也是在调查中发现的：杨新海作案流窜了四五个省市，我们采访的时候发现有些案子已经结案了——也就是说，已经错抓到了犯罪嫌疑人，甚至都已经关进去了。他在各个地方犯了这么多的案子，为什么没有并案侦查？并案是十分重要的，如果把这些属于同类的案子并在一起，就会避免制造出来很多冤案。那我们国家的并案制度是一个什么样的现状？存在什么问题？这又可以做一篇很好的深度报道。

所以说，一个事情能不能成为新京报深度的选题，最重要的是事情足够重大，或者说这个新闻事件背后，有长期积累的社会矛盾，和所体现的社会制度方面的积弊，还包括这个事件中应该有相对复杂的一些冲突在里面。如果没有戏剧性的东西，不太好延展，可能发一个消息就可以了。

武云溥：刚才讲的是深度报道的选题标准，你提到戏剧性，这对于建构一篇特稿的文本是非常重要的。

刘炳路：我觉得一篇报道真的就像一部戏剧，或者一场电影。电影中需要组织剧本和逻辑架构，包括在什么时候有高潮，什么时候有冲突，有很多这样有意思的情节。对于我们这篇报道来讲，记者在采访、写作中，同样也要注意这样的问题：我怎么去组织我的报道，让它更加吸引人阅读。怎么去组织我的悬念，怎么把众多的冲突拎出来，放在不同的地方，在冷静叙述之中引起人们的共鸣。这都非常重要。

武云溥： 记得九十年代中期，《南方周末》的很多调查报道，是培养了一批线人来爆料，也经常有记者卧底暗访。现在我们对这些消息源和调查手法使用的情况如何？

刘炳路： 我们的消息源大概有这么几种：一是其他媒体已经见报的，就是大家都知道的消息，我们考虑还有没有掩盖的部分可以去调查，要做第二落点。这种必定不是独家的。第二种就是爆料来的，通过我们的热线和信箱等等渠道。第三种是我们自己的编辑记者从论坛、微博等网络渠道找出的线索。第四种就是你提到的一些线人。现在的线人比起十几年前也有很多变化，有一些线人是全国各地的地方媒体记者，他们可能手里有些线索，在当地做不出来，然后他可能会跟我们的记者联系一下，问新京报能不能做。

武云溥： 现在我们每天都接触很多网络消息，大家可能越来越没有耐心去阅读很长的报道，这是新媒体正在改变的读者阅读习惯。新京报深度报道近年来有没有相应做一些文本或者版式上的变化，来适应读者越来越差的耐性？

刘炳路： 新京报深度报道是编辑负责制，"大编辑、小记者"，只要经过了编辑的加工，文本上看起来是风格统一的，甚至看不出来是哪个记者写的。好处是保证整体质量的统一，缺点是不利于风格多元化的建立，但是对每个记者基本功的建立是非常好的，之后才是形成自我风格的时期。然后进入"大编辑、大记者"时代。

可读性上我们一直在尽量缩短篇幅、删减文字，一些很复杂的事件可能会用多篇报道来呈现。版式上较多采用现代制图手段，在图片的运用上，比前几年有了很大进步。最早我们曾经有两个版的报道一共用了一张小图片，密密麻麻全是字，两个版总共八千字。放到现在，这八千字用三个版都放不下。

武云溥： "大编辑、小记者"的操作模式，是不是意味着记者个人的写作风格并不重要？

刘炳路：在我看来，记者的写作能力，在前期确实不是非常重要，我们更看重突破、拿料的能力。当记者成熟到一定程度，写作才变得重要起来。因为只要记者拿到足够的料，我靠编辑加工是可以做出一篇很好的报道的。举个例子，黄玉浩的文本写作应该是部门相对较差的，你如果看他发回来的原稿，有些事情写得不清不楚。但是他的优点在于，所有的料都拿到了。有时候这个稿子需要四五千字，他给你写到一万多字，所有的东西都在里面，编辑就去找吧。或者有些东西他没写出来，你问他，他总会知道。

■ 链接
版面编辑技法

李素丽：深度报道的版面经常会面临一个问题，很多照片都是文字记者拍的，信息含量低，有时候甚至是空镜头。这种情况下就要借助漫画和制图。

《盲井》一共是两个版，在前边就做了连环画的制图，还原了整个事件的发生过程。因为当时看到这个题材，大家可能马上就会想到《盲井》这部电影，然后就可能会有一些电影情节在脑子里闪现，然后就是一幅画面又一幅画面的表现。连环画的制图，一方面可以让信息更加丰富，可能你看了图片就可能知道事情的过程、结果；另外一方面，对活跃版面形式也有帮助，视觉上更生动。

除了针对事件性报道可以制图，有一些调查的关系图也可以采用。比如你要调查一个案子，里面涉及人物比较多，他们之间的关系又比较复杂的话，就要做人物关系图。在科技报道方面也可以多用图片。但是对于一些时政类的报道来说，版面就很难操作。一方面制图没有触发点，新闻图片也不太精彩，时政报道又相对枯燥，缺乏故事性和戏剧性。这是在日常编辑工作中经常遇到的难题。

盲井　　　　　　　　　　新京报编辑：李素丽　刊发日期：2007年12月6日

告诉你不知道的事实

武云溥：深度报道记者的突破能力，具体来说要达到怎样的标准？

刘炳路：这么说吧，评论是告诉别人不知道的观点，深度报道一定是告诉别人不知道的事实。既然别人不知道，必须通过我们的采访调查才能揭示真相，那么突破就至关重要。我们讲突破，有两个层面，第一是突破事情本身，第二是突破人，这两方面相辅相成。

我可以讲讲我自己的例子：新京报创刊时，我在南都跑了一年半的时政新闻，到北京来之后我跟杨斌说，我想去深度报道，而不是北京新闻部。杨斌说，你的文字水平太差了。我也承认，我有时候一句话都讲不顺。我又去找李列和陈志华，他们说你过来也不合适。后来陈志华说我给你个题目，去试着做一下吧。

这个题目是找到杨加林。杨加林原本是沈阳市公安局的局长，以承办刘涌案闻名。当时有媒体说他被"双规"了，而我们了解的信息是没有，但他已经不在沈阳了，那就要想办法搞清楚他在哪，并且采访到他。

我接到这个题目，心想志华在"刁难"我，对于刚创刊的新京报还有我自己来说，这太难了。杨加林当时在舆论漩涡中，对媒体一定是回避的。后来我打探到他去了公安部，在治安局当副局长，正局级待遇，相当于平调。然后我就去找公安部，拿到了这个局的值班电话。我打过去说我是杨加林的亲戚，他从沈阳来这边，失去了联系，想要一个他的电话。

当时我的判断是，这个值班电话肯定不能被占用太长时间，值班人员要么马上拒绝我，要么给我一个电话号码。结果值班的说无法核实我的身份，我说杨加林在沈阳的时候我们联系是很多的等等，反正磨了半天，值班人员就给了我一个座机号码。我打过去开始是打不通的，但我判断这个号码一定是正确的，他既然没有拒绝我，就没必要给我一个假号码。

后来再打，打通了，接电话的正是杨加林。我就讲我对他目前处境的看法，一个打黑英雄，被传说"双规"了，我说你如果不站出来说话，会让其他的公安干警看不过去：如果连公安局长都保护不了自己，那么多打黑前线的民警怎么办？

就这样打了三次电话，前两次他都拒绝见我，第三次终于说：那你来我的办公室吧，我们聊一聊。

武云溥：你的入门考试过关了？

刘炳路：通过这个采访，志华觉得我突破还行，接下来李列又给我一个题目，就是杨新海特大杀人案。这两个题目都做下来了，我自己觉得应该可以进深度报道部了吧，结果他们还不让我进。一直到又做了禽流感的报道，我没有光做动态，而是迅速地做了一个基层农村防疫体系的反思。陈志华当时是主编，我就去问他，这回可以了吧？志华笑笑说，其实早就可以了。

武云溥：哈哈，你就这样成了深度报道记者。

刘炳路：是啊，这是以前没敢想的，我大学时候学的是统计学，毕业本来想当个会计，结果做了记者，后来想去做个财经记者，结果做了调查记者。现在看来，好像已经没法改行了，哈哈。

■ 链接
调查记者的突破能力

张寒：2009年的"内蒙古越狱"事件一开始是《南方都市报》的记者最先发现，他本来在那边开会，然后突然电视上播出了通缉令。我刚到了内蒙古之后有一个判断：最重要的消息源应该是监狱，但监狱那边基本上是不可能突破的。可以预料，出现越狱之后监狱管理方肯定慌了，会封锁消息。但我想不管能不能突破，先到现场去看看再说。

果然，监狱大门紧闭。我想去监狱旁边的管理室碰碰运气，那天特别幸运，没有人拦我，我直接冲到楼里去了。冲进去之后我就想，肯定要装着镇定自若，去找监狱长。通常的办公楼，我知道领导肯定在比较高的楼层，但又不会在顶层。

于是我就上了四楼，找到了监狱管理员。可能那个监狱管理员也没有见过记者，然后我就跟他聊，提到了越狱这件事。他就特别奇怪，也没有问我是谁。

然后我们俩就聊。聊是有方法的，你肯定不能直接问你这个是怎么回事之类的。我就说，最近是不是有事啊？我心里想因为越狱导致有一个狱警死了，我面前的人其实也是狱警，此时此刻他心里面肯定会有一种愤怒或者同情。我就问，这个死去的狱警肯定结婚了吧，有没有孩子之类的，就这样问起来。他就愿意跟我聊，聊熟了之后，他就对我有一个基本的信任感，结果就把整个过程告诉我了。

走的时候我又去找监狱管理局的政治部，他们立刻就说，我们这边什么都不知道。那我就出来了。

出来之后我觉得还要找一些工作人员。出门之后看到一堆黑车司机在那"趴活儿"。黑车司机有一个特点：消息特别灵通，而且黑车司机其实基本上都是监狱的下岗职工。他们一开始一看我是个女孩子，然后又知道是从北京过来的，不会对我有太多防范。然后我就跟他们瞎打岔，又聊起来。刚巧他们有一些想上访的内容，很多老百姓都有自己遇到的不公平事情，然后我就说，你们用不着跟我说这些，你们有没有一个专门负责上访的头儿？他们就把头儿的电话给我了。他们的头儿这样的人肯定对监狱里面的情况特别了解，我就说我想了解一下情况，他以为我要关心他们上访的问题，就答应见我。

我到了那个头儿（其实也是个下岗职工）的家里后，我就说你能不能画一下监狱的结构？我只有了解监狱的内部结构，我才知道逃犯怎么可能越过重重的阻碍跑出来。这个人在里面工作了十几年，对监狱特别了解，然后给我画，一号线在哪儿，二号线在哪，平时要出门是怎么样出来，要经过几道关卡……在最后的稿子里，我就把这些内容整合起来，提出了几大疑点。

后来又和那个人聊，他说这可不是监狱里面第一次发生越狱，然后就跟我讲了九十年代那些人是怎么越狱的，这些就都是完全独家的料。

可以预判与不能预判

武云溥：除了突破，深度报道记者还必须具备独立思考的能力，所谓"将在外，君命有所不受"，记者一旦到达新闻现场，就要依据眼前的情况做出判断，这个能力是如何训练的？或者说，后方编辑在派出记者前，对新闻事件会有怎样的预判？

刘炳路：我们做一个选题之前，都是先确定一个大概的方向：我为什么要做这个选题，我想做成什么样子？我们都是在想好这些的前提下，再组织采访报道。当然，这里面会出现一个情况，随着采访的深入，会修正原来的方向。也就是说，我们预判是这个样子的，但是经过采访，发现有的东西跟我们事先想象的不太一样，就不能够刻意沿着这个方向走下去，要对我们的报道做一个修正。甚至最离谱的情况下，方向会是相反的。其实就是大胆假设，小心求证。

武云溥：报道立场也会随着采访深入而改变？

刘炳路：这么讲吧，一篇稿子除了微观真实，还要考虑宏观背景。举个例子，《南方周末》在汶川地震后做过一篇稿子，我印象很深刻，就是"救救我，我是张书记"（注：原稿题为《灾后北川残酷一面》）。这句话后来被称为"史上最牛官腔"。整篇报道向读者展现了灾后北川救援的另外一面，但这个张书记的信息让读者觉得这个官员在临死的时候，还要发挥自己的特权，还要体现自己和其他受灾群众身份上的不同。那他的行为是应该遭到一致的唾骂还是有可理解之处？假设现在发生地震了，我们报社倒塌了，最先赶来救援的可能是没有被压的报社员工，如果戴社长喊一声"救救我，我是戴社长"，这是出于求生的本能，我认为是完全可以理解的。

我的意思是，我们的新闻报道，尤其是深度报道，不能进行道德评判。我们每个媒体都是强大的，强大的媒体以道德审判的方式作用在个人身上，我认为不公平。

汶川地震过了一年之后，我们试图去采访这个张书记。他刚开始拒绝接受采访，我让记者无论如何要访到他，后来访到了，做了一篇对话，让他谈当时到底是什么情况。我觉得过了一年时间再去回顾，其实又可以理解很多东西。

武云溥：看来每个记者和编辑，对一个新闻事件的判断都可能不同，这种时候理性思考的作用就凸显出来。

刘炳路：其实我们脑子里，有时候总会先入为主地预判一些东西，或者有意无意加入我们自己的观点和情绪，这就带有了倾向性。当然这些是难免的。关键是在后期呈现的报道中，要根据我们前方搜集到的素材，进行一个修正。这个修正的过程一定要理智、客观，符合实际情况。

记者永远在面对纷繁复杂的事实，有些事实可以支撑某个观点，有些事实又会把它推翻。问题在于局部的真实，绝对不等于宏观的真实。局部拿到的素材，如果不放到更大的背景中去理解，是会失真的，有可能对新闻报道产生不准确的影响。如果地震换成新疆克拉玛依大火，那场火灾里的"让领导先走"，就又不一样。因为那个是把官员的生命和其他群众，包括很多孩子的生命放在同等位置考量，是让谁先逃生的问题，"让领导先走"就是特权的体现，是需要批评的。所以我们拿到材料一定要谨慎判断，分析一个事实到底应该支撑什么样的观点。

■ 链接

后方编辑与前方记者的协作

李素丽： 2007年有个新闻是丈夫拒绝签字手术，导致孕妇死亡，这是一个突发事件，时间非常紧。当时还有点怕做不出来这个稿子，主要是周边采访不多，肖志军老家在湖南，老家那块儿又联系不上，我就怕这个稿子内容太单薄。当时和张寒沟通，看能不能从不同的"身份"寻找角度，来写这样一个人。

比如儿子的角色，他跟家人、跟父母的关系是怎样的；丈夫的角色，他跟老婆的一个关系……就这样分成不同的角色来写。这是一种比较讨巧的操作，而且可以把张寒拿到的素材串起来。前方如果采得很充分的话，可操作的角度就比较多，如果材料少，就需要用编辑策划来弥补。

张寒： 当时要抢时效，我凌晨两点跑到肖志军住的宾馆，没想太多，就是要尽可能多拿料。我就记得当时翻他的包，因为他所有的东西都在那里。好几个媒体的记者都围着他，大家有各自的问题，有的时候现场真的很乱。这种情况下，我就会去看一下周围的一些东西，也许就会有一些特殊的发现。

后来我找到他的一个本子，上面有一个通讯录，动不动就写什么中共中央，就发现他其实是个官迷。还有他写的日记，包括他想给儿子起什么样的名字等等。这样你就能真正了解这个人心里到底想的是什么。再去问他的时候，就能有的放矢。

理想主义与苦闷灵魂

武云溥：我们来聊聊深度报道部这个团队的情况吧。深度记者的工作性质决定了出稿量不会太大，而记者的收入主要依赖稿费，这种情况下如何平衡待遇？

刘炳路：报社对深度报道一直有稿费上的倾斜，一篇深度的稿子的稿费可能要高出其他的稿子，但不能倾斜太重。从收入上讲，新京报深度报道部的收入在业界不是最高的，在报社内部也就是中上等水平，但承担的压力非常大。我觉得大家能够坚持做好这份工作，更多是有一种理想情结在心里，或者说自我成就感——我希望通过我的报道，触动一些人的灵魂，让一些事件产生好的结果，推动社会进步，等等。

武云溥：你相信这种理想主义

多面肖志军

新京报记者：张寒　新京报编辑：李素丽
刊发日期：2007 年 11 月 29 日

的力量？

刘炳路：理想主义在开始的时候可行，但光靠理想不可持续。假如说报社的基本待遇没办法保证实现这样的理想，很多人一定会想其他的办法。而理想主义如果能深入到现实，和记者的专业主义融为一体就圆满了。

武云溥：你怎么规划深度报道今后的发展方向？还会在哪些方面做出进一步调整和改进？

刘炳路：我希望打造中国最专业、最职业的深度报道团队。形成按照专业领域来划分的记者，让记者不单靠稿件数量吃饭，还要提升专业素质。记者在某个领域成为专家的话，对他自身的发展有利，对报社也有利。比如我们报社现在成立了传媒研究院，我们可以跟一些高校建立合作，某个记者如果在某领域有专长，他可以去讲课，把自己在某个方面的积累，跟更多的人分享。另外也可以形成一些专栏作家，这样至少能让记者的职业生涯延长五到八年。

再进一步来讲的话，我还希望这个团队在合适的情况下——如果新京报有办杂志或者类似方面的需求，能够发挥这个团队更大的作用，起到骨干作用，这可能也是一个希望所在。如果等这些优秀记者陆陆续续出去，给别人打工了，我觉得是很大的损失。培养一个记者很难，我自己深有感触，尤其是跟我共事多年，或者我们一手培养出来的记者离开的话，我自己心里特别难受。建立新京报深度思维的过程，是经过很长时间的磨合积累起来的。

武云溥：很多人还有一种担心，就是深度报道记者在工作中，可能经常面临人身危险，是这样吗？

刘炳路：我个人认为没有那么可怕。现在我们报社有多少个记者曾经因为报道被打？很少很少吧，深度报道部好像还没出现过。我们确实可能面临很多危险，或者来自新闻当事人的威胁，但最终受到伤害的很少。我做定州血案的时候，有人查到了我的学校，找到了我老师来劝我，但是也没有怎么样。可能面对这种情况，你自己会有恐惧：对方会不会找到我家里，对我家人怎么样？会有这样的想法很正常，但目前来讲还是没有这么恐怖。中国还是法治社会。

对于调查记者来讲，压力最大的是什么？我觉得是心理，是那种焦虑感甚至绝望。现在很多记者是八零后，崇尚自由，更加开朗、天真，脑子里面想的是有开拓性的东西。但是当他面对一个复杂的腐败案件，一个非常黑暗的、荒谬的、反人性的事实，我觉得很多年轻记者心理上要承受巨大的压力。他本来很开朗的性格，可能因为这样的一些事件，变成一个忧郁、多愁善感的人，我觉得这才是矛盾所在。

武云溥：这样的心理问题如何疏导，是你作为深度报道部主编，必须面对的问题吧？

刘炳路：我认为社会发展的主流，总是在进步的，至少是螺旋式进步吧。如果你不能看清这个方向的话，天天接触负面的东西，认为社会就是这么黑暗，就是我所报道的这些东西，错误地把这些阴暗面当成社会主流的话，自己就会很痛苦了。我和我媳妇有时候会有冲突，她认为我的眼里总是这些不公、灰暗的东西，她认为我已经掉进去了，看不到还有更多的美好。媳妇经常对我说，我们除了这些东西，还得有生活，还得有很美好的一些东西。我就会反思，如果让我们的工作影响到家人就很不好。

所以我觉得自己也需要心理调节，我经常给编辑和记者们讲，要让他们把工作和生活分开，否则就只剩痛苦了。他们比我更加忧郁。我必须开导他们。即使这样，在我媳妇看来，我依然是个走火入魔的人。

武云溥：你的团队都是这样的状态吗？

刘炳路：我们这些人压力确实大，绷得很紧。你想象不到，男记者会在我面前哭，我把他们批评哭了。我们曾经有一个记者离职时，你不知道他怎么跟我讲的。他说，我在这么多深度调查的媒体工作过，从来没有见过像新京报的编辑这么强悍的，这么不把我们记者当人看。

我们的编辑包括我自己都是这样，前一分钟嘻嘻哈哈跟你讲一些很有意思的笑话，讲自己的私生活，后一分钟说到报道，立刻就绷起脸来，问你这次为什么没有采到，为什么不在现场多待一分钟，为什么不去找谁谁……劈头盖脸把你搞得毫无尊严。当然这种情况下我们可以做出更优秀的报道，但是可能对这个记者而言，如果他没有强大的内心承受能力的话，就是一种伤害。

这种压力怎么排解？我跟李素丽这几天也一直在沟通。我们这个团队似乎不善言谈，不善于沟通内心的想法。我的性格有劣根性，我认为我和他们有默契，记者知道我是怎么想的，我也懂他们，好像不需要沟通。有时候我们彼此一个眼神，一句简单的话，就知道一件事应该怎么处理。但其实不一定完全知道，有时候是需要说出来的，这点我做得不够。以后应该要多开展一些集体活动，用一些娱乐的东西来冲淡我们工作的枯燥。但可能没太多时间，要有时间的话我们自己出去花钱都没关系。

武云溥：你和其他同事们，生活中和工作中应该是不同的状态吧？

刘炳路：生活中也很闷，我给大家的印象是不懂情调不懂浪漫，不懂给大家自由时间的一个人。我很苛刻，逼得记者们也很紧张，我都担心很多记者离开是由于我个人的原因。李素丽连酒吧都没去过，不知道西餐厅是啥样，也没吃过自助餐。报社其他部门同事讨论的事情，我们一无所知，就感觉跟这个社会的生活隔阂太多太多了。

我们深度报道部吃饭总是在讲案件，讲哪里的官员又出事了，讲一些腐败的事情，我觉得这个风气非常不好。有一次王跃春跟我讲，你不能再招跟你一样性格的人了，一定要招几个漂亮的小姑娘进来，活跃一下部门的文化氛围。我说好，如果有合适的，哪怕纯粹来活跃氛围也非常好。确实这个部门的业务氛围非常好，但生活氛围太苦闷了。我觉得每一个深度人的身上，都有一个苦闷的灵魂。

武云溥：据你所知，其他同类媒体的人也是这种生活状态吗？

刘炳路：不完全一样。对于深度报道部，我们和外界的竞争，对手是一些周报和杂志，而不是其他的都市报。很多杂志的节奏比较慢，压力不像我们这么大，会有更多时间去消遣。前几天我们自费组织去塞班岛，是强行和王跃春要出来几天时间。飞机落地那一刻，大家说的同一句话是：终于没人能打通我们的手机了。

武云溥：终于与世隔绝了……对你们来说，这恐怕真的非常难得。

刘炳路：是的，另外我们这里还有比较苛刻的要求，就是平时即使有人请我们到处转一转，不花单位的钱，都得考虑他是不是有所企图，必须拒绝。别的媒体可能顾忌不是很多，很多记者今天去了香港，明天去了欧洲。我们大多数时间要么在报社做版、写稿，要么就在赶往新闻现场的路上。

■ 链接

记者生态：一边写一边哭

张寒：深度记者的压力确实很大，不管类似的新闻你有没有做过，面对的压力永远是新的。像"内蒙古越狱"的稿件，我采访的那几天，每天晚上十一点多回到旅馆，然后知道我还有两个版要写。就在床上躺十几二十分钟，爬起来开始写稿，一边写一边哭，太累了。

我曾经连续出差一个多月。我其实特别喜欢出差，不愿意在北京待着，但并不是每个人都是这样的。而且有人结了婚之后会想要一个安定感，你在外面的时候，和亲人沟通是特别有障碍的。你不愿意接听他们的电话，接到电话一般也是发脾气，然后就挺伤感情的。

当时我老公给我打电话，无论我在干什么都想摔电话。他老问你在工作过程中怎么样，我就说你管我怎么样。他问你采访的怎么样，我说你别跟我提采访，我正烦着呢，然后有时候还在电话里跟他哭什么的。编辑的电话打过来肯定就会不一样，我就会诉苦，有时也很兴奋，拿到了什么料，然后沟通后续采访计划。

深度记者基本上就是处于永远无法掌控自己生活的状态。比如说你今天安排好好的，想去逛个街买点东西。突然早上一个电话打过来，编辑让你赶紧订车票，然后拉着箱子你就得往外地跑，到了地方就开始采访，永无休止。

编辑生态：从来没有放松过

李素丽：编辑的压力是手头要跟好多题目，因为我们有十二个记者，但只有两个编辑。记者出去采访，管这一件事情就行了，但是编辑手头可能有两三个题目，有两三个记者在不同的地方采访，我跟着这三个题目，就需要每天都跟他们联系、沟通，不停地转换这个题目那个题目，脑子里面从来没有放松过。记者做完了一个题目，在做下个题目前可以轻松一下，但编辑永远要跟着题目思考，这是让我觉得压力比较大的。

另外就是在后期的改稿过程中，可能会有一些烦躁的情绪在里面。常态下，有的稿件可能需要你重新调结构，或者是有一些事情记者本来就没有写清楚，自己都没有搞清楚的事情，编辑看到这些就挺恼火的。你在改稿的时候要不停地沟通，不停地问，就好像又要重新采访一遍记者。对于记者需要不断地培养，比如你做完一篇稿子，你一定要知道有哪些缺点和问题，下次要注意。

致力传播现代商业文明

受访者: 田延辉（新京报副总编辑，主管经济新闻中心）

王海涛（新京报经济新闻部主编）

杨文瑾（新京报经济新闻部副主编）

张　慧（新京报经济新闻部编辑）

韩　笑（新京报经济新闻部编辑）

苏曼丽（新京报经济新闻部记者）

钟晶晶（新京报经济新闻部记者）

访谈时间: 2011 年 7 月 29 日

田延辉的理念　**做理性的市场观察者、现代商业文明的推动者**

武云溥: 新京报经济新闻的操作理念是怎样的?

田延辉: 经济新闻是新京报这份综合性城市日报整体采编架构的一部

分,我们选取新闻的标准,和整个报纸的定位是一致的。从具体操作来讲,就是从读者的需求出发,做好财经资讯的传播,财经事件和经济政策的解读。

现在的经济新闻和老百姓的日常生活联系得越来越紧密了,特别是中国从1978年开始提出以经济建设为中心,坚定不移地推进改革开放的大背景之下,市场经济体系逐步建立,市场影响力不断扩大,公众在日常生活中时刻感受到市场经济的影响力,对经济新闻越来越关注。所以我们的经济新闻操作,很重要的一个方面,是要把经济领域新近发生的热点事件、公众每天所面对的市场交易行为、接触到的行业企业所发生的变化,还有经济政策调整和经济发展趋势,运用专业财经新闻采编能力,给读者作出及时、透彻、权威的报道和解读。

另一方面,我们时刻关注公众对财经资讯的需求,以满足读者的现实需要为出发点和落脚点,把新闻事件深层次的事实和细节,以及政府、专家、各利益阶层对财经热点的观点看法,提炼出来在新京报这样一个公共平台传播,引发社会的思考和探讨。

武云溥:为了呈现这样的内容,在版面设置上是如何安排的?

田延辉:在版面架构方面,我们在B叠封面之后设经济评论版,点评热点新闻事件,多角度解读,突出专业性、思辨性和阅读的趣味

《3C周刊》

性。对于最新的财经事件，每天都有一个关注版，就当下与读者关系最紧密、最具话题性的财经热点，以最快的速度深度介入，多角度呈现事件真相，延展解析。鉴于目前大量的财经资讯在第一时间通过互联网传播，纸媒对此已经不具优势，我们投入更多的精力，操作"独家、深度"的财经观察板块，体现"独到的视角、独特的方式"。我们还设立了关注业界、服务普通投资者的公司新闻板块和大公司栏目，介绍公司最新动向。每天的经济新闻要闻版面，报道财经政策性新闻，涉及宏观经济、货币政策、价格指数、政策发布等。财经新闻需要融入百姓的经济生活，服务功能不可或缺。为此我们安排了《3C周刊》，报道最新家电、通讯、数码产品信息，聚焦行业趋势、业界新闻等，争取对业界有影响，对读者有用处。理财新闻版追踪投资理财领域的最新趋向，以专题的形式梳理投资理财产品信息，集纳各方分析评介，强调服务性、新闻性和策划性。经济新闻速读版以短小的经济领域信息为主，强调信息量丰富、时尚、有趣，轻松阅读。

武云溥：在纷繁复杂的经济新闻背后，你认为新京报经济新闻的价值判断标准是怎样的？

田延辉：经济新闻的价值判断标准，与新京报的新闻价值观一脉相承。具体到经济新闻，就是依靠专业的新闻职业素养和执行力，用不同角度、尽一切可能接近财经事件的真相，搭建一个资讯畅通传播和不同观点意见交流争鸣的公共平台，通过客观的报道和理性、建设性的讨论，反映市场经济发展的点滴进步和存在的问题，为改革开放鼓与呼，为完善市场经济体制，构建现代商业文明，推动社会整体进步，尽己所能。

所以经济新闻的价值判断，建立在两个根基之上：一个就是要关注市场经济的各个主体，特别是其中最具活力、最具建设性的公司和企业家，关注公平市场环境维护者的政府及其政策，围绕一系列新闻事件，找出新闻背后所隐藏的真问题——这就是所谓的"从事出发"的问题意识。另一个基本出发点，就是要关注市场经济另一个主体——广大的普通消费者和投资者，从读者的需求出发，关照群众最关心、最直接、最现实的利益，及时回应他们的诉求，通过读者乐于接受、符合我们定位的形式，让读者更透彻地了解当今世界经济领域发生了什么事情，为什么会发生这些事情。这就是第二个非常重要的标准——"读者视角"。

武云溥： 经济运行的规律，会在经济新闻的具体事件中浮现。

田延辉： 你关注新京报的经济新闻就会发现，我们的报道不单单停留在新闻事件表面，告诉你某个财经领域或公司出了一些什么事，而是呈现更深层次细节和事实，探究背后出现这种情况的历史原因、体制原因，还有哪些偶然性因素和干扰性因素。

我们的市场经济体制还在不断完善过程当中，市场竞争环境的公平透明还不尽如人意，良好的市场环境需要长时间艰苦努力才能营造起来。计划经济的残留思维和法治环境、社会环境的不成熟，很可能导致竞争行为的不正当，甚至一些潜规则盛行，这些客观情况都在影响着企业的判断，也影响着消费者的判断。媒体作为决策者、经营者和公众之间的一个桥梁和纽带，我们也必须要直面这种大环境的挑战。

武云溥： 那就需要保持清醒、解决问题，如何做到呢？

田延辉： 在逐步接近事实真相的过程当中，经常会遇到两方面的问题。一方面就是有些企业和企业家顾忌多，很多事情甚至是正常的信息发布，企业在处理的时候也会抵触公开的平台，对媒体比较戒备。当对他有利的时候可能会利用媒体来宣传自己，但当他没有利益诉求的时候，或者自身利益需要刻意维护的时候，就会去遮蔽市场和消费者的知情权。

武云溥： 这经常会给我们的采访工作带来麻烦。

田延辉： 是的，特别是遇到企业出负面新闻的时候，企业对自身的利益保护就会侵犯公众知情权。此时在采访过程中会遇到来自企业的阻碍：他不愿意回应，不愿意进一步公开信息。在这方面经济新闻可能并不像时政新闻，时政报道在采访公共事件时，政府部门有依法公开信息的义务，而在财经领域，除了上市公司必须通过公报来发布可能影响投资者的信息，其他企业的信息公开没有法定要求，发布与不发布，发布到什么程度，都是企业在做选择，而往往企业会选择沉默。所以在这方面，经济新闻的采访突破确实面临很多困难。再加上中国传统文化一直以来有"抑商"倾向，企业家习惯性低调，通常不太愿意站出来直接面对公众。

武云溥：当下的舆论环境确实也存在这样的情况，民众的"仇富"情绪比较高。

田延辉：对，这就是我要说的另一方面的问题，可能也来自于公众，就是我们消费者。消费者是市场的主体，也是商业环境的重要组成部分，要看到我们的消费者面对一些经济现象或者经济事件的时候，往往也会有一些不理智的情绪。所以我们的报道也不能一味地去迎合读者，屈从于民粹情绪。

武云溥：从读者视角出发，与引导读者、坚持媒体的专业立场，是不是矛盾的？

田延辉：其实不是矛盾。我们所崇尚并且致力于建设的，一定是理性的、有助于现代商业文明构建、有利于市场信息透明沟通的舆论环境。所以我们在遇到采访困难的时候，会把这些讲给企业家听，让他们相信，我们会把企业的声音作出一个客观理性的分析，放在公共媒体上来表达。这实际上既是读者关心的问题，也有助于引导读者和企业、政府共同来分析财经新闻事件背后的问题，这对各方都有好处。

其实公众和企业一样，在某些时候存在不理智，比如舆论倾向于骂所谓的"奸商"的时候，我们有可能需要探究一下，公众这样的行为背后是不是也触犯了企业的合法权益？里面有没有罔顾事实真相、想当然的成分？有没有其他竞争企业人为操纵的成分？比如最近通州的房价由快速上涨到短期内暴跌，有些已经购房的人觉得吃亏了，就去找开发商说你应该补偿给我差价，像这样的例子很多。开发商卖房子的时候可能确实这样吆喝，但过后确实跌了，消费者说你保证了不跌，现在跌了你得给我补偿，这算不算公平？

市场发展的基础是契约精神，实际上价格是配置市场资源的一个杠杆，价格的不断变化反映市场供求，这是市场经济正常的表现。所以问题的实质在于，"承诺房价在一段时间内下降给予购房者补偿"是否写进了合同？如果有，按合同办；如果没有约定，短时间内房价涨了，开发商要反思自己先前的定价策略，跌了，购房者就要承担代价。

武云溥：这其实说到的是一个企业与公众沟通的问题，媒体肩负促进双方顺畅沟通的责任。

田延辉：事实就是如此，我们看到很多经济纠纷案件，在沟通上普遍存在类似的问题。所以要求我们采访报道一定要非常谨慎，在这种情况之下，媒体就不能去火上浇油，你不能去迎合那种激愤情绪，否则一个理性的市场环境永远不会建立起来。当然了，遇到一些明显有违市场公平的不正当竞争行为、垄断行为，或者行政力量的不当干预，那我们会站在一个建设性的角度去提出批判，这都是我们想做，并且应该做的事。在全国的综合类日报当中，我们就是要努力做出具有独到价值并且领先的报道，和专业财经媒体相比，也要凸显新京报经济新闻强大的竞争力。

武云溥：那么新京报经济新闻和专业的财经媒体相比较，内容方面有怎样的差异？

田延辉：事实上我们现在瞄准的目标就是专业类财经媒体，这个不是说跟踪和照搬，因为我们读者对象不一样，侧重点肯定不一样。他们更多的是针对财经业内人士，起码是对财经有所了解、感兴趣的人；而我们面对的是普通大众，试图更广泛地争取都市各个领域的中高端读者。要做到这一点，首先是要追求时效性，在第一时间掌握重要经济事件的解释权，其次是通过报道，努力普及市场经济理念，扩大我们的影响力。

武云溥：也就是说，一要快，二要通俗易懂？

田延辉：可以这么说，因为我们是日报，我们可以咬定一个新闻事件，一步步接近事实真相，或者层层深入，探寻现象背后的真问题，保持关注，做出累进式的连续报道。当时机成熟的时候，我们会站在合适的角度开挖深度，可能会对某一财经事件和现象做全方位的梳理报道。为了快速呈现信息，经济新闻的处理不能简单陈述，要求有追问，有延展，有背景，不能停留在事实表面。从媒体形态上来讲，日报在这些方面的发挥空间很大。

武云溥：这可能对采编人员的水平要求比较高？

田延辉：是的。我们要建立一个专家型的采编队伍，实际上不光是对记者提出要求，对编辑的要求会更高。因为新京报的采编体制就是编采互动，编辑主导。

武云溥：俗称"大编辑、小记者"。

田延辉：实际上编辑对每一条稿件的介入，是从报题开始，一直贯穿到签版出片，整个采编流程都有编辑团队的主导作用。一个要反应快，第二个你要能抓住要害，第三个你还要有相应的专业知识积累，你要找到某个事件核心的公共传播价值，某个政策解读的关键点，而且要有比较广阔的人脉资源，到用的时候能拿出来。其实每个人不可能成为所有财经领域的专家，这时候整个采编团队的沟通协作，还有"开门办报"引入外部智库，就显得相当重要。

王海涛的介绍　都市报经济新闻的"第三条道路"

武云溥：海涛是新京报创刊时就在的老员工，介绍一下当时经济新闻部的情况吧。

王海涛：当年经济新闻部刚刚创办的时候，跟其他部门一样，都只有一个很简单的理念：办一张好报纸，做自己喜欢做的事情。

我自己当时之所以来新京报，一是对南方报业比较尊敬，而且此前我跟迟宇宙有一面之缘。他曾经想办一份报纸，当时我们一块儿聊过，后来那份报纸没弄成。

没过多久，我听说他参与创办新京报，因为跟他认识，就过来了。当时我来经济新闻部是做编辑，来的人真的是来自五湖四海，大家都是为了同一个目标走到一起,这话一点不夸张。当时很多人过来创办新京报,看的是"人",而不是看这份新生报纸的牌子。好多人是冲着程益中他们这帮带头人,觉得这帮人能做出不错的事情。至于报纸,大家真的不是太清楚。

我是到了报社之后才知道,新京报对经济新闻如此重视。当时团队的构架是完全成熟的,采编人数非常多,经济新闻部好像有四十多号人,当时的人数我估计在全国的都市报经济新闻部门中都是最庞大的,几乎相当于当时有些地方报纸的全部采编力量。当时的中层比现在整个部门的人还要多。创刊初期经济新闻的基本框架是柯斌搭建的,他直接复制了《南方都市报》的模式,所以相当成熟,来的人很顺利就上手做起来。

武云溥:在稿件方面有什么质量上的要求?

王海涛:说实话,对内容质量的标准,刚开始我们是很模糊的。整个新京报的创办是非常仓促的,大家都在摸索。今天再回头看,那种摸索可能有些地方很幼稚,比如从南都直接搬过来的操作模式,在北京可能并不一定完全适合,我感觉当时是比较粗糙的。但那个时候大方向是明确的,而且坚持八年下来,大家跟现在的状况比较一致的地方就是:紧盯公司新闻。一些都市报不愿意往公司新闻这块儿发力,他们做经济新闻更多关注老百姓的经济生活。或者稍微高端一点,或者往资本市场那个层面去延伸一些。但我们的想法是要更加细化,解剖经济新闻里最重要的主体,就是公司。

我们慢慢演变,刚开始就紧盯公司新闻,又因为毕竟在北京,也会重点做一些宏观经济新闻,比如国家的经济政策、宏观经济运行规律等,包括"一行三会",即央行、银监会、证监会、保监会这些,都是以前传统的都市报不怎么关注的领域。

武云溥:新京报当时提出要走"第三条道路",具体到经济新闻,在我的理解中,传统党报可能更偏重于宏观政策的发布和解读,常规的都市报一般偏重社会新闻或者市井新闻层面的经济观察,好比今天鸡蛋涨价了或者肉涨价了之类的。做公司新闻，可能就是新京报找到的"第三条道路"，成为新京报经济新闻的特色？

王海涛：对，在那之前，比如说有一家公司，他要发布一项重要的业务，一般的都市报在报道上不会给太大的版面。早年做得比较好的就是《21世纪经济报道》，他们是把公司新闻当做明星新闻在报道，就是报道公司的动向，甚至是一些传闻。新京报的经济新闻报道，有很多也是把公司放在聚光灯下面，像明星一样，后来发现这个舞台挺大的。在北京，我们没用多长时间就在公司新闻这个领域站稳了脚跟，有事发生，大家会找新京报的记者。

做公司新闻跟做娱乐新闻有点类似，我常常这样比喻。娱乐新闻没有什么地域性，更多的是利益所在，有利益诉求。明星公司跟娱乐明星真的有点差不多，他们都是为了名和利。他们是有这种宣传需求的，有这种发布信息的需要。当然我们作为媒体，肯定不是完全迎合公司的需要，我们要从他们那里找到我们想要的东西，找到公众关心的东西。在这样一个互相都有需的情况下，做公司新闻，对于一张刚创办的报纸来讲，就很容易打开局面。比如说基本上所有的企业都会有市场部、公关部，他们都有这样和媒体对接的部门，他们对一个新的媒体也不是那么戒备。不像北京本地的政府条线，对于新京报这样"外来"的媒体由于不了解，会有抵触情绪。公司一般都还是很欢迎媒体报道的。

武云溥：早期有做出什么报道，属于一炮打响的？

王海涛：比较早的是2004年的"伊利事件"：当时伊利作为国内比较大的乳品企业，突然发生高管被抓这样的事件。当时大多数都市报就报这样一个结果就完事，我们则是连篇累牍地报道。我印象比较深的就是，虽然我们有意识去报道这样一件事情，觉得它是一个重大新闻，但是我们没有一下就扑上去，没有一口气做好几个版面。所以当时杨斌就批评经济新闻，说你们还是放不开，做得太小。当时我们觉得已经用很大篇幅去做了，所以我作为编辑不理解，我还要怎么做？我记得杨斌说，任何事情、任何新闻都可以做大，你们不要觉得做不大——这句话我为什么记得这么清楚？他是一个绝对的表述，强调"任何新闻"，没有不能做大的新闻。以伊利的案子为例，本来可能要做一两个版，当时临时决定一下做四五个版。这对我的心理冲击也比较大，对一个公司的报道，居然一下子做了几个版。

武云溥：后来可能就变成一种常规操作了，大家都很习惯这样的做法，经济领域的大事件可以做很多个版。

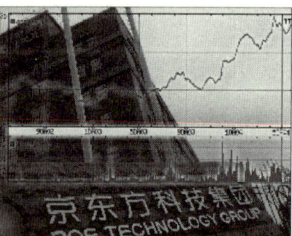

京东方 MBO 谜局　　　　新京报记者：卢轶男　刊发日期：2004 年 5 月 28 日

王海涛：这可能也是新京报的特色。当时我印象比较深的，包括文化娱乐新闻那边也曾经有过，一个明星的事件做一个版；一个电影做一个特刊。一开始的时候，我不太能接受，但是后来发现，这个操作模式很对。在一个热点事件中，无论你做多大，只要关心这个事件的人都不嫌多。我有这样一种感觉，在热点事件中，不能缩手缩脚。

武云溥： 报道公司的负面新闻，在新京报创办初期，你们觉得有麻烦吗？

王海涛： 像伊利这件事情比较特殊，并非是公司的丑闻，而是牵涉到公司新旧权力的交替，这个事件本身是以政府发布为主。

经济新闻的最大特点，就是每个事件，都有直接的利益相关方。而这些利益相关方，往往在适当的时候愿意向媒体发声。

还有京东方MBO事件，在操作时，有一定的压力。因为管理层MBO牵涉到侵吞国有资产，这个报道做出来之后，第二天京东方就紧急发布停牌公告，接着我们又做了一个跟踪报道，指出他们的停牌公告里没有提到的还在隐瞒的事实。

武云溥： 你怎么判断读者对一个公司的兴趣？有什么标准？

王海涛： 比如像黄光裕这样的爆炸性的新闻，像伊利的郑俊怀事件，就很明显。另外有很多新闻比较静态，就要看它的利益相关方。我常跟同事说，你做经济新闻，你要去采访的时候，一定要采访利益的相关方。无论是矛盾、冲突，还是发一个公告，这其中都有利益。最简单地说，上市公司中报的密集发布期，投资者是关注的。在我们的理解中，我们的读者就是所有的投资者，并不单单是我们新京报的订户。

或者说，我们尽量努力从投资者中去找寻这样的人，把他变为我们的读者。这个群体可能在整个读者群中是一部分，甚至是一小部分，但是我们愿意把这一部分人的需求做大，而不是去迎合所有的人。用公司新闻迎合所有的读者？这不现实。经济新闻的特点就是，它的影响力可能不在于它的读者人群有多少，而在于他的"精确打击性"。比如说你报道了京东方，可能会对这家企业产生巨大的震动。然后它所引发的变动会引起整个行业的人来关注，这跟社会新闻的影响方式不太一样。还有就是，经济新闻比较偏静态，你不去关注的话，它可能就隐藏在那儿了。

武云溥： 除此之外，经济新闻还承担着很重要的一个功能，就是服务，在这方面，你们是怎么做的？

王海涛：我们常提的具体操作上的一个理念就是，我们的新闻要影响业界，对报道对象要有"触动"；还有就是服务读者。在影响业界这个方面是很容易看到效果的，比如一家公司因为你的报道停牌了，或者一个人下课了，但是"服务"就比较虚。我们所理解的服务性报道，随着这些年媒体的发展、演变，尤其是网络的影响越来越大，可能慢慢已经不是我们的强项了。比如提供股票分析，这个东西你做再多的版，都不如读者到网上直接搜索、点击。作为都市报，我们绝对不能忽视服务性，或者不重视服务性，比如涉及民生的一些话题，我们还是会不遗余力去做的，包括价格信息什么的，还是做了相当多的篇幅。这两块肯定是不能偏废的。经济新闻本身有实用性，跟八卦新闻还不太一样，有些东西确实是有含金量的。

■ 经济新闻部采编经验座谈会

专业素养战胜利益诉求

武云溥：经济领域包罗万象，有这么多的行业，有这么多的公司，你们比较偏重关注的是哪些行业？

王海涛：我们从来不会说哪一块经济新闻是不涉及的，基本上是都做。刚才说到一些明星公司，还有就是上市公司，我们对上市公司的报道也相当多。经济新闻是富矿，你只要去研究，就有做不完的新闻。我们有义务向公民披露一些信息，你从那些信息里是能够发现一些东西的，所有的信息都是有价值的。比如财报的数据，通过计算前后的对比，你只要有一些稍微基本的财经知识，并不一定非要认识这个公司的人，甚至都可以不采访这个公司的人，就能够从中发现问题。因为那些报告都是必须公开披露的，从那里面就可以发现问题。

田延辉：在这种公司新闻面前，实际上我们跟股民知道的信息是一样的。你如果问做经济新闻有没有门槛，有门槛，但这个门槛并不是高不可攀，关键在于你是否有兴趣、有热情。也许对于具备基本经济常识的人来讲，做经济新闻入门比较容易，但是做好、做专业很难。难在哪？并不是说你一定要有经济学家的认识水平，需要的是你做足日常功课。你要做到能从上市公司的公告里发现细节和异动，比如央行、资本市场某个公司的动作。就是在这些细节里，发现和当今经济热点相匹配的信息源，然后再看在整个经济发展过程中，在目前这样的经济形势之下，你发现的是不是一个热点，值不值得做大，值得做大到什么程度。这个时候就是一整套的专业判断在起作用。

王海涛：对，这种判断体现了新京报的特点。有些领域的新闻，几乎是不需要判断的，大家一看就知道是一个重要的新闻。但在经济新闻中，有些东西是同样的事情由不同的记者去看，可能解读出来的新闻就会不一样。一个是新闻敏感度的问题，还有一个问题是考验你的积累，考验你对这家公司的了解。比如大家同样去采访某公司的发布会，老总说了一句话，有的人通过此前的了解，把之前的东西都拎出来，就成为一个比较重要的新闻，能发现这家公司在转变和转型。但是，你要事先不了解，那一句话对你来说毫无意义。

武云溥：我刚才问大家重点关注的领域，后面有一个隐含的问题是，我们做经济新闻，有没有广告方面的考虑，通过经济新闻把某些资源打开？

田延辉：对此，新京报采编团队和经营团队有共识。怎么能把报纸影响力最大程度的变现？其实并不是靠你倾向于某个企业，或者某个行业，而是要通过报道去影响业界、影响读者。而影响业界，就要让业界看到，你的报道确实够专业，抓的问题确实在点子上，哪怕你点了他名字，报道影响到他了，他的内心会很尊重你，因为你有和他平等对话的水平和能力。从读者这个角度来讲，他会看到报纸对新闻价值观的坚持，对整个市场经济运行领域中的不公平现象，或者一些损害各方利益的现象，你能够客观地报道出来，批评得有理有据，你的专业素养值得信赖。如果媒体在公众心目中的公信力和影响力建立起来了，对于广告经营团队来讲，他做影响力营销的时候，就是水到渠成。

从现象之中发掘规律

武云溥：经济新闻这八年来发生过怎样的变化，这些变化是出于怎么样的考虑？

杨文瑾：我是 2004 年 5 月从《南方都市报》来到新京报的。那时候看到的新京报几乎和《南方都市报》是一个模式。新京报经济新闻的版面架构也完全参照了南都的模式，前面是动态新闻，后面是周刊，每天有一个不同的行业周刊。最开始数码、通信、家电是分开的不同的周刊，还有《健康周刊》、《理财周刊》、《财经周刊》。

新京报也有和南都不一样的地方。因为在广东不像在北京，媒体需要和这么多的部委接触。我们一开始就建立起一个团队，专门跑金融和宏观经济。随着发展，《数码周刊》、《家电周刊》和《通信周刊》合并成一个周刊。2006 年改版叫做《3C 周刊》。以前周刊前面三个版是做行业的公司新闻，后面两个版做服务，比如说怎么样用冰箱、怎么样用洗衣机，这些东西是纯粹的服务。创立《3C 周刊》的时候，就把行业新闻舍弃了，在这个周刊里专门做产品报道，简单说就是有什么、怎么玩、怎么用。

同时变化比较大的，还有观察、调查类的报道。之前是每天有两个版做深度调查稿件，现在我们看来稍微有点偏。那时候做的很多题材，很多都是大家压根就不知道的公司的事。当时去调查公司的内幕，有些公司根本不知名，有些公司公众的关注度不高。当时有种为了做而做的感觉。

当你拿放大镜去看每一家公司，可能里面都存在一些官商勾结、内幕交易的情况。你每个都仔细钻进去，派一个记者每天去调查，可能都有故事。其实那个方向也是不错的，但是需要投入很多的人力。而且每天两个版，当时也无法保证稿件的质量。

武云溥：所以后来我们就不做调查报道了吗？

杨文瑾：我们一开始专门设了两个调查记者，自己找题材，或者是领导安排题材，然后用一个月时间去做这篇报道。但这种周期不适合我们的发展，一个月做一篇稿子，我们不是杂志，我们是日报，首先在稿费这方面就保证不了。另外，记者也会觉得，可能真的稿子出来，因为各种各样的因素掐掉了，会是非常遗憾的事情。所以后来我们就没有专门设置经济新闻的调查记者，现在各条线上的记者在担负日常基本任务的同时，还会做一些深度的稿件。发展到现在，我们主要做的是专题报道，不是像过去那种老是去挖某个公司的负面新闻，而是做跟行业或者整个国家政策相关的新闻。

田延辉：最近这两年经济深度报道调整的目标，就是让经济新闻和每一个新京报读者的距离越来越近。我们强调报道的"问题意识"和"读者视角"，就是要把和老百姓息息相关的财经事件深入剖析、解读，那么这种剖析解读的角度和方式，还有编辑手法，一定是读者有亲切感的。这就要求我们在选题、报道组合形式和版面呈现上求新求变。比如我们操作专题报道，就是针对中国经济领域当中的现象、问题，延展开来，深入到老百姓能够感知的层面，把很多看似碎片的东西联络起来，找到一定的逻辑，让看到这背后的真问题在哪儿，这些问题对百姓的现实生活有哪些直接和间接的影响，怎样认识和解决这些问题。

杨文瑾：有一个例子，我们做"月入万元税收多少"的选题。最开始就是一个网上的帖子引发了关注，有网友说月入万元的话，交这个费、那个费，要交四千多块钱。这样的帖子广泛流传之后，编辑部就认为，我们能否正儿八经算一下，到底月入万元的话，一个月要交多少税？交养老保险等"五险一金"要交多少钱？一开始安排记者去做，记者对这个题目还是觉得有点奇怪，不是特别愿意去算这个东西，说没什么意义。做完以后，我印象中，第二天我开车听广播里的人都在谈论这个报道。因为网络传播的特性，发个帖子人家不一定相信你，但是你要通过报纸报道出来以后，立刻就传播开了。后来我们还借这个做了一个专题，做了五个版，把个人的税负做了一个彻底的调查，举了几个不同的案例，去算你到底要交多少税。经济新闻很多情况就是这样，你要不做的话它也不是一个新闻，一做就成为新闻了。

月入万元税负问题的报道　　iPad 高关税问题的连续报道和评论

田延辉：其实做这个专题，背景是人大常委会当时正在讨论个税法修正案，一开始舆论都盯在起征点提高多少的问题上，而我们这个专题报道，通过采访具体个案，梳理各收入阶层和企业在现实生活中的实际税负构成，呈现出了间接税负担重、个人消费领域隐含的税负重的现实，提出缩小贫富差距、进行税收改革最重要的是要扩税基，减少间接税，增加直接税。这也是问题意识和读者视角的一个体现。

建设专家型采编团队

武云溥：你们觉得经济新闻的专业门槛高不高？

王海涛：我觉得并不高。每次有实习生来的时候，我就会告诉他们，其实门槛并不高，关键是你喜欢不喜欢，或者愿意不愿意学。但实习生们总是很茫然，不知道怎么学这个东西。你看每天的报纸，经济新闻版，如果逼着你看的话，可能有些专业名词你不知道。

所谓的门槛，知识和专业性其实并不是太高，你只要去查，都很简单，尤其是现在学习起来特别方便。

我们那时候刚做的时候，说实话，好多人都是边做边学，像我大学毕业后是做社会新闻的，做过一段时间经济新闻，还跑过热线新闻，很多经济方面的都不了解。但是我觉得，经济新闻遵循新闻规律，新闻都是相通的。只要你愿意学很容易的，一般来说，像到这实习的，半年左右，都能够上手。不难。

武云溥：大家都做新闻，是不是有一种理想主义在支撑你？还是因为经济新闻是很现实的领域，大家就很现实地去做事？

韩笑：比如说受各种方式的干扰，或者受各种限制，作为采编来说，你只能尽力去做，最终呈现的结果是什么样你只能去接受。你只要在这个过程中尽力了，就可以了。

钟晶晶：像和部委打交道这块，我觉得很多时候会感受到一种焦虑。感受比较深的就是和央企打交道，和国资委打交道，经常要挨他们的骂。前段时间，上半年的经济数据公布，我们不是写了一个央企收入增长百分之二十几的稿子吗，然后还写了一个配稿，就说上半年财政收入增长百分之三十多，央企收入增长百分之二十多，然后居民收入才增长百分之七点几。其实我们讲的是自己的独立的观点，也是事实，人家国资委就说，怎么又写我们这个？央企收入和老百姓收入有什么关系？这个关系你要把它讲清楚。跟他们处于这样一种很微妙的关系。其实这些部委很难攻坚，说实在话，跑央行、跑国资委，还有发改委，那些部委的人都不像那些公司的人好打交道。特别艰难，好不容易沟通下来了，一篇稿子下去，然后关系就闹僵了，这让我觉得很困惑。

杨文瑾：人都是这样，你说他一点不好，他就受不了。但是我们做新闻的时候，肯定还是立足于公众立场。在这方面，我们采编确实是有压力的。有一段时间，中央企业不是发展得很好吗，大家都在讨论"国进民退"的问题，那段时间审计署又爆出好多矛盾。我们在接触当中就发现，非常多的央企对媒体很害怕，很神经兮兮的，就怕人家讲他们什么。后来渐渐就发现，央企还专门成立了他们自己的宣传部，开始非常重视媒体这块的宣传公关。因为社会上有太多的矛盾，通过媒体报道反映出来，质疑他们的声音特别多，然后这些部委和央企专门成立部门，来研究怎么样和媒体打交道。

我们就专门把这些现象加以总结，发现不少央企比较焦虑，对于自己在舆论当中的外在形象非常重视。比如，中石油出了"天价吊灯"的事情，后来又出了买茅台酒的事情后，中石化、中石油专门成立部门来研究媒体。我们觉得这就可以做一个稿子，后来扩大为一个专题，就是《央企的焦虑》。把这种现象，与最近的丑闻联系在一起，写出来，分析一下背后的原因。效果还是很不错的。

武云溥：编辑记者们日常工作状态是怎样的，都很焦虑吗？

韩笑：刚来的时候让我做记者，印象比较深的一件事就是，刚工作两周，有一天深夜大概一点左右，当时的部门领导给我打电话，说你来做编辑吧。当时我已经快睡着了，迷迷糊糊的，也是刚进入这个单位，有些情况没搞清楚，就答应了。从此就开始做编辑，那时候是《数码周刊》的编辑，一周六个版。

当时我们在《光明日报》报社八楼那个小阁楼上面，我印象最深的就是，那几年我们要上下两层去跑组版室，经过一个狭小的过道，有点陡。然后在组版室忙完，又跑上去给主管领导审，还要在自己的电脑上进行文本编辑。因为是六个版，每天都在那个过道经过，两层楼的楼梯上上下下地跑。我第一次做版，每一个版平均迟签了一小时。迟签之后才知道，当时一分钟罚十块钱，我都震惊了。好在领导当时是特殊情况特殊处理，毕竟我是第一次做编辑，而且一下做六个版，压力是比较大的，所以最后网开一面。

过了几年，我们搬到距离组版室比较近的楼层，比原来方便了很多。现在比从前又方便了很多，而且做的版也不像过去那样一个人一天做六个版，现在可能一天做一两个版。而且那时候，感觉从编辑到记者，对新闻操作的形式还比较模糊，或者说有些认识不统一，造成了不必要的失误和反复返工。现在整个部门的采编思路非常统一，这件事情要怎么做，大家形成了共识。这都是很长时间磨合出来的一种默契。

张慧：我是2006年进新京报的，我来新京报之前是在成都的一家媒体。客观地说，新京报这个地方是挺锻炼人的。我以前在《成都晚报》的时候也是当经济部记者，但是我以前的写稿经验，相当于是一手编辑，就是我先在网上编辑一下，然后做个分析之类的。来新京报突然觉得自己特别不行。我们当时好像没有分口，我采写的第一篇稿子是洛阳轴承的一个事情，当时跑到洛阳去采访了，结果被编辑连批评带指导，说了我大概一个多小时。他在电话里说，这个稿子你不去出差的话，不跑这一趟，都能写出来。这稿子不鲜活，然后就一段一段地修改，后来那个稿子改了三遍才发出来。这是我进新京报拿到的第一笔稿费，稿费发下来挺惊喜，三千多块钱，不过后来因为是新员工，打了六折。

新京报对新员工的要求很不一样。比如说某一句话，我说这是哪个消息人士或者内部人士说的，我在成都那边的媒体，从来没有一个编辑问我"这个人到底是谁"。但是新京报这边，尤其是做那种大稿子，可能带一些负面报道的大稿子，对消息人的核实卡得特别紧。相对来讲，从我自己的体会来说，你要挖猛料，肯定要去实地采访。

城市日报经济板块的突围

武云溥：市面上现在有很多财经类的专业杂志，跟他们相比，我们的优势和劣势在哪？在操作手法上有哪些异同？

田延辉：从我们的新闻操作中可以看得出来，我们的报道新闻性无疑是更强的，速度是更快的。杂志可能做得更专业、更具深度，但是我们做的就是一个快速和深度之间的最优组合。我们操作的视角和方法也跟他们不一样，我们一定是紧跟最热的财经事件和财经现象，在有限的时间内，在跟网络竞争的前提下，能做到多深我们就做到多深。我们既要考虑到专业深度，还要考虑到速度和读者接受的程度。

王海涛：有一个说法是，杂志能做到的我们都能做到，杂志不能做到的我们也能做到。杂志的长处可能是我们的方向，是我们的标杆，他可能一期就一个封面文章就行了，我们可能做不了那么深，但是有的时候，我们的专题报道也不比他们的浅。

杨文瑾：在财经门户网站，经常可以看到新京报的经济新闻。我觉得新京报的经济新闻，与所谓的财经类媒体，并没有明显的区别，尤其是影响力。但是专业类杂志派好几个人，花一个月去做一个稿子，我们可能还没有这样的操作。

武云溥：我们其实每个板块的内容，采编方面都会考虑到一个和新媒体的竞争关系，经济这块怎么面对网络媒体的冲击？

王海涛：确实冲击很大。因为经济新闻更多的是资讯的传播，资讯的含金量跟时间是非常相关的。你早一点知道一个信息，你就可能赚大钱，你晚一点知道这个信息，虽然看似很好，但是已经毫无价值了。所以我们一定要做出自己的东西，这个也是我们在这两年的内部培训时一直在强调的东西。我就跟他们说过，如果你写一篇稿子我在网上能搜到，跟你的稿子基本上是一样的，那你这个新闻就没有价值，虽然可能因为它的重要性，也发头条了，但是说实话，它在某一些方面的价值可能已经失去了。这就逼迫我们做一些大的策划，这些东西你在网上是搜不到的。还有一条，不能因为网络有了我们就不做了，这也不行，因为网络热点关注的东西肯定是主流的东西。

武云溥：苏曼丽是跑央行和宏观政策的记者，有没有哪些政策是直接催生了我们的一个选题？

苏曼丽：因为政策调整，我们做的这种策划应该很多。现在我印象最深但稿子最终没有成型的，就是第一次税改的时候。2005年7月份，税改之后，大家非常兴奋，当时卢轶男连夜布置各路记者去采访。因为税改会涉及到很多方面，几乎每个人都会受到影响，所以我们当时也做了很详细的策划，但是到最后没有出来。这个是因为政策的原因，上面规定要以新华社的消息为准。

我们经常碰到一些加息、房贷调整之类的政策出台，这些我们都是在第一时间及时跟进的。然后我们可能更多会做一些服务性的东西，因为这类新闻可能直接就关系到老百姓的钱包。我们要帮他们算账，告诉他们怎么样投资才是合适的，这个政策调整了，你该怎么去处理手中的钱。

武云溥：田总对经济新闻的未来发展有什么设想？

田延辉：目前新京报经济新闻的品质和影响力能得到读者和业界较高的评价，是团队当中每个人共同努力的结果。经济新闻中心应该说采编民主气息是比较浓的，经济新闻的每次改版，从整体架构调整，到新的周刊、版面、栏目创立，再到版面呈现形式和人员配备的变化，都是通过我们层层的讨论决策出来的。

经济新闻是新京报这个综合性城市日报的经济板块，从这个层面上来讲，我们的根本使命就在于从经济领域出发，提供跟当下舆论热点相关联的信息。一个典型的例子就是这次的温州动车事故，我们从财经角度出发，为读者提供与高铁相关联的公司信息、股票市场变动情况，涉及产业和公司调整趋势，还有保险理赔等问题。实际上，我们和新京报的其他部门在面对一个新闻事件时，是在共同做一件事情：尽可能充分提供各自专业领域的信息，组合还原新闻事件的真相。这是我们必须做好的本职工作。

从目前来讲，就是要配合新京报整体向全媒体转身，抓大放小，扬长避短，发挥纸媒财经新闻报道的优势，在内容上体现我们所追求的及时、客观、专业、独到，提高新京报经济新闻的公信力，扩大影响力，在多媒体竞争的环境中塑造鲜明特色，保持领先。

　　从长远来看，新京报经济新闻无疑要随着中国经济的发展变化不断调整创新。世界和中国经济在可以预见的几年，都将处在2008年世界金融风暴所引发的剧烈波动中，经济和每个老百姓的生活如此息息相关，经济领域的每一个细微动态都可能引发公众的强烈关注。我们身处其中，就是要通过脚踏实地的采访报道，成为向大众提供财经资讯的服务者、中国改革开放点滴进步的记录者、市场经济体制建设完善的观察者、改革进程中困难和问题的发现者、背后深层次原因的探究者、突破困境解决问题的建议者。我觉得这就是我们在专业新闻领域的努力方向。

文化娱乐报道的游戏新规则

从专业主义到现实情怀

受访者：李多钰（新京报传媒副总裁，新京报娱乐新闻和文化副刊创办人）

访谈时间：2011 年 8 月 31 日

创业　南方的梦想

武云溥：我到现在还记得你在 2008 年新年的时候，写了一篇文章叫《陌生诗意时空的来信》，副题为"作别前 2008 年代"，文章寄托了传媒人在当时关照中国文化现状的种种希望、无奈还有困惑。现在距离 2008 已经过去三年了，还记得当时的心境吗？

李多钰：没想到我们要从这里聊起。好吧，那是新京报《书评周刊》在 2008 年元旦做的一期特刊，叫《写给 2008 的十二封信》。其实对我个人来讲，2008 年前后是想法变化比较多的时候，当时好像突然感觉，这个国家完全变了。

比如说以前在传媒领域，其实是有原则的，无论管理的那一方和被管的这一方，大家都有底线。但是到了2008年，就恍惚发现这个国家太巨大了，它已经完全变成了一个特别庞大的东西。北京奥运就像是一个寓言——这个东西很庞大，当它一旦被造出来之后，任何人都没有办法再控制它了。你只能让这个东西作为所有人的梦想来往前推进，但实际上可能每个人都有自己的想法，而这种个人的特别微小的东西就变得被忽略不计。

所以我当时就提出关于梦想的这样一个概念，到底个人的梦想和国家的梦想应该怎么去区分。

武云溥：你来北京参与创办新京报的时候，自己的梦想是什么？

李多钰：当时从南方过来，就是要开创一个全新的事业。人们在北京看南方报业就觉得它是一个特例，但实际上我们在南方工作的时候，觉得这是媒体的一种发展趋势，这才是标准，我们认为这是一个行之有效的东西。南方报业最大的一个特点，就是它是一个特别自由的体系，特别注重新闻本身的价值，然后也特别愿意让有想法的人来做。你只要有自己的想法，你能找到合适的资源，你自己另起炉灶，然后去做一件事情，都是可以的。所以南方报业会有《南方都市报》、《南方周末》、《21世纪经济报道》、《城市画报》……这些风格完全不同，但是又都影响全国的报刊。南方报业不是一种风格，而是一种体系。

所以当时程益中和喻华峰就跟戴自更一拍即合，具体过程我虽然不清楚，但是当时的体会就是，《南方都市报》在寻求拓张的机会，戴自更则想把当时《光明日报》旗下的《生活时报》改变一下，要用这个刊号来做一个新的媒体。

这在当时也算是一种冒险。因为《南方都市报》经常会有一些好像"出格"的举动，跟北京的媒体文化不一样。但是戴自更能够做这样一个选择，肯定是《生活时报》到了一个必须要寻找新路的时刻。作为要在市场中生存的媒体，按照南方报业的路子走，似乎更符合报业规律。

而对于程益中和喻华峰来说，《南方都市报》办到一定程度，就会面临发展上的局限性。而且他们也希望能到中国政治最核心的地方来办报。程益中就提出，《南方都市报》在广州再这样继续做下去，也是这个老样子，它不可能再更进一步，我们一定要去北京办报，而且我们一定要办一个特别严肃的时政类的报纸。

这就刚好跟戴自更一拍即合，然后他们做了这样的合作。我当时其实在做别的东西，如果不是机缘巧合，可能我不会来办新京报，而是会去《第一财经日报》，当时我人都已经在上海了。

程益中他们就给我打电话，说我们都要去北京办报了，你到上海去干什么？对我来说，新京报是一个特别突然的事情。戴自更、程益中他们可能不冲动，但是对我来说，则是根本就不容细想，就开始干了。我记得当时报社高层的说法就是，做事情就要凭着一股冲动的劲头，什么事情都想清楚了，还怎么干？

其实当时有很多准备工作，在我们看来确实都没有准备好，就包括我们个人的生活安排问题，完全都没有解决。当时所有人只听说要把《南方都市报》的一些骨干力量搬到北京去做新京报，让新京报"一出生就风华正茂"。

武云溥：确实如此，报社刚成立的时候是什么情况？

李多钰：当时我们不需要考虑

"十二封信"《书评周刊》封面

新京报编辑：金秋

刊发日期：2008 年 1 月 4 日

从社会上招募人什么的，就是我们要来北京，心里感觉这个事情就已经成了，"吾诗已成"，是这个感觉。大家真的就是这样一个想法，很奇怪，自信满满。

我们自己心里都还没准备好，这个事都已经完全落定了，还没有时间去仔细考虑怎么做这张报纸，等到过来北京之后大家都直接开始上手做了，那时候甚至连报纸的名字都还没定。我们这些筹备人员也没管到底是叫《北京时报》也好，叫《首都时报》或者叫《北京都市报》之类的也好，就是不管那么多，先做起来再说。

当时名字初定是《北京时报》，这个名字其实还是有一点野心的。所以它的规划实际上非常清楚，《北京时报》这个名字一提出来，所有的人都明白要做什么，报社高层当时并不需要给大家做太多的沟通，没有说你们一定要做什么。这种默契，就是因为这班人马是《南方都市报》经过多年磨炼形成的一个职业化的办报正规军，彼此心照不宣：我们要做中国的《纽约时报》，要做严肃的厚报时代的报纸。

文化　精神后花园

武云溥：在南都的时期，你获得的经验是什么？

李多钰：我在《南方都市报》的时候印象最深的是程益中说要扩版，有一天他突然说要把整个报纸改成分叠的。之前市面上的日报不像现在这样分叠，是有多少版就依次排下来。南都提出分叠的概念，是把不同的内容划归不同的板块，看似很简单，实质上让每个叠次都拥有了更大而且相对独立的空间。

武云溥：每个叠次都像一本杂志了。

李多钰：对，之前南都的文娱和体育是放在一起的，叫"文体部"，大概每天有四到六个版。程益中那次就说，他觉得文体娱应该有十六个版。我们吓一跳，从来没做过这么多版，上哪儿找那么多新闻去？程益中说给你这么多版面，不会没有新闻，你会发现新闻会更多，多到十六个版还放不下。

当时我们对这个说法还是挺怀疑的，直到真的改版了做起来，才发现真的是这样。因为以前不分叠的时候你可能只是做新闻，每天发几条消息。现在做成一叠，你的整个规划就变了，开始考虑我头版做成封面，二版做评论，三版四版是不是可以做个专题，后面是不是可以按照电影、电视、音乐什么的来划分，每项内容占一个版……

武云溥：就是操作新闻的理念变化了，原来也有这些新闻，只是没有合适的载体去表现。

李多钰：是的，当时就一下子觉得打开了一扇窗。原来报纸这东西还有很多玩法。我觉得《南方都市报》那时候是把整个报纸的形态玩活了，这也直接影响到后来新京报的内容架构。

武云溥：那新京报和《南方都市报》的不同，主要体现在哪里？

李多钰：最早有一些比较天真的想法，以为可以用很多《南方都市报》的内容，但马上你就发现，其实根本用不了，城市不一样了。这些人到了北京之后，我们办了一个大规模的招聘活动，等于是在所有的中高层管理干部都齐备的情况下，来招聘采编人员。广州和北京这两个城市的人，工作风格毕竟是不一样的，城市对报纸的影响也是不一样的。

程益中当时兼任新京报总编辑，他对新京报的定位，要高很多。"都市报"其实是市民报纸的概念，但是新京报一开始的定位就不完全是一个市民的报纸，而是一个新型的时政类的报纸。

你看新京报的报头设计很有意思，现在看这个设计还是非常经典，就是在一张纸的正中间，中规中矩，四平八稳，放上三个印刷体的字，而且还要对称。当时我们设计名片也要对称。程益中很有意思，说中国人做事情就要讲格局，讲规矩，讲中庸，你看"益中"这个名字就是完全对称的两个字，所以他做新京报也要对称。

这里边暗含的意思是，做《南方都市报》的时候从管理上更加注重发挥个体能力，因为需要开疆辟土，就需要大家不断地从各方面去获取资源，特别要求有特别主动的意识去做，要最大限度发挥创意。但是到新京报的时候，我觉得这张报纸做事的风格，会更要求我们在北京拿出一个更有格局的东西，要有章法。

武云溥：具体到文娱报道这块，变化也很大吗？有些人会觉得文化娱乐这样的新闻报道，本来就可以自由去发挥很多创意的？在一张"严肃大报"的格局下，有什么不一样的做法？

李多钰：其实文化和娱乐这一块儿在当时创办新京报的时候，我的整个想法确实跟在南都的时候不太一样。

当时南都受香港文化的影响比较大，但是到北京之后，我就想加进很多所谓传统的东西，比如说像文化副刊和艺术新闻这类的东西。在广州很少这些内容，没有办法做。所以说在北京和在广州其实就是差别很大，因为北京的文化底蕴非常厚实，我当时就有一个想法：新京报的文化副刊，其实应该成为一个思想阵地，做成知识界的一个精神后花园。

北京是一个特别注重文化和思想的城市，而且它有大批这样的知识精英，我们需要争取他们来支持我们这个报纸，要让他们发声。所以我在文娱这一叠的二版就决定做文娱评论，有了评论版就相当于你一下子找到了本报的观点，在北京这样的城市，在非常注重文化和思想的地方，有大批人是胸怀见解，需要找到一个媒体平台来作为出口的。那我们就给他们提供这样的平台。

当时艺术、话剧什么的都给了相当大的篇幅来做，说明新京报相比南都，更注重这类东西。当它整个呈现出来的时候，感觉就是新京报在这方面很有自己独到的见解，有文化气质。它不是做一个娱乐新闻就去关注明星八卦这样的东西，它会比较符合这个报纸本身的时政定位，它会关注更高格调的东西。

用人　专家的自豪

武云溥：这种情况下对采编的要求就比较高？

李多钰：对，这样一做定位，就发现需要的记者、编辑必须更有专业精神。当时我们招人很有意思，有一个优势是说因为有这么多南方人到北京之后，就会形成一个声势，有点像现在电视里正在放的《新水浒》，形成一个口口相传的效应，传说新京报这个地方很好，大家就都来了。2003 年那个时候北京一家日报的创刊，还是一件很轰动的事情，不像现在你再做纸媒，可能不如去做一个网站更受到关注。

武云溥：讲讲这些人是怎么来的吧？

李多钰：每一个人来新京报还真是都有故事。当时王小山在北京，他以前在《南方都市报》做编辑。我们到北京之后，有一天他突然给我打电话，说你们到北京来办报，我也想来，但是我不敢找程益中说。然后我说那行，我跟程益中说一下吧。后来大家一商量，那就让王小山做文化部的负责人吧，反正文化这东西也不需要怎么刻意的管理。

肖国良是跟着别的朋友到我们这儿招聘现场来看。他当时好像不是来应聘的，就是跟朋友一块儿来看一看。后来肖国良就跟我聊了一下，他当时在《华夏时报》，我就说那个报纸有什么好干的，你到我们这儿来吧，结果他真的过来了。

那个时候文娱这块相对来说用人方面还是比较本土化的，没有说像其他部门一样当时就一下子确定了谁是主编，他们是来了之后，再根据他们的业务专长，从内部提拔起来的。当时就觉得每一个人来，大家都特别兴奋，就觉得很高兴。说句题外话，我觉得现在年轻的孩子们来应聘的时候，明显热情不够。听说有时候会遇到特别奇怪的情况，应聘的人约好了面试时间，竟然不打招呼就不来了。有的人就觉得工作单位离自己家太远了什么的，就会有一些无厘头的理由。

武云溥：哈哈，很难理解吧？

李多钰：这八年说起来时间不长，变化其实真的很大。2003 年那个时候凡是要做传媒文化创意的年轻人，我觉得都是特别有热情的。我们因为当时有一个专业主义的定位，就走了一条专业主义的用人路线。希望每个人对他这一块的内容都是特别懂行的，而不仅仅是只懂得做报纸。

比如张璐诗就是这样招来的人。我当时想要找一个特别懂音乐的记者，偶尔看到一份简历来自广州，就是张璐诗。那时候我家还在广州，我就趁一次回家的机会，约她在广州见了一面。其实我不是特别懂音乐，但是装作很懂的样子，在一个西餐厅里跟张璐诗谈古典音乐，就发现这个女孩是真的很不错。那时候她好像毕业也没多久，然后就到北京来了。来了之后才发现，她还懂很多门语言。后来张璐诗就成为我们这里做音乐非常重要的一个记者，某种意义上她甚至塑造了新京报在文化领域的国际形象——因为很多外国人的采访是必须由她来做的。

武云溥：我来的时候也是听说，有个同事会七八种外语——包括广东话。

李多钰：哈哈，没有这么夸张。但王小山有一次也很激动地跑来跟我说，他在一个地方碰到张璐诗，见她一会儿跟左边的人说英文，一会儿调过头去又跟右边的人说法文。王小山讲这个的时候特别自豪，当时新京报的同事们都是这样，如果你身边有个同事特别牛，你也会觉得很自豪。

武云溥：所以你选人不是选新闻人，你是选各行各业的专家？

李多钰：因为娱乐和文化的东西不是完全做新闻，有很多新闻是要从专业里面挖出来的。如果你对这个专业不懂，可能你做的就是单纯的八卦。直到现在我都觉得这个圈子里的从业者，很多人是不懂得娱乐这个产业本身有什么有趣的东西，所以他就做那些明星，随便聊点什么绯闻啊吃喝玩乐啊。就有很长一段时间，中国的媒体完全被一些这样不懂行的娱记把持着。你就会发现很多类似的新闻，今天先爆料，明天说这个料是不对的，后天又说这个事情可能是怎么回事，反正不断有这种新闻出来，是非常浅层次，没有什么内涵的炒作。

武云溥：新京报希望做点不一样的报道？

李多钰：我们希望你是首先看到，娱乐圈里有什么真正值得你去看的东西，然后从这个东西出发，可能也会有些专业的人，能够进行深入的对话。如果你是不懂行的人，你去跟这些导演和演员怎么对话呢？你可能只能做一些绯闻或者什么东西。但只要你是真的对电影有兴趣，你才会去关注导演，关注他一直以来有什么作品，是什么风格和手法，你才能凭借专业知识做出有价值的内容。

现在娱乐产业越来越完善了，你会发现专业本身是非常重要的，你的报道贴近专业本身，你就会在这个圈子内受到特别高的尊重，而不单纯被当成一个娱记，香港人叫"狗仔"。

娱乐 **扭转潜规则**

武云溥：这种游戏规则的改变，在当时是否遇到一些困难？

李多钰：对，当时我在内部做培训的时候经常跟他们说，我们要打破一种娱乐的生态，如果我们按照那个既有的生态走的话，我们就被拉下水了。我们必须要走一种不是"为明星服务"的路子，我们要有自身的东西，我们要有一套自己的价值体系，然后在这个价值体系的基础上去构建专业的报道。

现在看来，新京报坚持走这个路子到第八年，确实发现整个娱乐圈的生态已经变了，现在娱乐传媒行业就是按照我们当初设想的方式来运作，是一个更加专业主义的路线。

但是八年前，整个娱乐行业曾经被搞得非常非常烂，有一整套潜规则，那个潜规则我能感觉到。最初我们的记者出去，可能会觉得新京报要采什么人都很麻烦，受到各种刁难，但是这个状况其实第二年就已经开始变了。因为你报的内容跟别人不一样，而且版面也很大，他们就发现，咦，你这样的报道跟别的媒体不一样，给人感觉不是八卦的，而是一个高雅的东西、高尚的东西。那些明星或者经纪人发现了这一点，就会扭转某种潜规则的观念。

不能是我为了跟你结盟，我就必须要把自己变得很肮脏。我们坚持自己的崇高，那最后就自然会获得更高的尊重。

当时我觉得这种生态运转很顺畅，只是在第一年，就是刚创刊大概半年左右的时间，记者们出去的时候会有一些痛苦。因为你不按照他们固有的那种方式来做，而且我们关注的有时候跟别的媒体关注的也不太一样。但是很快就按照我们的方式运转起来了，这就挺好。

武云溥： 就是一个打破规则、重建规则的过程，开始有点痛苦也是正常的。

李多钰： 当你发现有了一个专业主义的规则之后，按照这种规则去选择报道对象，并且设计你的版面和稿子之后，其实有一个特别大的好处——编辑和记者会为自己的名誉而战。他不会说我是作为一个价值链中的一环，而是说"我是懂行的人"，我不能够在我的版面上出现不懂行的文章。记得刘帆就跟我说过，他有一次看着碟就睡着了。我们招来的都是这样的人，他们对自己的专业非常热爱，这样的人做新闻就不会乱做，他肯定是觉得一个片子真的好所以才推荐给你，不然在报纸上推荐了一个烂片的话，他周围的朋友们都会骂他。

武云溥： 你自己是很熟悉娱乐圈的人吗？

李多钰： 其实直到现在为止，我不觉得我是特别懂娱乐或者懂文化的这种人，我也不太喜欢去结交所谓"圈中人"。但是我们做了那样一个制度设计以后，就会让采编人员本身形成合力，然后他自己就会为自己的这种专业理想而奋斗。我们永远都是尊重他们的那种专业精神，这样子记者和编辑就受到了鼓舞，更加为自己的理想而努力。

书评 排行榜难做

武云溥： 我在文化副刊和《书评周刊》做了很多报道，都能感觉到你所说的这种责任感，就是跟自己所关注的产业之间产生一种相互信赖的责任感。拿《书评周刊》来说，你当初的设计是怎么样的？为什么要做一个专门的《书评周刊》，每周拿出十几个版来做"不赚钱"的内容？

李多钰： 当时我就特别想做一个《书评周刊》，因为我觉得《纽约时报》有一个《书评周刊》，我们也应该有。程益中比较支持这个想法。《纽约时报》的《书评周刊》是一个相对独立的杂志，我们没有办法做成那样，但是起码我希望是单独的一叠，然后我还希望《书评周刊》是放在星期五这样一个特别重要的出版日期，就按照这个来规划。放在周五是可以给读者周末两天时间静下心来阅读。在当时的规划中，我还非常强调一定要有图书排行榜，那个排行榜刚开始其实折腾了很久，所有的版里面，你都不能想象，其实最难做的就是那个排行榜。

武云溥：不是一个简单的数据统计吗，难在哪里？

李多钰：其实不简单，当时我们有一个规定，因为这也是打破出版业既有"潜规则"的东西。以前一般做书的报道，是做回顾性的多，做旧书。比如说这个书已经出来了两三个月甚至一年了，市场上的情况都比较好了，媒体才决定做它，那个时候比较能看得清楚情况，相对稳妥，不会砸自己牌子。但是我们做《书评周刊》提出了一个想法，我觉得应该做一个更有前瞻性的东西，要做新书。这就对我们自身的专业素质提出了很高的要求，因为你的预测或者评价，如果两三个月后被证明是失败的或者虚假的，那你就没有公信力了。

我们预估某本书很有价值，我们要关注这个作者，关注这个书的出版情况，甚至在它刚出版的时候我们就应该做出大篇幅的报道，这些都是跟原来的那种报道节奏不一样的。

排行榜其实挺难做的，数据的收集总是有问题。各个书店或者图书卖场里面水很深，他们自己可能就有很多潜规则，有很多他们刻意要炒作的书。或许他提供给你的数据不一定是真实的，那我当时就希望各个数据是完全代表新京报图书排行榜的公信力，要有一个综合数据的分析，要体现我们的价值判断。

我不知道编辑们什么感觉，反正我是觉得这个版其实是最费劲的版，而且直到现在，我也不能说这个版完全做好了。像这种榜单就是看起来特别简单，其实特别难做，你得有非常专业的质疑精神，而且要不为任何人所动，绝对不能够因为谁来收买你，然后一定要把这个书做成第一位或者第二位。编辑要特别能够拿得住的人，才能够做这个榜单，版面上的细节考虑有很多。你要用一个专业的严谨态度来处理数据，本身编版的过程，其实就代表你的价值立场，就是这样的操作原则，贯穿在我们书评的每一个版面里。

新京报《书评周刊》

武云溥：为什么不用刚才说的较为"稳妥"的方式做出版报道？

李多钰：当你到后期再跟进的话，你就会被他们牵着鼻子走了。出版方会很有意识的让你去报道一些东西。我不知道他们现在的宣传策略会不会变，因为我们这种节奏的调整，其实就是我们改变了他们的生态，你打破这个节奏很重要。如果说要等到某本书上市之后，等于说你对大众的阅读就没有引导性了，你只能说现在有什么书卖得还不错。作为一个媒体，你如果很难提前去影响读者的阅读节奏，你的存在价值是要大打折扣的。

电影　定位更精准

武云溥： 其实做书评，我们读书也是需要时间，需要一个学习的过程。除了出版领域，你对电影界的关注度也是非常高的。

李多钰： 做电影也是一样的。其实这个道理是相通的，你比如说做电影报道，以前都是电影宣传方来了，然后我们才开始报这个东西，但是新京报一开始就给编辑记者提出要求，电影在筹划阶段、拍摄阶段直到杀青和上映，这里边每个环节你都得把握住，当然前提是你判断这个电影有很高的关注价值。如果说只是别人上映了你才报，你只能拿到上映这一段的新闻，但是当电影还在拍摄的时候，其实已经会有大量有价值的东西出来。公众对此会有兴趣，那么我们一定要提前介入。

武云溥： 在电影拍摄阶段我们就能做判断了，这个电影的价值有多大。

李多钰： 对，一个作品好还是不好，我觉得一般情况下还是能够预先判断出来的。当时像张艺谋的片子，新京报记者提前介入就会很早，因为那时候特别出名的导演也不多。要是现在，像宁浩这些年轻一代导演都出来之后，你就真的需要跟整个电影业有一个特别好的紧密联系，要有你熟悉的环境，知道他们每一个人的动向。我觉得我们现在的电影记者肯定会比 2003 年那个时候更专业，因为他们要接触的人会更多，他才能够知道哪一些人是会出新闻的，哪一些人是肯定不行的。

武云溥： 这种专业的规则建立起来之后，文娱新闻的运作应该就比较顺利了。那你担不担心一个问题，就是在新京报开始做的时候，这种很专业的操作，会带来阅读上的难度，或者说门槛？我听过身边很多朋友，包括现在还有很多北京的老百姓，觉得新京报很多文章看不懂，尤其像书评的一些稿子，还有一些很专业的电影和艺术类报道，他不知道你在说什么，怎么办？

李多钰：我觉得总需要一份这样的报纸吧。如果你的每一篇文章，胡同里大爷大妈都能看懂，那我觉得你是有问题的。我们报纸之所以要分叠，就是这个意思。而且我们不完全只是这样操作一些很有门槛的文章，在娱乐方面也会关注大众兴趣，就是在 C 叠前面有新闻的部分，大家需要看娱乐资讯或者八卦，我们也有，只是操作形式不一样。整个 C 叠娱乐文化的规划，在最外面是用娱乐来包装的，这就是照顾大众阅读。

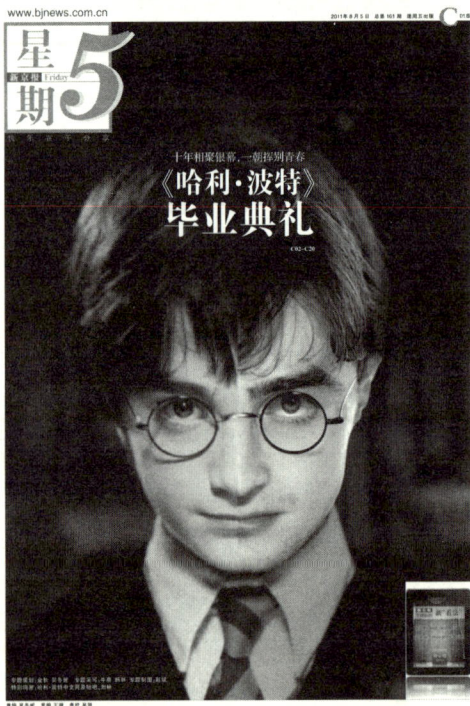

新京报娱乐新闻和《星期五周刊》

明星新闻类版面确实在我们整个的版面分量中不算多，我们虽然没有争取到大爷大妈这些读者，但是我们争取到了更中坚阶层、更主流的一批读者。比如说出版界的人、电影界的人，因为北京这种各行各业的人都很有实力。不像在广州的时候，在广州可能只要市民阶层认可我们就行了，你在北京不一样，就好比你住在望京，可能影视圈、艺术圈的人多一些，你住在中关村，身边就都是做 IT 的人，每个圈子都由各行各业特别顶尖的人才所组成。我觉得这些读者很多，没必要把我们的读者都想象成非常低端、需要照顾的。一定要所有的读者都能够看懂我们所有的报道，事实上这是不可能的。

新京报本身就是一个定位更精准的日报。当然日报首先应该是大众的，但是这个"大众"的概念，跟一本杂志可能不一样。杂志本身都是有特殊偏好的小众阅读，而我们其实是给"大众"的知识程度和专业程度又做了一个划分，瞄准的是大众里面的一部分人。

专题　出版级品质

武云溥：在日常的娱乐和文化报道之外，每周还有一期《娱乐周刊》（现在叫《星期五周刊》）和《书评周刊》，这样的周刊与日常新闻的定位有什么差别？

李多钰：其实每天在做的都是新闻，对阅读来说，是每天你需要把最及时的新闻用最快速的方式制造出来给读者看。当然在这个快速生产新闻的过程中，你需要尽可能做到方方面面，我们更强调专题化操作，其实核心还是新闻。

但是周刊就可以把一些很难用新闻来界定的东西做出来。比如说你评论一本书，你如果放在日常新闻里是不太好规划的，显得很奇怪。比如说我发一个书的书评作为今天"关注"版的大文章，这显然是不可能的。但是这类的阅读又是读者需要的，因为很多人的阅读方式是，我平常翻一翻快节奏的东西，但是到了周末我有了时间了，坐下来好好读一读《书评周刊》或者《娱乐周刊》，我就知道下一个礼拜应该看一些什么书和影碟，其实这都是很有必要的，是一个更集中和专业化的需求。

我印象中，黄集伟有一次跟我说，他说我觉得你们新京报有时候太可惜了，就是你们做了很多专题，做得特别好，我每次都把报纸收集起来，要找时间把它好好看一下。结果过了一段时间就发现已经堆到那么厚一摞了，然后就觉得太浪费了。

武云溥：黄集伟老师是出版人，觉得这些内容都可以出书是吧？

李多钰：确实应该做成书，我们很多专题完全可以够得上出版级别的，不是纯粹有时效性的新闻。黄集伟的这个评价，就等于说新京报做到了专业程度和文字品质都已经可以赢得出版人赞许的地步，我觉得这种评价还是挺高的。但是，就回到你刚才说的问题，这种东西做在报纸上不觉得浪费吗？其实我觉得既然做报纸，如果你不能给读者拿出这样高品质的东西，那你又是什么呢？

读者把报纸收集起来，也许总会有一个时间去看，也许他即使不看，认为有价值的内容也会收藏起来，这个本身就是对新京报价值的肯定。然后这样时间长了，读者之间形成口口相传的效应之后，对于新京报品牌传播的助力是非常非常强的。北京人特别好的一点是，他们相信牛逼的东西和牛逼的人，你真的比他牛逼了，他就服了。

武云溥：文化娱乐的专题报道和大型策划，也有一些结集成书的，比如《相声门》等等，这样的操作，是一开始就按照一本书的内容来规划的吗？

李多钰：其实不会说我是为了做这个书去做这个报道，而是说，我们对文娱报道的品质要求就是这样的。因为我们有这样一个专业的报道理念，还有专业的队伍，操作高水准的内容就不是多么难的一件事情。拿《相声门》来说，刘帆（现为新京报娱乐新闻主编）对相声可以说是特别喜欢，他是相当热爱相声的一个人，我就觉得在年轻人里面这是非常少见的，而且他对相声的流派渊源也特别懂。当时他一提出这个想法，说郭德纲冒出来之后，我就想应该去探一下相声的发源地天津，等于说把相声的各个流派之间的历史关系都搞清楚，还挺有意思的。

大家常觉得娱乐没有什么深度报道。我后来想，这样的策划，其实就应该算是娱乐圈的深度报道。每年新京报内部评年度新闻奖的时候，我一直觉得奖项的设置有点欠缺，没有专门设一个这种专业类型的报道奖，比如说经济类的深度报道，娱乐类的深度报道，其实各自的要求是非常不一样的。

你看在西方，新闻特写的类型是非常多的。我记得有一个电影，讲一个记者，专门写拳击比赛报道，他就要面临被炒鱿鱼的结果。因为他写的东西，新的上司不喜欢。后来他就发现了一个老的拳击手，然后那个拳击手自称是谁谁谁，那个他自称的人曾经有一度是拳击冠军，很厉害。这个记者就觉得这个拳击手很值得报道，这么一个老拳击手，曾经是那么辉煌，现在落魄街头——他决定写这个拳击手的故事，写成特别励志的深度报道。结果这个自称是拳击手的人其实欺骗了记者，他并不是那个当年的冠军，尽管他拿出了很多证据说自己就是冠军，其实他在撒谎。

这个故事导致了什么结果呢？记者的报道写得很感人，叫什么回归之路之类的，发表出来之后很受好评。但是很快就有人揭发了事实真相，结果他就一下子名声扫地。

你会发现西方记者其实很喜欢写这样的深度报道，无论是体育领域还是别的什么题材，都可以做成深度报道。《相声门》当时就想尝试做成一个对相声行业更深的挖掘。因为我当时就有感觉，觉得郭

《相声门》系列报道

德纲的这种生态，跟传统相声的生态是不一样的，郭德纲是一个全新的代表，如果用我们那会儿在学校学新闻的定义来说，他就真的是一个新闻。因为他是变动的事实，新闻不是叙述正在发生的事实，而是说有变动的事实，变动、打破、颠覆一些固有的东西，这才是新闻。

后来《相声门》整个报道做出来，确实还挺有意思的，相声突然又重新受到全社会的关注，确实跟郭德纲他们的个人努力挺有关系。而且郭德纲出现之后，很多人对他的支持，其实也是在支持整个相声产业。做这种报道，我觉得很过瘾，会让人感觉媒体传播真的有价值，媒体真的能改变一些东西，而不是说社会上出现了什么现象我再去报道这个现象，那样的话你永远会被别人牵着鼻子走。我们做新闻，真的还是要通过自身的专业主义精神来发现一些新问题新东西。我今年前段时间跟胡舒立有一个交流，很巧合，她也在提出新闻的专业主义概念。实际上在文娱这个领域，最早实践新闻专业主义的是新京报。

武云溥：中国的新闻业发展这么多年，如果像你所说，直到新世纪的时候，二零零几年的时候，大家才提倡新闻专业主义——这不应该是一个常识吗？

李多钰：这个我觉得应该涉及到新闻行业在中国的长久困局，之前一直说媒体就是一个宣传工具，新闻好像不是报道，就是单纯的宣传。真要做专业的报道，你一定是从新闻源头出发，去顺藤摸瓜，看那些叶片背后掩盖着什么样的一个瓜。但是宣传就是，我用我的方式去报道你，我说你是什么你就是什么。

说回娱乐报道，我们可能会更注重对人的报道，比如一个导演他有怎样的理念，如果这个理念很新鲜，那这种内容都可以成为新闻。做经济新闻也是一样，首先你起码要懂得看财务报表，按照以前做宣传的那种媒体，我估计做国企报道的人百分之百不懂看财务报表，他只要去一个企业里转一圈，跟老板聊聊，回来就写报道，老板怎么说他就怎么写，这样怎么可能报道经济界真正的变化呢。因为这种变化是在数字上反映出来的，如果你不懂数字，你看到的东西都是表象，你根本发现不了真正的新闻。那同样的道理对娱乐新闻也是一样的，如果你连这个导演本身都不了解，你怎么可能了解他的作品呢？如果你不了解他的作品，你又怎么知道作品里的哪个点才是真正有价值的新闻呢？这就是不一样的新闻从业逻辑。当你抱着做宣传的态度去做新闻时，反正主题都已经定了，你就没必要去发现什么新的角度，没必要做到专业。

活动　专业与情怀

武云溥： 过去这些年新京报文化娱乐领域策划的一些与新闻相关的活动，在业内和社会上的反响都很好，早在 2004 年就做了"华语图书传媒大奖"，当时的想法是怎样的？

李多钰： 相关的落地活动，从新京报创办初期就是我们规划的一部分。可能那个时候我有特别强的建设"精神后花园"的理念，我觉得除了纸面上的东西，还应该做一些活动，让我们希望获得支持的那些人有参与感，感觉大家是一起在做这张报纸的事业。

刚来新京报没多久，我们就找沈昌文先生来给编辑讲出版的一些故事，当时就有给图书界颁奖的初步想法。你提到华语图书传媒大奖，我觉得这个奖其实对我们来说是挺重要的一个事件。因为在 2004 年底，等于说我们新京报创办一周年的时候，本来说要做一个报纸上的评选，那我觉得不能只做纸面的，还应该落地，干脆就做一次实在的活动。

其实我们那次评选是非常不一样的——我是说，大概跟你现在看到的大部分评奖活动都不一样。为什么直到现在这个评选还特别受到读书界的赞赏和关注呢，就是因为整个评选的程序非常认真。

那个评选程序的方案，完全是我一笔一画写出来的，记得还保存在家里什么地方。那样的程序是为了保证我们的评选不可能出现被人操纵的机会，不可能有黑箱操作。我们先有一个推选委员会，从全国媒体界和书评界找了一些人，有一个比较庞大的基础。他们会推选出一批书，我们从这批书里面做出推荐书目，然后这个推荐书目我们再给到出版社，找到这些书，送给我们的评委阅读。

我们组建的评委阵容也是特别厉害，现在想再组织那样的一个阵容应该很难做到了。当时那些评委真的非常认真，真的是每一个人都把我们寄给他们的书每一本都看了。我当时说我们要把图书奖按门类来分，比如财经图书，我们起码要找像胡舒立这样的经济界专家，找到真正懂经济又读很多书的人来做评委。评委里面还有像黄集伟这样专业做出版并且写书评的人，其他每个门类都是找专家，比如文学类图书找到李敬泽和莫言来做评委，艺术类图书的评委是艾未未。反正就是每一个门类的评委都是非常专业的，在这个领域是非常牛的人。我们给每一个人寄一套完整的书，大概提前一个月的时间给他们，让他们有时间把这些书看完。

然后每个人从他自己的领域去做自己的推荐，挑出自己认为很好的书。最后再开一个所有评委参加的会，正式投票来选每个奖项的得主。最后投票阶段，我们把大家拉到郊外，关到他们完全没有办法出去的一个地方。后来胡舒立跟我打趣说，我终于知道了，你把我们给拉到外面来，就是怕我们跑出去走漏消息——我相信之前从来没有任何一个图书的评选，是像我们那么认真来做的。

因为我们认真，所有评委也都特别认真。我记得最后投票的时候是一张大圆桌，大家坐在那儿，讨论得挺激烈，每一个人都发表看法。最后选出来的那真是一个"超级榜单"，那个过程我相信他们现在回想起来还会挺感动。

武云溥：新京报编辑部没有主导或者参与这个评选的过程？

李多钰：每一个人都没有任何目的，比如说我其实算是评审团主席的身份，但是我不会抱着任何目的，不会说我一定想把这个奖给谁，让大家做一些什么手脚。大家都是抱着公正的、专业的态度，就是要从自己的视角出发，选出值得推荐给公众的最有价值的书。

武云溥：最后获得大奖的是高耀洁。

李多钰：其实我觉得那是所有人达成的一个共识。因为你要纯粹从书的角度来说，那本书肯定不能算是优秀到压倒其他一切书的程度，但是最后大家达成一个共识，大奖一定要给高耀洁，这就是在奖励作者。因为我们要给钱嘛，如果我们要奖励一个人的话，我们其实应该把钱给到真正需要这笔钱的人，同时这个人的精神又要很有感召力。

武云溥：当时发了多少钱？

李多钰：我记得是十万。其实在投票当时是有一些其他的书很有竞争力，但评委们争论到最后就突然觉得，应该让这本书拿奖。

武云溥：这样的话，其实大家选的不是作品本身，而是自己认同的价值观。

李多钰：对，从这个意义上说我们当时暂时放弃了专业主义，说到这里其实很有意思，我们一直在讲专业主义，但专业主义到最后会升华，变成大家还是要有情怀，要有坚持下去的某种价值观。当时《书评周刊》提出的价值观是"专业态度、独立精神"，最后还加上一个"现实情怀"。最后这个评奖结果就完全符合我们的口号，现在想来特别有意思。

杂志化周刊与策划报道的创新路径

"好消息"的价值和生产秘密

受访者：吕约（新京报编委，主管北京专刊）

访谈时间：2011 年 7 月 18 日

周刊设置　满足深度阅读与资讯服务需求

武云溥：新京报创刊时，为什么要设置若干个类似杂志化运作的周刊？在一份日报的内容架构设置上，这跟其他都市报是不一样的。

吕约：新京报刚开始创刊时就定下来要做四叠新闻，再加上其他一些周刊。我记得创刊的时候是十一个周刊，现在你能看到的我们主要的周刊，当时大部分就存在了。为什么做这么多周刊，我觉得还是根据都市报本身的特点确定的。因为大众阅读的报纸是一个比较特殊的产品，它一出现，就意味着要同时在两个市场上运作：一方面给读者提供有形的、纸上印出来的新闻，另一方面给广告商提供一个通向受众的渠道。现在任何一家大众报纸，都同时要在这两个市场上运作。

这些周刊基本上分成两大类：一类是《地球周刊》、《赛道周刊》、《书评周刊》这样的。《地球周刊》是新闻类的周刊，只不过专攻国际新闻，《赛道周刊》专做体育新闻；《书评周刊》延续了报纸的文艺副刊传统，比如民国时期就存在并且非常流行这样的副刊，提供文艺性、趣味性的阅读。新闻类、文化类周刊存在的必要性，不用太多解释，新京报作为一份以时政为主流的报纸，肯定需要新闻类的周刊来承载纵深和集中阅读；同时作为影响北京知识阶层的报纸，肯定也需要设置《书评周刊》。这其实不是我们独有的，像《纽约时报》的《书评周刊》做得非常好，我们借鉴了国际上的先进经验。

现在的新京报一共有十三个周刊。除了刚才说的新闻类、文化类的周刊之外，其他都属于经济类和消费类的周刊。

为什么要办房产、汽车这样的行业类周刊？在这样一个社会生活本身变化快，同时生活方式变化也非常快的历史转型时期，作为一份都市报，不仅仅要提供传统的新闻，还应该服务于都市人群的生活。生活在这样一个快速发展时期的中国大都市的普通人，需要比较全面的消费资讯；同时，在这些周刊上投放广告，也为广告商提供了一个直接抵达受众的有效途径。

武云溥：新京报的采编和广告是分开的，那么我们做一些服务类的资讯，会不会跟广告之间形成冲突？有一些广告商会觉得你们给我做一个专题、做一个软文，不是比投放广告的效果更好吗？

吕约：这是都市报在产品定位、生产标准和质量监控上所需要解决的重要问题。我们是从《南方都市报》的模式延续过来的，在南都的时候就已经遇上这样的问题，就是你刚才讲的这种冲突：怎么保证周刊提供的信息不是隐性的广告？

确实存在这样的矛盾。当时新京报创刊，已经规定了在某些特殊情况下，采编部门如何跟经营部门互动，为此出台了一系列的限制性条件。

www.bjnews.com.cn

2011年3月7日 通周一出版 B 01版

汽车杂志
新京报 Automobile

上海通用发力小型车

上海通用汽车及通过引进多个全新平台，
快速更新旗下产品线，填补了品牌在众多
销售空隙。然而，面对竞争日益激烈的新
兴消费群体，在小型车市场的抢摊白热化，
产品也渐趋化。上海通用方面尤为先，2011
年将着力在小型车上发布更多新款，因日将占率
Gamma II平台将陆续登台。除产平台生产
的第一款 Gamma II平台车型将于今年在广
Aveo 上市状。

3D5 关注

B03 新车
东本首款
自主车型年底上市

B06 广市
长城公开否认
与捷豹路虎接洽

B08~B10 特别报道
现场感受
日内瓦车展

B12 本地关注
土地升值将经销商
"赶"向五环

《汽车杂志》

之所以需要制定限制性条件，首先一个前提是，消费类的周刊给读者提供的信息很多是关于产品的，你告诉读者哪些产品是不错的，是适合有某种需求的人购买的，这种资讯服务首先应该保持专业性和独立性，但是又很难避免广告的嫌疑。

怎么解决这个难题呢？比如做一个宝马汽车的报道，我本来就要告诉读者宝马出了什么新车，但是宝马自己也开了一个新闻发布会，说要推出一款新车，并且会在很多媒体上发布广告。虽然读者在报纸上看到的是一样的内容，甚至有的读者认为，看广告比看新闻更直接，但是编辑部为了保证消费新闻报道本身的独立性和公信力，还是出台了一系列的限制性措施。比如说，要求广告人员不能直接找采编人员，不能提给哪个客户做一条新闻这样的要求。这个时候一定要按照新闻自身的规律来做事，比如客户搞了个产品发布会，他会请记者去报道，但编辑和记者有权根据这个新闻的价值（也就是根据这个产品在整个市场上同类产品中的位置和价值），来决定发多大的版面，以及怎样从独立、客观的角度来介绍和评价产品。

周刊发展　伴随读者需求而生长变化

武云溥：这些年来，周刊的版面设置有增有减，依据的标准是什么？

吕约：以增为例，比如我们后来增加了《评论周刊》，因为中国公民对于媒体新闻评论的意识与需求在增长，对时评这个概念的理解也日益多元化，在一个公共领域刚刚形成的社会，评论总是非常活跃和发达的。最开始创刊的时候，评论版是我们的一面旗帜，新京报的评论版在中国媒体评论界一直是领先的。后来我们意识到，评论的空间非常大，只有两个评论版的话，可能承载不了太多的内容。如果设一个《评论周刊》，一是能够增强评论的深度，对当周中国发生的重要事情可以深入地展开论述；二是能够囊括一些非传统时政评论的内容，比如在《评论周刊》中会出现思想文化类的稿件，实际上是对中国当下的思想动态做了一个阶段总结报告。所以周刊的增减，是依据新闻形态和读者阅读需求的变化而定。

武云溥：在变动中，几个"公社"从创刊一直延续了下来。

吕约：我们有五个名为"公社"的周刊:《人才公社》、《健康公社》、《旅游公社》、《家居公社》和《摩登公社》。其定位跟新闻类、文化类、经济类的周刊都不太一样，它们的定位是消费类周刊。比如说《健康公社》，最开始并没有，是后来增加的，因为意识到大家对健康资讯与知识的需求越来越多，于是出现了这样一个周刊。还有旅游的、家居的、时尚的，都在随着消费需求的变化而做出内容的调整。

以《人才公社》为例，它看起来比较特殊，"教育"应该算是时政类的题材，在几个"公社"里面，《人才公社》相对来说跟宏观政策领域结合得更紧密，但是它产生的社会背景，也是中国教育的市场化、产业化。对读者来说，很多人希望继续接受教育，无论是白领去充电培训、读 MBA 商学院，还是出国留学，以及参加会计师考试、司法考试等，都是有消费需求支撑的庞大的产业。比如教材的出版，图书市场上最挣钱的是教辅类的书。所以，《人才公社》除了报道教育与人才领域的新闻，还需要关注教育消费领域。在新京报的读者群中，很多人都是在职人士，他要继续提升自己。因为现在用人单位的门槛越来越高，很多人觉得有在教育方面给自己不断投资的需求。《人才公社》在这个意义上，就从常规的教育领域报道，演化成为教育消费类周刊，要在指导读者的教育投资（消费）方面，提供有益的参考。

 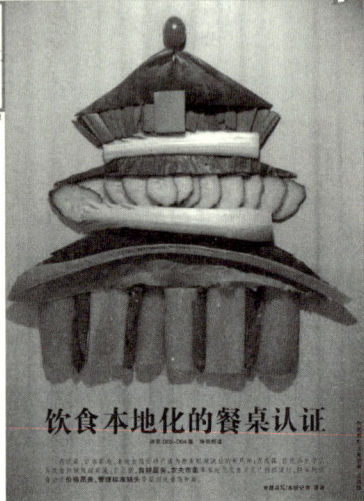

《人才公社》和《健康公社》

武云溥：这些周刊，我们称为报纸里的"杂志化"周刊，你觉得它们跟市面上真正的杂志的区别在哪里？

吕约：首先，这些周刊是都市报传统新闻领域的补充，因为它跟杂志还不是同一类产品，我们说"杂志化的操作"是一个借喻，什么是"杂志化的操作"？日报的操作，它应该是报道每天的新闻；杂志化的操作，可能是报道一周发生的事情，或者更长时段的事情。杂志化的操作借鉴的是杂志的策划性和深度，比如说在日报里可能只是一条消息的事情，但在周刊里面，如果运用杂志化的操作方式，如果我们认为它很重要，就会在充分策划之后把它做大。

武云溥： 按你的规划，每个周刊都会有一个与日常新闻区分开的、独立的编辑和记者团队吗？

吕约： 我们十三个周刊里，大部分都是按照独立的周刊来运作编辑和记者团队。包括像《汽车杂志》、《黄金楼市》这类属于经济消费类的周刊，大部分也是独立的。但有些不是，像《书评周刊》就不是独立的，编辑也做日常的文化新闻。从十三个周刊里面看，专门团队运作的还是更多一些，特别是跟时事新闻结合得不那么紧密的周刊，需要有比较独立的、拥有更系更深入的专业知识的编辑部来操作。

武云溥： 新京报之所以重视这些周刊品牌，是出于怎样的采编理念？

吕约： 在中国大部分报纸之前是没有周刊的，比如传统的党报不可能这样做，因为定位的问题。但现在我们看到，越来越多的传统报纸也在转型。在新京报出现之前的那些都市报，跟新京报比较接近的是《南方都市报》，它也有消费类的和经济类的周刊。应该说，新京报现在的周刊跟南都的规模应该是差不多的，其他的报纸原来没有，现在也看出这样的一个发展趋势，比如说《北京青年报》，现在也有旅游周刊，《京华时报》原来没有这么多的周刊，但是这两年也在逐步增加。这些周刊的名字跟我们也

《摩登公社》

比较接近，这说明新京报的周刊架构是比较成功的经验。同时，竞争对手的追赶，也意味着新京报的周刊还要继续创新。

武云溥： 怎样继续努力创新？或者说，新京报现有的杂志化周刊，未来可能出现怎样的改进和调整？

吕约： 周刊的种类可能会出现变化，根据社会生活和读者需求的变化，可能会出现新的周刊，可能增加也可能减少。之前我们就经历过这样的发展，经得起时间检验的周刊，意味着它在普通人的生活里面有比较重要的地位，而且越来越重要；周刊涉及的行业，也在国民经济中占据一定的比重。这些周刊，以《旅游公社》为例，它是一个"常青"的周刊，我们在设置它的 2003 年，看到中国的旅游人口比上世纪九十年代多了很多，旅游需求在高速增长，在今天看来，中国这几年才真正进入了"国民旅游"的时代。《旅游公社》到现在创刊八年，经历了中国旅游消费的高速增长期，而且可以看出来，它还会越来越好。设置这个周刊就是看到了它在国民经济和公众生活中的重要性，而且我们判断这种发展趋势会延续下去。否则我们不必做周刊，做一个栏目就可以了。

北京地理　"新城市志"中的历史文化意识

武云溥： "北京地理"是一个系列的、长期刊发的策划报道，在新京报的杂志化周刊里，是很有特色的栏目，它的策划理念是什么？

吕约： "北京地理"是我们的特色栏目，新京报创刊时就有。它已经做了一千多期，坚持了八年，这个栏目一直延续着独特的版面形态，就是深度报道、特色专栏，每期推出两个版。应该说，"北京地理"涉及到了北京这个城市空间的方方面面。最开始介绍的是一些最常见的名胜古迹，比如北京的民居、王府、四合院，后来出现了北京现代城市空间的形态，比如北京建国后城市的小区、工人宿舍是怎样设置的等等。慢慢涉及到很多方面，包括自然地理的、人文地理的、商业地理的。很多新京报的读者都收藏"北京地理"。

为什么要设置这样的版面？不管我们自我理解是新型综合性都市日报，还是高端时政类都市报，它首先还是都市报，需要满足在这座城市生活的都市人群想要知道的新闻、资讯需求。我们的读者除了老北京人之外，还有很多"新北京人"，他们并不了解这座城市，不了解这座城市的来龙去脉，对这座城市的历史文化很陌生。"北京地理"实际上满足了读者了解北京这座城市的需求。

　　此外，北京这座城市的特点决定了新京报需要做这样一个栏目——因为北京是古都，有丰富的城市地理资源，城市的空间也是中国古都里最有代表性的，值得挖掘的东西很多。另外，北京又在从古都向现代化城市行进的路上前行，新旧两种城市价值观，对于城市空间的改变其实是非常大的。很多北京人，他们原来住在内城，现在搬迁了，他们很怀念四合院里的个人记忆，想回去找那个地方时，发现一切已经面目全非。

　　我们做城市地理报道的核心观念，不是做那种封闭的或者是说已经死亡的皇宫之类，不是停留在对静止空间的缅怀上。我们在空间地理的报道中引入了时间纬度，看北京这样一座古都，在现代化进程之中，空间形态是怎么发生变化的，为什么发生这些变化。也就是说，除了提供关于北京城市的知识，还呈现了北京不同历史时期的空间生产的逻辑，后者是"理解北京"的认识论基础。

　　武云溥：让北京人熟悉北京，老北京人怀念北京。

　　吕约：对，更高的目标是"理解北京"。举个同类媒体的例子，比如说传统"晚报"的副刊版面，它会讲这座城市的某一种小吃、某一个掌故，稿子出来可能是很小的"豆腐块"，是破碎、孤立的知识点。我们做"北京地理"的特点是系统性、策划性，所以我们所有的系列报道都可以出书，比较有代表性的是"古都城门"系列——北京的老城门基本上都消失了，我们做这个系列报道，当时的操作是比较有特色的，把所有北京的内城、外城，都在纸面上进行了全景式的重现。

　　重现的方式也比较有特色，比如西直门没有门了，现在的西直门是地铁枢纽，它原来的城门到底在什么位置？我们做的方式，是把老照片处理成胶片的底片效果，然后记者站在现在车水马龙的西直门，他举着这个底片，再现了原来的位置。这样用图片投影的形式，就把古老和现代的西直门叠加在一起，产生了一种时空的穿越感。这在当时是非常轰动的一个操作方式，北京读者觉得很有创意。这就是我们要表现的所谓"城市空间在时间变化之中"的形态，这也是"北京地理"作为城市地理（包含了历史文化）深度报道栏目的独特性所在。

武云溥：出现这样的报道，可能也是新京报区别于其他都市报的特点。如果纯粹从提供服务资讯的角度，或者吸引广告的角度来说，这样的报道别的报纸可能是不会做的，因为找不到卖点。

吕约：这要投入很多的采编成本，但在创刊时已经完成了相应的版面设计，我们的定位非常明晰。这个明晰就在于，我们怎么理解在首都北京办一家都市报，而且还是一家最好的都市报？要实现我们"最好"的目标，就不能只从实用和商业的角度着眼，尽管我们做的是生活领域的报道，也要考虑应该覆盖哪些更深广的层面，怎样增加一张报纸的文化内涵。

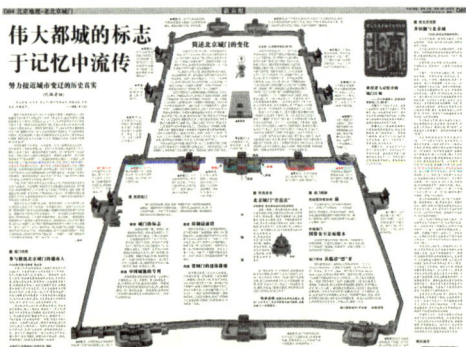

"北京地理"栏目

服务精神　成为大都市生活的必需品

武云溥：你怎么看我们这些周刊的落地活动？如何更多地和商业资源

进行整合？

吕约：实际上经济类和消费类的周刊，这些年来做了很多的落地活动，在消费者和行业之间搭起了一座桥梁。比如说，我们举办的"标杆地产评选"、"超级汽车评选"、"时尚权力榜"、"北京新地标评选"等等。这些活动把报纸上所提供的资讯、倡导的消费理念、传递的消费趋势，变成一种直观可见的东西，喜欢买车的人，可以到现场去看，去投票。

在我的理解中，其实活动参与者是三方：一是主办方，即新京报的子品牌，比如《汽车杂志》；二是厂商，即我们所说的行业客户；三是读者。媒介研究里有一个提法"媒体的部落化"，什么意思呢？每天，读者面对新京报几十个甚至上百个版，他获取了资讯，想跟你一起玩某种东西，通过见面和互动，好像变成了一个小小的部落，他会产生一种"想象中的共同体"的认同感。比如旅游，我们搞了一个读者俱乐部，以"新京报·《旅游公社》"的名义，组织读者一起到某个地方玩。读者天天在报纸上看你的版面，他觉得光是静态的"看"还不够，还想和跟自己一起"看"的人玩到一起，因为他们之间是有共同生活方式、共同语言的。

新京报有几十万的读者，有喜欢看《旅游公社》的，有喜欢看《黄金楼市》的，因为他们都喜欢同样的东西，他们在一起交流，实际上就形成了一个个的小部落。这也是现代媒体所派生出的新人际关系。

武云溥：增加读者黏性，让读者更加依赖、信赖这张报纸，这张报纸我不仅能看，还能跟编辑、记者一块玩——是这个意思吧？

吕约：是的，我们做生活化的媒体，就要真正走入读者的生活。让读者感觉到，报纸就是自己身边的一个朋友，一个无话不谈的老熟人、"闺密"。

武云溥：介绍一下《家居公社》的特色吧？

吕约：《家居公社》的定位是以家装和家居建材为主，它完整的概念是，通过装修和设计，建设一个比较有品质的家，可以在这里享受比较好的家居生活。这是创刊时候就定下来的理念。

《家居公社》

家装建材、家具推荐，这是《家居公社》的主要内容，同时希望提倡把你的家装得更有品质，提倡在家里怎么样享受更好的家庭生活——于是就有了"雅舍"这样的版面。原来叫"雅人雅舍"，意思是说，会享受家居生活的高雅的人，他的家是怎么布置的？为什么是这样的一种风格？这个主人有什么样的经历和什么样的视野……诸如此类，都是我们要在稿件中体现的元素。

所有的消费类周刊，一方面肯定是要直接服务于读者，提供产品的信息，另外还有一个方面，就是制作策划性的专题。我印象比较深的是，我们曾经介绍过怎么把四合院改造成舒适的现代家居。类似这样的选题，它不是给你推荐产品，而是围绕你的家居空间，帮助你设计你的家，重新构建"家"的形态和意义。

武云溥：有可能读者没想到，但我们帮他想到了。

吕约：是的，我们有个栏目，就是让设计师帮你改造家——你把你家的户型图给我们编辑部，编辑部请著名的设计师来做设计。比如我现在没有书房，我只有两间房，我怎么再多出一间书房，利用有限的空间加以改造？设计师会给你做出方案，我们把方案登在版面上，让更多的读者看到。很多读者都有这个需求，怎么把空间改造得更好，他们会从我们的报道中获得启发。所以我始终认为，一个周刊能不能赢得读者，能不能真正满足读者的需求，要看这个周刊是否对读者非常"有用"，成为现代都市日常生活的一种必需品。

特色专题 策划报道的创意秘诀

武云溥：刚才你总是提到"策划"这个词，在杂志化周刊的采编制作中，策划能力显得尤为重要。那么以新京报的标准来衡量，什么样的策划性报道，是比较成功而且能体现特色的？策划性报道跟常规的新闻报道的区别又在哪里？

吕约：我先回答你后一个问题。新闻的传统定义是，对刚刚发生的事件的描述，或者对即将发生的事件的预报。而策划性报道的意义在于，某件事情跨越的时段更长，有些可以理解为已经发生了很长一段时间，但是大家还没有注意到的现象，我们现在通过各种采编手段，把这类现象集中呈现出来，使大家认识到这个问题很重要。

举个例子来说，《旅游公社》做的《走进新疆深处》专题，背景是当时新疆发生了"七五"事件，事件过后出现了一种负面情绪，很多人认为新疆是一个危险的地方，很可怕，于是就不去新疆旅游了。这是客观存在的一种情绪，但我们认为这是片面的，是由于一种文化对于另一种文化认知不足而产生的隔膜与误解。基于这样的判断，我们就策划了《走进新疆深处》这样一个专题，从文化地理的角度来解读新疆，抓住这样一个特殊的契机，把人们对新疆长期存在的误解，和新疆的真实历史、地理、文化、生活方式展现在公众面前，让公众重新认识它。这个专题出来之后反响很好，达到了我们预期的效果。

武云溥：新京报很擅长做长期的、大规模的策划，这种策划通常需要准备多久？

吕约：准备时间最长的可能会提前一年，比如说新京报今年做的《辛亥风云》系列专题。类似这样重大历史周年的纪念，肯定是作为大的策划酝酿的，提前一年就进入了操作层面。大的策划确实很费心思，从主管领导一直到编辑、记者，应该说每个策划方案都是要酝酿很长时间的，越是大型策划越是这样，反复论证，力求完善，精益求精。

武云溥：你个人会比较喜欢什么样的选题？

吕约：有几种类型我认为是必须要精心做策划的。一个是已经发生的大事，比如"西湖申遗"成功，按照媒体的规律，我们肯定要做的，也很有意义。明确了这样的选题，主编会跟大家探讨，从什么角度做更好、更有新意。跟新京报其他板块的日常新闻报道相比，我们更注重挖掘杂志化周刊自身的特色，会寻找一个最佳的角度去解读。

就拿"西湖申遗"这个事情来说，我们做的专题叫《重读西湖》，类似这样的一个主题设置，我觉得就比较有意味。西湖大家都很熟悉，好像每个中国人都很了解它，那为什么要"重读"呢？西湖作为一个审美空间，也是作为一个旅游产品，它在申报世界文化遗产的过程中经历了曲折的道路。我们发现，西方人对东方人的审美并不是很了解，我们自己也不知道是申报"自然遗产"还是申报"文化遗产"更合适。"自然遗产"弄了十几年都没申请成功，就是因为没有办法给西湖归类。顾名思义，"自然遗产"得是很独特的地形地貌，而西湖不是。那么申请"文化遗产"怎么样呢？中国的文化遗产往往都是很虚的符号，比如苏轼写了一首有关西湖的诗什么的，这个怎么拿去说服外国人？

所以我们发现，这些西湖的文化符号，并没有成为全球性的文化符号。你跟罗马斗兽场没法比，人家是确确实实的古罗马遗迹。我们从这个角度重新解读西湖，就变得很有必要，我们需要介绍西湖到底有什么样的特点，有怎样的历史和现状，怎样让世界理解西湖，并让中国人带着"世界的眼光"反观西湖。

武云溥：也就是面对大命题，一定要找到小切入点，从细节展开联想。

吕约：准确点说，是必须找到有都市报特点的切入点。都市报跟党报是不一样的，你看到党报也做"改革开放三十年"，很多都是宏观领域的，那么我们就直接围绕人，对人的影响，具体的人，他的欲望是怎么释放的。

从这个角度来做，就有了2008年很优秀的策划报道《欲望号街车——改革开放三十年物质生活史》。

武云溥：还有个影响很大的专题策划案例，我们可以来解析一下，就是2009年的《大城记》。

吕约：《大城记》是"北京地理"中的一个大型系列报道，共做了六十多期。它的策划由头是新中国成立六十年，我们把1949年以来的每一年，选一个地理的节点来对应，透射北京这一年发生的社会生活的变化。这个落点很实在，就是要研究清楚每一年在这个地方发生了什么样的事情，从这个角度投射，找出这一年最有标志性的事情来"以点带面"。

比如说1949年，我们选的是中南海，怎么来做这样一个特殊地点的策划报道？当时选的角度是"中南海怎么搞卫生"，搞卫生来迎接新政权啊。要知道在国家领导人住进中南海之前，中南海本来是很乱、很脏的一个地方，"搞卫生"这件事，有"除旧迎新"的含义，所以非常有意思。

1966年，我们选的是太平湖，是因为老舍在太平湖自杀。这年的历史大背景是"文革"开始，我们想到做太平湖这个地点，讲述一个人的命运与一个国家的命运之间的关联。老舍自杀的那天，到底是怎么样的经历？他为什么选择在太平湖自杀？当时他走到太平湖，有没有人看到他自杀？这个人现在还在不在，能不能找到？我们试着找到了目击者，来还原整个事件的经过。

老舍儿子对我们讲述，还原了老舍自杀那天，在太平湖边到底发生了什么事情。还有人看到老舍坐在一个凳子上抽烟。在稿子里我们描述了，什么时候他投湖的，他家人是怎么知道这个事情的……通过北京居民的回忆，甚至还原出了老

《大城记》：1966年的老舍与太平湖之谜

舍自杀那一年，太平湖是个什么样的景观。周边居民们回忆起来，说那个年代太平湖经常会出现一些浮尸，还有抛弃的物品。可能是出于对政治运动的恐惧，很多有旧时代印记的物品被偷偷拿出来销毁。这些历史细节，都会让人瞬间"重返"那个年代。

表现新中国六十周年，"文革"这十年不能人为地抹杀，但是在策划上就很棘手，因为涉及很多敏感问题。所以我们用这样一种方式，关注一个具体的地点，一个具体人的事情，尽可能还原历史真相到底是什么样子。

武云溥：我们确实从这些别具一格的策划中，看到了符合周刊特色的深度解读，既符合"生活"、"地理"等等定义，也做出了历史的沧桑感。

吕约：通过精心策划和深入采访，地理和历史的界限消失了。北京作为新中国的首都，它在六十年里发生的变化，以及社会生活的变迁，在策划报道中得到了呈现。后来这组报道也引起了高层关注，中央有关部门给我们下了一个表扬性质的阅评，有一定的概括性，很有意思。批示是这样说的："这是一部新中国首都六十年的奋斗史和创业史。"而更多专家和读者认为，《大城记》是北京的"城市志"，或者说是"社会生活史"。这也比较接近我们策划的初衷。

价值理念　构建现代人眼中的世界图景

武云溥：我们来谈谈周刊的团队，什么样的人符合你要求的"好的策划编辑"？

吕约：首先他在这个采编部门里，在这个领域里，业务非常熟，他是这方面的专家。你看《书评周刊》就是这样的，你要非常懂书，经常自己阅读，同时要有比较大的文化视野，才能做大型的策划报道。

编辑应该是这个领域的专家，但如果要涉及到一个大型的策划，他还需要能跳出来，从社会生活的角度去看、去把握；不是仅仅罗列这样一个现象，甚至也不仅仅是总结规律，还要建立在价值判断的基础之上。

武云溥：之前我们经常听说，新京报的目标读者是"主流阶层"，细化到你这边，什么样的读者才能理解你做的这些内容产品？

吕约：我觉得读新京报的读者，每天拿到新京报，他既关注新闻，也关注后面的周刊；既关注公共生活，也关注私人生活；他既关注报纸，也热爱生活……这样的读者，我觉得阅读新闻和周刊并不矛盾。

我们说媒体要推动这个社会更进步、更文明，最后还是要落实到生活领域。很难想象，一个人他自己的生活一塌糊涂，或者觉得生活根本不重要，过得越差越觉得光荣，也不允许别人过好生活，这样的人会是一个让世界更美好的人吗？假设新京报要满足生活在北京这样的大都市的现代人，满足他们对现代生活的全面诉求，那么，可以这样理解：他既想知道每天发生了什么事情，这个世界是不是安全的，有没有杀人放火等等"坏消息"，他同时也想知道，世界上还有什么"好消息"，有什么美好的事物值得去享受，去哪儿休闲、去哪儿旅游。一个有生活理想和情趣的人，是我们所说的比较健康的现代人，也就是我们的目标读者。

武云溥：这是一个越来越注重生活品质的时代，所以才有了这样一些周刊的生存和发展的空间，很难想象三十年前会有这样的东西。

吕约：这是因为读者本身越来越个性化、多元化了，在这样一个时代，才有这些周刊生存和发展的空间。

武云溥：周刊里面有很多策划，一是非常有创意，另外它需要很缜密的逻辑思维去支撑，你的团队是不是要经常搞一些头脑风暴，大家要开拓点新的想法出来？

吕约：系列化的报道，前期准备花的时间是很长的。一个是有这样的雏形以后，采编团队要多次碰头，每个人从他的角度上考虑，有哪些有意思的问题。开始会出现一个很大的框架，包含各种各样的思路。大家先把可以做的一些方向像跑马一样铺开，然后再精准定位，策划出我们的优势和特色到底体现在哪些方面，一直到确定我们要选择的视角。

比如我从物质生活演变史的角度做"改革开放三十年"。当这个主题定下来以后，就围绕这样一个主题组织、收集材料，要充分占有材料，记者们会奔去图书馆、到北京地方志办公室、研究机构采访，他们会提供很多的建议。最后完成一个拼图，用不同的角度，选取典型，从而达到"管中窥豹"的效果。实际上选择的典型样本，加在一起，能够最大程度的再现社会生活的方方面面。

武云溥：还有一个一直很想问的问题，就是怎么样扬长避短？因为报纸这个载体跟杂志相比定位不同。报纸在装帧、纸张、印刷的精美程度上，都不及杂志更具有表现力。这个特质落在消费类型的周刊上就很重要，比如你要报道奢侈品，时尚的衣服鞋子包包，或者是做旅游报道，一张风景图片，放在报纸上和放在杂志上，出来的效果是不一样的。

吕约：周刊在定位上与杂志是有差异的。杂志一般是月刊，我们周刊的优势首先是在时效性方面，它是报道一周内发生的事情，它比月刊要快，这个"快"就产生了很多的可能性。

以《旅游公社》为例，比如西湖申遗，它申了十几年终于成功，这无疑是件大事。西湖，中国这么著名的景点，竟然十几年申遗都没有成功，老百姓并不知道，所有人的第一反应都是，怎么西湖还不是世遗？为什么？

与旅游类的《中国国家地理》等杂志相比，我们能够在西湖申遗进行之中，就发布动态的资讯，我们是以周为单位的，一周发一期。再后来，我们做分析，看国际标准跟东方文化的审美区别，等等。申遗成功之后的一周，我们派记者去西湖围绕这则新闻进行采访。你发现周刊的优势在于，它不仅仅是消息发布之后才有报道，它可能是在事件之前到之后一直在报道，持续好几期，使得一个值得持续关注的事情不至于迅速被淹没和遗忘。

一个月更替一期的杂志，当然有它的读者群，但是读者群是有变化甚至流失的危险的。现在的新闻频率太快了，周刊跟杂志相比，就有时效性的优势。同样，从广告的变化上可以看到，周刊在这方面的影响力不断在增强。所以我想，既然载体本身的特点是无法改变的，那么我们可以用时效性，用更精准的策划和创意来吸引读者。当然，现代印刷技术已经使得报纸的阅读感受大大提升了，别人能做出精美的杂志，我们一样能做出精美的报纸。

武云溥：你觉得周刊受到新媒体的冲击了吗？如何应对？

吕约：新媒体对报纸的冲击肯定是存在的，报社每年的采编战略、改版、新产品的推出，都会涉及这方面的问题。新京报在新媒体应用方面每年都有自己的战略，在 iPhone、iPad 上阅读新京报产品的读者越来越多。对周刊来说，周刊肯定要利用新媒体，就跟报纸的其他部分一样，甚至需要直接进入它的产品，把尽可能多的信息传达给读者。

比如在 iPad 上的阅读。我们的设想应该是，新京报每个周刊都能够进入电子阅读终端，比如他想购买（或欣赏）汽车，可以看《汽车周刊》，喜欢旅游就看《旅游周刊》。这个应该很快就能实现，但是这需要有专门的人操作，转换成新媒体产品。

可以说，我们的优势肯定还是存在的。其实从新媒体也能看到，应用软件里很受欢迎的除了游戏、娱乐，生活类的也很受欢迎，包括美食、旅游、时尚、健康等。这些信息，在我们的周刊里都有，但是我们还需要在报纸周刊这个产品的基础之上，进行编辑转换，进行二次开发，让它符合新媒体读者的阅读习惯。

做中国最美的报纸

受访者：何龙盛（新京报副总编辑，视觉中心与摄影部创办人）

访谈时间：2011 年 8 月 4 日

版式设计　逆流而上做"减法"

武云溥：一张报纸给读者呈现的第一印象来自其视觉设计，新京报创刊时，选择了一种"淡雅"的设计风格，是出于怎样的考虑？

何龙盛：当时选择这样的风格，更多是基于经验判断。我们给新京报的定位，是《南方都市报》的一个"升级版"。南都在当时用的是一种浓墨重彩的版式设计，这也是当年全国很多都市报纷纷采用的形式，追求视觉上的冲击力。新京报作为升级版，我们希望设计思路要有别于当时市面上存在的所有都市报。

从新京报的定位来说，读者群以中高端人群为主。在这种情况下我们觉得，整个报纸应该优雅、大气，提供一种从容、美好的现代公民读本。

我们最终定的视觉方向是简约淡雅：模块组版，减法设计，版分六栏，宋体标题，拒绝超粗黑。这样的版面形态，尽管在今天已经成为主流，然而在 2003 年来说，是很超前的。后来也证明，这是一种非常敏锐地跟国际接轨的判断。

武云溥：要实现简约设计，具体的原则是什么？

何龙盛：设计思路很明确，我们要遵循大众传播美学。所谓的大众传播美学，就是受众导向功能至上，所有的设计、所有的形态都是为更好地传播服务，通俗来讲，就是一切都是为阅读服务。

简洁版式设计

具体的设计思路就是"减法思维"，这个跟当时的大部分报纸截然不同。很多报纸要么是没有设计，在整个版式上面是混乱的；要么就是过度设计，结果是看起来有冲击力了，但是读起来的时候就障碍重重。形式压迫内容，满眼都是粗黑字体、色块铺底，看完报纸得去洗手。那么我们当时就明确，不可以铺底色，不可以随便用色，不可以任意使用黑体字，所有这些东西都应该有节制。我们强调设计是为阅读服务，设计的基本要求是不要制造阅读障碍。

另一个就是制定规范，版式语言形成稳定的语法系统。规范细到什么程度？正文里一句话采取什么样的字体、字号，标题和正文之间的行距是多少等等。创刊时候我们的美术编辑，每天做的事情不是去激发大家创新，而是在版面上挑错：这里犯规、那里犯规……一切细节，都要严格符合规范。

武云溥：这个全新的设计风格在市场上收获的反响如何？

何龙盛：坦率讲，我们这样的一份报纸印出来，当时发行人员就有些害怕，觉得清汤挂面一样，放在报摊上不够显眼。但实际上新京报一亮相就形成了差异化，就跟所有的报纸看起来都不一样，自然就跳脱出来。今天我们回过头来总结，发现新京报当时的视觉形态所采取的简约风格、减法设计，跟国际上正在流行起来的设计潮流刚好不谋而合。而且你会发现，简约的审美趣味，不单单体现在报纸里面，它实际上也在大众生活的各个层面里，今天已经成为非常主流的、全球化的审美趣味。

武云溥：很多人讲新京报很像《纽约时报》，你自己怎么比较新京报跟国际上其他大报之间的异同？

何龙盛：在当时新京报的版式设计中，还真没有想到以《纽约时报》为参照。据我了解国内其他一些报纸，比如《东方早报》就明确提出要向《纽约时报》看齐。新京报应该说从一开始是方向对路，一下子找准了适合北京也适合自身定位的设计风格。而且最可贵的是在整个视觉体系的建构方面，接下来一直都在持续进化，我们不断自我完善的能力很强。

改版思路　为了读者，就要折腾

武云溥：说到不断进化，我们知道新京报从 2005 年开始，每年都要改版。

何龙盛：对，每年都在不停地改，这个过程很有意思。因为我做过两本新京报视觉的版面合集，第一次做的时候就是 2005 年，当时感慨非常多，选出后面的版，再去看前面刚创刊时候的，会觉得真是没法看，后面的进步太多了。新京报视觉方向固然一开始就定的很好，但是在具体的设计手法方面、细节方面，其实还是很稚嫩的。尽管我们给读者的印象可能是"新京报一直都是这个样子"，但是你只要拿出不同时期的版面留心比较一下，会发现变化是非常大的。

武云溥：是不是因为我们是专业做报纸的人，会比较注意这些，而读者未必能发现这些改变？

何龙盛：不是。你只要把这些版面都放在一起，哪怕是任何一个普通的读者，他们都能看到显而易见的变化。之所以很多人没觉察，是因为所有的变化，都是朝着同样一个方向，一点一点发生的，就好像文火炖汤。

武云溥：谈到改版这个话题，很多报纸、杂志都经常改，我们改版的意义是什么？

何龙盛：有些报纸改版，是因为对自己没信心，觉得我这个版不好，我应该选个好的，然后把原来那个推翻重来，弄过以后过了一段时间，可能觉得又不够好，就再来推翻一次，我称之为"拆迁式改版"。可新京报不是这样，新京报的视觉版面形态，从一开始定了方向以后，就没有改变过，只是细节上不停地精雕细琢，都是在朝着同样一个方向进步。

改版对我们来讲，至少有两个层面的意义：第一个层面是通过每年的改版在提醒大家，在编辑部内部释放这样一个信号，就是我们要保持创新的势头，不能松懈，不能偷懒。每年我们改版其实有一种折腾的意思，就是要保持创新的热情，改版就像一场运动。第二个层面就是在改版的时候可以借鉴其他媒体做得好的地方，对自己的不足集中做出改进。

武云溥：我对改版的一个切身体会是，报纸越来越厚，但是字数越来越少。

何龙盛：这和媒体生态有关。以前报纸会强调内容为王，信息量为王。但每年改版会发现我们的字数都是在减少的。2003年我们一个版有三千五百字，甚至有些版面能容纳将近四千字。今年改版限定每个版只能有两千五百字。字数越减越少，那信息是不是也越来越少了呢？我觉得不是这样的，这是基于"读者时间"的设计。

"读者时间"是美国的一家传媒咨询公司提出来的概念。在今天，报纸面临的一个重大问题，就是读者阅读时间的紧缺。读者生活节奏很快，阅读报刊的时间越来越少，在这样的情况下，对报纸来说，整个办报策略上有必要作出改变。这个改变就是从内容的组织设计到编辑设计，要基于读者的时间——从原来内容为王、信息为王，变成编辑部本位，要更强调"有效信息"。被阅读到了的信息才能叫有效，如果你的信息读者不看，那就等于浪费。一个版面如果有四千字，看上去信息很多，但被阅读的几率比较低。所以我们历年的改版下来，强调图文并茂，渐进地缩减字数，从视觉设计上吸引读者更多的注意力资源，其结果是，版面上的字数减少了，但被阅读的几率增加了。

采编流程　必须尊重"视觉思维"

武云溥：在日常的采编操作中，责任编辑和美术编辑是一个怎样的协作关系？

何龙盛：是一个专业分工紧密协作的形式。在具体版式设计上，美编说了算。责任编辑会为美术编辑的设计提供他的想法和编辑思路，最终采取什么样的一个视觉形态，他们可以商量着来。但有一点是，按照美术编辑的意见，就是版式语言必须遵守我们既定的规范。这个版式语言是报社所有人不能突破的，我们从一开始就建立了这样的规矩。

武云溥：这个制度在当时是一种创新吗？

何龙盛：这个在当时应该是创新，不过在我们看来，专业的报纸肯定需要这样，理所当然。不过你去看国外的报纸，在欧洲的一些国家，比如德国，大部分版面就是责任编辑来设计，你会发现他们的责任编辑在版式设计方面已经非常专业了。因为在这些国家的新闻从业者，可能在读大学的时候接受了很好的设计训练，有比较高的综合能力。我们国内的从业人员可能还没有在从事新闻工作之前就接受这么全面的训练，所以就需要详细分工，各司其职。

武云溥：从 2007 年开始，新京报的版面设计经常在国际上的专业评比中获奖，这也是中国媒体的突破。在版面设计这方面，新京报是中国报业率先走出来的，这是为什么？

何龙盛：对，2007 年我们参加 SND 的评奖（注：SND 是 Society of News Design 的简称，美国新闻媒体视觉设计协会），当时获得两个插画的优秀奖。这是整个中国大陆媒体参加 SND 的第一次获奖。从那以后，每年我们基本上都会获得 SND 奖，去年还获得了一个银奖，到现在我们已经获得了十几个 SND 的奖项。

SND 获奖作品

2009 年的时候，世界报业协会还把新京报评为"全球最佳报纸设计"的五家之一。我觉得并不是我们现在已经称雄世界了，很重要的理由是大家很关注中国，一直以来外国人对中国的刻板印象，觉得中国在媒体设计方面是落后的，是封闭的孤岛。因为新京报参加 SND，并获了一些奖，国外同行开始意识到，中国报纸也有很好的设计理念，新京报的风格和全球的潮流是很接轨的。另外新京报的插画水平也确实具备了国际竞争水准。

武云溥：我之前做编辑的时候，发现美编们都很能画，不是光排版，他们几乎每个人都有艺术家气质，这是你对美编团队的要求吗？

何龙盛：这还真不是我对他们的要求。可能因为在北京，美术方面的人才比较多。当时招来的美编团队，很多人并没有媒体的从业经验，但之前受到过很好的美术训练。可以说，新京报是把一帮艺术家训练成了美编。新京报强调设计为功能服务，在这种情况下，你作为一个艺术家的个性，某种程度上需要收敛起来。在当时来讲，可能没有哪一家媒体会像新京报这样，给美编规定这么多的规范，而且严格按照这些规范来操作。

武云溥：当规范细化到一定程度，可能也就意味着，这些规范和经验是可以被模仿、复制的。事实上我们也看到这些年来，新京报倡导的简约设计被越来越多的媒体同行所接受和借鉴，那么我们如何继续保持独特性？

何龙盛：对，版面上的东西你可以拿去看，可以看到我们版式语言的规划和形态，这很简单。但是执行层面，包括制度设计跟流程设计方面，外界是看不到的。新京报做的事情是，我们特别尊重视觉思维。这个所谓的"视觉思维"就是说，除了文本写作以外，其他的传递信息的方式，我们统称为视觉传达；以这种视觉传达的方式为主导，去传递信息，我们把它称为视觉思维。我们强调在一份报纸里面，你在一个版面上可以同时看到两种思维：一种是文本思维，另外一种就是视觉思维。

有这样两种思维在起作用，所以我们认为有必要建立两个独立的编辑体系，把视觉和文字分开。国内大部分的报纸没有这样的视觉体系，比如当时《南方都市报》有美术编辑、摄影记者，但是所有的美术编辑和摄影记者都是分到时政、经济、文化等各个部门里面去的，没有统一的、专业化的管理。比如我是一个摄影记者，他是一个美术编辑，然后你是一个文字部门的主编，你可能并不懂专业的视觉设计和摄影，我们为什么归你管？这是一个不合理的管理体制。

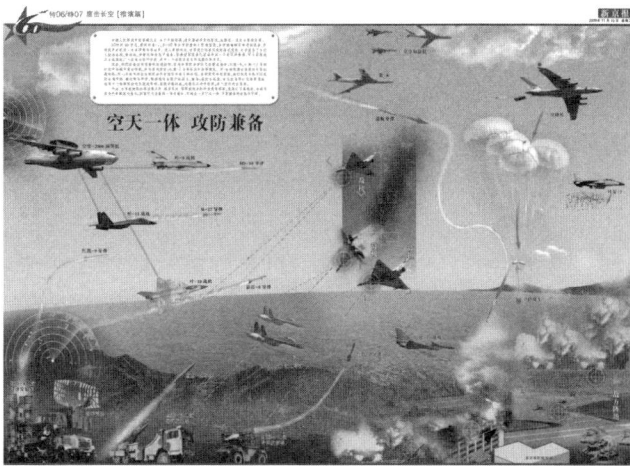

优秀版面设计

　　我们组建视觉中心，就是要在专业分工的情况下，实施专业化的管理，我们要尊重两种思维各自的规律。当时新京报首先把整个视觉传播体系中的各个环节补齐，比如原来是没有图片编辑的。图片编辑起什么作用？在一个版面里面，我们能够想象没有校对吗？如果报纸上有很多文字上的差错，我们无法容忍。如果一张照片，最终文字编辑们选用的是像素很差的、甚至虚掉的图片，那跟一个错别字没有多少区别。或者这个照片拍得很不合理，图片本身的剪裁语法之类的很糟糕，看起来很别扭；又或者图片的组合本身非常搞笑、非常不靠谱，这些跟文字里面出现病句、语法混乱是一样的，都不能容忍。

　　新京报首先把图片编辑这样一个岗位给补齐了，实现了成体系的专业分工，然后实施专业化的管理。专业的事情要让专业的人来做，这些专业的人必须由更加专业的人来评估他们的工作成果。比如美术总监来给美术编辑打分，你这个版做得好不好，应该评什么等级，写什么样的评语；然后摄影部主任或者摄影总监来评估摄影记者拍的片子，而不是一个不懂设计或者摄影的文字编辑来做这些事。

武云溥：新京报对于视觉设计非常重视，不管是从人力还是物力，在各种资源的调配上下了很大的力气？

何龙盛：对。当时我做了一个统计，新京报创刊的时候整个视觉部是三十几个人，今天视觉中心呢？近七十号人。新京报的整个采编团队现在是三百一十人，创刊的时候差不多也是这个数。这八年来总体数量是稳定的，但是视觉部的人员数量增加了很多，为什么？因为我们出现了越来越多专业的分工，你不能又做图片编辑又做插图又做摄影又做图表又画漫画，这些每一项都需要很专业的人来做。我们不停地在细化分工，增添新的岗位。

这显示出新京报对于视觉设计的重视，而且我觉得花在这上面的钱是最超值的。这可以用经济学里面的"边际效应递减"原理来解释。"边际效应递减"原理是说什么的呢？我们去做一个投资，一百块钱投进去了，你可能会有百分之十的回报，赚十块钱；你投一千块钱的话，可能整个回报率还会下降到百分之八，只赚八十块钱；投到一万块钱的时候，可能只剩下五百块钱了。回报率是曲线递减的。从这个方面来讲的话，世界报业发展四百年，大家一直都知道信息为王、内容为王，在内容上的投入很大，但是在视觉上的投入普遍没有强烈的意识。那在这种情况下投入，意味着你只要一投入进去，成效会非常可观。因为原来的投入就很小，现在回报可以立竿见影。报纸也是一种商品，现在商品包装的附加值越来越多，好的视觉设计就是报纸的包装，能提升一份报纸的品质，使之获得市场更多的关注。

摄影团队　要做大事，先招牛人

武云溥：说完版面设计，我们来谈谈摄影。新京报的摄影部是怎样组建起来的？

何龙盛：创刊时候负责摄影部的副主编是储璨璨，之前他在路透社当摄影师，收入比当我们的正主编可能还要高，但他回来做一个副主编，很重要的原因就是：他认为我们是在做一件大事，我们要做一个改变中国整个新闻摄影生态的大事，我们要做到最牛，并且颠覆以前媒体界的整个游戏规则。

这体现在我们的招聘上。关于摄影记者的招聘条件，我们达成一个共识，听起来很简单，就三条：第一条就是看态度，第二条看作品，然后第三条要年轻。到最后会发现，符合这三个条件的非常少。

第一条是态度，就是要有职业态度、敬业精神。用我们当时的话来说，就是我们找到的这个摄影师，他应该是说起摄影的时候，两只眼睛都会放光的那种。一定是非常非常爱摄影，这个从简历和面试里可以看得出来。是那种一心要成为大腕的，但是又没有大爷心态的，做事要踏实，不能吃苦的不要。

第二就是看作品了，摆拍的不要。在当时，大部分的摄影师都是摆拍，而真正的新闻摄影照片，能打动人的场景，都是你无法预料的，是你在现场去捕捉、去发现的。那种陈词滥调先入为主的摄影家我们不要。我可以找一个人，也许还不知道怎么拍照片，不懂什么摄影语法，但是他有热情和理想。我不要那种觉得自己已经挺专业的，但是弄来弄去都是老套的东西。那种老套的摄影语法，你很难去改造他。

最后还要年轻。我们要自己组建一个全新的团队，重新培养起来。所以定的一个门槛就是三十岁以下。

武云溥：当时有超龄的吗？

何龙盛：有，虽然我们严格控制，还是有几个"老家伙"混进来了。哈哈，当时超龄的几个都是很优秀的，陈杰、王桂江、赵钢，这三个人都超龄，但是拍照片非常棒。那么我们定的规矩也容许例外，就是如果你有独到之处，能做别人做不到的事情就可以。比如陈杰是特种兵出身，他跟王跃春说他可以一口气做一千八百个仰卧起坐，这就意味着突破能力。陈杰在军中比武都能拿冠军，这已经显示出他的超凡能力。

王桂江是已经很成熟的摄影师，拍的作品已经很好了。至于赵钢，我都不想说，我一看他拍的照片，比我拍得还好，我有理由不要吗？这是整个招聘的一个插曲，从这里你可以看得出来，我们当时确实对摄影记者们寄予厚望。我们是挺自信的，觉得能够带出一个具有开创意义的团队。另外，对于摄影记者的培养，必须得我们自己来。

当时我们自信，是因为报纸本身的感召力，还因为我们做的制度设计，在当时整个中国的报纸都不重视摄影、不重视视觉的情况下，我们能够建设这样的制度，没有什么理由不比人家做得好。

当时定的一个目标就是，三年以后我们要带出全国最好的一个摄影团队来。在当时这个话是不敢对外面讲的，人家会笑话你。北京到处都是大腕，我们不敢吹牛，但是我们有这样一个好的机制和平台，按照职业化的规范去做，就有信心一定能做成。

职业训练　用最差设备，拍最好照片

武云溥：团队组建起来之后的情况怎样？

何龙盛：当时用的是最差的相机，为什么？因为新京报创刊时的启动资金非常少，而买摄影器材要花一大笔钱。所以我们当时买了两种机子，其中五台是专业摄影记者用的机子，另外十台是专业摄影记者根本不会用的，属于比较高级的发烧友用的半专业机器。当时路透社驻中国的首席记者王身敦和我说，在外面拍照片，新京报的记者特别好辨认，一看就知道谁是新京报的。我说你怎么能看得出来呢？他说这个很简单，有三点：第一，凡是看见用尼康F90的——就是刚才说的那个半专业的机器，其他的报社哪有用这个相机的，多丢人啊——这就是新京报的；第二，不摆拍的，在旁边静静地观察，然后才动手拍的，是新京报的；第三，拍完照片，永远最后一个走的，是新京报的。

当时的记者们特别用功，像浦峰，他一开始是搞广告摄影的，来了以后自己心里很不安。我一看，他几乎是一张白纸，拍的照片很难发稿，怎么办？他就天天拍"城市表情"（新京报每天封底刊登的城市生活图片

栏目），他的职业生涯是从扫大街开始的，所以他管自己叫"扫大街记者"，每天都在街上走。所以你会看到整个"城市表情"栏目，他拍的最多，可以出一个专辑啦。

武云溥：如果有很多人都是这样的"一张白纸"，你需要对摄影记者进行怎样的训练？

何龙盛：大家做的第一件事情，就是看相机的说明书，很多人觉得自己会用相机，不看说明书，这是错的。你一定要熟悉自己手里的器材，对相机的一些设置，要按照国际上专业通讯社记者的习惯来要求自己，比如后点对焦之类的，有些可能只是细节上的一点差异，但是不能小看。

还有一项功课是每天必做的：当时我们平均四个摄影记者才有一台电脑，每天摄影记者拍完之后必须回报社，不是像今天这样可以在家里发稿，那时候天天拍完就叫你回来，所有拍的照片不许删，拍一张是一张，拿回来看。记者要对编辑说明当时为什么拍、怎么拍的，因为我通过你怎么样拍照片，上一个角度在哪里，下一个角度在哪里，我就知道你整个拍照片的运动轨迹，知道你的思路是怎样的。

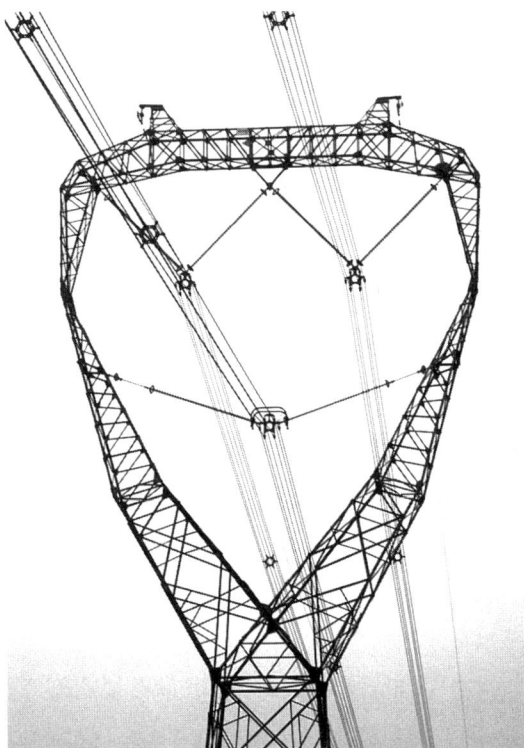

"城市表情"

当时有个摄影记者被我们天天批评，快哭了。其实照片拍得还可以，而且他是科班出身，摄影班毕业的。一开始看到他的作品觉得挺好，来了以后，大跌眼镜，很多技术细节非常不合理，必须让他自己拧过来。

所以记者回来天天看照片，看技术参数，光圈、速度、感光度。你知道吗，一开始我们有摄影记者白天拍照，感光度设到800。真的，很夸张的，只能一点一点地调整这些技术细节。

武云溥：可能专业精神就是体现在这些细节里。

何龙盛：是的，从技术方面，我强调你们是一个职业摄影师，要研究说明书，从这些小的方面做起。这些问题是储璨璨提出来的，当时给我很大的帮助，因为我没有接触过这些细节，它是国际通讯社的标准。一开始我们就给这些年轻人打下很好的底子。然后看各大通讯社的图片精选，这些好的摄影作品，必须拿来认真学习。我们认为自己是在做一个颠覆性的事情，国内已有的这些都属于革命对象。

当时我们还经常做的一个事情就是打幻灯。每个星期开周会的时候，大家把自己拍的照片，无论没有见报的还是已经见报的，都拿来放映。目的就是用专业荣誉感激励大家：我拍了一张牛逼照片，就应该得到所有人的致敬跟掌声。因为摄影本身有这样的一个优势，可以真正互通有无。当时不单单是在本报内部来做，还经常请外面的一些同行来打过照片，相当于报社里的小型摄影展。

武云溥：新京报摄影部的培训课，贯穿其中的理念是什么？

何龙盛：我当时给整个摄影团队定了六个字的关键词：职业、专业、乐业。

所谓"职业"，像我刚才说的，从我们选人时，从你的履历里，从你的态度上，能看出你是不是一个职业的人。"专业"就是我们按照专业标准来管理、培训，塑造摄影记者的专业视野。这不等于我是老师你是学生，我来教你，不是这个概念。我认为所有人都应该是自己的老师，保持一种永远学习的心态。"乐业"就是我们都应该非常热爱自己的工作，而且我也努力营造这样的氛围。为什么我们要打幻灯片，而且每半年就要求每个人做一次总结，把自己这半年来拍的片子做成PPT给大家看？真正出色的人，就应该在新京报赢得所有人的喝彩。

价值判断　摄影不只是技术

武云溥：你曾说过，新京报的摄影记者是"技术密集型"而不是"劳动密集型"，但事实上搞新闻摄影是很辛苦的，记者经常要出没于各种危险的新闻现场？

何龙盛：关于技术密集型跟劳动密集型，在整个新京报我们当时一直强调一点，就是"结果导向"。最烦就是摄影记者说，我去拍这个照片多么辛苦，翻了多少山，走了多少路，然后照片没拍好。

我才不管你辛苦不辛苦。这个世界上有很多职业，哪里有不吃苦的？说辛苦这些都是废话，而且今天的摄影师已经没有从前那么辛苦，过去的老器材多重啊，要换胶卷，还要自己冲洗照片，今天拿电脑一传就行了，相机也比原来轻了。当然跟文字记者比，摄影记者肯定还是会辛苦一点，但你拍到好照片，是不是成就感也会更大一些呢？在新京报内部，我们一直对于整个过程中的辛苦付出，看得比较淡。我们不会说拍到一个什么事情，就开个表彰会隆重表扬，搞得个个像英雄烈士。新京报没有这些东西，我们会觉得，这有什么可说的？我们在汶川、玉树，在洪灾、泥石流、地震的现场，吃苦是很正常的。如果没有拿到好作品，说什么都是白搭。只要拍的照片好，即使是因为你运气好，那你也很牛逼。

武云溥：也就是只要结果，不问过程。

何龙盛：你怎么弄都可以，我只要结果。你怎么去克服困难不用跟我讲，那是你应该做的，做不到你就失败了。也许确实你遇到很大的困难，这个没办法，但你只要能做到，那就证明你厉害。新京报创刊时，陈杰、王桂江这些家伙都很厉害，什么特大杀人案，什么暗访、独家披露，这些事情你想想看拍到照片有多难，这些家伙全都拍到了，而且拍得很棒。

刚才说了，一开始我们招陈杰进来，还真不是因为他拍照片特别好，而是不管什么事情，交给他的话他都能突破，都能搞定。

武云溥：摄影作为一门艺术，每个摄影师的个人风格都会有差异，如何在一张报纸里呈现，做到和谐统一？

何龙盛：不管什么样的照片，到了版面上是由图片编辑来取舍、处理的，所依据的标准就是整张报纸对于新闻摄影的要求。在不违反一些基本的新闻准则的前提下，我们是鼓励个人风格凸显的。

武云溥：但有时候新闻摄影和好照片本身会有矛盾。

何龙盛：拍照的很多思考层面是在摄影技巧之外，所谓的技术，并不是选角度、站位、光圈等等，我理解的技术，或者说视觉语言，是建立在摄影这门艺术本身的标准上。的确我们经常会遇到图片取舍的矛盾，所以我们摄影部提出的策略是"视觉优先"，这主要是用于图片编辑和文字编辑的沟通。

武云溥：怎么解释这个"视觉优先"？

何龙盛：举个例子来说吧，2008 年奥运火炬传递的时候，有一天我们遇到了两张都可以做头条的图片：一张是火炬手的剪影，还有一张是姚明拿着火炬在点火。前面一张剪影的非常美，看起来像艺术照，似乎并没有传达什么新闻事实或者观点。后面一张姚明的不用说，绝对是新闻人物，能够说明问题。也就是说，我们经常会遇到这样的问题：在一张漂亮、有冲击力的照片，和一张更有新闻性的照片之间，怎么去做选择？

这里就需要用到我刚才说的"视觉优先"策略。我告诉图片编辑，当你们在这两者之间碰到争执不下的情况，视觉优先——就选择那个看起来更漂亮的更有视觉冲击力的。

理由是什么呢？第一，对新闻性的意识，所有的编辑都会有，所有的老总也会有。但是对于视觉的意识，只有图片编辑会有，其他人不一定有。如果连图片编辑都要站在新闻那边的话，最终的结果一定会导致过度注重新闻性，而忽视视觉美感，那还要图片编辑干什么呢？

"火炬剪影"和"姚明手拿火炬"

第二,一个版面上有那么多的新闻稿,都是文字,照片可能只用一张,如果还用一张非常平淡的,这根本就不能形成对整个版面的贡献,摄影的语法被浪费了。

第三,就是矫枉过正。长久以来,大家看报纸都是一种文本思维,缺乏视觉思维。在这种情况下,即使是一种矫枉过正,我也有必要通过这个策略来强化、提升图片的地位。这是在当时整体环境下的一个阶段性策略。

武云溥:是阶段性的矫枉过正,也是特殊情况下才会出现的?

何龙盛:其实我在摄影部内部提要求的时候,跟摄影记者们永远强调,你们首先是记者,是新闻记者,然后才是摄影师。但是在整个版面的博弈时,要选择什么样的照片时,我就明确提出,视觉优先。

成功之道 以终为始,目击中国

武云溥:其实新京报的摄影区别于其他同类媒体,除了技术层面的问题,价值观也很重要,或者说对新闻摄影的理解不同。

何龙盛:对于新京报摄影的总体评价,我觉得应该是这样。这八年来,新京报在专业领域获得的各种荣誉,已经表明业界对我们这个摄影团队的认可。新京报的摄影在中国报纸摄影层面,现在可以说是公认的一面旗帜。

对中国报纸的摄影报道来讲，很多年前还是宣传摄影的思路，基本都是摆拍。然后都市类的报纸兴起后，往往缺乏国际视野和大局观，只是一个新闻摄影。昨天发生一起车祸，今天发生一起火灾，那么就去拍拍现场的状况。你会发现很多报纸的摄影部，至今的操作模式就是这样，甚至没有跟得上他们所在报纸本身的发展。大部分的报纸，摄影团队只做一件事情，就是拍新闻现场，出事了就跑过去拍一张。这个新闻摄影已经比以前的宣传摄影前进了一大步，但是报纸自身的发展更快，对图片提出的要求已经更高了。

武云溥：要求高在哪里？

何龙盛：报纸今天的定位以及功能非常多样化，一开始报纸就是单纯的新闻纸，但现在可能还是一个教育纸、资讯纸、娱乐纸、生活纸、文化纸，等等。报纸本身已经分叠化，不能光用单纯做新闻的标准和思路来做摄影。

新京报整个摄影的先觉性体现在哪里？我们是一个"整合摄影"，或者更进一步来讲，可以说是整合视觉传播。新京报的摄影团队是在做跟报纸的多样化相一致的工作，我们有"目击"，我们有"城市表情"，我们有插图摄影，我们有郭延冰，我们有王远征，我们有各种各样的摄影，各种各样的摄影师。我们能够容纳很多种类的图片，这是其他报纸所没有的。我们还能够容纳很多不同的摄影手法，我们给予摄影记者的个性化和创新空间非常大，不自我设限，没有条条框框。

武云溥：新京报摄影团队获得的业界奖项也非常多，谈谈获奖经验？

何龙盛：为什么我们能够在七年里面，让六个不同的新京报摄影记者拿到"中国年度杰出摄影记者"的年度大奖？这几个人和他们获奖的年份是：王桂江（2004）、陈杰（2005）、李锋（2006）、郭铁流（2008）、李强（2009）、赵亢（2010）。你看到 2007 年我们没有得奖，因为那一年的"中国年度杰出摄影记者"是空缺的。新京报能够获奖，是因为本身我们有做这项事业的平台，我们能够去到中国几乎每一个大事件的现场，然后我们的摄影记者又有自己专业上的追求，这两点决定了我们的起点很高，拿奖的资本也很足。

我参加过很多国内的摄影评奖，发现还是有大部分同行，可能一天到晚不知道在搞什么。他们搞很多"宣传摄影"，或者有些人在内地的二三线城市一天到晚就拍车祸之类的，他们没有机会去拍赵作海、汶川地震、东海自焚。而我们新京报一碰到这些事件都会去。当然这些事件的现场不只是新京报，新华社也会在，可是为什么一直以来我们都会比新华社获奖多？评奖的时候，时间那么短，一张照片一秒钟就闪过去了，如果你不是"语不惊人死不休"，如果你没有这样强调个性化的视觉语言，照片转眼就被人家遗忘和淘汰了。

新京报的摄影记者在评选上拿出来的东西，一方面在选题、选材上面有社会担当，有一种责任感，题材本身有分量；第二，照片本身讲究摄影技巧和美感；第三，我们知道评选年度杰出摄影记者是看整体表现，所以会提交很多组作品。所以每年基本就是我们跟南都之间的竞争，其他的报纸大部分没有机会。

武云溥：那我是不是也可以理解为，新京报摄影部有这样一种氛围，能够造就这种非凡的摄影记者？假如从别的媒体过来一个摄影记者，到新京报培训一段时间，他也能走新京报这种路子吗？

何龙盛：可以的，我们已经不乏这样的例子，从别的地方到新京报来，很短时间里就提升很快。对于一个摄影记者来说，平台是最重要的，平台决定了你能拍到什么样的题材。

另外我们摄影报道的策略，像之前说到的"视觉优先"，只是整体策略中的一个局部策略。在整体上来讲我是有构想的，我们要"以终为始"——围绕目标来做事。目标在哪里，我们就向哪里走。前段时间新京报《书评周刊》有一篇文章，讲到有人问了一个哲学命题，说我在学佛，想问你，西天怎么走？你说该怎么回答？

武云溥：西天怎么走？我不知道佛教里面西天的定义。

何龙盛：对，那你首先要搞清楚，西天在哪儿？第二要搞清楚，你现在在哪儿？这就是"以终为始"，找准自己的目标，朝着正确的方向。为什么我在讲摄影的时候要提到这个故事，我想强调的是，摄影记者要明确自己存在的意义——报纸养摄影记者，是为了做新闻传播。你所有拍的照片，都是用于"传播"的。对于我们来说，"终"是什么？"终"就是受众，就是传播的目标。为什么新京报可以有各种各样的摄影形态？因为我们是在做摄影传播。报纸读者有多样化的需求，从读者的需求往回倒推，你就知道读者喜欢的就要坚持下去，读者不喜欢的，我们要调整，或者淘汰。

以受众为导向，以读者为中心，这个说起来容易，其实对于摄影记者来讲，灌输这一理念是很难的。因为每一个人都觉得自己拍出来的照片很牛，都是你动一下他的照片他会跟你拼命的那种。在新京报我就强调，不应该是这样。你把适合做摄影展览的照片收起来吧，你给报纸的照片，必须是适合传播的，而不是适合挂在墙上欣赏的，因为两者的语境完全不一样。一个展览照片可以放到一面墙那么大，里面的细节、结构看得清清楚楚，但是放在报纸上可能就会很平淡。

这种"以终为始"、"受众导向"的理念，就使得我们跟国内很多"大牌摄影师"拉开了距离。很多媒体的摄影部门，有很多这样的大牌，你跟自己的编辑部都没法沟通，还说什么去跟读者沟通？

武云溥：摄影记者还是个同于纯粹的"摄影师"？

何龙盛：很多人觉得，我要拍我自己觉得最牛逼的一个照片，我要拍一个能得到其他摄影师尊敬的照片——他可能是一个摄影师，大家都觉得他拍得很好，但是他对他的报纸缺乏贡献，这样的人很多。

在新京报，摄影记者都是双部门领导：业务上的考核和学习，是在摄影部，但是他们日常的新闻线索管理，是分散在各个部门。很简单，新闻线索不在摄影部，摄影记者也不是摄影师或者摄影家——也许你是大牌，但你首先是记者。

新京报

品质源于责任

传媒学者观察

不管你走得多远，我们为曾拥有你而自豪

范以锦

范以锦，1969 年毕业于暨南大学经济系，1970 年进入《南方日报》。曾任南方日报社社长、总编辑，南方报业传媒集团董事长。现任广东省新闻工作者协会主席，暨南大学新闻与传播学院院长、教授。

爱你，新京报！不管你走到什么地方，我们为曾有过的成功探索和取得的辉煌而感到骄傲；爱你，新京报！不管你走得多远，我们为曾拥有你而感到自豪。

2003 年 11 月 11 日新京报创刊。作为时任南方日报报业集团（后改为南方报业传媒集团）社长，我至今仍为当时拍板与《光明日报》合办新京报而激动不已。新京报的快速成长，成为了中国报业跨区域、跨媒体合作的成功范例。说其成功，是从社会影响力和市场影响力两方面来考量的。从社会影响力来说，新京报这张报纸已成为北京市民尤其是中

高端人士喜爱的报纸，而且名声已远播海内外业界、学界，研究这张报纸的人越来越多。从市场影响力来说，无论发行、广告和利润都取得骄人的业绩。报纸创办之初，我们曾提出"第一年亏，第二年平，第三年赚"的目标，实践的结果第二年还亏，但第三年有了微利。经过几年的打拼，如今新京报的经营效益已遥遥领先北京地区都市类媒体。

南北合作办报，注定要载入中国报业发展史册

2003 年 11 月 12 日清晨，我坐在位于南方报业大楼的办公室。北方已是寒冷的初冬，南国广州则是溽暑退尽，云淡风轻。几十年来我养成了雷打不动的职业习惯，每天上班第一件事就是浏览集团当天出版的所有报纸。放在案头的报纸当中，有一份显得特别醒目：版式清新雅致，在俊朗中透射出练达的气质，天安门城墙式暗红色底加方正大标宋体字加粗反白的报头，于简洁中传递沉稳的力量。这是前一天出版的新京报创刊号，由北京空运回来。看着这一份报纸，就像看到一位英姿勃发的少年，即便是从未谋面，但眉宇间那种早已熟悉的气质，也能让人一眼认出，这是家族中又一名令人骄傲的成员。这是一张"一出生就风华正茂的报纸"，是南方报业与光明报业合作的结晶，凝聚了两家党报集团的智慧、力量和心血，开创了中央级媒体与地方媒体联合创办新报纸的先例。这是一张注定要写入新中国报业发展史乃至中国新闻史的报纸，是中国新闻出版和文化体制改革的重要成果，成就了中国报业跨地域扩张的经典范例。对于南方报业来说，这是第一张通过与其他报业集团战略合作在异地创办的报纸。这张报纸的诞生，标志着南方报业的多品牌战略取得了令人瞩目的丰硕成果，标志着南方报业的发展步入了一个前所未有的新阶段。

根据新闻出版总署的批复意见，光明日报报业集团为新京报的主管单位和主要主办单位，南方日报报业集团为主办单位。合作双方认为，在这一框架下运作新京报，不只是以全新的理念办报，而且也包括内部

机制的创新。光明与南方两报业集团经过协商，参考先进的管理架构，按照现代化企业治理结构的要求，秉承南方报业一贯倡导的以人为本的管理理念，吸收《光明日报》长期以来形成的优秀文化，初步建立了既符合国家媒体管理要求，又适应传媒竞争需要的内部管理体制。借鉴先进的决策管理模式，组建由两家报业集团推荐参加的、分工明确、责任明晰的社委会，负责报社运营管理，并针对新京报的队伍建设、发展战略、经营规划与运行机制等方面逐一落实了相关的规章制度。光明和南方共同组建了管委会和董事会，新京报的日常管理工作由光明负责，涉及合作中的重大问题由管委会和董事会决定，力求将南方报业管理与运作的经验成功地同光明日报报业集团以及北京地区的报业运营实际结合起来。

11月3日，方正采编系统到位。

11月4日，"新出报刊（2003）1064号"文件正式下发，标志着新京报这个即将呱呱坠地的婴儿已经正式获得出生证了。

11月5日，员工培训。

11月6日，首次试片。

11月7日，第二次试片。新京报创刊号的出版已经进入倒计时。

11月8日，恰逢中国记者节，新京报社成立大会在北京建国饭店举行。会前，我与当时分管《南方都市报》的南方报业副总编辑王春芙陪同中共广东省委宣传部副部长胡国华，专程看望了正在为新京报创刊紧张忙碌的报社中层以上干部。会上，我与光明日报报业集团总编辑袁志发共同宣布："新京报社从即日起成立了！"同时宣布，新京报创刊号将于11月11日正式面世。

我还清晰地记得，时任中共广东省委常委、宣传部部长的蔡东士，专门请我转达他对新京报社成立的祝贺和对新京报全体员工的问候。蔡东士指出，新京报的创办不仅对探索有中国特色的新闻事业有着重要的意义，而且对广东正在进行的建设文化大省的工作是一个推动。他希望南方日报报业集团与光明日报报业集团紧密合作，做大做强报业，为发展新闻事业作出更大的贡献。我还清楚地记得光明日报报业集团总编辑袁志发在新京报成立大会上发表讲话时，表述他对报纸成败关键的见解，表达光明日报报业集团领导对新京报寄予的厚望。

在新京报成立大会上，我代表南方日报报业集团发表讲话。我在讲话中谈到，在中国报业史上，著名的进步报人邵飘萍先生创办的《京报》，成为坚守社会良知、教育唤醒民众的著名报纸。今天我们创办新京报，更要在新的历史条件下继承《京报》的光荣传统，办出新时期优秀报纸应有的水平，办出社会影响力。我在讲话中高度评价了合作伙伴《光明日报》，指出：《光明日报》是《南方日报》的老大哥，是中央级的权威主流报社，有丰富的政治资源和高尚的文化品位。早在1978年，《光明日报》就率先冲破思想禁区，发表了《实践是检验真理的唯一标准》重要文章，成为中国改革开放的标志性事件，对推动思想解放和拨乱反正产生了重要影响。只要我们把南方报业在多品牌发展中所形成的先进办报理念、现代报业管理机制和优良的报业运营方式，与《光明日报》的权威风范、管理经验和良好作风相结合，相互学习，取长补短，相信一定能把新京报办成一个高起点的、有强大生命力和广泛影响力的主流报纸。

2003年11月11日，正如许多人所预料、所期待的，新京报横空出世。这一天距离光明日报报业集团与南方日报报业集团开始接洽合作事宜不到五个月，距离筹备工作正式开始刚刚三个月。从此，光明和南方两家报业集团迈出了值得自豪的一步，中国报业迈出了值得纪念的一步。

国家产业政策引导与优秀报业扩张冲动相结合

当新京报社出现新情况、新问题时，总会有人问："你们的合作犯了什么错？"我们的合作没有错！新京报的创办，是国家文化产业政策引导和优秀报业"做强做大"扩张冲动相结合的产物，方向正确。至于今天碰到的新情况、新问题，那是后续"政策"的调整，不能因此否定我们当初坚持的"方向"。

做强做大媒体产业，是国家倡导新闻出版跨区域、跨媒体发展的目的，也是媒体经营者的强烈愿望。当时国家有关部门已提出新闻出版跨区域发展的思路，虽然媒体之外的企业进入媒体还有诸多限制，但提倡媒体之间的跨媒体跨区域合作。

南方报业敏锐地抓住了这一机遇。我和南方报业领导班子曾经多次探讨集团跨区域发展的紧迫问题，我们有一个共识：南方报业经过近年来高速扩张，加上广州本地报业竞争日益加剧，如果集团的业务领域仅仅局限于在本地办报，而不去开辟新的业务、新的市场，势必面临事业发展的瓶颈。在中国对外开放的步伐日益加快，文化体制改革不断深入的新形势下，媒体之间大鱼吃小鱼、快鱼吃慢鱼的兼并洗牌迟早会到来，要增强抗御市场风险的实力，实现做强做大战略目标，就必须解放思想，开拓创新，大胆探索积极扩张的发展道路。对于南方报业来说，要在做好报业的基础上积极探索跨媒体的扩张方式，在立足广东的基础上积极探索跨地域的扩张道路。

2002年10月，我应邀在深圳高交会举办的"全球经营管理大师峰会"上发表题为《国际化背景下的媒体多品牌战略》的演讲时，就表示愿意与同行和企业合作，将南方报业的品牌渗透到社会的方方面面，并公布了自己的联系电话。此后，登门来寻求合作的人就更多了。在这些人当中，既有我们熟悉的业内同行，也有不熟悉的社会资本的代表。有的内地报纸开出非常优厚的条件，甚至表示可以满足我们开出的所有条件，诚恳邀请我们前去合作。集团内部有的子报也陆续提交了一些向外地发展、与外地媒体合作办报的意向和方案。与异地媒体合作办报，是南方报业实现跨地域扩张的第一步，这一步对于集团成功实施多品牌发展战略十分关键，对集团未来的发展十分重要，因此必须慎之又慎。集团既要仔细考察各方面的条件，又要审慎研究项目的可行性，更要严格挑选合作伙伴。对没有十分把握取得胜利的仗，我们坚决不打，没有充分把握干成的事，我们坚决不干。如果项目不合适，或者各方面条件不具备，我们宁可保持引而不发的态势，积蓄力量，审时度势，环顾四方，不动则已，要动则须一击成功。因此，对于外部前来联系或通过内部提出的一些合作项目，由于不符合既定的合作原则、不具备必胜的合作条件，大都没有得到我们的同意，被搁置下来。

后来，南方报业终于找到了良好的合作伙伴：光明日报报业集团。

当时由光明日报报业集团主办的《生活时报》经营遇到困境，萌发了与南方报业合作打造一份新报纸的想法。光明日报方面最初的设想是与《南方都市报》进行采编领域的合作，采取与《南方都市报》共享版面的方式，利用《南方都市报》的版面优势，如国内新闻、国际新闻、文艺副刊等，节省新生报纸运作所需要的采编成本，并利用《南方都市报》强大的新闻采编能力来吸引北京读者。《南方都市报》管理层和分管《南方都市报》的南方日报报业集团班子成员李民英、集团副总编辑兼南都报系总编辑王春芙，敏感地意识到这中间所蕴藏的合作机会，建议寻求双方更深层次、更广范围的合作，由双方共同出资，整合双方现有的资源和能力，共同创办一份全新的报纸。

南方报业不同于光明报业，经过一代又一代南方报人的磨炼，在办报方面经验丰富。从跨区域的实践来看，南方报业的报纸大量在异地发行，有跨地域开设记者站、办事处以及异地经营广告业务的良好基础，这些构成了异地办报的先行探索和宝贵经验的积累。随着南方报业多品牌战略的成功实施，培育出了《南方周末》、《21世纪经济报道》这样在全国市场上取得成功的报纸，同时《南方日报》、《南方都市报》等以本地发行为主的报纸的全国影响力也日益增强，南方报业这个品牌在全国范围内的名声越来越响。强大的办报能力和报业市场上的整合营销推广能力是南方报业核心优势所在，并且有了人才的储备，已具备了跨地域办报的品牌优势和实践经验。

南方报业与光明报业合作，为什么要派出《南方都市报》的团队？合作的动议起于《南方都市报》执行总编辑程益中、总经理喻华锋与《光明日报》的戴自更。

　　戴自更曾在广东任《光明日报》记者站站长，改革开放意识强，对南方报业的情况也十分熟悉，深知《南方都市报》的活力和核心竞争力，他与程益中、喻华锋等人议论合作事宜，并得到时任南方报业副总编辑兼南都报系总编辑的王春芙、分管南都的集团班子成员李民英的首肯，并具体过问了合作细节。正为某些子报刊经营状况不佳而犯愁的光明日报报业集团总编辑袁志发听了汇报后，表现出了浓厚的兴趣。他们的想法也正好与我们南方报业管理层的打算不谋而合。因为在这之前南方报业曾决定派《21世纪经济报道》的团队在上海与文新集团合办《东方早报》，但未能顺利进入，现在转战北京正合其时。因此，我召集集团社委会讨论此事，果断拍板：原则同意实施《南方都市报》提出的与光明日报报业集团的合作项目；在集团层面上与光明日报报业集团谈判合作办报；授权王春芙、李民英以及《南方都市报》负责人与光明日报报业集团商谈合作办报的具体事宜。自此，在集团社委会的支持和指导下，《南方都市报》开始加快了与北京方面的合作洽谈。《南方都市报》领导几次北上谈判，受光明日报报业集团总编辑袁志发的委派，光明日报报业集团直属报刊管理部主任戴自更也来到广州。我与戴自更交谈时，代表南方报业提出了与光明日报报业集团合作的良好期望和总的方针。在随后的日子，我和王春芙以及《南方都市报》的负责人，又与光明日报报业集团的编委薛昌词见了面，就合作的有关事项坦诚交换了意见。南方和光明这两家有充分的合作诚意的报业集团可以说是一见如故、一拍即合。经过两次实质性的谈判，很快确定了合作意向，达成了合作的基本框架。双方同意，改组原《光明日报》主管的《生活时报》，由光明日报报业集团和南方日报报业集团两家作为联合主办方，在北京共同创办一家新报纸。对于具体的合作事项，比如双方的出资额度问题，高层管理者的选派问题等等，虽有分歧，但双方都能够以战略的眼光、合作的态度友好协商，最终取得一致，使问题得以圆满解决。

于是，我同王春芙一道带领《南方都市报》班子成员于 8 月 14 日飞抵北京，并于 8 月 15 日与光明日报报业集团正式签署了战略合作协议。按照合作协议，光明日报报业集团和南方日报报业集团共出资两千万元，由光明日报报业集团控股持 51%，南方报业持 49%。此外，光明报业提供场地，南方报业再借出部分流动资金。南方报业负责从《南方都市报》抽调并派遣采编和经营团队，光明报业也派出社长和部分采编骨干，并从社会上招聘一批员工，共同创办新报纸。在签约仪式后，我接受记者采访时表示："我信赖合作伙伴《光明日报》，也相信《南方都市报》这支队伍，相信这张新报纸将成为光明和南方两报业集团的神来之笔！"这句话真实地表达了我当时的欣慰之情。

令我感到钦佩的是，光明日报报业集团总编辑袁志发在合作过程中表现出来的胆识和勇气。他比我大两岁，当时已近花甲之年，本可以少管"闲事"了，但他仍以浓厚的改革意识和改革的紧迫感，致力于新京报的筹办。没有他的内内外外的沟通和果断拍板，以及光明日报报业集团班子的理解和支持，合作办报是办不成的。当碰到一些具体的合作事宜扯皮时，赵德润副总编说出了这样的话："我们着眼于长远，着眼于大局，不在小枝节问题上纠缠。"正是双方真诚合作的意愿，使新京报的筹备工作正式开始密锣紧鼓地运行起来了。签约五天后，南方日报报业集团从《南方都市报》调遣的第一批赴北京的工作团队到达新京报办公地点。新团队一到位便迅速开展前期准备工作。8 月 23 日第二批筹备团队到达北京。9 月 4 日前又有几批团队陆续到达。为了保障新京报的顺利创办，南方报业先后派遣了约三百名员工，与《光明日报》派出的人员一起担负起新京报的筹办以及创刊后的报纸运作的艰巨任务，其中涵盖了报纸采编、广告、发行、财务及行政等所有专业领域。除此之外，凭借着光明日报报业集团和南方日报报业集团的品牌号召力，新京报很快就从全国各地招收了一千多名各类报业人才加盟到自己的工作团队，兵强马壮的员工队伍，是新京报在如此短的时间内能够顺利创刊的有力保障。

为了利用好《南方都市报》的资源，确保新京报快速成长，无论光明报业还是南方报业，当时都希望程益中、喻华锋要进入报社操盘一段时间，因此他们分别兼任总编辑和总经理，《南方都市报》的杨斌、李多钰、王跃春、孙雪东等几位高管人员进入，任新京报的副总编辑，韩文前任副总经理，还从采编和发行、广告等经营人员中抽调近三百人进入新京报。《光明日报》方面派出了戴自更任社长，另派出一人任副总编辑，并聘迟宇宙任副总编辑。

南方报业和光明报业派出的办报团队既有优秀的职业素质，又有高昂的创业士气，可以说这里是中国优秀的办报和报纸经营人才集中的地方。这些从《南方都市报》抽调的员工，离开自己在南方早已熟悉的工作和生活环境，来到北京这样一个陌生的环境，克服重重困难，艰苦创业，甘于奉献，为新京报的创立和发展立下了汗马功劳。

支撑南方报业跨区域、跨媒体发展的生态环境

作为南方报业跨区域经营的决策者，我一直在思考跨地域经营的生态环境问题，在集团内部提出了南方报业异地办报的四项原则：

一、党的"十六大"提出加速构建全国统一市场，大力推进市场对内对外开放，这其中也应该包括全国性的报业市场，中国报业面临跨地域发展的重要机遇。南方报业在跨地域办报方面要走在全国前列，我们要进一步解放思想，积极探索跨地域办报的可行道路，切实解决事业发展瓶颈问题。

二、跨地域办报要立足于集团的核心能力适度推行。是否做出跨地域办报的决策，取决于集团是否具备两方面的条件：有没有充裕的资金启动，有没有充足的人力资源储备。有资金有人才，才能稳妥地实施扩张。

三、选择异地经营的地区，应综合考查该地区的政治、经济、文化和社会发展现状，重点考察该地区的传媒市场开放程度，发行、广告市场的现实容量和发展潜力，特别是该地区是否存在足够规模的与南方报

业办报品位相适应的高素质读者群。

四、为规避风险，跨媒体办报应采取与有条件的当地媒体合作的方式。根据现有的国情，跨地域办报不能找那些当地背景脆弱的报纸来合作。要选择那些有资源、有实力、与南方报业能形成优势互补、具备足够的合作诚意的当地优质媒体，强强联合。而且一定要办好手续，规范进入。

我们当时就看到，有个别媒体打擦边球，以各种方式悄悄跨区域发展，但由于未经官方认可，风险很大，事实上有的媒体在进入到某些地方时就受到"地方保护"的阻击，不得不撤退。作为南方报业来说，不希望小打小闹，一定要做出规模做出气势做出成效。形成规模、气势一定会产生影响力，有了影响力，尤其是这种影响力构成了对当地媒体的强大竞争压力时，离被封杀的日子也就不远了。因此，南方报业以及《南方都市报》管理层都明确，为防止因未批准擅自进入而被封杀的情况发生，一定要堂堂正正跨区域、跨媒体发展，决不当"小媳妇"，不留下隐患。

根据以上讲到的四条原则，我们分析了与光明报业在北京合作办报的可行性和良好的社会生态环境。

在可行性方面，南方报业在办报过程中所积累的强势资源与核心能力，使其有条件走出广州到京城与合作方合作办报。媒体要跨区域、跨媒体发展，要有内在动力，而内在动力不是建立在一时的冲动之上，不是拍脑袋的决策。实施这一决策的单位，必须具备了对外发展的核心竞争力。如果连自身的媒体都未办好，却匆匆忙忙到外地去办报，多半是以失败告终。南方报业的《南方都市报》已培育成为品牌报纸，当时已成为广州地区报纸的第二赢利大户，且发展势头咄咄逼人，形成了"培育优质媒体的创新能力和把优质媒体品牌推向市场的创新能力"的核心竞争力。《南方都市报》在北京也有可利用的资源，支撑对外扩张有了较好的基础。比如，当时《南方都市报》在北京已建立了五百家广告客户的网络，由于在广东向《南方都市报》投放广告与在北京向新京报投放广告目标客户不重复，互相不打架，这五百家广告客户同时变成了新京报的广告客户资源。如果不是利用《南方都市报》的资源，靠自己一家一家去见客户，要多久才能建立起自己的广告网络？因此，只用抽调《南方都市报》现有的办报、经营和管理人才，就完全能够胜任异地办报的需要。

良好的社会生态环境包括如下几个方面：

第一，合作方的生态环境。合作双方要有真诚的合作的愿望，而不是利用别人的资源玩一把，玩完了媒体也完了。当时，南方报业与《光明日报》谈合作时，双方都表示不纠缠在无碍大局的细节上，立足于长远发展，共同打造利益共同体。合作双方互补性强。《光明日报》是中央级党报，有深厚的文化底蕴和光荣的办报传统，是当年"真理标准大讨论"的领跑者，成为中国改革开放、实事求是的舆论先锋，具有丰富的政治资源、广泛的社会资源和新闻资源。光明报业与南方报业同属党报所在的报业集团，具有良好的合作基础。对于南方报业异地合作办报来说，光明日报报业集团无疑是一个非常理想的合作伙伴。

第二，办报地的政治生态。从当时来看，北京有适宜跨区域发展的媒体生态土壤。南方报业原本想先在上海拓展，与文新集团就创办《东方早报》进行了几轮协商，决定由南方报业下属的《21世纪经济报道》派出团队进去，与合作方共同办报，社长、总编辑双方选其一，也就是说如果文新集团派人当社长，那么《21世纪经济报道》派人担任总编辑，或者反过来。大家谈得很好，南方报业已选定《21世纪经济报道》的负责人沈灏兼此重任。沈灏还参与了《东方早报》的人员招聘和出报的内容设计，但正要签正式合同时，对方却不再提谁担任社长、总编辑的事，后来又传出当地有官员说"千万别给南方报业控制了"。南方报业觉得只是单纯资金合作意义不大。因此，决定退出，最终选择北上与光明报业合作。

合作当然也有阻力，如果不是亲身经历，很难体会到其中的困难和波折。新京报作为跨区域共同创办的新报纸，对北京报业市场原有的报纸来说，既是一个前所未有的新生事物，又是一个新加入的竞争对手，如同一阵疾风吹皱了京城报业市场的一池春水，引起了不大不小的波澜。在大多数国内传媒的同行们为中国报业改革的先行者喝彩祝福的同时，北京报业市场的一些竞争者对这份新报纸的出现自然不太欢迎。《南方都市报》强大的新闻整合能力和市场营销能力让不少京城报业的同行感到担忧。他们担心由于这个强大对手的加入而侵蚀自己的市场份额，摊薄自己报纸的利润，甚至担心"搞乱"北京报业的发行和广告市场。一时间针对这份新报纸的创办，出现了一些让人意想不到的阻碍力量。有人撰文描述北京报业市场面临的"险恶形势"，声称这个市场容量早已饱和，已经无力承受一家新报纸的加入。有人则给这份尚未出生的报纸加上了"同质化竞争"的标签，担心这将会导致整个报业市场的恶性竞争和行业衰退，暗示政府应该制止它在现有市场上出现。围绕这份报纸的名称，也争论不休，以至新报纸从筹备到创刊的短短数月时间内三易其名。

毕竟《光明日报》的地位放在那里，加上总编辑袁志发的开明和紧迫感，他又跑腿又打电话，与国家相关部门沟通，终于在中宣部和新闻出版总署的支持下，确定了新京报的报名，并很快投入运作。上级主管部门领导多次听取了关于光明报业与南方报业合作创办新京报的情况汇报，赞同对这种跨地域经营的办报模式和报纸的体制创新进行探索。上级领导指出，两大党报集团发挥优势、互利互补、做大做强，是一件大好事；并在有关汇报和请示材料上做出批示，表示赞成和支持。国家新闻出版总署领导也批示同意把新京报作为试点，要求有关部门注意跟踪调研，及时总结经验。上级有关部门的明确支持，使处于困境的新京报筹备工作得以顺利进行。

第三，经济生态。跨区域办报要做强做大，与当地的经济发展要相匹配，因为目前报纸的经营依然要靠广告，如果当地的经济盘子太小，连支撑当地的报纸都不容易，盲目进去，不仅自己发展不起来，还会把别人拖死。这不是我们跨区域发展的初衷。跨区域发展，可以通过竞争激活广告资源，也可以通过竞争激发创新动力，达到各优质媒体共同做强做大传媒业的目的。当时南方报业分析了北京市场的情况。北京作为国家的首都，经济和社会具备相当的发达程度，高层次读者分布广泛，广告资源也相当充裕。北京当年的报纸广告总量大约为三十亿元，大部分由《北京青年报》、《北京晚报》、《京华时报》等六七家报纸所分割。当时，就其中最重要的五家报纸来说，发行总量和广告总额只是相当于广州报业市场上《广州日报》和《南方都市报》两家的总和，而北京无论是从经济总量、广告资源、读者分布等各项市场指标来讲，都要远远超过广州的水平，因此南方报业进军北京，面临较大的发展空间。

既有别于"光明"又有别于"南方"的"新京报精神"

就报纸的办报宗旨和市场定位来说，作为国家的首都和国际著名的都市，北京需要一份与其地位相称的严肃主流报纸。我们要办北京地区新闻品质最优秀、办报质量最高、与国际接轨最充分的严肃报纸，这就是新京报的办报目标和基本定位。北京在全国所有城市当中拥有最多的高学历、高收入、高素质的读者群体，新京报有责任为他们提供与其阅读品味、关注兴趣和审美情趣相适应，同时兼顾北京特色和北京文化的高质量的国际国内新闻、文化视点和娱乐报道。在光明和南方两集团指导下，新京报制定了面向北京市民、咬定高端、吸引中端、团结低端的市场定位，立志成为北京政治界、经济界、文化界和主流社会首选和必读的报纸。

对于报纸的经营理念，新京报的市场责任是搞活报业市场、开发广告资源。新京报不必去抢别人碗里现有的米饭，其关注的是市场增量而不是市场存量。激活市场，扩大增量，与北京的兄弟新闻单位分享，是经营之本。新京报经营的重点在于借助高质量的新闻产品和强有力的市场营销而进一步扩大北京地区的市场规模，在把现有的蛋糕做大的同时，谋求获得更大的市场份额。

新京报由于主要管理骨干和业务骨干都来自《南方都市报》，对新闻的狂热追求、冲破束缚的强烈冲动以及快速紧张的工作节奏感构成了这两个报纸内部企业文化的某些共同特征。后来，南方报业在新京报担任总编辑的程益中、总经理喻华峰，继任的总编辑杨斌、总经理韩文前以及有些副总编辑因各种原因离职，各部门的骨干也走了不少，因而流传南方报业与光明报业已分手。其实，当时南方报业与光明报业并没有分手，新京报也并没有因为"南方"部分人员出走而衰退。任何合作，都不可能一帆风顺，矛盾和摩擦总会有的，有些难于预测的情况在南都和新京报分别发生了，但新京报已在北京扎下了根，新的办报理念支撑着他们在风风雨雨中前行。新京报发展成为北京地区最优秀的都市类媒体之一，"新京报精神"已成为双方合作的重要成果。

在合作之初，我曾经说过，进入到新京报工作的员工不管来自何方，都是新京报的员工，不能划定谁代表哪一方，如果这样的话，一定会互相扯皮，争吵不休，还会酿成派别斗争。为了使他们能精心培育好新京报，集团派出的人员除个别高层之外，与南方的人事关系切断，让他们成为新京报的员工。要有"破釜沉舟"的决心，不留"报纸办不好再回集团来安排"的后路。如果想回来，集团又愿意接收的话，要履行调动手续，而不是无条件接收。在"新京报风波"中曾有人提供了一大批名单，要南方报业收回，我们未答应，人已调出，他们的岗位已有人顶替，不能无条件接收。最终，那些人的动议没有实现。因此，无论怎么人来人往，新京报不是打造代表哪一个集团利益的团队，他们只是新京报的团队，磨炼出来的是新京报企业文化、新京报精神。它既不是完全的光明的企业文化，也不是完全的南方的企业文化，但它是受了两集团的企业文化影响、具有某些方面的共同特征，而最终形成了自己的企业文化和企业精神，这样就可确保新京报持续长远发展。其实南方报业也一样，有集团的主文化，也有各系列报刊的亚文化，这种亚文化是适应自身环境、有利于自身做强做大的内在动力。明白了这一点，谁想以自己的主观愿望去轻易改变，都有可能造成新京报的衰败。我们不希望出现这种情况，期待新京报精神永存。

志存高远·运筹帷幄·毕其功于一役

——新京报成功出版八周年基本经验的解读

童 兵

童兵，复旦大学特聘资深教授，复旦大学新闻学院学术委员会主任，国务院学位委员会第五届学科评议组新闻传播学学科召集人。代表著作：《马克思主义新闻思想史稿》、《马克思主义新闻经典教程》、《理论新闻传播学导论》、《新闻理论》、《比较新闻传播学》、《中西新闻比较论纲》、《主体与喉舌——共和国新闻传播轨迹审视》等。

新京报创刊于 2003 年 11 月 11 日，当时，我已从中国人民大学移教上海复旦大学，新京报创刊的好消息着实令我激动许久。因为第一，跨地区和跨媒体办报历来是我国报业禁区，居然因此而有所突破，无疑是中国新闻体制改革的开天之举。第二，光明日报报业集团和南方报业集团都是中国富有办报人才和办报经验的大报集团，在国内具有举足轻重的地位，人们有理由期待他们联手合作，办出一张令人满意的新报纸，开辟中国报业发展的新天地。我当时有个比喻：犹如米丘林的远缘杂交理论所指出，凡是地域间隔大、遗传基因优势明显的父本与母本杂交，其子辈的生命力一定强于第一代。《光明日报》办报历史悠久，有优秀的办报传统，还有一支特别能干的采编队伍，在京城有着强大的人脉资源和区位优势。南方报业是多年来新闻改革的先锋，老报生新报，"四世同堂"，办一个活一个强一个，又有资本运作的经验，这些年还由于学习港澳台办报经验而获益多多。这两大集团强强合作，何愁办不好一张新型大报？

令我激动的，还有一点我个人的《光明日报》情结。王晨接办《光明日报》时曾邀我参加一个座谈会，征求对《光明日报》改版的建议。记得我当时的发言主要讲了两点：一是《光明日报》原本是知识分子报纸，应该把它交还给知识分子来办。二是如果认可《光明日报》是一张知识分子报纸，那就应该多报道知识分子关心的事，多表达知识分子内心的想法。可惜，由于报纸管理体制上的痼疾，由于全国新闻改革的气氛不浓，改革的力度不到位，那次改版的效果并不明显。可我内心始终认为，《光明日报》的同仁完全有能力把这张有着优秀传统、曾经深受知识分子喜爱的报纸办好。几年之后，当新京报创刊的消息传来，我把这种期望寄托于这张新生的报纸身上。

新京报的团队经过近八年、三千个日日夜夜地拼搏，快报新闻，引领舆论，占据市场，锻炼队伍，现在到了秋收的季节，到了盘点收获、总结经验和查找不足的时候了。我本人通过研读新京报的获奖新闻作品，分析报社提供的总结材料，认为新京报成功出版八年的一条基本经验是：有一个崇高而切实的办报理想，有一种善于精心策划的新闻生产机制，有一股不达目标决不罢休的进取精神。

志存高远：一出生就风华正茂

新京报一问世，就把"高起点"作为自己的目标定位。它表示，要打破一般报纸从小到大逐渐成长的规律，报纸的版面架构、内容质量、团队素质都要"一出生就风华正茂"。社长戴自更说："没有新闻理想的报纸是走不远的。我理解的新闻理想，并不是直接去改变这个世界，而是通过真实地报道这个世界，达到进步价值的构建。""我理想中的新京报，应该是有无限生机和活力的地方，可以让有才华的人展露才华，让有激情的人挥洒激情，让有理想的人实现理想。"

为了"一出生就风华正茂"，新京报以"快速成长"为操作路径；为了不辜负作为新闻体制改革试点的时代机遇，新京报以实现"党报的权威性、严肃性与都市报的新闻性、贴近性、市场性有机统一"为目标追求。为建构这种运作机制与塑造新型报纸的风骨，新京报日均出版八十余版，日均发行量近八十万份，"精分四叠"，兼顾动态与深度的报道形态，大众与精英的阅读需求，并高度重视版面传播的视觉冲击力。

一分耕耘，一分收获。在报社两千余人齐心协力努力下，报社主业和其他事业兴旺发达。新京报创刊的第二年即 2004 年 12 月，荣获中国"年度最具成长性媒体"称号。2005 年 12 月又荣登"中国年度新锐榜"。2006 年 4 月，在由新闻出版总署、百度公司举办的"首届中国媒体经营管理论坛"上，新京报一举获得"都市影响力时政状元媒"和"最具新闻影响力状元媒"两项大奖。2007 年 1 月，在由国务院、中国扶贫基金会联合主办的表彰会上，新京报获得"年度媒体贡献奖"。2008 年美国新闻媒体视觉设计协会（SND）公布得奖名单，新京报获得突发新闻专题等六项优秀奖，成为获奖最多的中国媒体。2009 年 1 月，在文化部文化产业协会、北京大学等机构联合举办的"城市论坛"上，新京报获得"新锐城市媒体奖"，得到"北京城市文化名片"的光荣称号。2010 年 2 月，美国新闻媒体视觉设计协会（SND）又一次公布的新闻视觉设计获奖者名单中，新京报又获得两项优秀奖。

这一系列奖项最有力、最生动地印证新京报"一出生就风华正茂"的"高起点"目标已完完全全实现。新京报年年有新道道，岁岁有新步伐，充分展示了新京报志存高远、不断进取的新锐媒体的精神状态。执行总编辑王跃春讲过这样一段话，为这种拼搏和创新精神作了很好的诠释。她说："在这样的年份，我想不出来，还有什么比当一名记者、做一份媒体更好的职业。见证、记录、传播、表达，我们用这种方式跟随时间，推动时代的年轮。"

新京报还有一种创新的做法，展现他们对"志存高远"境界的追求。他们参照普利策奖的奖项设置，以新京报的办报理念和价值观作为评奖参照，每年评选"年度新闻报道奖"。这种独特的评奖机制，举目四望，在国内媒体界还没有。2009 年设置的奖项有：日常新闻报道奖、突发新闻报道奖、人物报道奖、深度调查报道奖、生活服务报道奖、评论奖、突发新闻摄影奖、特写摄影奖、周刊版面编辑奖、常规新闻版面编辑奖、特刊新闻版面编辑奖、版式设计奖、专题新闻版面编辑奖、插图漫画制图奖、营销策划报道奖、策划系列报道奖、新京报读者最喜爱作品奖、年度报道奖等十八类奖。我并不以为这十八类奖的设置个个都完全精当，都没有缺憾，但不能不认为这是新京报领导层为追求一流新闻报道、一流新闻编辑、一流版面设计和一流美术效果所付出的卓越努力，不能不认为这是新京报人对新闻传播规律和政治宣传规律的大胆探索，不能不认为这是新京报整个团队对广大读者需求的最大满足。

由此让我想到了新京报朋友常常说的一句话：品质源于责任。也使我们能够从中理解新京报在短短几年里把一家新报纸办成有巨大影响力的高品质大报和"京城文化名片"深层次的缘由。正是这种极其强烈的社会责任和崇高的理想抱负，支持新京报怀抱正确的价值观，并为践行这一价值观，尽其所能彰显报纸所高扬的法治和人文精神。对于这一点，从近八年的新京报每日数十版的新闻、评论和高水平的版面呈现上，我们可以清晰而真实地感知到。也正是这种社会责任意识和对新闻理想的不懈追求，让我们在全国有影响力的几家报纸关于重大事件、重大问题的报道与评论中，总可以在第一时间见到新京报记者的身影，听到新京报人的声音。同样出于这种社会责任和新闻理想的推动，近几年新京报还出版了每年一册的《闻道》，它们忠实地记录着领导层的创意，记者们的脚印。它们向人们、向社会汇报新京报人一年来的所见、所闻、所思、所为。这一闪耀着文化企业的企业文化光彩的创举，是许多大报所忽略的，也是近几年在报坛上十分活跃的有影响力的报纸所忘却的。这正好说明，新京报人的追求之远大，境界之高尚。

运筹帷幄：出奇制胜源自精心策划

《管子·七法·选阵》云："凡攻伐之为道也，计必先定于内，然后兵出乎境。"《晋书·卷一二七》也云："古人先决胜庙堂，然后攻战。"新京报八年间有那么多报道的新点子、评论的新话题，特别是那些大时间跨度的系列报道、年度报道，同领导层目光敏锐、视野开阔、预见长远，成功地"决胜庙堂"、"计必先定于内"是分不开的。

这里且以新京报为纪念和总结改革开放三十年所策划和组织的《日志中国——纪念改革开放三十周年特别报道》所取得的巨大反响为例。让我先引述几段社长戴自更关于这组特别报道的回忆：

"作为一份责任媒体，新京报理所当然地要回顾这三十年的风云变迁，从去年（2007 年）下半年始我就一直想着如何操作这一主题。春节放假前的一次会议上，突然想起《南方都市报》做过《一日百年》的专题，当时颇有印象，于是推陈出新，提出能否以'日志'形式再现波澜壮阔的改革开放历程和思想解放史，求诸执行总编辑王跃春和副总编辑孙献涛等，竟得到普遍响应，遂由深度报道部主编刘炳路牵头，调集时事、经济、文娱、视觉四大新闻中心的精锐力量，开始执行这一年度项目。"

"人多主意多，一来二去，七嘴八舌，或说重采访或说重编辑或说重思想或说重趣味，几番讨论修补，拟定版面框架如下：每天两个连版，主体部分由一篇主文和一个'新观察'组成。主文或故事或人物或揭秘或对话，体裁不限，鼓励创新，无论白描综述，浑然天成皆可；'新观察'顾名思义，要从新的视角，结合当下现实，解读、观照主文涉及的事件人物，由名家、大家、专家指点迷津，一抒高见，要求文、情、思相得益彰，给人启迪，亦可反思。"

"庙堂决胜"之后，谋划定当，就可付诸实现。从 2008 年 2 月 19 日开栏，至 12 月 31 日终刊，每天两个版，记录改革开放历程。报道规模之大为全国媒体之首。此组系列报道不乏纵深之作，不但采访了许多历史名人，呈现了许多关键事件，还揭开了不少尘封许久的历史细节，"全面、深入、透彻地剖析了三十年改革史"。这一系列报道是新京报历史上涉及最多部门和人员的报道，前后有一百五十人参与其中的工作。对这组策划系列报道的颁奖词是这样写的：

"以新闻报道和思想观察的原创去记录改革开放三十年的历史，挑战媒体极限，打破新闻策划记录。挖掘改革记忆，还原历史瞬间。勾连今昔，浑然一体；贯穿全年，独树一帜。特殊的运作方式和报道理念，'歌'而不'媚'，'正'而不'厌'，证明了'主流'的应有含义。这是关于纪念改革开放三十年最好的系列报道。"

从版面上看得出来，在新京报，重大的突发新闻报道、年度报道和策划系列报道，都有报社领导层和报道业务部门在一起精心策划、精心安排、精心实施的过程。比如《大城记》，它选取一些与北京当时历史和文化发展密切相关的地理坐标以及相关节点，采取比较独到的观察视角和报道方式，由当事人的维度构筑历史细节，勾勒整个波澜壮阔时代的一个侧面。《大城记》记录的是近距离的、现时态的历史地理变迁，折射的却是都市化大潮涌动的历史画卷。《大城记》描述的是北京社会生活史的方方面面，它将为北京的全方位历史叙述提供一份可贵的媒体资料。试想，这种全方位、大角度的历时态与现时态紧密结合的系列报道，没有强有力的报社上下的思考、策划与组织，怎么能够做成？因此，对这组报道的颁奖词中出现了这样的精准的结论：专家们认为它是"新京报综合实力的集中体现"。

又比如深度调查报道《山西十余少年连遭跨国绑架》，也是一篇精心设计、全面安排而获得成功的好报道。组织和安排记者跨境采访，报社领导对事件的全面考量，对利弊得失的准确权衡，显然是首要前提。新京报执行总编辑王跃春谈到这个报道时说：新京报记者是唯一为此事进入缅甸境内采访的，他们暗访了迈扎央赌场的实情。这说明了报社对这个报道的重视，对记者可能遇到的种种困难有最充分的估计，对这一切作了最全面的安排和部署。专家们对这个报道有很高的评价：选题独家而重大，报道有度、有据、有理、有果。持续的穷追猛打，节节深入，最终使得一群受害人逃出魔掌获得自由，而同时，他们落难背后复杂的社会原因得以呈现，整体报道突破了"案件"的范畴，让"深度调查"的理念得到很好的诠释。专家们的评价，不仅肯定了记者的作为，而且也是对组织、策划这一成功报道的新京报领导层的褒扬。

这一系列漂亮的报道，最充分地彰显着"运筹帷幄"的新京报新闻生产的风格。

毕其功于一役：能打善战的采编团队

有了崇高的奋斗目标，有了运筹帷幄的精心设计，还必须有一支能打善战的采编队伍。新京报八年征战的历程表明，它拥有——或者说，它组建和锻炼了一支有理想、有追求、有能力、善作战的记者、编辑队伍。这八年无数成功的报道、评论、摄影、版式，可以提供无数优秀个案，为这支队伍的战斗力作证。他们不怕吃苦，不怕流血，连续作战，沉着应对，凭着对新闻理想的执著坚持，怀着对草根命运的无限关爱，八年中三千个日日夜夜，观察、寻觅、思考、跋涉，成就了一个又一个成功，获得了一批又一批读者，占据了一个又一个市场，赢得了对不同阶层、不同地域的巨大影响力。

作为文化企业的新闻传媒的核心文化，从本质上看，最根本的应该是编辑记者的事业心、责任感和职业良知。同新京报同仁交谈，读新京报记者作品，我们最深刻的感受，正是这点，正是这个团队的成员对事业的忠诚，对新闻的热爱，正是这样一股对新闻工作的劲头：毕其功于一役，顽强拼搏，不获全胜，决不罢休。

记者崔木杨、陈杰，2008年突发新闻报道金奖获得者，他们的获奖作品是《地震孤岛遇险记》，其人其文呈现的正是这种尽心尽力、"毕其功于一役"的精神。颁奖词就是这样写的："一次以生命为赌注的亲历式采访，具备突发新闻报道应该具有的全部品质。八十八人被困绝崖，强余震、堰塞湖溃坝、山体崩塌，本报记者徒步二十小时穿越塌方区，亲历这生死一线的二十二小时。最绝望的时刻，空降兵军官戴志强撕碎遗书，以此彰示与被困群众生死与共的决心，这一切，都被本报记者忠实记录。报道超越生死，惊心动魄、直抵人心。"

崔木杨用文字，陈杰用图片，记录下了他们置身其中的孤岛困状，为我们记载下死神相伴的恐怖世界。请看：

"呼隆隆！

闷响过后，担心在凌晨三时转化为现实，原本小规模塌方的李家山山崩了，夜色里滑落的巨石，与山体之间不断蹭出银色的火花。

凌晨五时，志愿者陈强起床后发现，李家山少了一半，整个山峰宛如被人用刀切过一般。

山石滚滚发出闷雷般的响声，村民感觉到土地晃动时，看见滑落的巨石夹着丝带一般的长长烟尘，不断从李家山主峰飞落。

一次比一次强烈的山崩，让恐慌在村内蔓延。"

请千万记住，两位新京报的记者，自己就站在这山崩地裂的孤岛上。

不置身其中，怎么能写出如此真实的场景？这不是小说，而是百分百真实的报道！

崔木杨的"记者手记"记叙了当时内心的感受：

"做记者八年，见证的生离死别数不胜数，职业的特性早已让我习惯，把采访中的有惊无险化为闲暇时朋友之间的谈资。

可只要提起三江村，这个在汶川大地震中幸存，而后又被一场山崩掩埋的小山村，我鼻间会立即充斥着酸酸的感觉，并对一个人肃然起敬。

这是一次与死亡相伴二十二小时的采访，这二十二小时内，我和二十二名空降兵、六十六名灾民共同经历了遮天蔽日、巨石横飞的山崩。

求生与叛逃，死亡与坚持。二十二小时的经历，让我见证了空降兵指挥官戴志强的坚守，这位四十岁的父亲，以生命为赌注，换取了被困九十人活下来的机会。"

让我们以同样的心情，读另一篇深度调查报道金奖作品《上访者的精神病院》。记者黄玉浩、宋喜燕、张涛用大量血淋淋的事实，向人们控诉了残害人性、剥夺人基本权利的种种令人咬牙切齿的罪恶。专家对这篇报道的颁奖词是这样写的："今天，我们把金奖颁发给'事实'，因为我们相信事实的力量，因为成就这篇报道的不仅仅是勇气，还有背后深入、扎实、艰难的调查与突破。这篇报道让我们更加懂得：对事实真相的无限追求是我们赖以生存的底线，也是我们这个行业最高的要求和标准。"

这篇报道之所以有资格称作"深度调查报道"，之所以在这一年发表的众多深度调查报道中脱颖而出，获得金奖，最主要的原因，是它的作者们真正深入了，真正深入地观察了，真正深入地调查了，还真正深入地同对立面、同相关的政府机构、同精神病院交锋了。

可惜没有篇幅，详细引述记者们通过这些"深入"获得金奖的细节刻画。他们是怎样获得这些细节的呢？记者黄玉浩在"记者手记"里偶尔有一些记录：

> "我冒充病人的家属，得以进入病房。一个正常的人身处一群精神病人之间，我当时感觉到恐惧和焦躁，我感觉他们的每一个动作都暗含焦躁，这种焦躁又让我没有安全感。"

黄玉浩"手记"用的标题是：《那个执著的农民，像我的父亲》。这个标题令我感动，也让我明白了为什么记者怀着置身于一群真正精神病患者中间的恐惧，去接触其中一些被政府及官员打成精神病患者、塞进精神病院的上访者。正是记者对受害人的那一份真实的情感，促使着他们去挖掘事实的真相。

另两位记者王荟、傅沙沙由于采写《梁思成林徽因故居拆迁被叫停》一稿而获得日常新闻报道金奖。王荟在"记者手记"中有一段相当朴素的话语，谈到自己采写这篇稿子的感受：

> "我不是真正意义上的北京人，接触旧城保护这个话题，也是从进入新京报报社才开始的。在多次的采访中，逐渐地了解到旧城保护的急迫性以及老百姓生活的需求。尤其是在 2007 年的东四八条拆迁报道以及去年夏天的梁思成、林徽因故居部分被毁报道中，保护与放弃、延续和断裂、传统文化和生存现实，不同的声音在我耳边撞击。在一次又一次的现场采访中，与居民聊天、向专家请教、同政府官员探讨。应该说，'保护'的声音，始终是最强大和坚持的。"

王荟的话讲清了两层意思。第一，同其他记者一样，记者只有"身入"和"心入"，只有坚持不懈地去寻找事实，为事实辩护，才能"毕其功于一役"，有质量地完成每个采访任务，实现领导精心策划的报道计划。第二，采访和调查，又是每个记者的课堂和学校，正是每次成功的采访和调查，提升了记者的水平，使新京报逐渐锻炼出了一支高水平的采编团队。

王跃春有几句话讲得特别好："我们每一个人在新京报工作的时间都是有限的，甚至做新闻的职业生涯也是有限的，但这不妨碍新京报人拥有办'百年大报'的理想，不妨碍我们拥有'无限逼近事实，最大限度讲真话'的理想。"

作为新京报的社外人，写完本文计划讲的三层意思——志存高远、运筹帷幄、毕其功于一役——之后，我向自己提出了这样一个问题：新京报这八年最根本的经验是什么？新京报这八年最大的贡献是什么？我想，新京报最大的贡献和最重要的经验应该是：树立了做新闻大报（所谓办"百年大报"）的理想，坚守了以新闻立报的理想。中国这十年有名气的报纸有好几家，有的以揭示时弊为特色，有的以资本运作为卖点，有的以评论见长，有的以财经立足，而新京报的新闻应该是这些报纸中做得最有分量、最有影响力的。这一评价，我想会得到不少人的赞成和支持。愿新京报在已有八年经验的基础上，百尺竿头更上一层，进一步发扬"多发新闻、快发新闻、发好新闻"的特色，把新闻做得更深入人心，把报纸办得名扬天下。

对新京报新闻专业主义的民族志研究

吴 飞 展 宁
[①]

吴飞,教授、博士生导师,浙江大学传媒与国际文化学院院长,浙江大学新闻研究所所长,教育部新闻传播学指导委员会委员。中山大学特聘教授、浙江传媒学院客座教授。代表专著:《新闻编辑学教程》、《大众传播法论》、《妥协与平衡——西方传播法研究》、《新闻专业主义研究》。

2003 年 11 月 11 日,由南方报业集团与光明日报报业集团在北京联合创办了新京报。与南方报业关系紧密的新京报"一出生就风华正茂",从诞生起就有着明确的愿景定位:致力于创办"一份承载新闻人理想的报纸,一份以责任感为灵魂的报纸,一份致力于记录时代步伐的报纸,一份进步的美好的报纸"。在成立大会上,时任新京报总编辑的程益中曾将

---

①　作者为浙江大学传媒与国际文化学院博士研究生。

其特色风格概括为：法治精神，法律意识，人文色彩；敬业精神，专业意识，职业色彩；积极，稳健，有见地。①

新京报以其高端、大气的风格成为了中国主流都市报的先行者。对于身上有着南方报业血统的新京报来说，其新闻专业主义探索并未经历过如《南方都市报》在市场化改革之初的迷茫期，从报纸创立伊始，深受南都影响的新京报就在新闻专业主义的理念和实践层面进入了一个成熟期。

曾任南都副主编、时任新京报总编辑的杨斌曾经这样形容两张报纸的传承关系："《南方都市报》对于新京报的孕育和成长所起到的决定性作用，是不可更改的铁的历史。新京报承载的，正是《南方都市报》延伸的声音和梦想。新京报没有辱没《南方都市报》的威名，新京报让《南方都市报》的威名锦上添花……由于体制上的滞后和突如其来的磨难，使得《南方都市报》和新京报没有建构起非常重要的法律上的紧密联系。但我固执地认为，总有些东西，是冰冷的法律契约和可以量化的物质利益所永远无法取代的，这些东西，就是道义。我所理解的道，就是《南方都市报》和新京报有着最为共同的方向，最为共同的理念，最为共同的策略，最为共同的文化。我所理解的义，就是《南方都市报》和新京报有着最为共同的感情，最为共同的人脉，最为共同的故事，最为共同的话语。"②

八年来，新京报在运营业绩和扩大社会影响力上取得了一系列进步。2010 年，新京报日均发行量 72.5 万份，主要门户网站对新京报稿件的转载率在平面媒体中处于前列，报纸跃居为当年网络热点及重大突发公共事件舆情源头的第一位。同时，由于其读者定位为"年富力强，中坚力量，成长阶层，实力人士，活力人群——这个社会向上生长的力量"，再加上其在北京的地理政治优势，新京报的社会影响力稳居北京乃至国内同类

①　程益中：《我们到底要办一张什么样的报纸——在新京报社成立大会上的演讲》。

②　杨斌：《在〈南方都市报〉创报八周年内部庆典晚会上的讲话》。

媒体前列。

衡量影响力最重要的标志就是报道被阅读和引用的情况。先来看新京报报道被阅读的情况，2009年上半年数据显示，新京报销量的上升让其获得了更多的市场份额，从2008年下半年的17.96%上升到2009年的20.44%，占据五分之一的市场空间。另外，实销率和覆盖率也是两个非常关键的参考要素。实销率实际上反映的是零售市场对于刊物的接受程度；覆盖率反映着报纸对零售终端的占有情况，同时也反映着对读者群的影响范围和区域。从实销率和覆盖率指数来看，销量前四名报纸的覆盖率差距不明显，《北京晚报》和新京报覆盖率水平相当，均为98.61%，《京华时报》与其相差不到一个百分点，但在实销率上新京报明显占有优势，实销量超水平接近100%，可见其市场销售程度较好。在北京一千四百四十多个写字楼中，订阅比例最大的前三名媒体分别是：《北京青年报》、新京报、《京华时报》。其中新京报的订阅比例占到市场的12.70%。新京报发行覆盖城八区及近郊区县，在政府机关、高校、写字楼、中高端社区有广泛的征订量。2010年下半年，在"早报"市场上，《京华时报》的市场份额为23.89%，新京报的市场份额为22.89%，但是新京报的零售量与《京华时报》的差距在不断缩减，成为近两年北京"早报"市场份额不断上升的主要推动力。

图1　2009—2010年北京综合类报纸整体销量变化

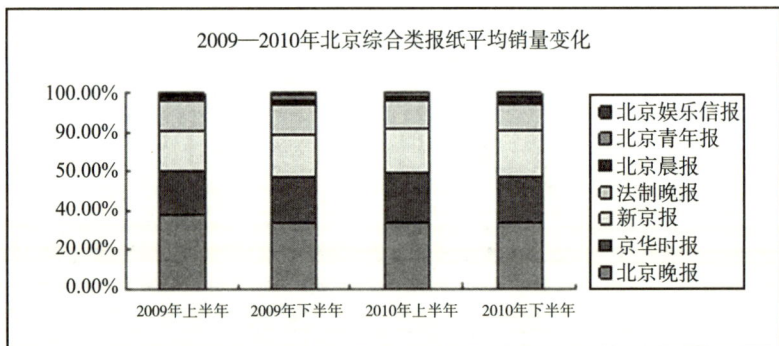

2009—2010年北京综合类报纸平均销量变化

图 2　2010 年下半年北京综合类报纸市场份额对比图

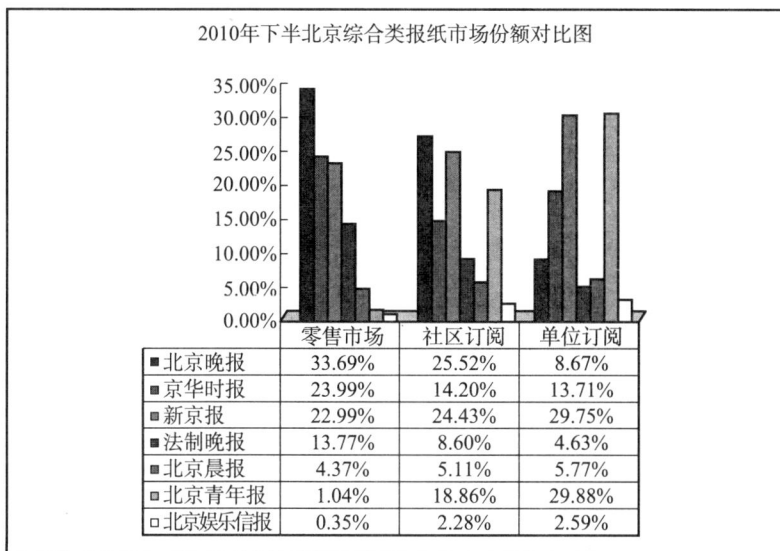

2010年下半北京综合类报纸市场份额对比图

	零售市场	社区订阅	单位订阅
■ 北京晚报	33.69%	25.52%	8.67%
■ 京华时报	23.99%	14.20%	13.71%
■ 新京报	22.99%	24.43%	29.75%
■ 法制晚报	13.77%	8.60%	4.63%
■ 北京晨报	4.37%	5.11%	5.77%
■ 北京青年报	1.04%	18.86%	29.88%
□ 北京娱乐信报	0.35%	2.28%	2.59%

更重要的是，新京报的订阅人群主要集中在企业白领和机关事业单位人员，是中高收入阶层，具有较高的文化水平和鉴赏水准，有较强的消费能力，有良好的职业基础和优质的品味。其读者主要为中高学历人群，专科以上文化程度占比 75% 以上。

新京报读者职业分布情况：

新京报读者文化层次分布情况：

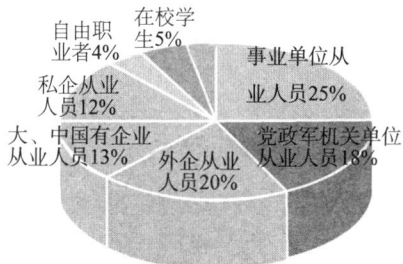

自由职业者4%
在校学生5%
私企从业人员12%
大、中国有企业从业人员13%
外企从业人员20%
党政军机关单位从业人员18%
事业单位从业人员25%

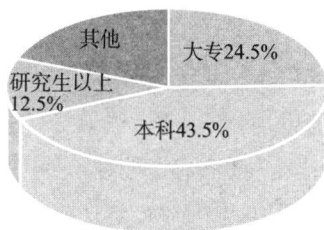

其他
研究生以上12.5%
大专24.5%
本科43.5%

网络、电视、通讯社、报纸和杂志等对新京报新闻、图片、言论等的转载率也很高。移动手机报采用新京报报道日均五到六条，高峰转载条数占其总信息量一半。主要门户网站对新京报稿件的转载率在平面媒体中居前列。是目前网站转载平面媒体报道最多的报纸。新京报网站的点击量日均已超过 30 万，京探网的点击率日均达 400 万。新京报刊发的许多报道和言论引起社会各界的广泛关注，2010 年，据 IRI 监测数据统计显示，新京报跃居为当年网络热点及重大突发公共事件舆情源头第二位。[①]

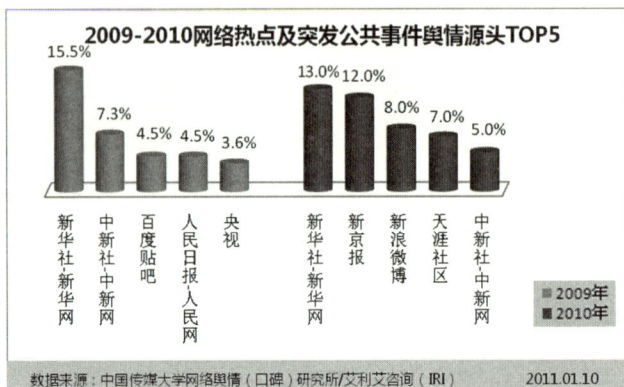

2009-2010网络热点及突发公共事件舆情源头TOP5

2010网络热点及突发公共事件报纸分布

---

① IRI 是中国传媒大学网络舆情（口碑）研究所的简称，根据承办的国家社科基金重大课题（07&ZD041）子课题"网络舆情指数体系（IRI）研究"，基于 I-Catch 全网动态分析和网络舆情 100 典型网站样本分析，对 2010 年一千多个网络热点事件进行厘定和整理，选出舆情指数排名前 100 的网络热点及突发公共事件，深入研究事件的舆情源头、地域分布、领域分布和涉及主体分布规律，量化呈现本年度网络舆情发展特点。

然而，如张志安博士在其学位论文中提出的问题：在北京这个有别于广东的"场域"中，这样一份与南都有着相似"道义"和"主流"取向的报纸，其新闻生产与社会控制的互动关系将呈现出何种特征？[1]换言之，新京报的专业主义坚守是否会在继承中呈现出形态的变化？这些正是本文力图解答的问题。这既反映出一个主流都市报先行者的生存哲学，又因其个案的典型性为学界思考中国都市报业的突破路径提供了重要的借鉴。

　　我们从新闻编辑部的中高层编辑如何理解新闻专业主义入手，通过三种调查手法，包括实地观察、深入访谈和阅读相关材料，以考察新京报的专业主义话语实践。新京报的专业主义话语建构可以从报纸所持的新闻理念框架、特殊新闻生产场域中的发展策略、新闻操作方式三方面去把握，通过我们的分析，本文力图显示：专业主义的话语在某些都市报层面已经走过了中国新闻改革初期的碎片化和局域化呈现时期，在特殊的地理场域中生成了一套独特而完整的专业主义运作方法，这套运作方法显示出强大的生命力，而且将伴随着中国社会的进步获得更大的社会空间。

新闻理念框架

　　新京报从诞生之日起，就有着明确的自我定位意识。虽然其口号每年都会发生变化，但是"从创刊到现在，这些口号里面有一个不变的东西就是——责任……无论是'一出生就风华正茂'，还是'品质源于责任'，我觉得对于新京报人来讲，本质的东西从没有改变"。[2]统观新京报的口号，其变迁也反映出报社对新闻专业主义内涵理解的逐渐成熟，"刚创办时需要张扬、需要新锐，需要生机勃勃，体现一种新出生的力量"，"新

---

　　① 张志安：《编辑部场域中的新闻生产——〈南方都市报〉个案研究 1995—2005》，复旦大学博士论文，2006 年。

　　② 《新京报执行总编辑王跃春：媒体放弃舆论监督会丧失话语权》，腾讯访谈。

京报现在扎根北京,面向全国,这里面是新京报一点点走向成熟的过程"。[1] 口号表达的是对使命的认识、是对价值观的认识,而这些认识归根到底都是对新闻的认识,对媒介价值的认识,这些正是专业主义的理念构件。[2] 新京报的责任口号是:"致力于对报道的新闻负责,一切新闻和一切责任。有责任报道一切新闻,追求新闻的终极价值和普世价值;更有责任对报道的新闻负一切责任,包括政治责任、经济责任、文化责任和社会责任……新京报至高无上的责任,是忠实看护党、国家和人民的最高利益。"[3] 应该说,新京报的专业主义新闻理念框架就是从日常新闻实践对于口号的具体阐释中体现出来的。笔者在田野调查过程中,深感对于真实性的强调、独特的史家意识、影响力导向的都市报办报理念三个关键性的内容,可以作为新京报专业主义的基本理念框架体系。另外,随着新媒体特别是微博的兴起,新京报人的新闻专业理念也因此发生了相应的调整,本章还将在最后略加讨论新媒体对于新京报新闻专业主义理念的冲击。

一、新闻的真实性

"有不可以报道的真新闻,但不可以报道假新闻;遵守新闻道德,尊重新闻规律,追求新闻价值,讲究新闻方法。"

——程益中在新京报成立大会上的讲话

"如果要对透露情报进行什么限制,那就让法律制定者们来说吧,用不着我们来说。新闻人员不是人民选举出来的,他们在公共舞台上唯一的工作就是报道正在发生的事件。当然,这种说法所依据的是这样一种

---

① 《新京报执行总编辑王跃春:媒体放弃舆论监督会丧失话语权》,腾讯访谈。

② 向熹:《〈南方周末〉:新闻专业主义的坚守与创新》,载《传媒》,2010 年 7 月,第 33 页。

③ 程益中:《我们到底要办一张什么样的报纸——在新京报社成立大会上的演讲》。

信念，即，在任何社会里，当一天结束的时候，对于事实真相一无所知总是有害的。"这是《华盛顿邮报》的老板点评"五角大楼文件"事件时讲的一番话。对真相的孜孜以求，是专业主义媒体的追求，而力求在操作中恪守这一理念，并转化为新闻人的行动，才成就了《华盛顿邮报》和《纽约时报》这样的传统媒体在世界的声誉。

真实性是新闻报道的最基本要求，但是报纸在多大程度上坚持真实性，却反映了媒体的不同定位和追求。根据笔者的观察和深度采访，从中高层编辑的理念到新闻的实际操作层面，新京报都在最大程度上坚守了新闻的真实性。一位副总编辑将新京报的首要目标归纳为"求真求实"："有不可以说的真话，永远不要说假话；如果不得不说假话，绝对不要主动去说；如果不得不主动去说，那也不要创造性地去说。"①"在日常的新闻生产实践中，事件采访是否透彻，细节是否清楚，也成为了编辑对记者稿件的一个重要处理和筛选标准。"②"编辑在改记者稿件时还会与记者沟通，比如哪些东西你还需要补充，或者哪些东西你没有说清楚，不仅要说清楚，可能还要挖掘背后的东西，从这个事件背后找原因。"③

除了自觉地对新闻的真实性进行坚持外，真实性原则还成为了报社规避未知风险时所使用的策略，社长戴自更在接受笔者采访时强调新闻一定要注意真实性，这应该也是媒体一种必需的生存策略：

"如果你要报道一样东西，真实性问题一定要注意，搞媒体切忌剽窃、抄袭、胡编乱造，这是最大的忌讳。新京报八年风风雨雨走过来，只要这一点你坚持好了，之后就不会有大的问题，就是保证报道的真实性，在真实性基础上任何事情都有商量的余地。在真实性上错

---

① 笔者对新京报副总编辑何龙盛的访谈资料，2011 年 8 月 29 日，北京。

② 由于新京报采取"大编辑、小记者"的新闻生产模式，编辑的把关能力增强，对于稿件的要求更加标准化。

③ 笔者对新京报深度报道部编辑李素丽的访谈资料，2011 年 8 月 30 日，北京。

了就一错百错。即使一些报道引起领导震怒，只要你的调查是真实的，领导也不会处罚你，现在中央领导提倡公开化透明化，就是只要你这个东西是真实的，领导还是可以理解的。"[1]

二、史家意识

时光荏苒，雨打风吹，历史的印记留存几多真相。一份伟大的报纸，以忠实记录时代步伐为己任。

——新京报 2011 新形象广告

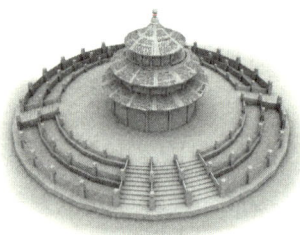

从古老的皇城蜕变为现代都会
天坛见证北京的沧海桑田
时光荏苒，雨打风吹
历史中的印迹留存若干，几多真相
一份伟大的报纸
以忠实记录时代步伐为己任

新京报

新京报 2011 新形象广告

1851 年雷蒙德和琼斯创办《纽约时报》，他们在一个没有窗户的阁楼上，点着蜡烛印出了四块版的创刊号。首刊中写道："今天我们发行《纽约每日时报》的首刊，我们打算在今后的无限期内每天早晨（周日除外）发行一刊。"他们给这份报纸设置的宗旨是，给有头脑、能分析、会判断的读者创办一份客观公正、全面翔实、冷静平和的报纸，而不是像其他廉价报纸那样耸人听闻、相互攻击。

民国时期著名的报人史量才创办《申报》时，同样提出历史意识问题，他认为报纸应该是"史家之别载，编年之一体"，它肩负着"通史之任务"，报社全体同仁必须"以史自役"，报纸

---

② 笔者对新京报社长戴自更的访谈资料，2011 年 8 月 31 日，北京。

① 笔者对新京报社长戴自更的访谈资料，2011 年 8 月 31 日，北京。

所作的记载一定要真实、客观和公正。他指出："日报者，属于史部，而更为超于史部之刊物也。历史记载往事，日报则与时推迁，非徒事记载而已也，又必评论之、剖析之，俾读者惩前以毖后，择益而相从。"史量才姓史，加之主张"以史自役"，是以章太炎干脆将他的办报方针称为"史家办报"，可谓一语中的。

在中国所处的特殊社会转型期，对于时代的记录成为负责任报纸的必然要求，媒体不只是参与市场竞争的经济实体，也是为公共服务的社会公器。这种史家意识除了与《纽约时报》等西方媒体所倡导的"记录时代"有相同点外，还被赋予了另一层意义。一位部门主编这样理解报纸的史家意识：

> 这么重大的事件，作为一个报纸，我们要去记录这个历史，如果真的不让发，那是另外一回事。我们去记录历史，我们可以从其他渠道来报道这个东西，用不同的方式……对于一个报纸的团队来讲，你不仅仅是记载新闻，你其实是在记录历史。我期待我的摄影部能不缺失中国的重大事件，就像写中国编年史一样。我的摄影部要去完成中国这一年的重大事件，我的记者不能缺席……我们有一个非常科学的机制，给摄影记者评级，按标准发工资，就是你即使发不了稿你也是有收入的，你只要踏踏实实地去做新闻就可以了，按你心目中的新闻去做就可以了。培养每一个真正的摄影记者能够很自如地驾驭历史，对现实有一种很清晰的认知。"[①]

三、影响力导向的都市报

创报业最现代化的经管体制，建国家最职业化的报业团队，办北京地区最国际化的严肃报纸……越是北京的，就越是中国的，也

---

① 笔者对新京报摄影部主编陈杰的访谈资料，2011 年 8 月 30 日，北京。

越是世界的，北京化就是国际化，北京特色就是国际特色；咬定高端、吸引中端、团结低端，成为北京政治界、经济界、文化界和主流社会的首选和必读的报纸。[①]

在新京报社内部，"影响力"是报社员工在将自己报纸与同城媒体比较时经常强调的一个词，而且员工中似乎存在一种普遍的倾向，认为影响力要比发行量更能反映出报纸的地位；只要影响力提高，销售量自然也就得到了保证。[②] 实际上，也正是新京报的创办，使得北京的都市类报纸有了一种独特的话语权。

> "北京之前也有报纸，都市类媒体处于荒蛮的自生自灭境地，没有纳入到主管部门或者主流媒体的范围以内，都是小报小刊。把都市类报纸纳入到主管部门眼中，是从新京报开始的。以前的都市报都是省市一级党报主办的子报刊，从有新京报以后，我们的报道引起了相关领导的震动，觉得都市报这类报纸不能小看。慢慢读者群档次越来越高，甚至影响到政府机关里头的看法，影响到了高校甚至一些意见领袖，他们都看新京报。这份报纸兼有党报的一些风格和气质，同时适当地贴近老百姓。我们的影响力肯定有了。政治地位不高，但是影响力很大，改变了很多人的观念。在微博成为主流之前，都市类媒体对传媒生态的改变起到了很大推动作用，同时对党政媒体也有很大的带动。"[③]

① 程益中：《我们到底要办一张什么样的报纸——在新京报社成立大会上的演讲》。
② 新京报对于影响力的追求，从报纸的目标定位人群就可以看出，执行总编辑王跃春这样看待新京报的市场策略："我们就靠品质和影响力去提高市场份额……我的目标定位人群是不同的。主要是一些主流人群，包括政府机关、高校、国外使领馆、政府企业的高层。"笔者对新京报执行总编辑王跃春的访谈资料，2011 年 8 月 31 日，北京。
③ 笔者对新京报社长戴自更的访谈资料，2011 年 8 月 31 日，北京。

新京报对于报纸社会影响力的强调，也深入到了新闻操作的日常选择中，具体来讲，影响力导向所看重的新闻选择面向是常识的普及和建设性意见的提出。如总执行编辑王跃春所说，"做新京报的过程是回归常识的过程，要回到读者需要的新闻，是办给读者看的"。[①] 所谓常识的普及，其目的就是为了中国社会转型期价值观的重建。就新京报自身的定位来讲，报纸的特色首先是具有法治精神和人文色彩。

　　对于法治精神和人文色彩的强调，使得报纸的风格有着明显的不同。一般来说，评论版最能体现报纸的形象和职责。[②] 新京报的评论版对于自己的定位可以从以下一段话里看出来，都市报评论版所承载的社会功能已经逐渐从思想启蒙转向了建设性，并且具有明显的问题意识，在一定程度上反映出报纸试图解决中国社会问题、推动中国社会进步的愿望。

　　　　"到 2005 年左右，评论依然处在一种价值的判断，对或者错，人们常识里面的突破，比如追求民主或者自由。2005 年往后以新京报为代表的媒体转向更加专业化，讲究建设性。……具体到内容，就是怎么给读者提供新的价值，也就是启发。前面讲为什么错，后面讲怎么去改……所以，专业主义有两个支撑，第一点是事实的出现，当然这个更依赖于新闻报道本身，它对新闻报道的要求是你不可以去揣测，不可以去假想，不可以去简单地自竖靶子骂一通。第二点是逻辑，就是通过这个事实能顺利地推出什么东西，这方面评论的作用比较多。这样才能实现完全的专业化，就是先要讲是什么，接着为什么，最后怎么解决。"

　　① 笔者对新京报执行总编辑王跃春的访谈资料，2011 年 8 月 31 日，北京。

　　② 李良荣:《西方新闻事业概论（第二版）》，上海，复旦大学出版社，2003 年，第 134 页。

除了评论版之外，深度报道板块和经济板块在新京报中也占有非常重要的地位。特别是新京报的深度报道板块，其自身的定位更能凸显出新京报的发展取向。

> "希望报道推动社会的发展和问题的解决，尤其是时政领域的深度报道……这个推动是长期系列的推动，更多的是政策方面推动，而不只是促进个体事件的解决。"①

经济报道板块的选材标准和目的也能反映出报纸的影响力定位：

> "我们基本上选取新闻的角度就是：通过现象对问题探寻，我们不仅仅停留在事实表面，而是探究更深层次的事实，探究细节，探究背后出现这种情况的历史原因、体制原因和一些偶然性因素、干扰性因素……去引导群众和企业家，带着群众去分析这里面有多少理性的东西和不理性的东西在里面。"②

不过，新京报内部对于"影响力导向"的定位保持着足够的清醒，不会让其成为对新闻专业主义造成伤害的借口，这从执行总编辑王跃春的下面一段话中就可以看出：

> "（我们的报道）最好的反馈就是这个事真的被解决了。当然解决问题也不是媒体报道的目的，解决问题是该解决问题的部门、机构的责任。我们的责任就是报道事实、真相，至于事实、真相以及

---

① 笔者对新京报深度报道部主编刘炳路的访谈资料，2011 年 8 月 29 日，北京。
② 笔者对新京报副总编辑田延辉的访谈资料，2011 年 8 月 31 日，北京。

由此表达的观点能不能推动事情解决，这是影响力层面的事情。但是在另一层面，媒体最大的责任就是无限逼近事实真相。你如果把后面的东西强加给自己的目的的话，就很容易理想破灭。你不要抱着改变社会的想法去做新闻，新闻是很专业的事情，你要想改变社会只能去做革命者。你要很专业地去报道事实，去发表观点，去组织文章。这样才能去影响社会，干预社会，推动社会进步，仅此而已。"①

另外，新京报对于自身新闻理念的认识也可以从编辑部内部对于北京同类型媒体的看法中得出。一位副总编辑承认"我们的发行量不如《北京晚报》，但我们看重的是影响力，这与定位、发行结构有关。"② 某编辑这样评价新京报与主要竞争对手《京华时报》的差别："新京报的性格跟京华气质不一样，京华很市民。有时候我们看重的东西他们看得很淡。我们是往上诉求，他们是往下诉求。"③ 两家报纸之间的区别从口号和相关版面设置中也可见一斑，相比于新京报的"品质源于责任"，《京华时报》的"北京人的都市报"更强调市民气息和本地特征；另外，《京华时报》的评论数量明显少于新京报，也没有专门的深度调查板块。

作为主要竞争对手，在每天报社例行的评报会中，与《京华时报》的比较成为必不可少的环节，某副总编辑说："我们主要与《京华时报》比较，因为他们也做得很专业、很职业。当然这主要是一种专业上的探讨。"④ 事实也确实如此，两家报纸在纵深化发展新闻的时候，经常互相借用新闻资源。⑤ 除了业务处理方面的参考，如果《京华时报》某个头版或

---

① 笔者对新京报执行总编辑王跃春的访谈资料，2011 年 8 月 31 日，北京。
② 笔者对新京报副总编辑何龙盛的访谈资料，2011 年 8 月 29 日，北京。
③ 笔者对新京报某部门编辑的访谈资料，2011 年 8 月 30 日，北京。
④ 笔者对新京报副总编辑何龙盛的访谈资料，2011 年 8 月 29 日，北京。
⑤ 比如某条新闻是新京报首发，但是《京华时报》将其做成了效果不错的社论，这在评报会内作为一个教训被提出；而新京报也会将《京华时报》首发的新闻追踪做大。

者报道做得比较贴近民生，也会在评报会上被编辑们作为正面案例提及，同时自家报纸的评论如果过于专业化也会招致批评。编辑部也在努力寻找贴近民生和避免过度煽情的结合点，如在某次评报会上，某编辑指出当日新京报有一个报道的标题存在煽情化和误导读者的嫌疑,应该注意。①这或许从另一个侧面反映出新京报"影响力导向"定位的矛盾所在，都市报之间不存在绝对的读者定位区隔，新京报的"影响力导向"定位首先要建立在以广大市民为受众的都市报基础之上。

四、新媒体冲击下的新闻专业主义理念

在笔者实地采访过程中，几乎每位编辑都会提到微博对于报纸新闻生产的影响，微博已经成为了记者重要的信源渠道和另一个表达渠道。同时，在微博等新兴媒体的影响下，报纸正在走向越来越精的杂志化时代，"报纸要向提供深度和观点这个方向去发展。我们每年都改版，深度报道的比例会越来越多，观点评价、选择性解释性的报道会增加"。②更加纵深化的深度报道和更富建设性的评论将是纸质媒体在与新媒体竞争时的重点方向。除此之外，新京报也形成了应对新媒体冲击的策略，社长戴自更在谈及新媒体的冲击时这样说道：

> "现在进入互联网时代，首发消息更多地靠微博，给我们带来了一些挑战，但是我觉得好的报纸还是有生存的空间。所以未来新京报第一还是把报纸办好，我不知道未来报纸是不是真的会消亡，但是我们无线终端也有了二十八万用户，未来网络是不是传播的主流形式还很难说。即使是，它毕竟还是我们报纸的东西,所以我们先把报纸办好。我这个办好的概念就是把内容办好。在这个基础上我们借助资本的办

---

① 笔者参加评报会的会议记录，2011 年 8 月 29、30 日，北京。
② 笔者对新京报执行总编辑王跃春的访谈资料，2011 年 8 月 31 日，北京。

法、金融的办法，再加上其他渠道来构建更多的平台，我不会去转向其他行业，就是做现有的新闻资讯方面，比如我可以办些杂志、专栏，也可能设立一些网站。和一些门户网站、专业网站竞争，我们还有大的差距，希望通过新京报现有的人才资源、市场资源还有我们做事情的经验、办法，创办一个平台，结成一个整体。在办好现有报纸的基础上，利用现有资源，把这个平台做得更大一些。"[①]

特殊新闻生产场域中的发展策略

从大的场域背景来看，新京报作为"全国首家得到中宣部同意和国家新闻出版总署批准的、具有合法地位和受法律保护的、真正意义上的媒体集团跨地区合作经营管理的报纸……从一开始就承载了无与伦比的关注与重视，一开始就成为时代演进的风向标，成为外界判断中国改革开放进程的一项不容忽视的指标。"[②] 同时，新京报承载着南都"延伸的声音与梦想"来到北京这个特殊的地理场域中，从它一诞生起就注定要在一个特殊的政治场、经济场、文化场中游弋。这在给新京报的发展带来一系列机遇的同时，也使报纸必须生成一种独特的专业主义策略，以适应北京的生存土壤。综合对报社各位中高层领导的访谈，北京特殊的场域特征对新京报的影响如下：

第一，政治关系错综复杂。北京身处中国的政治中心，各种权力与利益关系相互盘踞，政治压力下媒介生存和言论自由度的空间还有待拓展。新京报身处北京，在政治影响力和资源占有上有得天独厚的地域优势，通过互联网和海外驻华媒体、机构的二次传播，甚至能够产生国际影响力；但是另一方面，又因为其影响力的不断扩大，容易成为高层关注的焦点，

---

① 笔者对新京报社长戴自更的访谈资料，2011 年 8 月 31 日，北京。

② 程益中：《我们到底要办一张什么样的报纸——在新京报社成立大会上的演讲》。

这就对报纸的新闻生产提出了更高的要求。①

　　第二，圈子文化分层明显。城市社会两极化是近年来北京社会结构的最大变化，它主要受城市功能结构转变、外国直接投资和流动人口涌入的影响。农村流动人口和工作在独资或合资企业的高薪雇员正在产生两个新的社会集团，一个是低收入组，另一个是高收入组。②截止 2002 年末，北京有常住人口 1423 万，户籍人口 1136.3 万，十四岁以上非文盲人口八百六十万，受教育程度居全国前茅。③再加上北京还存在庞大的公务员群体，北京媒体受众的审美情趣和关注焦点必然会有较大差异。新京报一开始就认识到了发展主流大报的潜力，如程益中说："去年北京报纸的广告额是三十个亿，但我们不要这三十个亿，要寻找另外的三十个亿。"④新京报执行总编辑王跃春这样形容北京与广州文化的差异："北京地域方面政治氛围更浓一些，北京是哑铃型的社会，是一个圈子化的社会，不同圈子关注的话题是不一样的；广东整个是纺锤型市民型社会，人的素质和教育程度都差不多，形成一个稳定的市民社会，更容易形成共识，互动非常强烈，整个城市关注的东西是差不多的。"⑤这就使得新京报必须形成明确的定位意识，针对自己的受众群体采取相应的传播策略。

　　新京报由此形成了一套应对权力规训的相应策略，这既与其所处的

---

　　① 在采访过程中，几乎所有的采访对象都对北京特殊的政治环境有清醒的认识，如某文化部编辑说到："南都和我们比较接近，要做的东西很像。但是南都很多可以做，新京报就不可以，这是地域决定论。"但是他也承认"不过在资源方面新京报在北京又具有优势"。笔者对新京报文化部某编辑的访谈资料，2011 年 8 月 30 日，北京。

　　② 顾朝林、C·克斯特洛德：《北京社会极化与空间分异研究》，载《地理学报》1997 年 9 月，第 392 页。

　　③ 徐继华、王彬彬、董爱民：《新京报进入北京报业市场的博弈解析》，载《中国传媒大学学报自然科学版》，2008 年 9 月，第 63 页。

　　④ 程益中：《我们到底要办一张什么样的报纸——在新京报社成立大会上的演讲》。

　　⑤ 笔者对新京报执行总编辑王跃春的访谈资料，2011 年 8 月 31 日，北京。

外部场域环境有关，自然也与其自身的报社文化密不可分。下文拟从政治场和经济场两个方面来探讨报纸的处理策略。

一、新闻场与政治场

无论是所谓的民主社会还是专制社会，政治与媒体之间一直存在着一种相对紧张的关系，政府的信息控制与媒体张扬的知情权之间，一直是政治与媒体斗争的竞技场。[①] 政治对于新闻的规训作用无处不在，特别是新京报身处中国的政治中心，受到的制约和影响更大。报纸由此形成了一些相应的处理策略。

（一）坚持客观真实的新闻标准。

客观性所起到的一个重要作用便是"避免触犯受众中的某一部分人，以及引起意识形态和社会产生不合的种种问题。客观性是避免这类问题的挡箭牌。"[②] 这个在前文已经有所提及，在记者采访过程中，证据采集的充分和保留相关证人的证明、录音材料等物证，已经成为调查记者必须注意的问题。如果深度报道新闻的证据搜集不充分，很可能最终会放弃对这一事件的报道。[③] 业内也因此对于客观性的标杆有着统一的认识。[④]

（二）坚决执行相关报道禁令，不触碰政治底线。

作为媒体来讲，第一不要在政治中犯差错，一些基本条规、高压线不要去触碰。这是传媒人基本的要求"具体的指令我们坚决执行，比如

[①] 吴飞：《新闻专业主义研究》，北京，人民大学出版社，2009 年，第 225 页。

[②] 李良荣：《西方新闻事业概论》，上海，复旦大学出版社，1997 年，第 60 页。

[③] 笔者对新京报深度报道部编辑李素丽的访谈资料，2011 年 8 月 30 日，北京。

[④] 几乎每位编辑都会提到对于胡舒立团队报道风格的赞赏，其中一个重要原因就是其新闻报道对于客观性的坚持。某文化部编辑这样评价道："很多时候媒体人有批评的精神，但没有批评的武器……胡舒立团队比人家厉害就在这里，很多时候做批评性报道稿子都有问题，人家要告你太容易了，随便找一个错误就说你失实报道。有时候（胡舒立团队）可以换成三篇很小的稿子，但是人家一句话都说不出来。笔者对新京报文化部某编辑的访谈资料，2011 年 8 月 30 日，北京。

某一个事件不让报道，我们会严格执行。"①

笔者在对各部门的了解中得知，这一观念也渗透到了各部门主管领导的日常操作习惯中。②只要明确的报道禁令下来，报纸就会立即完全终止对于相关事件的报道，"不发就彻底不发了。"

（三）媒体的游击战术。

然而，新京报在面对政治力量的规训时，并不是束手就擒的，也会采取相应的游击策略满足"临场发挥"的需要，这不仅是对于报纸报道"责任"理念的回应，也是报纸为中国社会不断扩展舆论空间做出的努力。

> "但是我也不会太胆小，在没有指令之前，就没有什么禁区，没有不能报道的事情，看你怎么报道的问题，报道多了还是报道少的问题。关键是你的角度或者落脚点在哪里，比如"不炒作"，要根据你的理解，不是彻底不做，而是原来你可能准备四个版的，就减少成两个版，不要把事情过于夸大。作为一个报人，首先要想的是我做事情对不对，合不合理，我的代价是不是有限的。你问我底线在哪里，底线就是我们维护公正，同时又不给报社带来特别多的麻烦，这就是一个基本的底线。当然涉及到具体的报道，那就千差万别，因人而异，因事而异，因时而异，有相应的办法。这也需要一种坚持吧。"③

在报社内部，由于个人关系而影响新闻报道的事情几乎不会发生。

---

① 笔者对新京报社长戴自更的访谈资料，2011 年 8 月 31 日，北京。

② 有明确禁令的报道题材甚至会从讨论选题阶段就被直接剔除："有明确禁令的直接不讨论，没有禁令的不会从采访的层面就自我审查，否则就没法做了。只有在没有禁令的情况下才会去想可能性。"笔者对新京报副总编辑何龙盛的访谈资料，2011 年 8 月 29 日，北京。

③ 笔者对新京报社长戴自更的访谈资料，2011 年 8 月 31 日，北京。

新京报深度报道主编刘炳路说，深度调查报道不存在被主编或者任何个人拿下的问题，在新京报内，个人因素不会影响到新闻的发不发。[①] 由此可见，新京报已经形成了一套行之有效的默认习惯，将报社内部的人情关系对于新闻报道的影响降到最低。

而对于外部的政治压力，报纸则在进行一些必要妥协的同时，也会进行"临场发挥"。另外，凭借报社领导的经验和判断力，报纸也尽可能地坚持自身新闻报道的完整性。这种带有迂回色彩的突破反映出了现时代中国新闻人的普遍策略。

除此之外，在一些不便直接表明报社立场的话题上，新京报内的一个常见处理策略是配上一些微博评论和网友质疑，通过第三方声音含蓄地显露自己的立场。[②]

二、新闻场与经济场

商业逻辑对于新闻专业理念的冲击，首先表现在媒体内容的选择上："以市场为导向的新闻传播和信息体系，已经在自由民主的范畴里得到一席之地……这个体系只是把人定位为消费者……在这个过程中，公众的其他所有身份都被边缘化了，甚至被消除了，特别是作为公民的身份。"[③] 但是，由于报纸"影响力导向"的定位，编辑部内部特别是中高层部门编辑并未认同这种纯市场导向的新闻逻辑，部分部门编辑甚至明确承认新京报的可读性上可能较其他都市类报纸差一些。[④] 新京报除了将读者视为消费者之外，还更愿意将中国转型期的读者视作公民，在普及常识的同时发

① 笔者对新京报深度报道部主编刘炳路的访谈资料，2011 年 8 月 29 日，北京。

② 笔者参加评报会的会议记录，2011 年 8 月 30 日，北京。

③ ［美］W·兰斯·班尼特著，杨晓红、王家全译：《新闻政治的幻象》，北京，当代中国出版社，2005 年，第 305 页。

④ 这也是报社实行"大编辑、小记者"制度的影响，由于编辑对稿件进行统一再加工，在风格标准化的同时，也使稿件丧失了记者的个人风格。

挥自身的建设性作用，这尤其体现在评论版和深度报道版的写作风格上：

> "新京报评论版与其他媒体比起来，还是突出专业性。有的文章你可能觉得不那么锋利，其实你建设一个东西的时候就会发现，它不需要锋利，它是很平实的。平常选稿就看是不是建设性的，对我们有没有启发，人所皆知的常识不是不讲，而是不拿空泛的概念去讲……我常说大家理性一些，所谓的理性就是建设性，就是专业性。"[①]
>
> "新京报深度报道版的选题如果不代表共性，不能反映社会问题，这就没有公共价值。我们更愿意追究事件背后的深层次原因，对事件本身几笔带过，除非后面有真相。我们更讲究完整的逻辑链条和选题的深度……写作手法上也有不同，我们会更硬……我欣赏《财经》、《21世纪经济报道》、《华尔街日报》的风格，可读性差一点。像南周也很好，很长的报道两千字就解决了，要的是信息，不是煽情的风格。"[②]

从编辑部内部组织来看，虽然新京报的广告和经营是严格分开的，但是对于广告客户是否会左右编辑部的报道，主编与各部门编辑对于这个问题的理解则有细微的差别，这也从一个侧面反映出编辑部内部位置的不同，决定了新闻把关权力的侧重存在差异。深度报道部的主编认为"是否涉及到广告商我们不会去考虑，如果是大客户反而做深度报道更好。披露的部门越有名越有警示作用，我更希望去揭露这些企业。"[③] 但是在主编层面上完全不考虑广告商的利益是不可能的，主编会根据具体的事

---

① 笔者对新京报评论部主编王爱军的访谈资料，2011年8月30日，北京。
② 笔者对新京报深度报道部主编刘炳路的访谈资料，2011年8月29日，北京。
③ 同上。

情进行分析和选择，"我们大的广告客户，不可能完全不给予照顾。但是××这样的事情也会去报的，我们不报其他媒体也会报。①这个叫把握平衡度的问题，不过也不可能完完全全为了新闻影响到整个报纸的利益，媒体挣钱就是靠广告。所以在新闻上不可能没有倾斜，但是在一些大是大非的问题上不会违背报纸的新闻原则，在一些小事上比如商场和顾客某一件小的商品问题，只要不涉及食品安全这些大事上还是会照顾。"② 由此可见，新京报已经形成了一套稳定的采编与广告经营完全分离的操作模式，在采编层面上广告经营起到的影响极少。"对采编中层和一线编辑记者来讲，只有社会利益的问题，他该怎么去操作就怎么去操作，最后发与不发是报社层面来决定的。"③

新闻操作方式

从微观层面上讲，日常的新闻操作方式是报纸专业主义理念的反映，从选题到成文的整个过程反映出报纸的品格。新京报的每个部门都形成了各自稳定的报道特点和风格，下文将选取评论部、深度报道部、摄影部三个主要部门作为研究对象，以进一步探究具体操作层面的新闻生产策略。④

---

① 注：××电器公司是新京报的重要广告客户，在某经济案件中曾对报社施压。后来报社放弃广告商 1500 万的合同，仍然坚持报道。

② 笔者对新京报执行总编辑王跃春的访谈资料，2011 年 8 月 31 日，北京。

③ 同上。

④ 选择这三个部门的原因有二，其一是因为这三个部门的新闻作品直接决定了都市报的质量和厚度，其二是因为在有着南方报业血统的编辑部内部，这几个部门也往往被看作是起标杆作用的"拳头"。某副主编这样评价自己对报纸各栏目的偏好："我最欣赏报纸的品牌是评论，因为这是一个报纸的旗帜；当然还有深度报道。另外，我还欣赏文化副刊，它有优雅的格调；再就是报纸的视觉形态，它反映了一种国际化的、主流的审美趋势。"

一、评论部：引导新闻评论转向建设性

前文已经提到，报纸影响力导向的定位使得评论部在日常新闻操作中从思想启蒙转向建设性，并且具有明显的问题意识。这就在取材和写作手法上有一个新的变化，其目的就是从常识普及，转向直接推动中国的社会进步。

"平常约稿的对象主要是专家学者，因为他们比较专业，比如有问题他们知道出在哪里，应该怎么办，普通大众知道这个有问题，是错的，但是错在哪里就不清楚。中国人的一个习惯就是空谈的特别多，解决问题的少，比如说微博上你发现很多人不动脑子，不去研究问题，只谈一些空泛的概念，像胡适就说多研究点问题，少谈点主义，这就是写新闻评论的，鲁迅就是搞杂文的。所以我就告诉你应该怎么办……我们还是倡导，不故意地就事论事，也不单纯呼喊口号，而是一个问题一个问题地解决。"①

二、深度报道部：以客观性和品质化为中心的延展性追求

在深度报道的概念解析上，我们更倾向于认同杜骏飞和胡翼青的观点，"新闻执著于追求深刻性与全面性的思维方式……它也是一种新闻理念，它的本质不在于文体或报道方式，而在于新闻本体的哲学理解……并不要求新闻文本像社会科学论文一样做到观点和理论上的深刻和严谨，它只要求通过作者深刻而全面的视角与采写手法，帮助受众更深入地理解新闻事实；它只要求新闻的文本能够诱发受众的深入思考，从而体尝思考的乐趣；它只要求通过各种新闻背景的合理运用，表现出新闻事件的'景深'——历史纵深感。"②新京报深度报道部首先从选材上就注重对新闻事

---

① 笔者对新京报评论部主编王爱军的访谈资料，2011年8月30日，北京。
② 杜骏飞、胡翼青：《新闻深度：对深度报道的重新诠释》。

件"景深"的强调，部门内部已经形成了统一的选材标准，"更关注一些可延展的，公共利益或者公共价值有普遍性，反映社会转型过程中的弊病或者共同的东西……除了典型性和公共价值，还有的比如涉及到法治进程的东西、公共理性的东西也可以选择。""如果事件背后没有什么可延展的，我们也许会放弃，它跟我们一般做动态新闻不一样，动态新闻能说清楚就可以了……如果事件没有典型性或者社会意义我们就不深挖了。"[①]这也决定了报纸会更加注重品质化和延展性，不会为了增强可读性而刻意追求选材的特殊性和事件性。按照汪凯的说法，最早是"孙志刚事件"成为民意通过媒介影响到政府决策的典型，使媒介在当代中国的政策过程中不再仅仅是宣传者和动员者，而其角色和功能的变化以"渐进"的方式得到呈现。[②]现在看来，新京报的深度报道部致力于将此种"渐进"式的变化更加凸显。

对于客观性的坚持也在深度报道部被反复强调，不仅仅对于事件本身要求真实准确报道，同时还要求调查记者尽力去梳理纵向完整的证据链条，看是否有值得更深层次挖掘的意义。编辑在新闻日常操作中会根据这几个方面的判断标准联系前方记者再追加采访，并且统一进行稿件的修改。新京报"实行编辑负责制，大编辑、小记者，具有统一风格，让报道失去记者个人风格，只去抓事实。这样能保证质量，但是不利于形成多元化的风格，相对比较单一。"[③]"文本方面每一个记者的特点不同，有的记者善于突破，有的写得好，文笔好，也是有感染力的。但是整个标准就是你稿子立不立得住。"[④]

前文提到，新媒体的使用要求深度报道的视野必然要不断扩展，好

---

① 笔者对新京报深度报道部编辑李素丽的访谈资料，2011 年 8 月 30 日，北京。

② 汪凯：《转型中国：媒体、民意与公共政策》，上海，复旦大学出版社，2005 年，第 3 页。

③ 笔者对新京报深度报道部主编刘炳路的访谈资料，2011 年 8 月 29 日，北京。

④ 笔者对新京报深度报道部编辑李素丽的访谈资料，2011 年 8 月 30 日，北京。

在编辑部已经认识到了这个问题："都市报的媒体采编人员已经形成了原有的思路、看问题的高度、角度，都市类报道不能只抓人眼球，而应该做更符合专业主义标准的报道，更应该培养一些专家型的记者。"①

三、摄影部：实践中不断成熟的新闻操作理念

新闻摄影对于一份报纸特别是都市报的重要性不言而喻。就都市报的新闻摄影报道来说，新闻事件的现场感和瞬间形象留存给予读者的视觉印象冲击是任何报道手法都无法比拟的。这也给新闻摄影记者提出了更高的要求，不仅要无限逼近事实真相，还要在具体新闻照片的选取上遵循一定的报道理念。特别是在面对一些带有危险性的突发事件时，新闻摄影记者的报道选择成为了最能反映记者专业素养和职业精神的衡量标准。

新京报的摄影记者无数次深入险地，用摄影镜头取得第一手资料，记者对于事件现场的本能冲动首先是优秀新闻报道形成的原动力，但是"这是基于对危机的一个判断，这个东西可以经过科学地分析进行预见"。这也是一个不断的经验积累过程，"在现场需要你去的时候，作为一个优秀的摄影记者你不能鲁莽……一个真正的记者他会首先判断现场有哪些风险，他有什么风险，摄影记者的突破就是在不断思考的过程中完成的。我们除了应对新闻本身，除了怎么去发现新闻、挖掘新闻、寻找真相之外，还面对一种风险。"②摄影记者正是在实践中不断修正自己的职业态度，不断加深对新闻的理解。另外，新京报也形成了具体的一套新闻摄影业务标准：

> "记者用摄影的手法去挖掘人性的故事。我们不一定非要去调查到底死了四十个人还是八十个人，我们可以不去调查这个东西，我

---

① 笔者对新京报深度报道部主编刘炳路的访谈资料，2011 年 8 月 29 日，北京。
② 笔者对新京报摄影部主编陈杰的访谈资料，2011 年 8 月 30 日，北京。

们去做一些现场的故事、人物的故事，一切有利于摄影表达的东西我们都把它记录下来，这些东西的判断标准是要可以延伸的……新闻摄影要内容为王，没有内容，再好的形式感也只是昙花一现。"[1]

新京报还参考《华盛顿邮报》、《纽约时报》、路透社的标准，自己做了一个新闻照片的判断标准，摄影部主编陈杰也提到之前学习路透社的新闻摄影标准对于记者理念重构的冲击："他们要求新闻摄影必须在现场，比如肯定要求你第一个赶到，虽然是否第一个赶到要看天时地利人和，但是新京报肯定是最晚离开的。大家在现场基本等待新闻结束再离开，在现场的时候就不断地寻找角度，不断地寻找新闻。"

结语

由于南都的历史传承和北京特殊的地理场域因素，新京报甫一诞生，就明确了向大报风格的转变，担负起中国转型期"社会公器"的责任。"中国新闻业面临的挑战是，如何在多重权力因素的制约'场域'中更好地平衡传媒经济与社会效益的关系、'喉舌功能'与'公共责任'的关系。"[2]新京报用明确的"责任"定位很好地处理了这两对关系，报纸的成功证明了"影响力导向"的主流大报模式在中国是有市场的，正如《纽约时报》的口号"刊登一切适合刊登的新闻"（All the news that's fit to print）一样，新京报正逐渐发展出具有独特风格的中国都市报模式。

如果说在整个中国的传媒行业中，专业主义依然呈现碎片化和局域化的特点，那么在新京报的整个新闻编辑和生产过程中，我们看到了一种日趋成熟的都市报专业主义操作理念和实践。这种操作和实践产生于

---

[1] 笔者对新京报摄影部主编陈杰的访谈资料，2011 年 8 月 30 日，北京。

[2] 张志安：《编辑部场域中的新闻生产——〈南方都市报〉个案研究 1995—2005》，复旦大学博士论文，2006 年。

一个特殊的地理场域中，在当代中国最大程度上接近了凯利所强调的那样，新闻的目的"是理解，并通过这份理解，以人文关怀为尺度对现实生活作出批判，而且还要在此基础上促进社会的进步与改造，使我们的生活在新的境界上更接近人文价值的标准，其核心是人的自由、平等和尊严"。[①]

我们看到，在新京报编辑部内这样的专业主义操作手法已经成为了一种"惯习"，如布迪厄所说，"惯习是一个既可以使外在客观结构内在化又能通过惯习行动的生产使内在结构外在化的、同时连接着客观结构与惯习行动（实践活动）的心灵与身体的结构。"[②]这种专业主义新闻实践一旦形成，我们相信它已经在新京报人心中留下烙印，不管外部环境是否发生变化，"只要每个在职的人都像办新京报一样办新京报，新京报就始终是新京报。"

短时间的田野调查无法细致地描绘出一个全景的真实，我们也相信这篇文章所能揭示的新京报人的理想、困惑与坚持只是冰山一角。在这篇文章临近结束之时，我们需要向在中国转型时期坚持新闻理想的每一位新京报人致敬。

① 潘忠党：《解读凯利·新闻教育·新闻与传播之别》，载《中国传播学评论》，2005年第1期，第111页。

② 朱伟珏：《超越主客观二元对立——布迪厄的社会学认识论与他的"惯习"概念》，载《浙江学刊》，2005年8月，第177页。

论新京报时评生产机制

——一个"弱公共领域"的分析框架

展　江　彭桂兵[①]　李　兵[②]

展江，1957 年生，毕业于中国人民大学新闻学院，法学博士。现为北京外国语大学国际新闻与传播系教授。主要研究方向为美国新闻媒介运作机制和战时新闻传播事业。已发表论文有《新闻事业成因论》、《新闻宣传异同论》、《〈纽约时报〉编辑机制探析》等五十余篇。代表著作：《战时新闻传播诸论》、《正义与勇气——世界知名战地记者百人传》。

摘要： 本文在"弱公共领域"视角下讨论新京报的时评生产机制，将报社评论部置于国家、民意、知识分子三者关系之间，考察其时评的生

---

①　作者为中国传媒大学传播研究院博士研究生。

②　作者为中山大学传播与设计学院博士研究生。

产过程。研究发现：新京报将时评看作一种言论表达的平台，让知识分子们或普通民众在这个平台上表达意见，继而引领社会舆论，形成一个独立的"弱公共领域"。新京报凭借其驾轻就熟的操作理念和迅速建立的强大的社外时评作者网络，在北京各报中独树一帜，并且在基于媒体的公共领域的培育中日益凸显其公共启蒙价值和对社会精英阶层的影响力。

关键词：新京报；时评；强公共领域；弱公共领域

新京报问世于 2003 年 11 月，此时新闻专业主义在中国大型都市类报刊中已经生根。新闻专业主义的两个与媒体内部制度安排的要义是：媒体生产的公共性内容与媒体经营管理分离；新闻报道与意见表达分离。① 新京报自诞生之日起就自觉落实上述制度安排，在部门设置和功能区分上各自对应，以编辑部门先进的制度安排统领新闻和时评生产。在时评生产部分，新京报凭借其驾轻就熟的操作理念和迅速建立的强大的社外时评作者网络，在北京各报中独树一帜，并且在基于媒体的公共领域的培育中日益凸显其公共启蒙价值和对社会精英阶层的影响力。

本文主要以新京报评论版为研究对象，重点对其 2011 年"7·23"动车事故以及 2011 年 2—8 月的《评论周刊》的文章进行文本分析，同时运用深度访谈法访问了有关时评编辑，探讨负责时评生产的评论部如何把握和运用新闻专业主义、评论版的编辑基于何种理念（批判性）和采用何种方式（公共理性）使新京报成为公众舆论的平台，以期发挥其中国当下公共领域基础性部件的独特作用。

背景：从歌颂性文化到批判性文化

二十世纪九十年代以来，在国家、市场和社会的三者关系中，市场

---

① ［美］迈克尔·埃默里、埃德温·埃默里、南希·L·罗伯茨：《美国新闻史》（第九版），展江译，中国人民大学出版社，2009 年，第 10 页。

领域的渐次开放，国家领域主动或被动地收缩，社会领域在这两种力量的作用下得到了释放。"概言之，是一个'国家'逐渐退出'市场'和'社会'领域的过程，对于治理结构而言，也是社会自治与公民社会的形成过程。"①

在媒体领域也是这样，市场经济的发展催生了要满足大众需要的市场化媒体，正是因为这样的一些媒体，调整了国家和社会之间的力量，不仅抑制了公权力向社会领域的无限制延伸，而且发挥了一种社会组织的功能。"在中国特色的背景之下，市场化媒体具有一个无可替代的功能，就是相当程度上替代社会组织的功能。在这个意义上说，它不只是一个媒体，不只是一个舆论机关，而同时肩负着沟通社会、组织社会的重任。"②

既然要发挥着沟通社会、组织社会的功能，报纸不仅肩负着向公众告知事实的使命，更要承担的是表达公众的心声，也就是不仅要做成"新闻纸"，更要做成"观点纸"。这就需要媒体改变传统的新闻写作范式。新闻专业主义所要求的事实和意见分离正在成为共识，传统的评论写作必将被价值和观点多元的时评所取代。作为市场化媒体中的重要一支，新京报就是在这样的媒体大环境下诞生的。

新京报创刊时，在时评的定位上就坚持上述的理念价值。在撰写评论版的编辑大纲时，新京报人用了四个字"观点新闻"。③将评论称为"观点新闻"我认为有两层意思，一是说明时评非常重要，它是以新闻为载体的报纸的必要组成部分；二是说明时评必须紧扣时事和新闻，不能无病呻吟，脱离实际、空洞无趣。④创刊八年来，新京报一直坚持新闻专业主

① 贾西津：《中国公民社会发育的三条路径》，载《公益时报》，2011年1月8日。

② 笑蜀：《市场化媒体是公民社会的主心骨》。

③ 按照新闻专业主义的理念，新闻和观点（对应于下文说的事实和意见）有着严格的界限，所以"观点新闻"一说在学理上似乎不成立。新闻是记者采集的可验证的事实，观点是表达者的主观价值判断。

④ 新京报社：《新评论：新京报名家评论精选（第3辑）》，中国民主法制出版社，2008年10月，序言。

义最基本的要求，将事实和意见分开，设立专门的评论版。

以上讨论的是新京报在媒体大环境下"要怎么做"的问题。我们在做学术研究的时候，需要警惕的是，不能从这些价值定位就评判出报纸评论做得好与坏，也不能通过新京报"做了什么"就对我们看到的东西给予价值判断。正如布尔迪厄所言："在我们看电视的时候，在我们读书或看报的时候，我们倾向于自发地运用社会学资源将所有事情都归咎于个人责任和机构的邪恶本质等上面，从而对我们所看到的或读到的东西进行判断和解释。但我的看法是，要想真正理解这些事情，只有通过对看不见的场域结构进行分析才可能。"①

我们本篇论文研究的着力点在于对新京报评论部的生产机制进行分析，透过这样的分析，我们才能理性地看待和评判新京报的评论。所以我们除了要研究新京报"做了什么"，更重要的是还要研究评论部内部"怎么做"。评论部的运作离不开与外界社会的互动。布尔迪厄认为，在对文化产品进行研究时，可以采取两种路径："一种可以叫做内部主义。它假定为了要理解法律、文学等，就需要大量阅读文本，但不需要必要的语境。文本是自足和自我充盈的，因此不需要将它与外在因素相联系。相反，另外一种更少见的不占主流地位的路径是外部主义。它试图将文本和它们的社会语境联系起来。"②

在布尔迪厄看来，后者更重要，因为它能够帮助我们理解生产文化产品的机构和社会中其他场域的关系。本文就是采用后者的研究路径，既研究文本，更研究产生文本的语境。

---

① Pierre Bourdieu, "The Political Field, the Social Science Field, and the Journalistic Field," in Rodney Benson and Erik Neveu(eds.), Bourdieu and the Journalistic Field, Cambridge, UK, Polity Press, 2005, p32.

② Pierre Bourdieu, "The Political Field, the Social Science Field, and the Journalistic Field," in Rodney Benson and Erik Neveu(eds.), Bourdieu and the Journalistic Field, Cambridge, UK, Polity Press, 2005, p32.

要研究评论部运作所处的语境，可以从如下几个问题入手：

1. 评论部怎样处理报社和国家之间的关系？

2. 评论部怎样处理报社和民意之间的关系？

3. 评论部怎样处理报社和知识分子之间的关系？

路径："弱公共领域"理论及其他

为了研究评论部与国家、公众、知识分子之间的关系，在"做什么"上，我们采用的是简单的文本分析。在"怎么做"上，采用的是观察和访谈的方法。笔者主要从两个方面来考察新京报，首先是选取一个最能体现评论部与外界各个场域之间的张力的事件作为考察对象，主要分析在这一事件发生和后续处理中，新京报评论部在时评上是怎样编辑和运作的。笔者认为，这要比泛泛地对新京报的一些过往作品分析更有说服力；第二，主要以新京报的《评论周刊》作为考察对象，不仅探讨《评论周刊》在编辑和运作上和平常的时评版的相同之处，也要探讨它们的迥异之处。

文本分析的方法主要针对的是动车事故中新京报所发表的时评，以及 2011 年 2 月到 8 月的《评论周刊》。观察和访谈的方法主要是笔者在新京报评论部田野观察了七天，参与他们的选题讨论会和编前会，对评论部成员特别是对于德清、高明勇两位编辑做了访谈。于德清负责"7·23 动车事故"的稿件编辑，高明勇负责《评论周刊》的编辑工作。对他们的观察和访谈，重在了解"7·23 动车事故"时评生产和《评论周刊》的生产和生产机制。只有了解他们怎么做，才能摸清看不见的评论部场域的结构。

对于这些实证资料的解读，笔者采用的是"弱公共领域"理论。自从哈贝马斯二十世纪七十年代发表《公共领域的结构转型》以来，学术界一直围绕着"公共领域"概念存在着争议。美国女学者南希·弗雷泽（Nancy Fraser）在《重思公共领域》（*Rethinking the Public Sphere*）一文中，对哈氏的公共领域概念做了修正。她将哈氏的"公共领域"概念划分为"弱公共领域"（weak public sphere）和"强公共领域"（strong public sphere）。① 受到弗雷泽的影响，哈氏在晚期的著作中继承了这一划分。

在哈贝马斯看来，所谓的"弱公共领域"存在于国家之外，是公众舆论形成的重要载体。而"强公共领域"是高度结构化和形式化的政治系统，如立法机构。在社会问题发生后，最容易进入的就是"弱公共领域"，挑出这些问题讨论的是"知识分子、关心这些问题的人们、观点鲜明的教授、自称的'代言人'"，"从这个最外层边缘出发，这些问题冲破阻力进入报纸和感兴趣的社团、俱乐部、职业组织、学术团体、大学"。哈氏认为，在这些边缘群体组成的"弱公共领域"中，大众传媒扮演着非常重要的功能，"只有通过传媒中的有争议的展现，这样一些问题才得以面对大范围公众，并随后在'公共议程'中占据一席之地"。② 在此，哈氏提出了一个"边缘（弱公共领域）——核心（强公共领域）"的复杂的政治想象。

案例一　时评生产机制分析：动车事故

1970 年后，美国普利策奖在评论方面设"社论奖"和"时评（专栏）奖"，社论自不必言，时评是指"在报纸上刊登的批评性文章，包括对公共事务进行评论的专栏或其他形式的评论，但不包括社论"。③ 我们也可以将动车事故中的这些评论分为社论和时评（专栏）两种。在此时评包括"马上评论"、"观察家"、"第三只眼"和"视点"等栏目。

---

① Nancy Fraser, "Rethinking the Public Sphere: A Contribution to the Critique of Actually Existing Democracy," Social Text, No. 25/26, 1990, pp. 74—77.

② ［德］于尔根·哈贝马斯著：《在事实与规范之间》，童世骏译，三联书店，2003 年 8 月第 1 版，第 470 页。

③ ［美］沃尔特·李普曼、詹姆斯·赖斯顿等著：《新闻与正义 II：普利策新闻奖获奖作品集》，展江主译评，海南出版社，1998 年 3 月第 1 版，第 840 页。

一、社论："弱公共领域"中的集体发声，捍卫公共利益

从美国社论撰稿人协会制定的七条道德准则，可以看出社论理论的最高原则——公共利益：（1）社论撰写人应基于客观的事实评论；（2）勿误导读者；（3）社论撰写人应勿为个人利益撰写社论；（4）社论撰写人应知自己并非无错，要让他人发表不同的意见；（5）社论撰写人发现错误要立即改正；（6）社论撰写人应本其良心，写出集体的意见；（7）社论撰写人应坚持最高的职业标准。①

动车事故虽然让人触目惊心，但是新京报五天的社论坚持了上述道德准则。重大事故发生后，公众首先急需要知道的是，事故为什么会发生，政府是怎么应急处理的，谁应该承担责任。新京报的社论就是将公众想知道的问题推上"公共议程"。社论（也包括其他社会评论）由部门会议讨论决定，代表的是评论部乃至报社集体的意见。从上表所列的这五天的社论可见，每天关注的重点依据事件的进展而变化。在事故发生的前两天，社论的重点是敦促相关部门尽快查清事故真相；在事故进入善后阶段，社论的重点是指出相关部门对事故善后处理的不当之处；而当事故进入赔偿阶段后，社论也随之监督政府的赔偿措施不符合正当程序，如"奖励"，还包括赔偿标准的可提高额度等。可见，五天社论批评的对象都是有关政府部门的不正当行为或者不符合程序的决策，通过社论的舆论力量推进他们的行为趋向合理化和合法化。

二、社会评论：知识分子的公共表达，捍卫生命尊严

社会评论主要是针对事故中的细节问题展开讨论，彰显了时评的人文精神。"社论会关注事件的原因、责任、问责等等，这些大的宏观的问题。而三版的评论呢，相对来说会关注细节性的问题，比方说我们曾经发表

---

① ［美］沃尔特·李普曼、詹姆斯·赖斯顿等著：《新闻与正义 II：普利策新闻奖获奖作品集》，展江主译评，海南出版社，1998 年 3 月第 1 版，第 587—588 页。

一篇给小伊伊（最后获救的小女孩）的一封信，这就是比较微观化了……二版的社论论点切入可能更宏大一些，怎么样给民众一个交代，就是从这个宏大的角度来切入。而三版从一些小的地方，也就是小切口切入，跟大家、跟读者的距离比较近。"①

新京报关于动车事故评论一览表

时 间	标题	作者身份
7月25日	社论:《尽快查清事故原因是重中之重》	
	马上评论:《自发救援见证公民精神成长》	职员
7月26日	社论:《重建公众信任，从事故善后开始》	
	观察家:《生活，不是为了"追赶"》	媒体人
	第三只眼:《写给奇迹宝贝的一封信》	编辑
7月27日	社论:《动车事故赔偿，莫用"奖励"手段》	
	第三只眼:《拒绝指令的特警队长以生命为大》	媒体人
7月28日	社论:《动车事故调查，期待检察机关监督发力》	
	第三只眼:《公布遇难者名单，不仅仅是尊重生命》	作家
7月29日	社论:《如何给民众一个负责任的交代》	
	视点:《抢救遇难者遗物要与时间赛跑》	媒体从业者

上表显示:社会评论的写作主体多数是媒体从业者，其他是职员和作家。这些知识分子们关注的是生命伦理，带着知识分子的良心进行公共表达。相对比的是，真正应该发言的一些动车技术专家在这个关键时刻并没有公共表达的欲望，所以涉及技术层面的权威剖析是缺乏的。出现这种情况的原因在于，"知道铁路技术的专家，大部分都是铁道部及所属单位的

<hr>

① 笔者对新京报评论部于德清的访谈资料，2011年8月28日，北京。

专家，和铁道部有千丝万缕的联系。所以说在这个事情上，他们没有对外积极发言的动机，他们发言来讲就意味着对他们的饭碗是有所损失的。"①

而媒体人和作家，他们对问题的表达只能从人性和程序的角度监督权力部门公布真相，要求政府从生命尊严的角度对待逝者和伤者，在责任的追究上、善后的处置上讲究程序化原则，这不只是公共知识分子们的心声，更是普罗大众的愿望，因为铁路事业关系到每一个人的切身利益。

概括起来，在这次动车事故中，新京报评论部面临的现实情况是"想说的公共知识分子们不懂。而从媒体来讲，我们很难去探究事故的原因是什么。"②而他们的解决方法是"我们给读者、给公众指出问题，督促政府尽快向大众说清楚。我们主要关注程序性的问题。"③

三、知识分子和公众舆论的合流影响国家领域

将评论版作为公共言说的平台的观点，也是新京报的评论部所秉承的一贯主张，即"把评论看作是一种开放式的平台、言说的平台。你如果不同意某一个作者的观点，你照样可以写文章过来进行 PK，我们认为这种讨论是有价值的，是能够帮助社会澄清一种概念的，我们就可以把这种争鸣的文章登出来。"④这里的潜台词就是，新京报的评论是一个向大众开放的平台，公众可以在这里就公共事务进行公开讨论，而讨论的过程也是向其他公众开放的。

类似这样的对公众声音的刊登和传播，还有比让更多的人知晓其观点本身更重要的一个作用，那就是通过长时期的观点碰撞展示，为更多的潜在的有表达欲望的、并且有观点的民众起到示范作用，让他们产生使自己的观点为更多的人知道的想法，从而鼓励他们去写作去表达。这

①　笔者对新京报评论部于德清的访谈资料，2011 年 8 月 28 日，北京。
②　同上。
③　同上。
④　同上。

种潜移默化的作用，可以培育普通民众的公共意识，让他们参与到公共话题的讨论当中，就像在这次的动车事故中，"我们（新京报评论部）每天要收到大量的稿件。很多都是时评作者主动写过来的稿子。"① 在关于动车事故的评论中，《写给奇迹宝贝的一封信》这篇稿件就是民间的时评人主动投稿，然后经过编辑的整理直接刊登。

在新京报关于动车事故的时评生产中，公权力与知识分子和公众舆论合流的"弱公共领域"之间的博弈是一个不能忽视的现象。权力部门不断干预媒体报道角度的选择，而媒体也采用策略性做法与这种压制相抗衡。在这次动车事故中，"一开始我们想谈铁路体制改革方面的问题，周一（7 月 25 号）按说应该有一篇这样的稿子是可以见报的，但是没有做出来。"② 在我们的观察和访谈中，编辑们对此表现出无奈。

案例二　时评生产机制分析：《评论周刊》

新京报的《评论周刊》创刊于 2008 年 5 月，逢周六出版，主要栏目有"一周观察"、"京报调查"、"公民声音"、"本周人物"、"记者手记"、"对话"、"观察"、"十问"、"访谈"、"PK 台"、"时事专栏"、"人文专栏"、"网评"。据编辑高明勇的分析，当时创办《评论周刊》的动力来自于两个方面：

一是来自于同行的压力，其他报纸也纷纷开辟了评论版。"创刊五年之后，其他同行都有一些评论版，甚至作者也会出现雷同，因为只要出钱，一些作者也会考虑给其他媒体供稿。所以，和其他报的一些差距实际上是拉小了。也就是说，你一直都站在一个比较高的平台上，再往前进实际上是很艰难的。"③

二是转型期的中国要谈的话题很多，有些话题三两个评论版难以承

①　笔者对新京报评论部于德清的访谈资料，2011 年 8 月 28 日，北京。
②　同上。
③　同上。

载。高明勇将当前中国的话题分为三个层次：时效性的话题、时间性的话题、时代性的话题。"如果跟热点太紧，实际上是忽视了很多时代性的东西，比如农民工子弟学校的问题，比如说前段时间《评论周刊》做的户籍改革的问题。这些问题，说句实在话，第一，它可能随时随地都存在，它是一种时代性的，一种社会性的，而目前的时评是有一些新闻事件才得以评论的。新闻评论嘛，有新闻才有评论，而这些事件没有新闻，你怎么做评论？所以我们对这个话题也想关注，在这种情况下，就要扩展一下自己的评论空间，就要考虑做一个评论为主的周刊"。[①]

一、"弱公共领域"中参与主体的多元性

（一）"公民声音"中的参与主体

写作主体身份	数量（共 102 篇）	所占比例
市民	28	27%
学者	2	2%
媒体人	6	5.9%
编辑	2	2%
公务员	2	2%
学生	1	1%
农民工	17	17%
职员	32	31%
会计师	3	2.9%
教师	8	8%
打工者	1	1%

① 笔者对新京报评论部高明勇的访谈资料，2011 年 8 月 29 日，北京。

"公民声音"这个栏目的写作主体以普通民众为主，社会精英在这个栏目中很少出现，如统计表格所显示：公务员、学者和媒体人在其中所占的比重只有很小的一部分。大部分稿件由市民、职员、农民工所完成。值得注意的是农民工这一群体，他们处于社会的底层，在传统媒体上很难找到可以表达自己心声的平台，而新京报则为这一特殊的群体提供了表达渠道，让他们可以进行似乎与他们的农民工身份相差甚远的写作活动，并能让更多的人看到。另外，难能可贵的是，这些农民工所写作的主题很少有关于自己遭受的来自城里人的歧视、劳作的不易以及对生活的种种抱怨，而更多的是，他们从自己的独特视角和切身感受出发，就时下一些热点问题写出了自己的看法，并指出了一些看似理所当然的事情的不合理之处，如《建议火车站票站价》、《降房价不是说笑》、《低碳清明得慢慢来》、《干旱不仅是新闻事件》、《烈日下停工迎"慰问"》……这些来自农民工的声音分别关注了火车票票价问题、房价问题、环保问题、干旱问题以及领导视察、慰问问题，其中一大部分是时下的热点问题。农民工是生活于城市中的一员，他们希望能对引起广泛关注的问题发表自己的看法，进而为社会的进步投入自己的关注与热情。

新京报之所以能够吸引农民工走进公众视野，是该报编辑刻意为之并持续努力的结果，诚如高明勇所说："我这有很多是非常草根的读者，有些是农民工，我也会经常给他们打电话问一下生活状况，这样他会觉得跟你很亲近，有什么稿子首先考虑你这边，同时，引导他们写作，因为他写的一些东西并不一定适合你的版面，如果你要大改的话，基本上等于自己重写了，所以你要引导他们来写，并且鼓励他和他身边的人去多写。"[1] 正是在这样的理念支撑之下，农民工这一群体找到了发表自己心声的平台，而新京报的"公民声音"也因为有了这一特殊写作群体的加入而多样化，也更加凸显言论表达的公共性。

---

① 笔者对新京报评论部高明勇的访谈资料，2011 年 8 月 29 日，北京。

（二）"时事专栏"的参与主体

"时事专栏"主要是对这一周之内发生的事件进行一个深刻的、思想性比较强的评论，篇幅长短适中、语言犀利、一语中的。其写作主体主要是大学教授、学者、作家、资深媒体人。其他栏目如"观察"、"访谈"、"对话"、"十问"等的表达主体也和"时事专栏"一样以社会精英阶层为主。《评论周刊》在选择表达主体时，有自己独特的选择标准，如 8 月 6 日新京报发表了访谈清华大学公共管理学院院长薛澜教授的稿件，题为《"事故多发期"有效监管是最必要的公共品》。在就这一主体选择过程询问编辑高明勇时，他说："薛澜三次在中南海给中央领导人讲中国的公共管理该怎么办，并且他本身也是国务院应急管理办专家组的成员，还是清华大学公共管理学院的院长，在中国公共管理这一块很有分量，所以我们请他，因为他知道，像这种访谈，有些时候普通读者实际上比较少。正因为知道大家都会关注，我不会过多考虑照顾读者，我会考虑这个问题本身的专业性到底有多强，深入性有多强……后来薛澜把访谈的东西整理一下，直接写成内参递到中南海。"①

编辑的表述显示，"时事专栏"在选择写作主体时一个最重要的标准就是专业性，只有具有某一领域相对的权威性才能成为报道的主角或者写作的主体，这就完全不同于前面分析的"公民声音"的写作主体。这两个不同的栏目，一个注重深度，一个注重广度，相互配合，相得益彰。既保证声音的广泛性，又保证问题分析的透彻性；既避免了《评论周刊》成为讨论家长里短、鸡毛蒜皮的下里巴人，又防止它成为高深莫测、曲高和寡的阳春白雪。

---

① 笔者对新京报评论部高明勇的访谈资料，2011 年 8 月 29 日，北京。

二、"弱公共领域"中讨论问题的广泛性

（一）"时事专栏"的讨论对象

主题	数量（共58篇）	所占比例
建议	9	16%
文化教育	13	22%
批判现实	8	14%
公民权利	5	9%
弱势群体权益	3	5%
政策与制度讨论	3	5%
批评监督政府和监管部门	7	12%
国际事务	5	9%
法治建设	5	9%

"时事专栏"所关注的主题如上表的分类：其各个主题的分布是比较均匀的，没有个别突出的主题。这主要是因为"时事专栏"的评论写作由头一般是本周内发生的重要新闻事件，再向对这一新闻事件有发言权的专家学者约稿。既然是新闻事件，就不会有一个固定的重点与倚重。在社会发展过程中，由于各种矛盾的激化导致的利益失衡问题遍及文化、法律、政策、权益等各个方面，体现在版面上就是新闻类型的多样，并直接导致评论的话题广布。

（二）"访谈"、"十问"、"观察"、"对话"、"PK台"的讨论对象

主题	数量（总49篇）	所占比例
文化	1	2%
教育	3	6%

主题	数量（总49篇）	所占比例
弱势群体维权	3	6%
经济	2	4%
公民权利与自由	4	8%
政府政策与体制改革讨论	15	30%
司法独立与法治建设	9	18%
国际事务	11	22%
道德	1	2%

《评论周刊》其他栏目"访谈"、"十问"、"观察"、"对话"、"PK 台"等栏目的文章一般是深入、全面的大稿，不同于"时事专栏"篇幅适中、语言犀利、一语中的的风格。其所关注的主题也呈现出了一个大致的取向：以政府政策与体制改革讨论为主。（如上表所示）

对文本的分析只是给笔者提供了一个初步的印象，而要深入了解背后的原因，唯有进入编辑部的后台。当就这一问题问及编辑高明勇时，他说："新京报的读者层次相对都比较高，包括不少中央领导都看新京报，对他们来讲，看了要有一些启发。因为对一些新闻而言，普通读者看看也就是看看，但是我们做这个是要推动社会进步的，如果一些有影响的人能看到、能接受，对社会的影响是不一样的。"①

所以，在"观察"、"访谈"、"十问"、"PK 台"等栏目中呈现出的主题政府政策和体制改革讨论最为突出，因为新京报的评论团队所希望的是它的读者不仅仅局限于一般民众，他们有一个预设前提是政策制定者在看他们的报纸。在这个前提下，他们的头脑中就会有一个明确的主题选择标准，同时他们要选择自己的表达方式，力图能够在政策制定者接

---

① 笔者对新京报评论部高明勇的访谈资料，2011 年 8 月 29 日，北京。

受的范围内施加潜移默化的影响。

结语与讨论：时评生产空间的拓展

上述从两个角度考察了新京报的时评生产，笔者的初步结论是：

一、虽然公民社会在我国尚有争议，但是由像新京报这样的市场化媒体形成的"弱公共领域"不容忽视。特别是在微博等社会化媒体繁荣之际，边缘的"弱公共领域"向核心的"强公共领域"施加影响的机会已经来临，在这种情况下，时评的舆论力量大有作为。

二、"若批评不自由，则赞美无意义"，在现时代下，时评发挥功能最好的策略是对具体的社会问题提出批评，而不要徒劳地陷入意识形态的漩涡之中，宗旨是多关注"问题"，少谈些"主义"。时评编辑部的主要责任在于找准社会上发生的问题，通过研究提出解决问题的方法，为时局建言，为民生代言。

三、时评作为观点表达的平台，这个观点究竟该如何表达？表达过于靠近官方意识形态，就容易被定位为屈从权力；表达过于关注民间的声音，就容易被定位为屈从民意。有没有第三种选择？笔者认为，衡量言论表达的价值所在的根本定位在于是否代表公共利益和公共良知。

四、舆论空间的扩展要靠策略性争取、而不是靠恩赐。笔者认为，在目前的舆论环境下，时评生产的空间还是能够进一步拓展，这种拓展就靠时评人的努力和智慧，无论是专业的时评人还是民间的写手都要尽力争取公共舆论空间，这样"弱公共领域"影响力更强大。

新京报评论版也是有需要改进之处的，其中之一便是性别平衡以及代表性问题。正如哈贝马斯所承认的那样："二十世纪的女性终于获得了公民平等权，已有可能改善自己的社会地位并享受国家福利的待遇，但他特别指出：'凡此种种并没有自然而然地改变掉性别差异所导致的歧视。'他对于女性主义的批判立场与视角表示了充分理解，并注意到现代公共领域出现的'将女性又一次从被男性统治的世界中排挤出去的行为'。

与此相关，他谈到了自己在三十年间思想的改变——'其间成长起来的女性主义文献使我们更加清楚地认识到，公共领域本身就带有父权制特征'，并认为，要弄清的问题是女性在资产阶级公共领域中被排挤出去，与工人、农民和'暴民'等无独立地位的男性被排除出去，'其方式是否相同。'"[1]

新京报评论部以及评论版文章的写作主体男女比例都印证了哈贝马斯以上对于女性被排除在被男性统治的公共领域之外的观点。新京报评论部没有女性编辑；较稳定的社外女性作者只有一位作家，文章所占比例可想而知。这就引起了笔者对于其评论版代表性问题的质疑。基于此，笔者建议新京报引进女性编辑，同时在社外积极开发新的女性时评作者。[2]

---

[1] 王宏维：《论西方马克思主义在社会性别视域中的演进与拓展》，载《马克思主义研究》，2006年第8期。

[2] 实际上，评论部主任王爱军已经有此打算。

社会新闻调查化的理念与操作

——对新京报调查性报道的个案分析

徐　泓　张海华 ①

徐泓，北京大学新闻与传播学院常务副院长、教授。毕业于中国人民大学。曾任中国新闻社北京分社社长，首都女新闻工作者协会副秘书长。1998 年至 2002 年初，担任中国人民大学新闻学院教授、博士生导师，中国人民大学新闻与社会发展研究中心专职研究员，新闻与传播研究所所长，清华大学人文社会科学学院兼职教授。2006 年 3 月起，任北京大学新闻与传播学院常务副院长，享受国务院颁发的政府特殊津贴。

　　新京报创刊八年，已经成为一份很有影响力的新锐报纸。

　　南方报业集团和光明日报报业集团在 2003 年商讨合作办报初期，就

① 作者为北京大学新闻与传播学院博士研究生。

提出要探索不同于"党报模式"和"小报模式"的"第三条道路"。按照这个思路，新京报的定位目标确定为"新型时政类主流城市报纸"，其中的关键词是"主流"。

为实现"主流化"，新京报主要打造两个内容拳头产品，一个是以"时评"为主的评论版，一个是大幅度地推出深度报道。这个策略很奏效，它成就了新京报的主流气质和媒体地位。

本文主要讨论新京报在深度报道方面的探索与实践。通过文本分析，我们发现：新京报敢于和善于把调查性报道的理念和操作手法，大量运用于日常新闻生产尤其是社会新闻的报道中，把它们做成调查性报道，深入开掘、系统分析，触及新闻表层之下的社会议题。也就是说"将社会新闻调查化"，已经成为了新京报深度报道的一个突出特征。

研究"将社会新闻调查化"，要从调查性报道谈起。按照《新闻学大辞典》的定义，调查性报道是一种以较为系统、深入地披露问题为主旨的报道形式。而美国调查性报道记者编辑协会（IRE）给出的定义则是：通过某人的原创性的工作而发现的关于一些人或组织企图隐瞒的重大事件的报道。后者是被引用率较高的一个定义。

国内业界、学界尽管对调查性报道在定义与内涵上还有某些争议，但基本一致认为这种报道类型有别于其他新闻报道类型主要体现在三个基本要素上：第一个要素，调查目标明确，揭示对受众有重要意义的事实真相，而这个真相通常是被隐瞒或者遮蔽的；第二个要素，调查行动由媒体记者独立完成，调查与材料收集是记者的原创行为；第三个要素，这些报道都立足于记者的第一手调查材料，即记者现场核实的材料、取证的材料，着力于用调查所得的事实来建构整个报道。正因为如此，调查性报道相较于其他类型的新闻报道，更自觉、更主动地承担着社会守望、环境监测、民智启蒙的功能。调查性报道被看作报纸的核心报道力，调查性报道的数量及质量，是评价一家媒体是否承担起应有的社会责任的重要指标。

新京报在深度报道中主打调查性报道，近两年来越来越自觉、主动地运用"把社会新闻调查化"的理念与做法，并逐步形成团队的价值共识。因为传媒业已经进入网络时代，新京报既要面对互联网上速读、碎片化、海量信息的挑战，又要面对传统媒体已经没有什么独家新闻可以垄断的竞争现实，实践证明"将社会新闻调查化"的新闻理念与操作，是一条"进入主流人群、影响主流舆论"的快速通道。

依据中国网络舆情指数体系（IRI）的统计数据，2010年由新京报最先披露并引发网络热议的事件占比达12.5%，具有代表性的事件包括广西苍梧征地纠纷引发冲突、山东威海看守所"针刺死"、江苏邳州征地血案、石家庄原团市委副书记王亚丽骗官案、河南睢县"茶杯门"、江苏九旬翁携子自焚阻止强拆、陕西渭南进京抓作家、蝉虫咬人致死、山西太原入室强拆致死等。正是依靠这些过硬的调查性报道，新京报位居2010年网络热点及重大突发公共事件舆情源头的第一位，排在新华社、新浪微博、天涯网和中新社之前。

本文将从事实层面建构、价值层面建构两个方面试论新京报"将社会新闻调查化"的理论与实践意义。

事实层面建构：获取与呈现逼近事实真相的证据链

证据的取得和利用，是调查性报道特征最集中的体现，以至于国外从事调查性报道的记者更愿意将之称为"证据的报道（evidential reportage）"。日常动态报道、社会新闻报道一般只是呈现了表层事实，最多回答了"发生了什么"的问题，而调查性报道则掘地三尺，着力探究："为什么会发生？真相是什么？谁来负责？"因此在将社会新闻调查化的过程中，所谓的运用调查性报道的理念和操作手法，主要体现在要用调查所得的证据类事实来建构报道，也就是说一定要获取和呈现逼近事实真相的证据链。著名调查记者王克勤曾经说过："情绪没有任何力量，真正有力量的是事实与证据。我们所进行的调查采访与查找文字材料的工作其实都是为了取得证据。调查性报道的真谛就是追问、求证，通过不断地追问、求证，找到最能说明事实真相的证据。"

一、以细节还原事件

记者调查一般都在事发之后，因此能否尽可能地还原事件全貌，是调查一个事件的真相、获取证据的核心环节。这里所讲的还原，包括对事发现场的还原、事件进程的还原、当事人遭遇以及人物关系的还原等等。

采访必须坚持现场原则，即深入到新闻事件现场求证采访，这是刚性要求。没有在事发现场的求证过程，就谈不上是真正的调查性报道。新京报一直坚持记者一定要到事发现场。例如关于上海甲氨蝶呤药物损害事件的报道，新京报 2007 年 12 月 13 日用两个整版的篇幅进行了报道。A19 版上半个版刊登了一条动态消息：前一天国家药监局公布了该事件的处理结果，药厂被吊销药品生产许可证，相关责任人被刑拘。而 A19 版下半部分和 A20 版整版刊登的是关于此事件的记者调查。第一篇是对上海华联药厂的调查，这是造成这起重大药品质量责任事故的第一现场。记者在调查中，重点探访了被查封的生产制剂楼，暗藏问题的生产线，同时对"违规的事实被有组织地隐瞒"情况作了进一步查证。记者还对"为何不及时叫停所有的问题药"进行了调查。而 A20 版在上海市政府责成药厂赔付患者的动态消息下，记者展开了对受害人及其家属的调查，还原了他们的遭遇与困境。对比此事件的官方版本，新京报以两条动态消息为由头，然后通过调查性报道，还原了现场，还原了事件受害人遭遇，更充分、更完整地揭示了"甲氨蝶呤"事件的真相。

新京报在还原事件时，擅长通过细节来寻找、展示与构建事实证据。还以上海甲氨蝶呤药物损害事件为例，调查报道的开头是这样的：

> 11 月 3 日，307 医院血液科病房。光头女孩苗浴光的小腿细如竹竿。

"腿废了，脊髓神经被杀死后，肌肉就萎缩成这样了。"苗福田拉开被子，抚弄着女儿的小腿。由于脊髓中使用了劣质药，膝关节失控的苗浴光，小腿可向任意方向旋转。

造成苗浴光瘫痪的元凶，就是上海华联制药厂生产的甲氨蝶呤制剂。

在对另一位受害患者的描写中，几乎每一个细节都是对这种药物所造成的危害的直接证据：

来自安徽的十九岁女孩方佳佳，双手肿胀已不见缝隙，肺部发出拉风箱一样的声音。无法排尿、下肢萎缩瘫痪、记忆力减退，方佳佳除拥有了卫生部公布的"甲氨蝶呤"受害者一切特征外，还出现了上肢肌肉无力和严重肺部感染的症状。

11月11日下午，父亲方亚华为女儿清理了第五十片尿布。女儿一天要排出3000cc的尿液。

通过细节还原事件，从文本阅读效果来看，可以增加可读性。法国著名报人奥斯维在谈到报纸新闻的可读性时说过："记住，哪怕仅仅是为了给你的读者一个阅读的理由，也一定要写出细节来。"但与写作其他新闻文本不同，调查性报道记者在运用细节还原的手法写作时，更要注意准确性，要学会保守地、谨慎地、有克制地写作，要学会留有余地，因为记者与真相永远是有距离的。

二、以调查推进叙事

调查性报道的另一个特点，它是以记者为调查主体而进行的采访活动，是通过疑问——假设——求证，层层剥笋、步步递进，不断逼近事实真相的。常规的新闻报道，一般不需要记者的参与，但调查性报道，如果没有记者个人的参与，则无法完成。

以新京报 2010 年三次报道石家庄原团市委副书记王亚丽涉嫌身份造假骗官事件为例，记者几赴石家庄，从采访举报人开始，一步步采访外延人物、关联人物、知情人物等等，并收集到相关的文字物证：如官方公布的简历和其他人事资料、企业的注册档案等等，抓住所有的疑点不放，终于克服了重重阻力。随着调查进程推动事态发展，新京报于 2010 年 2 月 10 日、3 月 3 日、4 月 23 日三次推出各两个版面篇幅的系列报道，这是我们看到的有关"王亚丽骗官事件"国内媒体最详细、最深入的一份调查报道。

分析这个系列报道的文本，可以看出：其基本叙事结构是以悬疑作为起点，用调查逻辑来推进叙事，最后打破谜底，逼近真相。而在文本背后，可以读出记者为推进调查，对背景资料的搜集研究，为此制定的周密的采访计划，并在采访过程中不断梳理主要问题之所在，不断寻找与结构着一个越来越完整的证据链。记者作为调查主体，活跃在文本叙事背后的那种主动、犀利、一往无前的突破精神，也力透纸背。

需要指出的是，新京报运用图表，对文字报道内容做了有力的补充，清晰地勾勒出扑朔迷离事件中的那条事实线索，或者说证据链。如在 3 月 3 日 A25 版配发的"升迁路线溯源"，一目了然：（1）认下"干爹"，村姑进城；（2）结识局长，任副科长；（3）离开干爹，投奔局长；（4）局长"双开"，走近贵人；（5）获市领导提拔，任纪念馆馆长；（6）受领导举荐，成后备干部；（7）派往开发区，成为挂职干部；（8）挂职期满被荐，任开发区书记；（9）再受推荐，任团市委副书记；（10）遭实名举报，涉造假免职。

在 4 月 23 日 A22\23 打通版面的报道中，又用图表列出"遗产争夺"案的事件过程图，"造假骗官"案的事件过程图，还有"三招掩盖真相"的过程图，都配合文字报道，直观地揭示了调查路径以及最终的结果。在版式上较多采用现代制图手段，尽量缩短篇幅，删减文字，也是为适应读者越来越差的阅读耐性。

三、以多信源证实证伪

国外对调查性报道的信源有严格的要求，在一些世界知名媒体机构的记者工作手册中，规定每篇调查报道中准确信源不能少于六个，甚至对直接引语也有具体要求：客观展示被采访对象的原话不能少于十处。任何一个人都可能会是有偏见的，所以单一的信源就可能出现偏颇或不准确，正所谓"兼听则明，偏信则暗"。要全面立体地呈现事实，只有进行众多的采访与核实，才能够尽可能地呈现出一个更加逼近真相的事实来。

除了对信源数量的要求，对信源的组成结构也有要求，即事件中的正方、反方、中立方都应该采访到；还应该采访到与事件有关联的其他各方，在中国尤其要努力采访到相关的各级主管部门。其实日常新闻、动态新闻为体现客观公正和话语平衡性，也不应是单信源的。而在调查性报道中，多信源求证不仅是公正平衡的需要，更重要的是要发挥对信息证实或者证伪的功能，因为从严格的意义上说，每一个信息源都是证人，他们提供的信息都是证据。

新京报在运用调查性报道的理念和操作手法，处理社会新闻使之成为标准意义上的调查性报道时，对信息源数量的要求、对信息源质量的要求都很专业。例如前文已经提过的"甲氨蝶呤事件调查"，在《上海市政府责成药厂赔付患者》一文中，记者调查涉及了北京307医院、北京协和医院、上海瑞金医院、北京中日友好医院，共四家医院，实名报道的患者有七位，他们的亲属有七位，包括患者的父亲、女儿女婿、丈夫等。采访到的医生有三位，还有三个重要的知情者：药检中心主任张黎明、华联药厂笃姓经理、参与赔付的陶姓律师。通篇报道有二十个信息源作为支持，足见其调查的扎实与认真。

而在信源的组成结构上，2009年12月29日新京报刊发的报道《民警高作喜"奇遇"记》有较好的体现。该报道的调查线索起源于一条社会新闻，记者运用调查手法，以时间为轴还原了民警高作喜是如何成为上访者，如何被所在派出所的领导们关进精神病院的个人遭遇。文本以高作喜的叙述为主线，但他所谈到的关键事实都有旁证，记者都引用了其他信息源进行证实说明。其中涉及到的信源在倾向性与立场方面都各有不同。如同情高的：他的妻子、二哥还有一位六十岁的老同事；立场中立的：为马做过精神病鉴定的齐齐哈尔市第二神经精神病医院、赤峰安定医院、天津市精神疾病司法鉴定所的三位医生；与他发生冲突的对立面：四位公安局或者派出所的官员。当叙述到这个事件的几个关键环节，更不能只听一面之词，需要相互求证，即使未经过证实也需要有所交代。新京报记者在这一点上把握得很到位。例如：

在叙述到"马春生所长是否威胁"这个情节时：

"马所说，人都刑拘了，再追究有啥意思。"高作喜称他没答应，马所长威胁他"警察不想干了"，他顶了一句"你吹牛皮"。

对此情节，马春生说，他并没威胁高。他认为，既然高受伤并不重，不必纠缠于此。他认为高一直纠缠，只是为得更多赔偿。

在叙述到"私了"这个情节时：

不过，他（指马春生）称"私了"不是他的意见，是上级领导指示。马春生（派出所所长）说，检察院领导也多次要他们做做高的思想工作。此情节，未得到莫力达瓦自治旗检察院证实。

在叙述到"上访告状"这个情节时：

高作喜称，当时他提出，再不解决问题，他只能到市局去反映。时任分局政委的韩金桩说，你愿到哪告到哪告。这话未得到韩金桩证实。

在叙述到"是否要把高作喜送进精神病院"这个关键情节的时候：

> 东方红派出所多名民警证实，马、王（派出所副所长王君利）二人曾当着高的面说，告状就送你进精神病院。不过，马、王二人均否认。

价值层面建构：突破冰山之下十分之九的遮蔽

调查性报道是从美国十九世纪末的"扒粪"报道（Muckraking），即专门揭露政府和公共机构腐化行为的新闻报道发展演化而来的。上个世纪六七十年代，调查性报道达到繁荣的顶峰，以《华盛顿邮报》的"水门事件"调查为典范，此后就一直作为一种重要的独立文体，以深度报道形式见诸各种媒介，曾被称为"报纸的希望"。由此可见，调查性报道因"揭露丑闻"而诞生，它往往以捍卫公众利益为己任，去调查敏感的重大社会问题，以及政治人物和势力集团牺牲公众利益的罪行和腐败案等等，并写出尖锐的报道，引发和引导舆论，从而保障公众利益最大化。

在演变过程中，调查性报道越来越表现出它与常规报道的显著区别，杜骏飞在《深度报道写作》里将其概括为：常规报道只报道孤立的、公开发生事件的表面结果，而调查性报道则注重挖掘新闻事件内在的、隐蔽的、尤其是被隐瞒的关系，并为公众分析这些内在关系的重大意义。新京报将社会新闻调查化的意义，正在于突破日常报道的程式，从社会新闻的选题深切下去，以揭示新闻事件内部和背后所表现出的社会深层次问题：社会结构、权力结构、社会行为等。正如浮在海面上的冰山，日常新闻好比冰山一角，"水上的十分之一"，而调查性报道要触及"水下十分之九"社会深层事实的真相。

一般来说，再现、探索、解读"水下的十分之九"，是所有深度报道应具备的特征品性。调查性报道与其他深度报道文体，如特稿、解释性报道、预测性报道还有人物专访的主要区别在于，它所追寻的事实真相是被遮蔽的，而且突破这个遮蔽要依靠记者的独立调查。因此，新京报实施"将社会新闻调查化"的起点在于选题，选题的原则中贯穿他们的新闻价值追求。新京报深度报道部主编刘炳路在谈到这个问题时说："我们关注个体，但一定是选择有典型意义的个体事件，或者这个事件背后，有长期积累的社会矛盾、体制之弊。"由此可见，新京报的选题原则首先是个案的典型性；其次，更看重个体事件有无延展性，是否具备继续调查的空间和文本的张力。他们对选题延展力的基本判断，就是穿透这个事件，能否触及一些长期积累的社会矛盾、能否找到体制上的缺失与弊病。

根据选题完成自主调查，必然要突破寻找事件真相过程中的种种遮蔽，可能是被某种权力有意识遮蔽、被某种制度缺陷遮蔽，或者是被某种认识局限集体无意识遮蔽。与这些遮蔽所进行的博弈，所完成的突破，就是新京报将社会新闻调查化理念与操作所追求的新闻专业主义价值落点。

一、突破权力性遮蔽

从诞生之日起，调查性报道挑战的主要对象就是公共权力滥用。如美国扒粪运动中的经典报道：林肯·斯蒂芬斯的《明尼阿波利斯之羞》等一系列的报道，揭黑的矛头直指美国城市一级、州一级政府的腐败。而上个世纪六七十年代，调查性报道的全盛时期，记者调查的目标更是着眼于揭露政府内幕，包括最高权力中枢白宫与总统的内幕。这种为了保护公众利益和隐瞒丑闻的公权力进行博弈的传统，成就了调查性报道价值层面的核心构建。当然，在我国目前的政治环境与社会环境中，做调查目标如此明确的选题有一定的难度与禁忌，但新京报没有放弃这方面的追求与努力。

《阜阳"白宫"举报人非正常死亡》系列调查报道是这类报道的典型。

该事件并不是新京报首发,《中国青年报》2008年4月22日刊登了题为《"白宫"举报者狱中蹊跷死亡》的报道,披露了一个离奇的案件:一位多次上京举报当地官员违规违法行为的举报人李国福,被关押一百九十七天以后,在见律师前几个小时死在了监狱医院。新京报将此条动态新闻向调查性报道操作,选定的调查目标毫无疑问是李国福举报的安徽阜阳颍泉区委书记张治安,查证举报人上访举报的内容是否属实,张志安是否打击报复并陷害举报人。

记者于2008年4月27日赶赴阜阳采访,临行前中青报记者就叮嘱"去阜阳一定要小心,调查'白宫'更要小心"。采访过程中果然遭遇到强大的权力遮蔽。记者的采访手记中写道:"我很快发现,在阜阳,张治安是个禁忌的话题。几乎所有的被访官员在提及这位'白宫书记'时都很不安,当地媒体同行也'拒谈此类话题',当地老百姓在我亮出记者身份后大都'噤若寒蝉'。甚至被张一手查办的官员,都声称'对张书记没一点意见'。"

记者在阜阳采访了二十二天,其中采用了暗访,在寻找当地上访的人、实地探访那些被强拆强建的工程时,还要经常设法摆脱那些盯梢的人,调查过程一直受到很大的压力。但新京报记者百折不挠,而且实现了调查中一个最大的突破,直接采访到当事人、也是所有调查阻力的设置者张治安。在面对面的接触中,记者向他提出了数个问题,成为唯一采访到"白宫"书记的记者。2008年6月23日新京报用了四个半版刊登"阜阳'白宫'举报人非正常死亡"系列调查报道,其中两个版是关于举报人自杀事件本身的调查;两个版题为"颍泉五大工程成长史",这是对举报事件核心证据的调查。证实举报内容:违规将农业用地转为建设用地、耗费巨资建"白宫式"的政府大楼、挪用水利、教育资金兴建"生态园"等属实,并提供了更加完整的证据链。还有半个版刊登了张治安回答新京报记者的十四个问题。一年多以后,2010年2月9日,新京报再次刊登有关"阜阳'白宫'书记"的追踪报道:张治安被认定受贿三百九十万元,报复陷害举报人,一审被判处死缓。

与公权力直接对抗、需要正面突破政治性遮蔽的调查性报道一旦刊出，所造成的社会影响力大，引发的舆论监督冲击力强。但在操作过程中记者与编辑部承担的风险和压力比较大，因为随时可能会有来自权力部门、利益相关方面的直接干预，有时候甚至会遭遇封门令而"胎死腹中"。媒体与记者需要不断采用策略性做法与这种压制相抗衡。调查的空间是靠记者的突破能力以及编辑部的智慧与策略不断争取的。

需要提醒的是，完成这种类型的调查，记者和媒体需要有更强的证据意识：充分采集相关的证据，保留好包括物证、书证、证人证言、受害人的陈述、当事人的陈述、鉴定结论、笔录、视听资料等等证据。注重证据不但是调查性报道文本的需要，也是调查记者和媒体自我保护以及与压力部门抗衡的手段。

二、突破制度性遮蔽

中国社会处于转型期，社会新闻层出不穷。什么样的社会新闻更有进行调查化操作的意义？通过对新京报调查性报道的文本分析，我们发现有"景深"的社会新闻个案会成为首选。所谓有"景深"的个案，是指题材具有可延展性和历史的纵深感。这样的个案往往涉及公共利益或者公共价值，所反映的问题在社会转型过程中具有普遍性。新京报在对这类选题进行调查化操作时，注重寻找"景深"与制度的关系，具体表现为：第一，突破现有制度对调查这些个案事实真相的遮蔽；第二，通过揭开这些个案的事实真相、找出问题所在，反省体制的缺失或者错位。

2007年4月5日新京报核心报道用两个版面刊登的调查性报道《贫病夫妻相缚投江》是一篇有代表性的经典作品。调查线索的起因是一条社会新闻：农民陈正先家庭贫困，长期身体有病，在病情加重住院检查时，发现自己患有血吸虫病、乙肝、肾结石、黄疸等至少四种大病，本来就困难的家庭再也无力承担治疗费用，于是他和妻子双双捆缚投江自尽，留下一个同样处于贫病之中的儿子。

作为个案，这则社会新闻本身已经具有很强的悲剧性、冲突性、故事性。但据此进行的调查报道，记者并没有把笔墨放在对弱势群体人文关怀或者情感报道上，而是找到这个事件的"景深"：陈正先所在的公安县是湖北省首批新型农村合作医疗重点试点县，这个贫病交加的家庭本应该受惠于这个制度，但记者深入调查的结果，通过一笔一笔地具体算账，发现无论是新型农村合作医疗，还是民政特困户救助和大病救助基金等，都无法使他们得到帮助，他们的困境远远超出了所有这些制度的救助能力。

在调查与算账过程中，记者的视野从陈光正的个案，延展到他所在的村子、所在的县，发现新型农村合作医疗、民政特困户救助和大病救助基金等，在实施过程中对其他农民来说，也存在着不同程度的问题。而这个带有普遍性、共性的问题，根源在于从制度安排和设计上就有缺陷。比如，荆州市民政局副局长张晓峰介绍，城市低保是"应保尽保"，但是农村评特困户是按照省里分配的指标从最特困的家庭倒数排名，并不能保证所有特困家庭都能享受特困补助。比如公安县和管办主任冯秀成说，农村合作医疗本质上是一种低水平、广覆盖的互助救急模式，并不能解决困难家庭治疗大病的现实。他认为：参合率（参加合作医疗的农民比率）成了合作医疗管理办公室最头痛的事情。参合率低导致的一个直接后果是，合作医疗基金筹资能力有限，因此对农民的补偿比例也有限。公安县参合率80%，陈光正所在的乡只有70%，说明农民参加合作医疗的积极性并不高。这篇调查报道的副标题起得好："一个合作医疗标本县之殇"。作为一个全国典型，从个案入手，通过一笔笔的具体算账，讨论的空间已经从个案发展到问题，而对问题真相的追寻，指向了农村医疗保障制度的缺陷性、局限性。

这种"个案与问题"对应，探究制度层面原因的调查报道，在新京报的深度报道版面十分常见。《开胸验肺》，一个用极端手段维权的个案，指向的是工伤鉴定理赔制度；《山西十余少年连遭跨国绑架》，隐藏在数起离奇绑架案之后提出的问题之一涉及警方的管辖权；《甲氨蝶呤调查》，一起重大药品质量安全事故的背后，是公共卫生监管机制的疏忽；《盲井》，谋杀骗取赔偿案，揭示出的是地下采矿业安全监管机制的缺失等等。

新京报内部对调查报道这样的新闻操作解释为："我们不仅仅停留在事实表面，而是探究更深层次的事实，探究细节，探究背后出现这种情况的历史原因、体制原因，也包括一些偶然性因素、干扰性因素等等。""景深"越好的题材，调查性报道突破制度性遮蔽，构建公共理性、进行建设性思考的空间也就越大。而这样的调查报道立足于推动社会的发展和问题的解决，不只是促进个体事件的解决，更多的是政策方面的推动，这是新京报将社会新闻调查化操作时，追求的另一个重要的价值落点。

三、突破认知性遮蔽

还有一种类型的遮蔽，也是做调查性报道经常会遇到的，那就是由于认知水平或者道德价值观不同而导致的对一些事件真相的遮蔽，可能是集体无意识的。在转型期中国，社会处于多元化的变迁进程之中，出现认知断裂、价值体系重构，是不可避免的。如果说权力性遮蔽和制度性遮蔽属于一种硬遮蔽，那么认知性遮蔽则是深植于人们的头脑之中、观念之中，属于一种软遮蔽。在将社会新闻调查化的操作中，一般都可以选择不同的角度，从突破硬遮蔽入手，能够逼近事实的真相；从突破软遮蔽入手，也会在揭露事实真相方面有新的发现。只是突破软遮蔽需要更加专业化的理念和操作。调查报道专业化的两个支撑点：第一，要有新的事实，主要立足于报道对象所涉及的专业，从专业知识、职业道德伦理，有时候甚至是常识的角度，挖掘与发现新的事实。第二，要有新的逻辑或者框架，把这些事实组织起来。当你对调查对象构建出一个新的认知视角时，就会发现它可能不像突破硬遮蔽时那么锋利，那么对抗，或者那么煽情，但会更有科学性和建设性，或者说它的启蒙作用比监督作用更加凸现。

2010 年新京报在"夺命蜱虫调查"的连续报道中，记者的思路体现了要用专业知识释疑解惑的调查方向："发现当地有人被虫子咬死的事实，我们可以去写这个村子里村民死了，是什么时候发生的，他死了之后留下了孩子还有寡妇等等。这样会很煽情，也会引起大家的共鸣，但是我觉得这样理解新闻太简单化了。我们要去设问：蜱虫带来的致命细菌，是这个虫子本身所产生的，还是通过虫子传播过来的？是不是一种新的病毒、病菌？这种怪病只在中国有，还是世界其他国家也有？这种病可防吗？可治吗？可控吗？"

新京报按照上述问题构成的逻辑线索推出了系列报道：2010年9月8日以两个版面刊登《"八爪小虫"夺命调查》，记者对河南商城县蜱虫"重灾区"的这场突发灾难进行了全面的调查；9月9日推出《蜱虫"怪病"揭秘》，对引发此次的怪病的全沟硬蜱的病理和传播途径继续调查，并发现地方卫生部门由于认识缺失，误诊为感冒才导致频频出现死亡案例；9月13日的报道题为《蜱虫病元凶锁定新型布尼亚病毒》，对这种新型病毒再做解读，并报道卫生部正在组织专家制订"人感染新型布尼亚病毒病诊疗方案"，从临床诊断和治疗方法上，对发现的感染病例，进行有效的界定和治疗。至此，恐慌情绪已经舒缓，事态得到有效的控制；9月26日一个版推出《蜱虫"咬伤"的防治空白》，属于反思性调查报道，从一个小切口进入，大量举证，揭示出在这个事件中凸现出的我国卫生疾病防治体系，从卫生部到基层医院所存在的问题。

关于"张悟本现象"的系列报道，也是经典作品。据说，这组调查报道是经过精心策划的，事先已经准备好四五篇核心报道，但被别的媒体首发。在张悟本现象成为各家媒体关注的焦点之后，新京报于2010年5月26日、27日、28日连续推出三篇调查报道：张悟本与绿豆涨价的关系，对张悟本身份的调查，对幕后推手的调查。6月7日又以两个整版推出的《养生市场六问》：一问，乱象几种面貌；二问，学说是否科学；三问，资质何以鉴定；四问，媒体助推乱象；五问，卫生监管空白；六问，素养如何提高。突破认知性遮蔽、直抵张悟本现象的真相，是一篇画龙点睛的力作。这组调查虽然没有抢上独家报道，但通过文本分析，我们认为它仍然以独家的角度，成就了新京报调查性报道的"独到"，产生了很好的社会反响。

在网络传播与媒体竞争的当下，首发独家报道的难度越来越大，更多的时候是在比拼独家的角度。在将社会新闻调查化的操作中，选择更加专业化的切口，在某一个领域针对某个问题进行深度挖掘，突破认知性遮蔽，找到调查的独特角度，是一种突围途径，这也体现了对科学性、理性、建设性的价值追求。

英国的兰代尔（D.Randall）这样总结调查性报道：调查性报道是新闻报道的基本方法与更先进研究方法相结合的产物。有一些年轻的记者提出"传媒进入方法论竞争的时代"。突破认知性遮蔽，需要引进和使用哲学、社会科学的理论与方法。上世纪六十年代，美国诞生了一种被称作"精确新闻"的报道方式。精确新闻是指新闻记者在采写新闻时，运用制作量表、搜集数据、实验调查、内容分析等社会学研究方法来搜集信息、调查研究的采访方法，后来不少获得普利策新闻奖的作品就采用了"精确新闻"的报道方式。 近期国内一些调查性报道，也由于引入社会学的统计方法，从而发现了调查报道新的视角、新的事实、新的意义。

结语

综上所述，本文主要通过对一些个案进行文本分析，试论新京报社会新闻调查化的理念与操作，论述过程同时结合了作者近几年参加新京报年终评稿时的一些观察与体验。至于文本背后以及文本之外的相关问题，包括新京报调查性报道的生产机制、调查记者群体的职业生存状态，还有报业外部环境，尤其是进行调查性报道的社会环境等，需留待下一步研究。某种意义上说，这些问题更重要，它将回答对新京报社会新闻调查化理念与操作更深一个层面的评价问题。

此外，放在国际传媒业背景环境中观察，国外报纸的调查性报道近些年呈现式微的趋势：美国 2010 年提交普利策新闻奖调查性报道奖项的作品数量减少了 40%。而国外电视台的调查性节目，也陆续爆出一些造假的内幕丑闻，严重影响了这类节目的公信力。笔者接触到的一些欧美调查报道文本，发现还有一个把尖锐的调查报道变成温和故事的苗头。发生上述种种变化，有很复杂的原因，很具体的情境，也需要深入研究与分析。 这个方向的研究，对我们反思新京报社会新闻调查化理念和操作的意义与价值，明确它今后应该坚守什么、创新什么，以及如何摆脱目前的一些困惑，也会有一定的借鉴意义。

中国社会转型期新闻媒体的社会责任及实现途径

——新京报深度报道实践的观察与思考

高　钢

高钢，1953 年生，中国人民大学新闻学院教授，博士生导师，现任中国人民大学新闻学院党委书记，中国人民大学新闻与社会发展研究中心专职研究员，中国高等教育学会新闻学与传播学专业委员会理事长，教育部新闻学学科教学指导委员会副主任。

改革开放三十年，中国社会发生着前所未有的历史变迁，整个中国在谋求国家富强、民主和现代化进程中，显示出巨大创造潜能的同时，也显现出各种各样的缺陷、弊端。这样一个充满奇迹同时也遍布冲突的历史进程中，民众对整个社会呈现的日新月异的发展、不同寻常的变化、复杂尖锐的矛盾……时时处处感觉到兴奋、惊异、陌生和不安。

社会的基本情状和运行方式完全改变了，民众的生活方式和行为方式也在发生着深刻的改变。"社会转型期"是人们对于这个特殊的历史变革时代的一个最具概括性的描述。在这个时期，我们看到一个国度从旧式的运行模式中挣脱出来，完成着脱胎换骨的、艰难而壮烈的进化。

生活在这样一个急剧变化的社会环境之中，民众对新闻深度信息的需求日益增强，他们不仅需要了解发生了什么事件，更需要知道这些事件发生的缘由，不仅要知道这些事件对自己生存环境产生的影响，甚至还要把握这些事件的发展趋向。如果不了解这些"深度信息"，人们就难以在今天这样一个急剧变化的社会里实现生存与发展的追求，甚至会失去基本的安全感。

处于历史转型期的中国社会，呼唤中国新闻工作者对社会生活环境的变动状况作出更加全面的描述、更加清晰的说明、更加深刻的解释。

中国新闻界的实践运行让我们看到，中国新闻媒体在中国的历史变迁中成为不可缺少的强大动力之一。

新京报在改革开放三十年间中国风起云涌的传媒市场中是后来者。然而，就是这样一个后来者，却用他们的理想、信念、意志、品格和智慧在中国传媒界创造了不同凡响的景观。

新京报是一份都市报，然而，它吸引民众不是靠传播奇闻逸事，而是靠提供前沿观察；它关注民生不是靠施放冷嘲热讽，而是靠提供专业分析；它关注社会不是靠转发街谈巷议，而是靠提供深度解释。

构成新京报精神品格和专业能量特色的一个重要产品，就是新京报的深度报道。仔细观察新京报的深度报道，我们可以清晰地看到八年来，这个新型报纸对媒体社会责任的诠释和在中国现实环境中对实现这一责任的路径探索。

深度报道的新闻学概念及意义

本文论及的"深度报道"，指的是对主体新闻的时空维度进行深度扩展的报道，它通过对主体新闻的生成背景、波及影响和发展趋势进行全面展示与剖析，而深刻地反映客观环境的最新变动状态。

与非深度报道相比，深度报道不仅是反映新闻的静态截面，而且要披露新闻的变化进程；不仅是观察一个新闻的内部关系，而且要揭示一个新闻的内部与外部的复杂关系。

辩证唯物论的认识论提示我们，客观世界的运行规律有两个最重要的特征，一个是事物间的普遍联系，一个是事物的不断发展。而深度报道奉行的思维原则就是事物的发展和事物的关联，它恰恰与客观世界的运行规律达成了一致。因此，深度报道的思维方式是科学认知客观世界运行规律的思维方式，深度报道方式是能够更加真实地反映客观环境变动状况的报道方式。

国际新闻界在谈及深度报道这个概念的时候，通常是指两种经典的报道体式，一个是调查性报道，一个是解释性报道。

调查性报道是致力于查明并披露与公众利益密切相关，却由于各种复杂原因而被掩盖起来的深层事实真相的报道。美国新闻学者杰克海敦这样表述他对调查性报道的看法："调查性报道是暴露报道。它暴露政府和公共机构中的腐败行为和丑事。"

解释性报道是致力于对新闻事件的生成原因、影响范围、发展趋向和深层意义进行解释的报道。美国新闻学者杰克海敦这样表述他对解释性报道的看法："它是一种加有背景，揭示新闻更深一层意义的报道。"他还说："解释性报道是要告诉读者某则新闻的意义及其前因后果。它是对复杂的事件进行整理和解释。它比官方的材料和声明说得更深一些，它是一种追究动机的报道，解释集体或个人的行动的原因。"

这两类报道对民众深入了解和认识自身的生存环境无疑有着重要意义和价值。因此，美国普利策新闻奖评审委员会1985年把这两种报道体裁列入了普利策新闻奖的序列。

与一般性的动态新闻报道相比，深度报道不仅有着特殊形态，而且有着重要功能。

第一，深度报道能够帮助民众深刻认识生存环境的变化及意义。

新闻的社会职能从本质上看就是帮助民众了解其生存环境的变化，从而为他们明智地抉择自己的社会行为提供信息参考。重大新闻选题无疑是对社会环境与自然环境重大变化动向的报道，这样的报道往往最及时、最深刻、最全面地披露与分析着民众生存环境发生的变化，从而让民众深入了解自己的生存环境，明智地为自己的利益做出他们的社会抉择。

第二，深刻地干预官方决策。

由于重大新闻选题往往展示与分析着现今社会与自然环境各个领域出现的重要动向，因此必然对社会的各级领导者的决策发生直接的影响。领导者对社会的发展进程负有重大的责任，他们更需要及时、准确、深刻、全面地了解社会发展进程中存在的矛盾与问题，需要找到解决这些矛盾与问题的有效途径。而作为"社会瞭望者"的新闻工作者所做的重大新闻报道，往往直接为社会领导层所关注。

第三，形成特殊传播效应，在媒体市场上拥有特殊竞争力。

一个媒体要想在读者群中拥有自己独特的传播效应，在激烈的媒体竞争中拥有自己的特殊地位，往往需要通过重大的新闻报道展示自己对读者的特别价值。从另一个角度说，也只有在重大新闻报道中，一个新闻媒体才能更全面展示出自己在各个方面的实力，从而形成对读者的影响与召唤。当独家视角的报道已经更替了独家内容的报道，成为今天独家报道的核心内涵时，深度报道恰恰开辟着媒体重点报道的特色空间。这一切会成为媒体在市场上进行竞争的最有效手段。

第四，训练出高素质的新闻从业人员。

由于重大新闻选题本身具有的各方面的复杂性和它所应担负的传播使命，使得实现重大新闻报道的专业难度往往要大于常规性的新闻报道，它需要新闻从业人员具有更广博的知识，更缜密的思维，更敏锐的观察能力，更细致的调研作风，更高的专业工作水平，从而驾驭复杂的报道任务。正因为如此，实现重大新闻选题的过程，是对新闻工作者进行专业磨练的极好机会。高质量的新闻从业人员是通过执行高难度的新闻报道任务磨练出来的，而深度报道是新闻报道中难度最大的领域。

纵观八年来新京报的深度报道，我们能够看到处于中国社会转型时期的一份大型日报为实现媒体社会责任进行的勇敢探索。

新京报深度报道的选题领域

随着中国社会的改革开放和传媒业专业化程度的提升，深度报道已经越来越多地出现在中国的各类媒体上。但是，从整体上看，处于社会转型期的中国新闻媒体对一些重要领域发生的新闻性变动还普遍缺乏深度调查和深度解释的意识，一些力图对新闻进行深度开掘的报道也由于各种原因不能达及职业操作的规范和水准，深度报道力量的缺失正在成为制约中国新闻传播影响力扩张的重要原因。

深度报道是需要高昂成本的，国际新闻界认为，宝贵的成本资源向什么领域的报道进行投入，以开掘报道的深度要素永远是媒体感到纠结的问题。新京报的深度报道选题大致集中于四大领域：

一、社会文明进步的重大动向

社会文明进步的成果往往造成民众生存环境的深刻改变，让人民知道自己生存环境的发展进程，会帮助他们准确认识自己生存环境的改善与自身命运改变之间的关系，在这个领域进行解释性报道的意义不仅在于鼓舞民众生活的信心，更重要的是可以帮助他们为满足自身日益增长的物质文化需求做出相应的决策判断，激发他们为改变自己的生活现状，提高自己的生活质量，进而推动社会的发展与进步，进行他们的选择与创造。

对于中国社会改革开放进程中出现的各种重大成就，新京报高度关注。我至今记得他们在《中华人民共和国物权法》诞生之际，用浩瀚的版面进行的深度报道。这一组深度解释性报道不仅描述了中国物权法充满坎坷的立法过程，而且展示了国际同类法律的立法过程及对人类文明进程的重要影响，还从方方面面解释了这部法律与社会民众利益和社会文明演进之间的深刻关系。

目前中国新闻界在这一报道领域的技术缺陷大致表现在两个方面：

一是缺乏新闻敏感，特别是对量变过程中出现的具有质变意义的社会发展成就缺乏敏锐的感知。

二是在报道技术领域的非职业化。很多报道就是直接引述权威部门或权威人士的说法，更多的则是对专业部门工作报告的直接编发。

成就报道未必就是歌功颂德的僵硬的公文式文本和空洞的广告式的文本。社会进步和成就如果其本身是对人民的幸福、社会的进步有全新意义的，那么表现它的报道文本就一定应该具有感动读者的力量。

以新京报创刊初期，对女公安局长任长霞的报道为例，在 2004 年的一次内部业务交流会议上，当时的深度报道记者、现在已经是新京报深度报道部主编的刘炳路总结过："对大家都做的热点，我们能否做得和人家不同，是考验新京报深度报道技术水准的关键。有不少业内人士将我们的任长霞报道评价为最好的，我认为原因在于把握了两点，一是展现她人性化的一面，譬如爱掉眼泪，爱穿漂亮衣服。二是把握了她作为一个公安局长和老百姓的关系，这是一个能和上访群众说自家话的警官。而在这两点把握的背后，是编辑陈志华和记者胡杰对国情和人情的理解。"从这个意义上说，新京报的专业实践给我们树立了具有说服力的技术样板。

二、各级领导机构做出的重大决策

各级领导机构的重大决策往往直接作用于一个地区、一个领域、一个国度及至整个世界的发展进程，决定着一方事业的成败兴衰，从而直接影响着民众的利益得失与命运沉浮。因此各级领导机构的重要决策会成为主流新闻传媒的关注重点。对这一领域的新闻进行深度报道，需要准确、深刻、清晰地解释各级政府做出的重大决策与人民群众切身利益之间的关系，说明这些决策对整个国家或对某条战线、某个地区发展进程的作用与影响。从而让人们真正了解这些决策与自身利益的关系。

新京报对中国社会发展进程中关系国计民生的重大决策都进行了深度解释。给我印象深刻的是他们做的国务院关于"拆迁条例修改"的系列报道。这组报道用典型事例和方方面面的背景资料解读了国务院决定修改拆迁条例的深刻背景，让人们看到中国的急剧扩张的社会建设与百姓基本生存环境之间的种种冲突，让人们看到国家管理机构在复杂矛盾之间的协调与运作。后来，从旧城改造到集体土地征迁困局，到"新圈地运动"，新京报深度报道关于土地征迁问题的追问越来越深入，越来越专业，这也是采编团队技艺走向娴熟和专业的体现。

其实，新京报操作此类选题是有传统和经验积累的。早在新京报创办只有半年的时候，深度报道作为整张报纸的拳头版面，就已经出现了许多有重大影响的报道。深度报道版面的开篇之作是《北京 SARS 骨坏死患者不完全调查》，据现任深度报道部主编刘炳路介绍，当时稿件见报后，《财经》杂志主编胡舒立曾打电话来表示祝贺，认为该报道足以显示新京报与北京其他同类媒体的差异。后来到"嘉禾拆迁"事件，新京报的深度报道最终影响了国务院决策，国土资源部有官员对记者透露，当时出台的规范地方政府拆迁行为的"46 号文件"，契机就是嘉禾及沈阳两宗拆迁事件。

目前中国新闻界在这一报道领域的技术缺陷大致表现于两个方面：

一是不能从领导机构的决策与人民切身利益和社会发展进程之间的作用关系中去开掘新闻价值。

二是在报道方式上不能摆脱枯燥的公文气息。

新京报在这个领域的深度报道，让我们看到的不仅是他们对社会进步的真诚渴望，而且能够看到他们对复杂社会矛盾的洞察与剖析。

三、阻碍社会发展进步的障碍及弊端

在中国社会的转型期中，各种问题、弊病、缺陷不可避免地存在于社会的各个领域，以各种方式侵害着民众的利益、阻碍着社会的进步与发展。新闻工作者的职业责任就是察觉并披露社会运行的矛盾、问题、缺陷和弊端，为扫除这些社会发展的障碍发出呼吁、寻找对策建议。

中共中央政治局常委李长春早在 2003 年 9 月 23 日在同中国新闻界人士座谈时说：

"舆论监督是社会主义民主政治建设的重要组成部分，是社会发展的客观要求，是人民群众的强烈愿望，是新闻宣传的重要职责，也是党和政府推动工作的重要手段。要认真开展舆论监督，有效开展舆论监督，不断改进舆论监督。当前舆论监督的重点应放在：党和政府方针政策的落实情况；切实维护人民利益的情况；党和政府明令禁止的不良行为；法律法规、党纪政令所不容的违纪违法行为；违背职业道德、社会公德、败坏社会风气以及人民群众所憎恶的各种不良行为等方面。"

深度报道是新闻媒体实施舆论监督的有利工具。中国新闻媒体正在日益娴熟地利用着这一专业工具，为推进社会政治文明进程做着艰辛而有效的工作。

新京报在这个领域提供的报道给我的印象最为深刻。如今中国社会上发生的种种坏事，存在的各种危险，呈现的种种弊端，都在新京报的关注之中。他们不仅观察着这些事件的细节，而且披露着之间的缘由，解释着之间需要民众知晓的情理和意义。

比如 2007 年的深度报道《贫病夫妻相缚投江》，讲述了一对年轻夫妇捆绑在一起相拥投江自杀的罕见故事，揭开了一个普通农村家庭在疾病折磨、人情隔膜下挣扎生存的残酷样本。更重要的社会意义在于，在中国农村推行农村合作医疗的今天，作为试点地区的湖北，要缴公粮的农民，自己生了病从未想到自己的国家应该怎样帮助自己。这让人不得不反思我们的农村合作医疗救助制度，及其缺位的帮扶制度。

目前中国新闻界在这一报道领域的技术缺陷大致表现在两个方面：

一是缺乏从事社会舆论监督的宏观眼界。这种眼界一方面要求媒体出于公心，从大局出发，从维护人民的根本利益出发，敏锐感觉社会发展进程中的要害问题，对其进行及时、清晰地披露，做好社会的守望者。另一方面要求媒体注重传播效果，着眼于实际问题的解决。

二是缺乏深度解析的技术能力，特别表现在往往不能深入分析问题的成因、解释其影响的范围、探索其解决的途径。

新京报在这个领域的报道显示着他们对人民的热爱，对正义的卫护，对责任的忠诚不二和对邪恶的势不两立。我们在这些报道中不仅能够看到这家媒体心中的正义和激情，而且能够看到他们在专业领域的冷静、细致和深刻。

四、重大公共突发事件

重大公共突发性事件往往指的是在社会议程设置之外、在人们的意料之外突然发生的事件，它往往会对社会生活产生巨大的震荡力，影响正常的生活秩序，对社会的正常运行产生种种难以预测的冲击力甚至是破坏力。

迅速、全面、深刻地对公共突发性事件进行报道，是新闻媒体不可回避的职业责任。对公共突发事件的报道是新闻媒体履行职业责任、参与舆论形成、左右传播方向、扩大自身影响的重要工作机遇。

中共中央政治局常委李长春 2003 年 9 月 23 日在同中国新闻界人士座谈时说：

> "改进和加强突发性事件的报道，关键是要开通大道，堵住小道，正确引导舆论，做到有利于党和政府开展工作，有利于组织社会力量共同行动，有利于人民群众自我保护，有利于保持社会稳定。要按照'及时主动、准确把握、正确引导、注重效果'的要求，加强

突发事件新闻报道工作的组织协调和归口管理，建立和完善突发事件新闻发布制度，形成突发新闻事件报道工作的快速反应和应急协调机制。对待各类突发事件和热点问题，一定要头脑清醒、正确分析、准确把握、妥善引导。"

我深信，这些认识要落实于中国新闻传播的实践还面临诸多的障碍。但是中国媒体的专业实践已经让我们看到了历史性的进步。新京报成立以来，对所有重大的公共突发事件都进行了报道，在新京报对这些事件的报道案例中，可以看到他们的专业原则和操作技术：

（一）快速反应：对于突发性事件的报道，首先是要快速反应。第一时间的报道不仅会为媒体赢得传播威信，而且会为媒体赢得报道全程的主动权。

（二）连续报道：由于突发性事件是一个不断演变的过程，这个过程往往又十分急剧，因此，记者需要及时追踪事态的最新发展，并且将变化的最新态势报道给民众，以此实现对事件全貌的描述。

（三）全面观察：对于构成事件的各方面要素，要全面了解，特别是对事件的深层原由和影响范围，需要挖掘和说明，以求展示事件的全貌，揭示事件的意义。

（四）智慧引导：媒体是担负社会责任的。它对于突发性事件的报道的目的是为了提示社会的警觉、完善相应的对策，促进社会的稳定运行。因此，在此类报道中，记者要站得更高、看得更远、想得更深，以深刻的洞察力和责任感支撑全程报道。

例如2007年的深度报道作品《越狱》，新京报接到江西线人报料，兴国看守所八名疑犯集体越狱。深度报道部快速反应，记者杨万国想尽办法获得通缉令，立刻飞到江西，成功突破唯一当事狱警，从狱警口中详细获知了逃犯越狱经过，和看守所内部管理混乱的种种细节以及深层原因。此次越狱案件，新京报深度报道在全国率先独家刊发报道。

之后，记者又立刻飞到河南，在越狱的头目、也是最后一名未抓住的犯罪嫌疑人的家乡进行调查，写出《越狱案背后乡村之痛》深度报道，由个案延伸到体制层面，将中国乡村社会当下暴露出的种种人口管理和道德弊病全面揭示开来。

目前中国新闻界在这一报道领域的技术缺陷表现在：

一是更多地关注于突发性事件表面形态的描述，甚至热衷于猎奇性细节报道。

二是对事件的背景、事件与环境之间的作用关系缺乏全面深入的解析。

新京报在这个领域的报道极大地突破了上述局限，他们对汶川地震的报道、对"7·23"动车事故的报道，以及对诸多公共突发事件的报道，可以看出一个成熟的媒体所具有的推进社会安全运行、文明运行、有效运行的责任意识。

新京报深度报道的操作技术

美国新闻界认为，高等级的新闻报道应该是"以今天的事态核对昨天的背景，从而说出明天的意义。"美国新闻学者沃尔特·福克斯说："记者只是简单地叙述发生了什么事实，只是简单地交待传统报道中的五个W已经不合时宜，而'为什么'的问题突然成为新闻报道中最重要的事项。在电子时代，新闻报道中需要意义与背景，而提供这些内容的工作便获得一个特别的称谓：解释。"

新京报的深度报道实践提示我们：一个对社会与民众负责任的新闻媒体，需要对影响着民众利益和社会发展进程的新成就、新事物、新问题、新冲突进行深入浅出、全面深刻的解释，以保证民众真实、全面、及时、深刻地了解其生存环境的变动状态。

在新京报的深度报道中，我们可以看到，他们在强化三个意识，即：新闻背景的说明意识，新闻影响的展示意识和新闻发展的预测意识。

在这些报道中，我们也能够清晰地看到他们实现职业责任，达及报道目标的专业技术方式。

一、坚持用事实构成报道

这是进行深度报道的基本原则。解释性报道对新闻所做的解释不是在议论中实现的，而是在对与新闻相关的各种事实的描述中实现的。

而在中国新闻媒体上见到的一些解释性报道，往往充满了记者的观点、结论甚至是断言。

无论是调查性报道还是解释性报道，它们的任务是要用各种事实要素对主体新闻进行多角度、多层面的说明，让人们从各种事实和事实间的相互作用中去了解新闻的全貌和意义。

然而，由于记者要对新闻进行解释和说明，这一任务的性质往往会导致记者怀有一种将自己对新闻的理解结论直接表述出来的内心冲动。而这之中就蕴藏着一种陈述主观判断而不是叙述事实的危险。

记者在写作解释性报道的时候，无疑是有自己的观点和倾向的，但是，对于一个职业记者来说，这种观点和倾向的形成要依据于事实，表述这些观点和倾向时也要依据事实。通过对事实的叙述去解释你想说明的事情，这才是深度报道的力量所在。

二、全面掌握与新闻相关的事实资料

美国新闻出版自由委员会二十世纪四十年代后期提出："要在环境中赋予每日事件以意义，对其进行真实、全面、睿智地报道。仅仅真实地报道事实是不够的。现在需要报道关于事实的真相！"他们的意图非常明确，不能只报道新闻事件本身，一定要说明新闻事件生成与发展的环境，从而真正揭示出新闻事件的真相。真相与表象之间是有深刻关系的，但是两者毕竟是大不相同的。

需要进行深度报道的新闻事件和动态一定有不容易被一般人理解的难点，而要说明这些难点，一个重要的前提条件是要充分掌握相关的事实资料，以此对新闻进行解释和说明。写作深度报道的关键技术就是用相关事实去说明新闻在特定背景下过程、状态、原因和意义。

掌握相关的背景事实是深度报道能否成功的关键。纵观新京报的深度报道案例，我们可以看到他们特别关注的是五类事实要素：

历史性事实：反映新闻发展过程的相关事实。这类事实会帮助你解释新闻发展的过程，从而揭示新闻的原由。

环境性事实：反映新闻产生和演进环境的相关事实。这类事实会帮助你解释新闻与环境之间的相互作用，从而揭示新闻的影响。

简历性事实：反映新闻中人物生平与机构简历的相关事实。这类事实会帮助你解释新闻中涉及的人物、机构的由来、特点，从而帮助你完整描述新闻中的主体人物或机构的形象。

数据性事实：与新闻相关的各种统计和分析的数据。这类事实会为你提供解释新闻所需要的定量分析和基于这种定量分析的有说服力的结论。

反应性事实：新闻在社会各界特别是在媒体所在地区的民众中引起的反响、评价。这类事实会帮助你解释新闻对社会各界产生的作用与影响。

三、深刻理解报道涉及的专业领域知识

要想准确清晰地对主体新闻进行解释，记者就必须对主体新闻涉及的专业知识和相关知识有透彻的了解。记者要想对公众解释清楚专业领域发生的新闻变动，前提就是让自己先成为专家。

新京报的记者和编辑是善于学习的，在他们的深度报道中，可以看到他们对社会科学和自然科学方方面面专业知识的细心地学习，以及在这番学习的基础上向公众进行的专业的新闻事实说明能力。

四、不断地追究新闻的深层因果关系

任何事物都是由无数的因果链环关系构成的。要想把新闻解释清楚，剖析深刻，就必须注意说明构成新闻的前因后果。

无论是调查性报道还是解释性报道，就是要对人们不了解、不理解而又需要清晰了解和透彻理解的事情进行说明、分析和解释。因此，就需要新闻工作者深入追寻事件的因果关系，对所要说明和解释的问题进行全面细致的考察和研究，这是写好深度报道的关键环节。

五、在事实中发现并建造解释新闻的逻辑关系

在写作的过程中，要运用事实建造起解释新闻的逻辑结构。一切复杂的因果关系都应该通过事实的描述进行展现与说明，记者需要判断哪些事实能够说明新闻的真相和意义，进一步决定这些事实在报道中如何排列、如何展开，以便读者深刻了解新闻。

六、用通俗的语言完成对新闻的解释

需要解释的新闻往往出现在民众不熟悉的领域，甚至很可能是一般人极其陌生的专业领域。这就需要记者能够在深刻理解新闻的全貌与意义之后，用通俗的语言将新闻真实地描述出来。

新京报深度报道的精神品格

在新京报的深度报道阵列中，我们能够看到的是媒体记载的中国社会的变迁历史，也能看到一个有信仰、负责任、敢实践的媒体的精神品格。

新京报的深度报道显示着他们的责任意识。他们的深度报道选题都是社会的热点事件和社会的热点问题。我们可以看到，在中国社会转型时期，新京报是一家密切关注社会的核心进程，用专业实践为社会进步注入能量的媒体。

新京报的深度报道显示着他们的人文关怀。在他们的深度报道中，我们时时处处都能感到他们对人的命运的真诚关注，特别是对普通百姓命运的真诚关注。

我有两次参加新京报的年度新闻颁奖会议。会场上，看到那些年轻

的记者编辑为他们获得本报社的一个奖励而欢呼雀跃、不可自制时，我在想，难道就是这样一群看上去几乎还是孩子的年轻人，写出了我刚刚投票选出的那些冲突惨烈、主题凝重的调查性报道吗？

听到一些年轻的记者编辑在台上发表着夹杂着粗言野语的获奖感言时，我在想，难道就是这样一群还没有摆脱青春期热血激情的年轻人，写出了我刚刚投票选出的那些逻辑严谨、令人信服的解释性新闻吗？

我相信，这答案其实很简单。那些报道全部源自一个媒体的能量！这能量集成了理想、意志、品格和专业才能的种种要素。

任何一个国度的文明转型过程都会充满尖锐的矛盾和激烈的冲突。对一个民族来说，这是一个伴随着痛苦、磨难，同时也伴随着兴奋与希望的进化体验。

十九世纪与二十世纪之交，美国也经历了自己的历史转型期。美国历史学家说，1890 年是美国历史上的分水岭，这之前的美国是一个农业的美国，而这之后的美国开始演变成一个城市化的工业国家了。①

在这个转型期的社会中，以权谋私、制假造假、官商勾结、徇私舞弊，各种各样的丑恶与弊病充斥在社会的各个领域，侵害着公众的利益，恶化着社会的环境。

处于那一时代的美国新闻界中有良知、有理想、负责任、敢行动的那些锐意改革的人士，在二十世纪的第一个十年中，发起了那场震撼美国历史的"黑幕揭发运动"。他们对当时美国社会出现的各种弊端和缺陷进行了无情的揭露和尖锐的抨击。

这场甚至引起当时美国总统高度关注的运动有效地推进了二十世纪初美国政治经济改革，深刻地影响了美国的历史发展进程。

1908 年 1 月美国《人人》杂志评价这场运动的成就时说："华尔街不

---

① ［美］亨利·斯蒂尔·康马杰：《美国精神》，李其荣译，长江文艺出版社，1999 年 10 月。

能再像以前那样欺骗公众了，保险业的运行机制健全了，银行增加了新的防范措施。广告基本真实，药物和食品掺假将冒更大的风险。运输公司开始关注公民的人身安全。各州和城市更加致力于廉政建设，人们开始提名自己的候选人，弱势群体得到了保护，旧时政治老板的风光不再……"

一个保证社会良性运转的社会法律体系也在黑幕揭发运动的推动下开始在美国形成。美国"各市、州和国家的社会立法汹涌而至，几乎席卷公众所感兴趣的一切生活方式和一切活动方式。"①

时代不同，国度不同，规律设定的命运不同，人类历史上任何国度的文明进步都将具有自身的演进路径。然而，我们在纷繁复杂的历史进程间，会感受到太多相似现象的启迪。

我们看到，中国新闻界在中国社会的转型期中，怀抱着真诚的理想和建设的热情，进行着观察、进行着思考、进行着监督、进行着批判、进行着建设，为推进中国的文明进步，释放着他们的能量。

2008年11月11日新京报创刊五周年的那天，一个叫叹小竹的网友在晚上9点55分在天涯社区上发出一篇短文。

这篇文章的开头说：

"我毫不掩饰自己对新京报的厚爱，在北京的众多报纸当中，它一直是我的首选。'厚重'，对于一个都市类媒体来说，这应该是一个相当不错的赞誉了吧，尤其是这个词发自一个读者的内心。"

这篇文章的中间说：

"人在磕磕绊绊中长大，在隐忍婉转中成熟。于是，我们看到'负

---

① ［美］查尔斯·爱德华·梅里亚姆：《美国政治思想》，朱曾汶译，商务印书馆，1988年。

责报道一切'这六个字已遁然无形，取而代之的是'品质源于责任'这句少了些心气、多了些平实坚定的话。五年知此大理，智也，幸也。"

这篇文章的结尾说：

"在《京华时报》等同类报纸都还是五毛钱一份的时候，新京报的售价为一元。现在前者们都涨到了一元，新京报却丝毫未动。我想，同价对于新京报是个绝对的好事儿。毕竟，一份抱着强烈责任感的报纸，任何读者都会看到它的品质所在。"

我感慨这位新京报读者的写作才能，千字短文的起承转合之间，观察得如此细致，捕捉得如此准确，表述得如此精到。

新京报走过了八年，八年间，新京报对于社会责任的敬重和实现这一神圣责任的技术途径的探索，都有着它自身的鲜明特色。

在中国千姿百态、生机勃勃的媒体世界中，新京报从创刊那天起，就总是显得那么自有主张，那么出人意料，那么与众不同。

我们庆幸中国社会的转型期有新京报这样的媒体存在着、运行着。它闪烁着中国新闻界职业理想的光芒，为我们这个东方大国生活的美好、社会的进步、人民的幸福进行着瞭望，进行着思考，进行着奋争。

市民生活图景与时尚游戏

蒋原伦

蒋原伦，1950 年 12 月生，现任中国当代文学研究会理事、北京师范大学媒体策划与文化创意研究中心主任，《今日先锋》丛书主编、《媒介批评》集刊主编。代表著作：《文学批评学》（与潘凯雄合著）、《历史描述与逻辑演绎——文学批评文体论》、《90 年代批评》、《消费文化与消费时代》等。

新京报创办八年，可喜可贺！作为忠实的老读者，我觉得自己有点固执，竟如此钟情于一张四开小报，尤其在互联网迅猛发展的八年。

现在人们的文化水准普遍提高，而不读书不看报的人也越来越多，就因为有了网络。作为网络时代的纸质媒体，新京报仍能保持自己稳定的读者群是相当不容易的，当然也有赖于已养成读报习惯的一群老读者。

在某种分类中，新京报是作为都市报而区别于一大批日报的，其实国内有影响的日报也是在各大都市出版发行的，读者对象是该省市或地区的所有大众，在这一点上没大分歧。所谓的都市报，提倡的是这样一种理念，这一理念强调报纸的服务性，以为读者服务来区别于某些报纸的宣传性。当然不是泛泛而谈的服务性，报纸毕竟不属于服务性行业，报纸的服务性主要体现在信息、知识、文化和理念的传播等方面。都市报的服务性是与当今新的生活方式、新的生活节奏相关联的服务性，它必须及时报道都市生活的方方面面，给出市民社会的生活图景，并为其中一些读者指点进入都市生活的路径。说到报道说到指点，似乎是一个如实采写和客观反映现实的意思。其实不然，在今天，都市生活是一个特殊的概念，是充满动态的发展的概念，是构建现代生活的另一种表达，因此对都市生活的报道和为读者服务，不是按部就班，而是充满挑战性的工作。

就报纸的服务性而言，新京报的《北京杂志》很有自己的创意，本文就此作一些解析和探讨。

《北京杂志》刊载在该报的 D 叠。取名为《北京杂志》，就标示了采编人员开阔的办报思路，这里不是要把报纸办成杂志，而是吸收杂志的选题模式和读者定位方法，在信息性、实用性和知识性相结合的基础上，将报纸办得更加活泼、生动和有纵深感。于是作为创意的具体体现，就有了《人才公社》、《健康公社》、《旅游公社》、《家居公社》和《摩登公社》等五个专刊，从周一到周五依次出刊，外加负有城市志使命的"北京地理"板块，构成了其独特的报道系统。用主办者自己的话来说，《北京杂志》的定位与理念主要是"传播城市生活资讯，引领主流生活方式，推动生活观念进步。具体内容则是"负责主流生活方式及热点消费领域的报道，传递实用生活资讯，倡导优质生活方式，并传播健康生活理念"等等。而通过这些，《北京杂志》将成为"中国都市新生活的最领先的记录者、观察者和引领者"。从新京报八年走过的历程看，《北京杂志》实现了以上目标。

本文先从最没有实用性和新闻性的"北京地理"说起。每周四出刊的"北京地理"，是《北京杂志》最老的品牌栏目，自 2003 年创刊以来至今已出过一千多期。自从有了发行全球的美国《国家地理》杂志，似乎自然地理的概念被人文地理所取代，"北京地理"也理所当然是人文地理。其实这世上本无纯粹的自然地理，对于千年古都来说更是如此，北京的一山一水，一草一木无不染上浓厚的历史人文色彩。"北京地理"曾经是我最欣赏的栏目。其中像"名人故居"专题、"北京城门"专题、"老字号商家"专题等等，还有"北京水系"专题，可以说是脍炙人口。一个城市的灵气来自河流湖泊。可是今天永定河、潮白河、拒马河、高粱河在哪里？现在北京城内的各种名头的、造型美观的桥体（包括立交桥）何止几百座，可是桥下的水呢？这些难道不应该引起人们的警惕？

不过就"北京地理"而言，在我印象中特别深刻的是有关北京六十年城市生活史的专题，这是一个最生动、最贴近当下生活而又有一定难度的题目。因为说起古城北京，人们自然联想到紫禁城和那些高耸的门洞，还有遍布城区的四合院和名人故居，这些大都有史料可据，也都被一千期的"北京地理"囊括一尽。但是当下变化中的北京，往往难以把握，因为这里有一个选择和判断的问题。从选题的实际情况看也如此，似乎不够规整，有着某种随意性和跳跃性，即便如此，还是欣赏编辑者描述当下生活的尝试和勇气。由此像菊儿胡同改造、阿苏卫垃圾填埋场、潘家园这样一些很有意义的题目显得比较抢眼。它们反映了新都市生活的各个方面和其间的区隔，它们之间似乎互不相关，但却发生在同一时代，这就是都市生活最本真的图景。另外像城墙砖、毛家湾瓷片这类题目，也体现了采编人员独到的眼光，因为这是在新一轮城市建设和改造中出现的特有的现象，之前和之后均不可能出现，须留下珍贵的记录。或许更值得提起的是有关沙尘暴这一期，就沙尘暴这种地理和气象结合的自然现象，在中国的北方地区并不少见，所以才有了三北防护林的建设。然而，当繁华的都市生活遭遇沙尘暴的袭击，对于居住在大都市的人们而言，不能不说是一种特殊的体验和记忆，《北京杂志》为历史留下这难能可贵的一笔，将都市生活的不和谐音与快速的建设步伐并置，反映了真实的生活情景，值得称道。

如果说就总体而言，"北京地理"有时会把读者引入尘封的历史之中，那么《北京杂志》的当代性主要体现在五份专刊之中，每一份专刊的创立，均折射出都市生活的一个重要方面。自然，都市生活和都市经验不是预设的，而是在生活进程中逐渐显现的，因此，这些专刊在创办过程中，也不断推陈出新，变化调整，如周二出刊的《健康公社》就是在《北京杂志》创刊四年后才推出的，因为健康在都市生活中的位置永远不会被忽略，虽然进入都市，满眼都是密密匝匝的高楼和蚂蚁似的汽车，但那只是都市的空壳，健康生活才是都市生活的最重要议题。

应该说在诸专刊中，《健康公社》的资讯性和服务性最强，也最琐细，例如它的"母婴"栏目和"医疗问诊"栏目，具体、细微又翔实，它的面孔有时像《大众医学》杂志，有时又像坊间的各种《健康报》。当然体现新京报特色的是其中的"特别报道"和"关注"等栏目，因为在这里健康的概念得到了大大地扩展和延伸，它既关注医疗体制和相关的大环境，又涉及如何应对日常生活中的险情，即如何在电梯、地铁和公交车上避险等问题。

健康在今天的语言上起码有两层含义，一是身体健康，二是健康的生活方式。在身体健康中又包含两层含义，即生理健康和心理健康。这里所提及的前者固然重要，后者更如海上冰山隐藏在水中的八分之七。都市文明的进展有时是和自然健康的生活方式呈相反的态势，因此健康话题在今天显得愈发有开拓的空间。如果将心理健康和健康的生活方式纳入《健康公社》范围，则选题空间将更加广阔。

周一出刊的《人才公社》先前叫《学习公社》，周五的《摩登公社》原名为《美丽公社》，名谓的调整不仅是编辑思路的调整，也是对都市生活认识的深入和理解角度变化所致。

《人才公社》所倡导的"学习"精神，适合都市生活的大环境，学无止境，何况在今天这样一个飞速发展的年代，真可谓学到老，学不了。当然，《学习公社》改名为《人才公社》后，版面的服务性、实用性和针对性更强。

《人才公社》的读者对象是年轻一代，指望年轻人成才，并为他们提供各种有用的信息如培训和招聘资讯等。人才与学习的概念相比，更具功利性，更吸引眼球。并且什么话题一与人才这个主题挂钩，就有了推进的动力。

就《北京杂志》展示都市人的生活图景和新都市经验的宗旨而言，《人才公社》的概念还可以进一步延伸。学习是一个广谱性概念，什么难题的破解，都扛不住学习。另外学习也有娱乐的功效，如许多退休的老年人学习书法、绘画、摄影等等，基本是又学习又娱乐。行文至此，忽然想到老龄化社会的到来，《北京杂志》是否还应该有《退休公社》或《夕阳公社》？都市生活图景中的很大一部分，是由老年人充当主角的。当青年人还在被窝里时，爷爷奶奶们已经成群结队在公园晨练，当青年人在上班和学习时，老年人成了超市购物的主力军。更何况在网络时代，读报的积极分子基本是四、五、六十年代出生的人群。

相比《健康公社》和《人才公社》，《旅游公社》具有强烈的浪漫色彩。由于旅游和度假常常成为繁琐的日常生活的一种暂时的解脱，旅游目的地往往成为现实生活中的彼岸世界。彼岸世界的浪漫色彩会生出无限的想象性空间，于是乎各种旅游广告上既有红色根据地旅游，又有绿色生态旅游，还有黄金周旅游；此外文化休闲游和针对青少年的夏令营游和情侣游等等更是有别出心裁的举措。《北京杂志》创办的《旅游公社》兼具浪漫性和实用性，或者说在浪漫绚烂之中增强了服务性，几乎每期都提供比较到位的旅游资讯和种种细节性知识，当然对于读者而言，最难忘的是一张张身临其境的摄影和精彩的图片。自然，《旅游公社》最诱人的内容是有关国外旅游的专题，如欧洲深度游、新旅游目的地、新旅游方式等，这有点"生活在别处"的意思，这又确确实实是当下都市生活的延伸。由于签证和其他方面条件的种种门槛，出国游曾披上了神秘的面纱，然而在全球化时代，交通的迅捷和通讯手段的发达，为此提供了便利，都市生活扩展和外溢，使得《旅游公社》成为《北京杂志》的一道可口大餐。

最后来谈谈《摩登公社》，每逢周五出版的这份专刊某种意义上最能体现当下都市生活图景。摩登既代表当下，又意味着时尚和潮流，生活是流动的，而不是凝固的，其动力就是从时尚中来，由此构成一波又一波的潮流。时尚的走向，按原先的说法是由权力精英或知识精英向下传播给大众，还是逐渐扩散的。不过有了互联网，这一走向改变了，《摩登公社》的创办正好处于这一转型期，自上而下、自下而上，或横向交叉的时尚之风在其版面上均有体现。今天的时尚和潮流不仅吸引青年人，也吸引一般大众，甚至老年人，有点老少咸宜的意思。《摩登公社》在这方面向读者提供了新都市生活经验和风尚。

在我最早杂沓的印象中，时尚和摩登总是和服装联系在一起，最多再加上拎包和化妆品，即衣食住行中的"衣"最靠近时尚。衣服换季的需要产生了商机，也催生了时尚。但是消费社会的步伐绝不会停留在有限的领域中，它会向所有的方向进发，涵盖都市生活的所有方面。当然关键的关键是，时尚有无限的魔力，从无到有的生产力，即从不可能有时尚的地方生产出时尚来，甚至是暴露隐私的时尚。

当然新京报《摩登公社》关注的时尚是有节制的时尚，即从已有的时尚中开发新的摩登，这样做既雅致又不过分刺激神经。作为周刊，它有"一周尖货"的潮流物品栏目，像是软广告，如介绍一款腕表，推荐一款蛇皮拼接羊羔毛手包，再或者倡导复古式磨砂和亮皮拼接的皮鞋。其实几乎所有的时尚都是商业运作的产物，所有新产品几乎都是时尚的广告。而都市生活则是大橱窗，陈列着从豪华的大别墅到细小的睫毛膏刷头等各色商品。

这里必须提及新京报 2010 年年终推出的《2010 时尚权力榜》专刊，富有隐喻意味，一方面它揭示出消费话语中的权力来自大大小小的排行榜，另一方面又开发出新的排行榜，设立了年度时尚创造大奖、年度时尚品牌大奖、年度时尚传播大奖、年度时尚符号大奖等等，以确立某种新的权力次序。这种时尚权力游戏尽管只是游戏，却反映了大都市生活的某种特质，即无处不在的时尚游戏，这也是消费社会发展到极致的一种归宿。

试论视觉传播与当代报纸核心竞争力的关系及意义

——兼谈新京报的相关探索与经验

吕 艺

吕艺，北京大学新闻与传播学院副教授，博士，新闻学系主任。代表专著:《玉台新咏译注》、《散文写作》、《大学语文》、《中国传统文化史论》等。

放眼世界报业发展的历史，只要相应经济和技术条件具备，报纸的信息传播方式从来就不仅限于文字形式，每一项有利于视觉表达与传播的技术革新，莫不被迅捷地移用于报纸。在当今信息技术时代，这更是汇为不可遏止的洪流。应当说，在这样一种历史发展潮流之中，经济与技术的进步固然重要，但毕竟还只是外因，报纸之间以及当代不同媒体之间围绕着受众需求的激烈竞争，才是恒久并且起着主导作用的内因。然而在我国报界，较长时期以来，重视视觉表达与传播似乎只是偏重市场化的都市类报纸的标签，少数几家党报、机关报的类似尝试，曾经显得那么形单影只。而且，即使是重视视觉传播的一些报纸，也时常难免"花哨"、"浅俗"等诟病。这些现状的长期存在，无疑将制约我国报纸的整体进步与发展。因此，视觉表达及传播与当代报纸核心竞争力之间究竟有着怎样的关系，就不仅是值得深入探讨的理论问题，更是关乎我国报纸未来发展的现实问题，有必要进行较为系统和深入的探讨。

信息传播力的构成要素及相互关系

报纸与其他媒体一样，归根结底是信息传播的载体，传播信息是其最主要和最核心的功能。因此，信息传播的力效即通常所谓的"传播力"，必然是其核心竞争力的最基础的评判标准，所谓"注意力"、"影响力"等，则必须基于传播力才能实现，这在学界抑或业界鲜有异议。然而，对于何谓"传播力"，学界和业界却一直存在争论。

"传播力"是国内近年来颇为流行的概念，也是中国学者的原创。此前国内学者对这一概念主要存在两种定义：

一为"传播的能力"（ability），例如传播载体、传播机构和从业人员的数量，传输技术和传播速度等硬件基础，[①] 着眼于大众传媒将信息向外扩散的能力，显示的是媒体信号或信息可以抵达的范围。[②] 这是侧重于从传播主体物质实力的角度进行的定义。

二为"传播的效力"（effectiveness），认为"媒体传播力不仅取决于传播的广度，也取决于传播的精度，效果则是衡量媒体传播力的重要标准。"[③] 因此有学者提出"传播力＝传播到达 × 传播效果"的公式。[④] 在这里，"传播到达"数值范围从零到无穷大；"传播效果"数值范围则在正

---

① 孟锦：《舆论战与媒介传播力关系探微》，载《军事记者》，2004 年第 10 期，北京。
② 孟建：《国家形象的传播力瓶颈》，载《国际公关》，2009 年第 2 期，北京。
③ 姚林：《大众媒体传播力分析》，载《传媒》，2006 年第 9 期，北京。
④ 郑微：《谈谈媒体的传播力和公信力》，载《东南传播》，2006 年第 2 期，福建。

负无穷大之间。这就意味着，如果受众对于传播的内容接受甚少甚至完全不接受，传播效果极为有限甚至是负值，则传播到达率越高，传播力却有可能不高反低。这是侧重于从传播效果的角度进行定义。

对此，我们北京大学新闻与传播学院"中国报纸视觉传播研究"项目组[①]有一个共同的研究意见，认为应当从"能力"与"效果"相统一的角度，定义和使用传播力这一概念。这是因为：一方面，传播力应当以传播效果为指向，这是传播的目的和归宿。忽略了对传播价值及效果的评判，传播力充其量是一种"到达力"。"提高传播力"的努力，就会被简单等同于"扩大传播规模"；另一方面，"传播力"亦不等同于单纯的"传播效果"，因为前者是基于主体（传者）潜在能力的评判，而后者却是对客体（受众）接受效果的评判。所以，传播力的衡量，应当通过基于传播主体及其传播手段对传播客体所产生的影响进行综合的分析获得。简而言之，所谓"传播力"就是传播主体充分利用各种手段，实现有效传播的能力。而所谓的"有效传播"，则指针对目标受众准确、快速地实现传播主体的意图。[②]

对于这一问题，国内的学界和业界曾经有过"报道力"或"解（阐）释力"决定传播力的意见；而传播极广且影响极大的"内容为王"口号，其实也包括对传播力构成要素的描述。但是，"报道力"或"解（阐）释力"主要针对新闻报道提出，难以涵盖当代报纸信息传播的全部领域；至于"内容为王"的口号，虽然可以涵盖信息传播的更多领域，但如果从力效构成要素的角度观察，就与"报道力"或"解（阐）释力"这些概念一样，仍然语焉不详。

---

① 本项目组成立于 2009 年，负责人为学院常务副院长徐泓和新闻系主任吕艺。
② 项目组研究成果论文之一：《中国报纸版面视觉传播力的构成及其维度——兼论中国报纸视觉传播评估指标体系的建立》（王舒怀等执笔），收入北京大学新闻与传播学院与嘉兴日报社共同组编的《党报视觉传播创新论坛文集》，将于 2011 年 10 月出版。

如果纵观人类信息传播与接受的历史，不难发现，声音是具有即时性的语言介质，在没有录音设备保存的条件下，只能随着人类交流与传播行为的开始而开始，伴随其结束而结束。而可用于报纸的、具有历时性的信息传播中介符号，基本可以分为两大类——文字符号和形象符号。形象符号包括轮廓、形状、线条、色彩等等，图像则是其集中体现。其形成不仅来自于人类首先通过视觉功能对自然事物的最初感知，而且其自身也是具有抽象意义的人类文字的形象基础。因此，自然也就成为比文字更早的人类信息传播中介符号。

如果着眼于人类创造这两种信息传播中介符号的过程以及与人类思维的关系，概括言之便是：形象符号源自于人类的视觉系统，形成人类对自然事物的感知，属于人类的形象思维范畴；而文字符号源自于人类的知觉系统，形成人类对自然事物的认知，属于人类的抽象思维范畴。

正是基于这样的根本区别，也就导致这两种中介符号的基本特质有所不同，并在信息传播与接受过程中发挥不同的作用，从而产生不同的影响。这主要体现为：

1. 形象符号具有模糊性，文字符号具有精确性。在历史语言学领域，人类早期的形象性图画与后来产生的抽象文字的区别，通常被表述为：图画呈现的只是"意思"，文字记录的则是语言；"意思"只可以标识一个大概的认知范畴，而作为书面语言的文字，才能表述一个精确的概念。因此当我们面对一幅图画时，不同的人可能有不同的认知和感受，但是当我们说着或写出一个个文字时，对其概念内涵的理解则鲜有不同。

2. 形象符号可以具有独立性，文字符号则必须具有连续性。也就是说，形象符号——尤其是其典型代表图像符号（例如一幅图画、一张照片）具有二维平面的物理属性，因此即便单独存在或者使用，也能呈现出相对完整的意义内容，而文字符号则必须以一维线性的方式存在或者运用，才能真正具有传播的价值和意义。这具有两层意思：

其一，就形象符号与文字符号的区别来看，形象符号的独立性与其模糊性并不矛盾，甚至相辅相成；而文字符号精确性概念内容的判定，则与符号的独立性有着天然的背反关系。因为如果脱离以线性的语言方式表述和阐明的语境，则对于一个早期的、具有形象性的独立个体，究竟是形象符号还是具有象形性的文字符号，这之间是无法划出一条界限的。这正是我国的古文字学者，对于近些年来发现的大量单独刻画于新、旧石器时期器物之上的刻划符号是否属于早期汉字争论不休的症结所在。

其二，就信息传播的作用来看，形象符号之所以可以独立，是因为其本身不具备也并不要求对于所处情境或曰"语境"加以具体说明，这一切都是以二维空间的形式存在于形象内部，以感知的形式存在——例如何时、何地、何人、何事等等，因而具有模糊的性质。而当运用文字符号时，则必须以线性方式，补充说明这些语境，才能表达出相对完整的信息内容，从而实现传播的目的。

3. 形象符号具有直观性，文字符号具有抽象性。也就是说，形象符号是以线、形、色、质等基本视觉要素对现实事物的状态进行直观呈现，因而在信息传播过程容易展现出"易读"和"悦读"的特质。而文字符号不仅在产生之初就是人类抽象思维的体现，而且在以线性的方式运用和表达内容时，其前提则是具有逻辑性，否则便成了莫明其妙的呓语。而思维逻辑，更是人类抽象思维的重要成果和体现。

4. 形象符号具有包容性，文字符号则具有鲜明的指向性。形象符号的包容性，源自于上述模糊性、独立性、直观性的综合作用。正是缘于这种综合作用，对于同一个形象符号，人们完全可以依赖个人所处的社会和自然环境、学识修养、意识形态、艺术气质等等，对其线、形、色、质等视觉元素品头论足；对其表达内涵各自阐释；或者引发不同的情绪感受等。而文字符号的精确性、连续性和抽象性，则直接导致其运用和表述必然带有鲜明的指向性。正是在文字符号这些特性的框定之下，人们或许会对文字符号叙述或阐释的内容、意义有自己肯定或者否定的判断，但是只要符合语言和事理逻辑，对其基本意义指向的理解通常不会产生分歧。如果我们在报纸的视觉表达与传播活动中注意有意识地发挥形象符号的这一特点，也许会有更好的传播效果，对此我们在下文还会涉及。

基于以上对信息传播力构成要素及相互关系的辨析，我们可以得出的结论是：以形象符号为主要载体的视觉表达与传播，是与文字符号同等重要的信息传播手段，因此在报纸的信息传播中，应当而且必须受到与文字符号同等的重视。二者有机融合，才能最大限度地提高报纸的信息传播效力，从而增强核心竞争力。

与此同时，当我们对于信息传播力构成要素及相互关系有了较为系统而深入的认识之后，一些长期困扰的有关视觉表达与传播的理论和实践问题，或许就能有一些新的分析角度，形成一些新的看法，至少是具有了深入讨论和分析的认识基础。比如，当下讨论热烈的报纸"视觉传播"内涵和外延问题，其中一个长期纠结和极易引发争议的点在于：对于报纸而言，文字是否应当包含于视觉表达与传播的范畴？如果简单地基于文字符号的固有特性，当然不在其列。但是所有对于报纸版面设计的讨论，用文字符号组成的标题，却从来都是不能忽视的版面元素。而且，这种现象还有学界依据当代认知心理学原理，使用眼动仪所获得的实验成果证明："与人们关于图片吸引度高于文字的惯常认识不同，实验显示，人们对大标题文字的关注率高于大图片。"[①] 对此怎么解释？

笔者的初步看法是，从形象符号与文字符号的不同特质及相互关系来看，结合报纸的信息传播作用和产品特点，其实这里反映着一个具有层次性的认知现象和过程，不能简单地回答"是"或"不是"，而这，正可以给我们提供一些认知和实践方面的启发。概括而言，当代由买方选择决定阅读的报纸，在没有固有的品牌认知或刻板印象的干扰下，影响

---

① 喻国明领导的中国人民大学舆论研究所传播心理实验工作室：《读者阅读中文报纸版面的视觉轨迹及其规律——一项基于眼动仪的实验研究》"报告之二"，载《国际新闻界》，2007 年第 8 期。

其选择的第一要素是视觉印象。因为认知心理学的研究成果早已证明，"眼睛是人脑获取信息的重要通道，人脑约有 80%—90% 的外界信息通过眼睛获得。"[①] 而报纸版面，尤其是在所谓的"三步五秒"范围之内，首先是作为一个整体形象符号被视觉感知的。因此，此时的文字标题与其他原本就具有形象性的版面元素一样，其实是报纸版面整体形象中的视觉元素，所以其字体、字号、颜色、位置、形态等等，都必须与其他形象元素合并考虑，精心设计，以取得最佳的视觉效果。

但是另一方面，人们选择阅读报纸与欣赏美术作品不同，其先决目的不是获得审美享受，而是需要并看重报纸传播的信息内容，而这种阅读需求必然在最初的视觉感知过后立即出现，甚至是伴随着视觉感知同时出现。而在此时，文字符号在信息表达与传播中的完整性、系统性和深刻性等先天优势就会显现出来。此时文字标题的作用，正是以突出和放大的方式，凸显其文字符号的固有优势，以彰显其与视觉元素不同的价值。

因此，文字标题的设计，又从来都不能只考虑其外在形态，更必须基于文字符号固有的精确性、连续性、抽象性、指向性而反复斟酌。因此可以说，对于报纸版面而言，文字标题其实兼有形象符号与文字符号的双重身份，这或许会给我们的版面设计与视觉传播某些启示。其实，除文字标题而外，无论一个个单独的文字符号，还是多种样式的文字组合，于固有文字符号特质之外，也都是具有一定形象性的，所以也需要形象方面的设计。这其实并不奇怪，因为抽象的文字符号自身，本来就是感性的形象符号的后代。

---

① 喻国明领导的中国人民大学舆论研究所传播心理实验工作室：《读者阅读中文报纸版面的视觉轨迹及其规律——一项基于眼动仪的实验研究》"报告之一"，载《国际新闻界》，2007 年第 8 期。

此外，日本色彩研究所的川上元朗曾经提出过人类感官接受信息情况的研究报告，表明人类通过视觉接受信息的比率为 87%。蒋冰冰著：《新闻语言与城市社会》，上海文化出版社，2008 年，第 102 页。

当代报纸视觉表达与传播的价值定位

在四百多年的世界报纸发展史中[①]，早期的报纸虽然不断进行着许多努力，试图与书籍区隔，但由于多种社会和技术条件的限制，在面貌上仍有较多的承袭。直到一百多年前的 1897 年，美国的《纽约论坛报》开始将英国发明的凸版照相印刷术运用于报纸印刷的轮转机上以后，才开启了被埃默里父子在《美国新闻史》中所称的"现代化时代"[②]。这个报纸新时代当然包括版式设计日益受到重视、图片元素日渐突出、模块化的版面风格渐成主流等等细节内容，但如果依据以上对信息传播中介符号的分析，则可以归结为：越来越注重形象符号的作用，越来越倡导形象化的表达、传播和阅读。

世界报业的这一历史发展潮流，伴随着 1982 年《今日美国报》的横空出世而掀起新的高潮。它不仅对美国老牌著名报纸如《华尔街日报》、《纽约时报》等形成极大挑战，并由此带动世界报业的"重新设计"风潮，在此后的近三十年间，似乎是以加速度的方式弥散开来。同时，也就引发了学界和业界对这一发展潮流形成的内在原因、现实影响和未来发展的纷纭讨论。

以往在讨论这一潮流的形成原因时，许多研究者都有着基本一致的意见，亦即首先是随着二战以后电视技术的发展，电视画面的形象、直观、生动培养出了所谓"电视的一代"，开始动摇早期报纸主要依靠文字符号传播信息的方式；继而是信息技术的迅猛发展，各种信息的轻易获取和图片制作的极为方便，最终导致了所谓"媒介文化的视觉转向"，[③] 即所谓"读图时代"的到来。正如美国学者丹尼尔·贝尔所总结的："目前居统治地

---

① 1609 年德国出版的《报道或新闻报》，是世界公认的最早的印刷周报。

② ［美］埃德温·埃默里等著：《美国新闻史》，新华出版社，2001 年，第 321 页。

③ 徐小立、秦志希：《媒介文化的"视觉转向"及其传播策略》，见《新闻与传播评论》，2004 年卷，武汉。

位的是视觉观念。声音和景象,尤其是后者,组织了美学,统帅了观众。"①

于是,在当今这样一个多种媒体高度发达、媒体信息量的供给早已由早期的不足转为过剩的时代,为应对买方市场的激烈竞争,有效地营销自己的产品,无论国际或者国内的报纸,都越来越注重运用视觉手段。但是我们从中也不难发现一些引人深思的现象:比如,前文提到《今日美国》,自创办之初就以其现代模块化设计配以大标题和彩色大照片而独树一帜,长期居于美国报纸销售量前列。但近几年其市场竞争力却似乎不如从前。而以保守传统著称、被称为"报纸活化石"的美国《华尔街日报》,虽然也有一些微调式的改版,但基本风格依旧,销售量却也稳居美国报业的前三名。甚至在 2009 年的 4 月至 9 月,其平均日发行量达到二百零二万份,从而超越《今日美国》成为美国发行量最大的日报。而同期的《今日美国》则遭遇历史上最严重的下滑,发行量为一百八十八万份,同比下降了 17%。②又如,国内前些年一些大题大图、号称版面视觉冲击力极强的报纸,这些年来的发展也似乎有所停滞。这就启发我们,视觉表达及传播与报纸核心竞争力之间的关系,是错综而且复杂的,我们对其价值的判断,既要具有历史的眼光,更要具有当代的审视。

从历史视野来看,相对于文字符号长期居于统治地位的传统报纸,由于技术进步开启的视觉浪潮,正如前文所言,是划分传统与现代的界线。从这一意义上可以认为,视觉手段本身就是报纸品牌差异化的标识,也是核心竞争力的重要构成。

但是,在当今这样视觉观念居于统治地位的时代,当所有的报纸都很容易学会并运用视觉手段的时候,单纯的视觉手段自身就不仅不能构成报纸品牌的差异化,反倒很容易沦为同质化的标签,从而引发读者的

①　[美]丹尼尔·贝尔:《资本主义文化矛盾》,赵一凡等译,北京,三联书店,1989 年,第 156 页。

②　据新华网纽约 2009 年 10 月 14 日电。

"审美疲劳"。在当今时代，报纸的核心竞争力对于视觉传播的要求，已经不能仅仅从是否使用了形象符号这种形式角度加以判定，而要在运用视觉手段和形象符号"表达"了什么、是否满足了读者期待方面分出高下。也就是说，视觉表达和传播的价值和意义决不只是"呈现"视觉，只有那些真正具有创意、与众不同而又能满足读者需求的视觉表现内容，才是当代读者面对一大堆视觉形象时的选择标准。

这样，我们的思考必然会回归到一个值得深入探讨的基本问题：当代报纸的读者对于视觉表达和传播究竟有什么最本质的期待？转换为传播者的角度来说就是：报纸通过视觉手段究竟要向读者表达和传播什么？这一问题看似简单，其实关乎对当代报纸视觉表达与传播基本价值的判断，关乎对当代报纸核心竞争力构成的认识，当然也关乎报纸未来的实践和发展，因此是需要依据当代社会条件下的多种客观现实因素，并结合当代读者的物质需求、心理和审美感受等多种主体特质加以分析和讨论的。

启发我们思考的，首先是相比于历史悠久的报纸，晚起的电视何以迅捷成长为最为强势的媒体，人们为什么宁愿花费更多的时间在电视上？显而易见的是，相比于传统的铺满文字的报纸，电视技术发展的最大优势就在于能为受众提供形象、直观、生动的画面。这就启发我们，以往的研究认为当代视觉浪潮的兴起与科学技术的进步具有直接紧密的关联关系，这是合理而且重要的意见。但是如果依据我们上一章对于人类信息传播符号产生和发展过程的分析，就可以知晓，当代科技的进步只是技术性的外部原因，其最主要功效，实质在于以当代技术手段，激活了人类与生俱来，但却因为技术原因无法广泛实现、从而被长期压抑着的的一种最初和重要的信息传播与接受方式——形象符号传播。换言之，如果按照螺旋式发展的社会理论，当代的所谓"视觉转向"，不妨可以看作人类固有的以形象符号传播和接受信息的本能，在更高的社会和技术层面上的回归。所以，从信息传播的中介符号角度看，这绝称不上是什么传播领域的"革命"，而只是人类原有的某种信息传播与接受功能的"释放"。

因此，我们可以提出的第一个结论是：注重视觉传播对于提高当代报纸核心竞争力的作用，首先是可以借鉴电视等形象媒体的表现手段，满足受众与生俱来对于形象符号的惯性青睐，以补强自己以往的弱势。

但是，报纸永远不可能做成电视，就算真的做成了电视，人们还需要报纸做什么？因此，接下来值得讨论的问题便是，同样运用形象符号，对于不同的媒介而言，哪些是可以相互学习借鉴的具有共性的东西；此外，报纸还应当具备和强化哪些属于自己的视觉表达和传播优势，以形成自己的差异化特质？

从具有共性的角度而言，电视画面的形象、生动、直观等特点，使得信息的表达和传播不再主要依靠文字这种高度抽象的中介符号，因而大大降低了接受难度。这对于报纸这类传统上主要依靠文字表达和传播信息的媒体而言，具有启发意义的原则就是，如何在不可能脱离文字符号运用的情况下，尽可能地降低文字符号的阅读压力，而让读者能以更为轻松愉悦的方式阅读以获取信息？于是我们看到，当代报纸的模块化设计、导读功能的强化、削减文字更多留白、加大图像的比重等，都是围绕"易读"的原则而进行的改革，这是具有时代特点的"媒体融合"的一种表现形式，当然必须坚持。

在笔者看来，电视形象传播之"动"的最本质的属性，其实就是运用动态形象的连续性，来实现信息传播的完整性，从而满足受众对信息的基本需求。从中介符号的功能角度而言，则是用动态的形象符号并辅以即时的声音符号等其他必要手段，来体现并完成文字符号的线性传播作用。这种饶有趣味的现象，其实正是信息传播的基本要求作用于电视媒体的必然结果。

但是问题总会有另一方面。曾有学者指出，"从电视文化影响受众，导致观众产生新的心理、行为规则角度看，电视文化场至少具备三种新效应，即使受众产生集体快速移情效应、集体快速感性认知效应和集体快速行为模仿效应。"这些新文化效应固然有其正面意义，但"另一方面，这种新文化效应也很容易使当代人的情感陷入集体迷乱、偏执状态，远离理性精神，这就潜伏着危险。"在我们看来，这种担忧是很有道理的，而且并不难理解。

而报纸对于形象符号的运用以及所能引发的作用则与此不同，这恰恰应当成为报纸凸显自己优势的着力点。就报纸而言，由于其载体本质是静态物质，形象符号也只能以静态形式呈现，于是，静态的形象符号在信息传播完整性等方面的弱点，也就只能运用文字符号来加以弥补。

由此可以得出的第二个结论便是：注重视觉传播对于提高当代报纸核心竞争力的作用，还应当在与文字符号相互配合以保证信息的完整传播之外，同时格外注重静态的形象符号与身俱来的模糊性、独立性、包容性等特点并善加利用；在对读者进行有意识的信息引导之余，也提供给读者更多的多元认识空间和个性的体味、思考余地，最大程度地满足当代多元社会下读者各不相同的信息和情感需求。从社会文化的角度而言，这其实是对电视时代容易被各种"集体"效应所裹胁、所湮灭的个人理性精神的一种维护；而从媒体的角度而言，也是彰显报纸独特竞争力的重要手段。

那么，除了前文所言报纸的视觉形象应当体现与电视等媒体共通的"易读"原则之外，作为可以"审视"的对象，究竟能够或者应当表达或传播哪些多元的认识信息和意义内涵？我们以为可以划分为不同的功能层次加以概括：

版面是报纸的面孔，也是读者视觉首先接触的对象，版面整体的视觉形象会勾勒出不同的"表情"，从而彰显出不同报纸媒体的个性。因此，报纸版面的视觉表达应当传递媒体的定位和品味，以及对于读者阅读需求的关心和体贴，从而创造出良好的"版面品牌"形象。

报纸的主要功能是传播信息，真实是其所有价值的前提，而准确、完整而丰富的细节则是信息真实性的保障。但在报纸有限的版面空间内，在占用同等版面空间的条件下，展示所有细节却是文字的弱项，而是形象符号的强项，即所谓"一图胜千言"。因此，报纸所选用的形象符号，就应当以能够展现更多的文字符号难以尽述而又耐人寻味的细节为重要遴选标准，以凸显自己区别于文字符号的特殊传播优势。

对于信息的获取方式而言，文字诉诸于抽象，而形象诉诸于直观。因此，对于运用文字符号表述可能造成艰涩难懂的信息内容，则应尽可能地转换为形象图示的方式，以便利读者获取信息并加深理解。

其实，世界范围内的当代著名报纸或者优秀的版面设计，其对于形象符号的运用，从来都是根据纸质报纸的媒体特性，在传播信息这一大前提之下，追求实用性、功能性与艺术性的完美统一。而按照本文对于信息传播中介符号的分析，也就是文字与形象两种符号功能的完美协调，在实现各自价值最大化的同时，通过相互配合、相得益彰的方式提高其传播能力和传播效果。所以世界最为权威的报纸设计国际性组织——1979 年创立于美国的报刊设计协会，（The Society for News Design，简称 SND）[①] 其每年举办的"全球最佳报纸版面设计大赛"总共设立将近九十个大大小小的奖项。作为全球报刊设计的最高荣誉，这些奖项包括"新闻设计"、"特写设计"、"改版设计"、"艺术设计"、"杂志设计"等类别，新闻写作、视觉表现、材料的运用与操作、摄影、标题、报纸的立场、以及整体的设计等都被作为一个整体加以考量。如新闻奖项就包括新闻版面（包含体育版和经济版）、突发新闻事件和特大新闻事件等，这都不是仅从视觉呈现的角度评判。即便是那些更多与视觉表现有关的奖项，SND 所看重的，也决不只是视觉形象的外在形式，而是运用视觉手段展现并能够令人审视和回味的多种内涵。这对于我们深刻认识报纸视觉表达与传播的价值及其与当代报纸核心竞争力之间的关系，应当是很好的借鉴与启发。

---

① 美国报刊设计协会与新闻媒体视觉设计协会（Newspaper Design and Visual Journalism Society）合署办公，即同一机构两块牌子，因此国内又将其中文名译为"美国新闻媒体视觉设计协会"。因为目前世界上仅此一家报刊设计协会，英文名常常用 Society for News Design，所以也时常统称为国际新闻媒体设计协会等。

新京报的视觉传播探索与经验

新京报由光明日报报业集团和南方报业传媒集团联合主办，是中国首家获得正式批准的跨地区联合办报试点，创刊于 2003 年 11 月 11 日。至今短短的八年时间，新京报就从当初的被人漠视、不甚理解甚至指责，迅速成长壮大为国内最具影响力的都市类报纸之一，先后被相关权威机构评为"中国最具投资价值媒体"、"中国最具成长潜力媒体"、"中国最新锐报纸"、"中国最具新闻影响力媒体"等，并于 2009 年被评为"北京城市文化名片"。①

新京报的成功经验，值得从当代新闻传播事业的发展和我国报纸媒体的具体实践所涉及的诸多方面予以总结和分析，在这其中，他们对于当代视觉表达与传播的规律、特点及其与报纸核心竞争力之间关系的深刻认识，以及围绕自己的报纸定位所进行的一系列卓有成效的探索，毫无疑问也是不可或缺的重要内容。

提起新京报在视觉表达和传播方面取得的令人瞩目成果，除了广大读者近乎一致的赞誉、参加国内各种专项评选不断获奖之外，获得国际权威报纸设计组织 SND 的认可，也应当是一个很具说服力的评判指标。2007 年，新京报以其创立之初就确立的国际视野和"新锐"魄力，作为国内数千种报纸中的唯一代表，首次参加 SND 所举办的"全球最佳报纸版面设计大赛"年度评选，即获得两项"优秀插图"奖，开创中国报纸与世界报业接轨并参与国际竞争之先河。至 2009 年度，新京报连续三年参加 SND 所举办的年度评选且每年获奖，在不断证明自己的同时，也带动国内报纸效仿，汇入全球化时代的世界报业洪流。其中值得一提的是 2008 年度，在 SND 评选的第 30 届全球最佳报纸设计各奖项中，中国报纸总共获得十七个奖项，在全球三十一个参赛国家中位列获奖总数第

---

① 《转身全媒体——新京报 2010 白皮书》，第 2 页。

十二名，取得可喜的整体进步。① 而当年新京报一家，就获得突发新闻专题等六项优秀奖，是获奖最多的中国媒体。②

新京报之所以能在视觉表达和传播方面获得国内外的一致认可，首先与报社领导层对于当代视觉浪潮兴起的原因、意义及与报纸核心竞争力之间的关系具有比较全面和深刻的共识，因此自创刊之始就给予极大关注具有直接关联。新京报创刊之初，在报社的组织架构中就借鉴南方一些先进报业集团的成功经验，专设视觉总监一职，委任得力专才负责统筹协调全报的视觉设计和表达传播事宜，后又曾成立视觉中心。这种在当时的中国报界具有引领作用的组织架构，为先进的视觉表达和传播理念的推行和落实，提供了应有的组织保障和必须的权力。

正是依据自己的先进理念和必要的组织保障措施，新京报围绕自己的读者定位，结合中国特定的历史背景和北京独特的地域环境，在报纸的视觉表达与传播领域不断探索，取得了适合自己报纸的一些成功经验。对此，我们可以从报纸的整体版面设计和各种具体的视觉符号运用这两个主要方面进行一些分析。

报纸的整体版面设计，展现着报纸的"表情"和内在的"灵魂"，是读者借助视觉首先接触到的报纸形象，因此必须最为集中而凝练地体现自己报纸的定位和品味，从而最突出地体现自己的独特的品牌风格。而新京报的读者定位，概括言之就是中青年城市精英阶层。这一群体的读者，在新京报看来，不仅有着相对稳定而体面的工作、较高的经济收入，更为重要的是，普遍受过较好的教育，具有较高的文化品味，因此通常也更为坚守社会的主流价值，焕发着社会未来发展的活力。于是，新京报的整体版面设计，就十分注重契合他们的阅读需求和审美观念。

新京报的版面设计，曾经也遵循"浓眉大眼"、"直线模块"等国内

---

① 于北京时间 2009 年 2 月 17 日晚评出并公布。
② 《转身全媒体——新京报 2010 白皮书》，第 5 页。

都市报盛行一时于是也就沦为常规的套路，从而难以凸显自己报纸的定位和品味。但是经过几年的探索，在借鉴国际经验和自己对于视觉表达和传播规律认识的基础之上，开始体味到"少即是多"的辩证法。于是针对自己确定的读者定位，在国内率先倡导他们称之为"减法"的报纸美学观念，展现出一种与国际精英报纸接轨的"纯净版面"风格。

其实，面对当代社会信息泛滥的时代特征，美国心理学家研究认为，过多的信号，容易导致人们做出一种抛弃性的反应，转而寻找自我封闭。因此报纸上过多的视觉的轰炸，反而会使人为刻意的花哨形象失去了震撼效应，其无所不用其极的冲击力也会麻痹人们对种种新奇独特形象的视觉反应。于是，自然而单纯的版面设计，就为人们提供了一种视觉畅游的可能性，而单纯化视觉形象的自由延伸，会使人获得一种视觉活动的超越和解放。到了二十世纪末期，国际报纸版面设计便出现了越来越单纯的趋势。2000年，全球最佳报刊设计评委会曾提出如此忠告："削减超载的信息。"美国报纸版面专家马里奥·加西亚称这种追求简洁的版面为"纯净版面"（puredesign）。[①]美国的《纽约时报》和《华尔街日报》等，便是这种"纯净版面"的代表。

对于新京报的读者定位而言，这种版面风格与读者的阅读需求和审美趋向尤其具有高度契合性。在新京报自己看来，"它强调内容和设计形式的完美结合，既保持着报纸内容的丰盛与犀利，同时还在设计形式上吻合公正理性的价值观和温和优雅的气质。"[②]这就如同一幅城市精英的人物风尚肖像。而从读者的信息接受心理来看，比起糙杂花哨的版面所蕴含着的强势、胁迫意味不同，这种"纯净版面"则留给精英读者更多的个人视觉和精神感受空间，而这正是他们个性中最为珍视的部分。正如前引 SND 评委们对于获得第 28 届全球最佳报纸设计奖的德国法兰克

① 许正林：《西方报纸版面改革的七个趋向》，载《新闻记者》，2009 年第 4 期。
② 《转身全媒体——新京报 2010 白皮书》，第 21 页。

福《Franffurter》报所下的评语所言："报纸针对的读者明显是高学历的精英阶层。报纸凸显出的力量——不是叫喊，而是启发。"于是我们看到，新京报的版面削减栏数（通常只有六栏），扩展栏距；少用纹饰、题花等阻碍视线顺畅流动的装饰，而主要使用纤细清秀的水线或"无形线条"（指矩形稿件之间以自然的空白为间隔）；注重对于"组版第四元素"留白运用，让版面自由呼吸。再配以并不张扬的字体和简明标题，以及恰到好处的图片、图示和插图等，并降低报纸整体色彩的亮度，从而使得版面的整体风格予人清新、简洁、大气、优雅之感，这在头版体现得尤为明显，从而深受精英读者群的青睐。

除此之外，新京报对于各种具体的形象符号的使用，也尽力展现着与众不同的独特追求和品味，而他们在这方面取得的成果，仅从所获得的国内外多种单项奖这一角度评判，与其整体版面设计相比不仅毫不逊色，甚至超乎其上。

对于新京报在这方面的成功经验以及许多具体的成果（例如曾获各种奖项的优秀作品），国内的学界和业界，甚至新京报自己，此前已有不少着眼于不同角度的评议。如果按照本文的分析思路和理论体系，在笔者看来，则可以归结为一条：在充分认识到形象符号的特质、功能及在信息传播过程中的独特作用的基础之上，按照自己的读者定位和价值取向，充分挖掘形象符号的表现力，尽可能展现多方面的内涵和意义，从而除了与文字配合完成最基本的信息传播任务之外，也带给读者更多的阅读和审美感受。关于这一点，新京报自己虽然没有明确的阐述，或许甚至没有如此清晰的认识，但是在其视觉表达与传播的实践活动中，却是分明体现着的。

大致说来，新京报在运用各种具体的形象符号时所刻意展现的多种内容涵义，至少可以归纳为以下三个主要方面：

第一，基于社会责任所具有的引导意义。

新京报虽然笼统意义上可以归为都市报，也主要依靠市场化运作谋求生存与发展，但是从创刊伊始，主要由极赋新闻理想和社会责任感的中青年组成的新京报办报团队，就禀承着光明、南方两大集团的优良血脉与基因，以城市精英和社会中坚自诩，立志把新京报办成"新型时政类主流综合型日报"。这一办报宗旨，不仅深为同属城市精英和社会中坚的新京报读者群所期待，而且也是具有社会责任感的报纸生存与发展之根。正如新京报社长、总编辑戴自更所言："没有新闻理想的报纸是走不远的。"[①] 既然要办成主流的报纸，则自然对于社会大众就负有正确引导的责任。但是都市报毕竟不是党报，因此除了要像党报一样坚持党性原则，坚持正确的舆论导向之外，新京报依据自己的读者定位及其理想期待等，还力图将运用形象符号所蕴含的引导意义，覆盖于维护国家利益、宏扬民族精神、宣扬社会正义、倡导国际视野等更为广泛的领域。这方面实例很多，即如报头下方小小的报徽，就很耐人寻味。这个报徽的图案由太阳、烽火和长城组成，既是中华历史发展和辉煌文明成就的缩影，又象征着国家和民族的光明未来。再施以如同天安门城墙的红色，更增添了中国特色和所处地北京的地域文化特色。

第二，体现新闻规律所具有的传播意义。

如同前文所言，图像是集线、型、色、质等基础形象元素于一身的最典型的形象符号，因此也是处于全球视觉浪潮中的所有报纸最为常用和最为看重的视觉形象。但是在如何使用方面，由于对于其作用、意义的不同理解，会呈现着不尽相同的状况，其传播效果自然也不尽相同，国内的一些报纸，表现得尤为突出。然而，报纸毕竟首先是"新闻纸"，满足信息传播的需要，遵循新闻传播的规律选择和使用图像，应当是其第一也是根本的原则。违背了信息传播的需要和新闻传播的原则，报纸所使用的图像符号，就会时常被简单地作为营造视觉冲击和炫目色彩的工具，成为只可外观而不可内视的躯壳，徒有漂亮的脸蛋而灵魂空虚，

---

① 《转身全媒体——新京报2010白皮书》，前序。

其信息传播的价值必然大打折扣，其传播力自然也就无从谈起。

应当正是基于这样的正确认识，我们看到，新京报对于图像符号的使用，历来极为谨慎和小心，即便是起辅助作用的插图、图示等，莫不追求其与新闻及其他信息的传播具有水乳交融、难以分割的契合作用，以帮助读者对于各种信息的获取和认识理解，而不是仅仅追求形式上的炫目。至于新闻图片，一如我们前文的分析中所提到的，则更是注重其对于文字符号难以尽现的新闻细节的呈现，例如新闻性、真实性、知识性、价值性等，以帮助读者对于新闻事件的全面而真实的了解，而不是追求对于视觉感官的刺激。新京报在这方面的探索和追求所取得的良好的传播效果，从他们在国内外所参加的多种视觉传播评选活动中所获得的各种不同奖项中，得到很好的证明。

第三，契合读者心理所具有的情感意义。

我们在前文反复提到，作为具有思想和情感的高等动物，人类自古以来便有着多种多样的生理、心理和情感需求，而形象符号本身，相较于文字符号，天然具有比文字符号更为多样和丰富的内容含义，因此，除了可以作用于人的理性思维之外，还会更多地作用于人类的情感和心理需求，呈现多元的价值和文化内涵，从而引发多种意趣和情趣的感受。因此，当代报纸对视觉手段的运用，还应当注意并善用形象符号的这样一些特质，更多地满足读者的这类需求。新京报对于各种形象符号的使用实践，应当说较好地践行了这一规律。不仅是各种新闻版面，包括那些各具特色的多种专刊，莫不有针对性地面对读者的需求，力求在新闻价值和社会价值之外，也给读者带来诸如正义、崇高、善良、包容、大气等意趣感染，和诸如轻松、有趣、诙谐、幽默、激情、哀伤等情感体验，从而形成其视觉表达和传播的重要特色，丰富和充实着其报纸的价值内容，也大大增强了报纸的核心竞争力。

总而言之，放眼人类社会生存和发展的历史，形象符号和文字符号，都是人类借以认识自然世界和人类自己的基本和重要的工具，从信息传播的角度而言，也都是人类重要的信息接受和传播手段。甚至形象符号的出现，更在文字符号之前。而在当代信息化的时代，对于当代报纸而言，随着信息传播技术、方式、手段的进步及读者接受信息方式的改变，与文字符号的作用有所减弱相伴而行的，是形象符号的传播作用在更高社会发展层面上的回归和"释放"，这是历史发展的潮流。只有认识并且顺应这一潮流，运用正确而有效的方法改革报纸传统的信息传播方式，才能满足社会发展和当代读者的需求，实现报纸自身的生命延续并谋求更大发展。在这一领域，国内的新京报和其他一些党报、都市报已经或正在进行着卓有成效的改革尝试，这是具有积极的示范效应的，我们期望更多的报纸加入进来。

国际媒体的移动新媒体战略与新京报的实践

——角色重塑与价值发现

陈昌凤　仇筠茜[①]　刘少华[②]

陈昌凤，清华大学新闻与传播学院教授、副院长，博士生导师，中国新闻史学会副会长。曾在北京大学国际关系学院国际传播系任教，后转入新闻与传播学院，任副院长、新闻系主任。香港中文大学、美国明尼苏达大学访问学者，日本龙谷大学国际社会文化研究所客座研究员。代表专著：《中国新闻传播史：传媒社会学的视角》《中美新闻教育：传承与流变》等。

随着数字媒介的潮流，移动终端给传统报业带来了新的机遇和挑战。跨平台已经成为众多传统媒体的革新战略，而苹果公司等正在促成传统

---

①　作者为清华大学新闻与传播学院博士生。
②　作者为清华大学新闻与传播学院硕士生。

媒体的革新。国际上众多媒体迅速为苹果公司的 iPad、iPhone 和 iTouch 等移动设备专门打造网站，Google 的 Android 等终端也屡有建树，各种手机都在向着媒体平台的方向努力。新的移动终端上，轻便和移动的特性被推向极致，社交网站更是带来了媒介信息生产方式的剧变。这是一个媒介生态变革的年代，全球各种形态的媒体都在探索科技与内容结合的新潜能。传统媒体的新媒体应用市场需求与行业前景如何？如何在手机、汽车、便携笔记本和平板电脑等诸多移动终端上整合和呈现新闻信息？本文从国际性报业的实践入手，结合中国新锐都市报新京报的实践，探讨怎样在新生态中找准定位、调整商业运作模式、探索有效管理模式，从而探寻纸媒角色重塑与价值发现的生存空间。

"移动阅读"的四种类型

综观国际国内知名媒体特别是以纸质媒体为"母体"的新兴移动媒体部署，可以概括出"移动阅读"的操作大致包括四种类型：

第一，终端入网。移动终端如手机、平板电脑、电子书等实现与互联网的连接，输入网址即可访问媒体的网页。而且，针对不同移动终端的特性，所提供的内容和方式有所区别。例如，BBC 推出了标准（Standard version）和桌面（desktop version）两个版本。桌面版本是 BBC 网站的全版，适合在大屏幕的电子设备上运行，内容丰富全面。标准版经过优化，内容以较为简练、概括的方式呈现，适合在移动设备运行，通过手机登陆 BBC 网站（www.bbc.co.uk），自动跳转到标准版本。

第二，推送和订阅。媒体通过短信、邮件、浏览器订阅的方式，将用户定制的信息推送到个人的移动终端设备上，内容和形式都尽量满足用户的"移动阅读"需求。目前新闻媒体针对移动终端的推送有两种方式。其一是一次性的短信订阅反馈，BBC 的移动推送服务就采取这种方式。第二种方式，是包月性质的话题订阅。比如，《纽约时报》除了一次性的短信息订阅供用户咨询股票、天气、当日专栏、当日纽约房产公告等，还推出包月订阅的推送。

第三，App 应用。App 应用是当下备受追捧的移动新闻的尝试，全球很多新闻媒体大都通过与电信运营商和移动终端生产商进行合作的方式，将自己报纸、杂志或者网站的 App 登录网店供下载，从而实现登录移动终端，提供 App 移动阅读的业务。

中国的新京报开发的 App 应用在苹果公司中国区网店 Apple Store 上，同类产品销量一直居高，体现出移动阅读时代对具有平台适应力的新闻资讯的需求。美国纽约时报网 2009 年 3 月即推出 2.0 版 iPhone 免费手机应用软件，支持离线阅读；5 月又推出了可离线阅读、可调文本大小的桌面阅读器，"2.0 阅读"（Times Reader 2.0）终成现实。2010 年 4 月 iPad 面市时，英国《卫报》等多报迅速推出 iPad 应用，美国华尔街日报网不仅推出 iPad 应用，并推出每月在线订阅费 17.29 美元的项目，默多克称三个月已带来一万次付费下载，估计产生的广告收入达二百四十万美元。

第四，内容整合与个性化定制。针对移动终端的硬件特性进行创造性改良，以满足移动用户的阅读需求，最大程度地满足用户体验。内容整合与个性化定制，在某种程度上改变着新闻的呈现方式、生产流程和组织结构，实现了对新闻和新闻业的重置。

上述四个方面的业务并行不悖：纽约时报集团在四个方面都有探索，路透社在 App 方面最为杰出，推出若干移动服务涉及通讯社核心业务的各个方面；国内，新京报、《南方都市报》等对新媒体平台葆有高度的敏锐，秉承着"开放融合、价值互联"的理念，探索内容模式的转型和新兴的信息生产机制。归纳并展望，纸媒的移动新媒体攻略可以涵盖四个重要方面：其一，内容不断具备"服务"和"移动"的特性；其二，调整广告的运营方式以适应新的信息行业；其三，对内容付费的收费模式进行的探索；其四，纸媒在致力于抢先登陆"移动的"新渠道的同时如何运作与"渠道提供商"（主要包括硬件生产商和电信运营商）之间的竞合关系。

移动的内容求新求变

内容总是受通讯科技影响最快、也最深远。国际通讯卫星投入商用之后，美国有线电视新闻网 CNN 致力于播报"国际的"新闻，实现了对当时美国国内三大新闻网垄断的"国内的"新闻市场的突破。互联网技术投入新闻播报业务之后，新闻内容经历了量变到质变的飞跃，内容进行细分，专业内容更有深度，社交网络成为重要的新闻来源。那么，移动新媒体技术的来临，又为新闻内容带来了哪些生机？

首先是对时效的无止境追求，正在重塑人类价值观念。《纽约时报》专门为黑莓手机打造的"生意本黑莓阅读"（DealBook Blackberry reader）App 应用将"移动社会"对时效的追求发挥到了极致。"生意本黑莓阅读"全天二十四小时提供财经新闻，每分钟更新一次，对权威媒体的财经新闻、信息和金融界的资讯进行整合，同时提供离线阅读和在线阅读，《纽约时报》宣称该实时更新的速度是为了让用户"与重大新闻全天候直接通电"（stay plugged in to the most important news of the day）。

其次，新的价值观带来了新闻内容组织方式的变化，从"深度化"打散到"碎片化"，进而向"弹性化"过渡，"弹性"的需求为报业的移动新媒体发展提供了潜力。

在报刊激发民众理性和社会民主的时代，报刊文章以深度报道和言论见长；互联网技术引致新闻内容以对话和互动的方式进行组织；特别是"微博体"的出现，将新闻内容的呈现方式一再推向"碎片化"，引领人们进入"浅阅读"时代。但是，移动媒体新技术将阅读者固定地点解放到任意流动的时空中去，人们获取新闻的时机变得零散且随机。因此，阅读者不再仅需要"碎片"的信息满足快速阅读的需求，也需要可长可短的"弹性化"内容。"弹性化"是移动新闻业呼唤的内容组织方式，同时也是一个用户部分地出让自己的阅读隐私的过程，这种细纹内容组织方式的"弹性化"操作目前主要通过两个渠道，一是用户"主动地"向内容提供方定制；另一种是内容提供商主动搜索用户偏好的数据，用户"被动地坐享"个性化的内容。

第三，细分内容市场以创造增量，而不是与既有的媒体抢占市场。

移动新闻业的竞争法则是"人无我有"优于"人有我优"，内容的细分成为必然的市场抉择，同时也是发挥母媒专长、延伸既有品牌的策略。

中国的媒体内容细分还有待努力。新京报的内容细分主要体现在将其母报上的"今日要闻"、"京报评论"等已有的内容进行了链接和改组，以适应移动媒体界面的需求和展示的美观等因素。

第四，"移动"既是特性，又是需求。这必然带来移动新闻业的两个变化趋势："读者"正在向"用户"转变，媒体的工作从提供"咨询"向提供"服务"转变。而对于个性化、专业化的服务的需求，推动媒介的管理模式也要做出相应的调整，媒体应该减轻对移动终端公司的依赖，力争作为独立的实体存在，掌握更多的用户信息。

路透社的实践值得关注，它专门为 iPad 用户开发的"汤森路透市场平板"（Thomson Reuters Marketboard）于 2011 年 8 月 18 日面世，专门为财经专业人士、学生和市场爱好者设计，提供迅速把握全球市场变动趋势的平台，目标客户可以通过这一平台便捷地抓取市场数据信息。该应用通过表格的方式呈现并进行分析，提供影响市场变动的相关新闻资料、政府文件、研究报告等。已经购买互联网数字服务的用户可以免费享用移动终端的服务，使用信息的权限由个人需求和付费额度决定。因为主要针对专业的商业数据分析的需求，该应用为用户提供虚拟"旅行箱"（briefcase）服务，用户创建的账号在家庭电脑、办公室电脑以及 iPad 上相互关联，"旅行箱"为主人准备好互动市场数据、相关新闻和重要公司信息等所需文件，提供随时随地的离线阅读。

最后，社交性内容的整合不可或缺。

《经济学人》2011 年 7 月的文章《新闻的未来：重返咖啡馆》中展望了社交媒体对新闻业的改造，人们从大众传媒的时代"回归"到人际之间"说"新闻的信息传播方式。上面所讲的细分的市场刚好组织起一定规模的观众，规模不会太大因此不会有边缘者缺少发言机会，规模不会太小，保证"咖啡馆"里互动讨论能够形成气候。做好互动讨论，才是发挥了移动终端时代的特色。

移动媒体广告的受众挖掘和业务革新

尼尔森在大中国区展开一年一度的广告投放选择偏好的调研，通过询问主流广告主会将今年的广告预算投放到哪些媒体平台上来挖掘数据、分析广告市场的动向。这个数据显示出对移动媒体平台的偏好正在呈现逐年递增的增长曲线：2009 年，移动平台的广告意愿比例约为 0.4% 的预算，这一数据在 2010 年超过 1%，到 2011 年预期达到 3%。另外，2001 年也是移动平台广告投资预算超越广播广告投资的第一年，对各个媒体的移动新闻阅读战略负责人来说都颇具鼓舞意味。

从媒介经济的角度粗略而言，媒体的生命链在于广告的销售业绩及市场份额。如果按照前文所述，移动新闻业的新闻组织模式、内容细分、服务理念渐变调整之后，必然波及广告的盈利销售发生变化，其中最重要的一个方面就是目标受众的定位。

一、移动媒体的广告定位

内容的目标受众即是广告的目标受众。从目前各媒体的实践来看，受众定位仍然没有发生太大改变，仍然沿用母媒的目标受众定位方式，母媒的品牌内容定位决定移动终端的广告投放。

比如，中国的新京报主打"北京城市名片"的特色，其"新京报网"的网站业务、视频业务与无线业务均沿袭通过新闻观点获取力量、通过理性获取价值的发展方针。受众定位于受教育程度较高的都市市民，其受众的职业结构分布主要集中在外资、私营企业和政府机构为主。（如下图"职业结构"）

职业结构

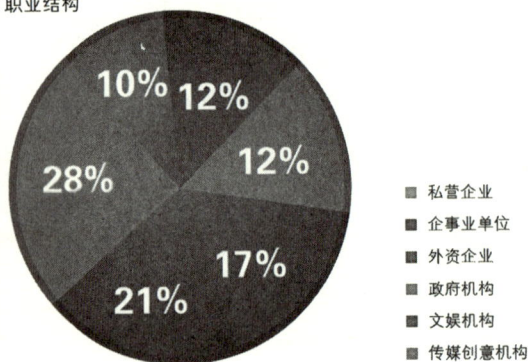

- 私营企业
- 企事业单位
- 外资企业
- 政府机构
- 文娱机构
- 传媒创意机构

此外，针对新媒介的用户数据，来把握广告的受众定位与市场投放，也是新京报移动广告战略的一个重要方面。根据新京报的统计，其 App 终端用户特点为，以男性居多；阅读财经和新闻占据最长时间；31—45 岁黄金消费年龄段间用户最为集中；本科以上学历占九成；半数以上月收入在一万两千元以上；约半数 iPad 用户拥有 iPhone，九成 iPhone 用户拥有 iPad。从统计结果来看，我们可以总结新京报 App 的主要受众为中产阶级男性。这对于广告商来说是一个巨大的市场。

如何搜集用户数据并使得广告投放更具有针对性，是最值得移动新闻业的广告经济重视的问题。

其一是通过细分市场以到达目标受众。发挥母媒的内容品牌特色，即可预知受众的构成、分布的数量。新京报在许多领域可以通过细分市场，既满足受众要求，又能获得广告商的青睐。据了解，新京报已有规划，将会推出一系列的生活消费的超出新闻之外的应用，直达目标受众。

其二是通过技术手段直接获取用户信息。移动互联网逐渐引领潮流，传统互联网份额逐渐减少，人们的个人信息对于掌握 IT 技术企业而言，成为极具商业价值的"囊中之物"。通过计算后台的统计与下载，在根据不同操作系统细分的应用程序后台，获得并管理使用移动终端的用户个人信息成为可能，也为提供细分化的服务提供了受众数据基础。针对 iPhone、iPad 以及 Android 操作系统等不同移动平台的应用程序是不同的，只需要在后台统计下载量即可获知相应的用户数量。一方面，有关不同移动终端的用户个人特征，已经有大量的相关研究，可以直接使用；另一方面，在移动终端上，通过不断地跳出提示框，可以让用户进行登录、完善个人资料等，以获得详细的用户资料。

这一应用不仅仅局限于移动终端用户，在以 Google 执牛耳的搜索领域，这种暗中搜集用户信息以实现跟踪定位的方式早已经投入运用。事实上，在强调个人阅读体验的时代，用户为了获得独一无二的定制内容，将会"不得不"把个人资料交给媒体。

值得注意的是，帮助广告商找准受众定位、把握目标受众的市场数据，在 Web2.0 时代成为新闻媒体、广告商、电信运营商和终端制造商的"兵家必争之地"，也带来了产业链上各个经济体之间的博弈。目前移动新闻用户的个人信息大都被"苹果网店"（Apple Store）之类的既生产移动终端设备又提供软件下载和用户分享服务的制造商所垄断，传统媒体正在努力突破这一局势，自己掌握用户信息。《纽约时报》为鼓励用户提供个人信息，对于提供姓名和个人信息的用户，其 iPad 版可得到一周免费的内容而不会遇到付费墙。而默多克发行的 iPad 原生版报纸《日报》（the Daily）对任何内容都进行收费，主要目的也是为了在信用卡支付的过程中掌握用户的个人信息。

二、如何衡量广告价值

传统媒体习惯的广告售卖方式是按版收费，同时按照发行量及市场调查情况，与广告主协商单价，然后根据广告投放时间收费。然而对于新媒体来说，传统意义上的"版面"概念逐渐弱化且陈旧，广告的投放方式早已超越版面的概念。

以传统新闻网站为例，新浪网首页的广告计价按照登载的时间长短来收费，一般以"天"为计价单位。随着时间的推移和经验的积累，网络广告业逐步走向专业化并且与国际接轨，网站内页广告均按 CPM（每百万人次点击量，Cost Per Million）进行计价，也可以理解为网络广告按广告被点击和展现的频次来进行计价。正因为如此，广告商日益需要了解广告投放效果的数值化衡量，以观察广告投入是否抵达目标受众。所以，对今天的新媒体而言，获取用户信息及数据迫在眉睫，也是广告销售和谈判的重要凭据。

此外，数字媒体为广告主获得广告效果的信息反馈提供了便利，其可以跟踪预期的效果并据此更改广告投放量。对此各大媒体都有所应对，例如新京报主动引入第三方对其广告效果进行评价，对广告效果进行了保证。评价的项目有：1. 浏览量，反映新京报 App 的浏览量及浏览时长；2. 点击量，反映广告点击量、点击时间、跳出率、跳入企业网站率；3. 用户分析，反映广告受众的地域来源、成分和趋势。

甚者，移动终端上的广告投放要求与内容形成匹配，以提高广告宣传效果的精准度。例如，机动车等新闻资讯的页面中嵌入相关的汽车、轮胎、维修或者汽车内部装修的广告就更具有内容的适配性。广告匹配度和相关度也可以和用户个人习惯相关，例如可以根据用户浏览记录，通过计算统计出他的兴趣爱好，进行定向广告投放。

目前，新京报的广告收费模式是将包月与套餐组合相结合的。包月是指按月收费，套餐组合则是将 iPhone、iPad、Android 三种平台上的客户端广告，以栏目、频道、相关板块 PR 辅助等不同分类方式，形成五种套餐模式，广告主可自由选择。从具体操作层面上看，新京报 App 是以传统媒体的版面收费形式为基础，结合客户端页面展示特点，以及 iPhone、iPad 的 push 推介，对广告进行差额收费。在新京报 2011 年的客户端刊例价格表上可以看到，其 iPhone、iPad 广告是按照版面不同定价不同的策略，以包月的形式付费的，可以体现出 iPhone 和 iPad 技术特点的是如果广告主需要 push 推介，需要付出比一般版面高不少的价格。

广告市场细分、受众规模增加，新媒体广告的策略显得尤为重要。在新媒体广告策略方面，主要有两种路径。其一是以"量"为主，单价较低的前提下保证销售量，从而能够实现规模的经济收益；另一种是以"质"为主，在单价较高的前提下专门针对细分的、高端的目标受众进行投放，这种思路比较适用于流量较小的媒体尤其是杂志。从这一角度而言，新京报作为一家区域影响很大的媒体，在商业模式上，不应该对人群进行过分细分，而应该以普遍的读者群为基础，广告以量为主。

三、探索广告形式的创新空间

新兴移动终端为广告的内容、目标受众定位、价值估值方式带来变化，更为广告形式的创新带来无限可能。目前，新媒体时代的广告形式正在孵化或刚刚诞生，在与新媒体的结合和服务用户方面做出了探索与尝试。

移动设备终端的典型特点之一是用户生活的社区和经常活动的区域很容易获取。LBS 服务（Location Based Service）提供基于位置的服务，已成为移动终端用户中市场普及量最高的服务之一。很多网站正在利用这一理念打造全新的网站运营模式，而将广告嵌入其中就不失为一种很好的尝试，例如广告主可以利用这一宝贵资源，投放与地理位置有关的广告，如饭馆、商店、咖啡馆、洗衣店、家具店等等服务。这一服务受区域的限制比较明显，适合于在服务业较发达、人口相对集中、生活水平较富裕的地区运营。新京报作为一家北京的都市报，拥有北京很优质的读者群，他们对新京报的公信力葆有信赖。因此，与地理位置有关的咨询服务的需求很有潜力，LBS 方式的广告值得探索。

新京报在广告形式上的创新尝试具有借鉴意义。首先，其根据 iPad 和 iPhone 这两种移动设备的不同特点对广告呈现形式进行了一定的区分，使得内容与载体具有适配的细分。iPad 广告形式包括底封面通栏（横底、竖底）、竖通栏、全屏、push 广告等；iPhone 广告形式为通栏、漂浮、push 等。在细节方面，新京报也进行了有效的探索，广告安排设计巧妙且尊重用户体验。点击导读界面上的某个新闻后，在新闻正文缓冲时，可以显示全屏幕的广告，点击全屏幕图片将显示该广告对应网址上的网页。在导读界面下端或右侧的广告条，点击后将显示全屏幕的广告图片，点击全屏幕的图片将显示该广告对应网址上的网页。

四、与传统媒体的业务关系：阶层化和细分化

新媒体和传统媒体的人才很难做到无缝对接。在与传统广告业务运营的对接方面，《纽约时报》以及路透社都有一个共识——专门聘请新媒体开发人员。《纽约时报》聘请的应用开发员工几乎都没有纸媒背景，专设的内容编辑岗位才是横跨纸媒和新媒体部门的。在国内，新京报在这方面也为国内媒体做出了表率，有一个完整、独立的团队以及独立的战略，而不是依附于报纸内的一个部门。同样，《中国国家地理》同样组建了一支全新的团队做新媒体；《南方都市报》新媒体团队从一开始组建团队，就提出不要南都原来的员工，通过此举突破原有的模式、进行创新。

通常情况下，新媒体团队所需要的人员背景与传统媒体截然不同，更像是一个网络公司团队的架构：程序员、设计人员、产品经理、项目经理、广告人员、销售人员等为主力军，与传统媒体唯一有交集的是内容编辑。媒体机构在应对新媒体环境与挑战的紧迫时机下，花费时间和人力进行原有团队的转型，不如另起炉灶成立新的团队更能够节省成本。

当然，从全局的高度考虑，有整合营销的方案而不是"新旧对立"的态度，更加有利于报社或者网站作为一个整体的长足发展。在这一方面，英国《金融时报》（*Financial Times*）的管理模式值得借鉴。《金融时报》设有大客户部，直接对 CEO 负责。该部门与广告客户进行商务谈判的过程中，统筹全局调度整个媒体公司的资源，以实现人力物力和财力的优化配置，避免部门之间发生冲突。

实现各部门的协调分工和统筹安排，还有利于广告客户源从旧媒体向新媒体的过渡。例如 FT 中文网就更倾向于将移动终端上的广告免费赠送老客户；如果深谙新媒体运作指导、有专业的核心团队，那么可以由核心的广告销售团队去开拓新的广告客户。此外，以新京报和《南方都市报》为例，新媒体部门开拓广告客户源，首先考虑从原有的客户源中发展，发掘其中的移动终端用户。除此之外，也有媒体通过社交网络、销售团队等多种方式另行开拓新的客户源。

内容收费模式的可行性延伸

是否对提供的内容收费是传统媒体进入互联网时代一直面临的问题，随着平面媒体向新移动终端的迁徙，这一问题也延续到了新的媒介平台上。传统报业的转向需要解决重大的结构性问题。有认为传统新闻产业的基本架构瓦解了，需要重新结构。传统的"捆绑销售"模式意味着你必须购买一厚叠报纸，包括新闻、体育、副刊、讽刺漫画、百货店礼券，读者不得不打包买下许多自己不需要的内容。而在线销售可以让用户只取所需，付费模式与传统的也要有区别。"分类计价"的原则，比较适合 2.0 新闻业。"分类计价"不仅能够提升总收入，还能让人关注一些必要的时事新闻。[①]

英国《金融时报》及美国《华尔街日报》在付费阅读方面取得了极大成功，《华尔街日报》的网上订户达百万，每年带来六千五百万美元的收入。新闻集团的另一份子报《泰晤士报》也推出了"支付墙"（Paywall），据默多克说其订阅用户数量可观，成为"互联网商业新模式的开端"。2011 年 3 月底《纽约时报》开通了"支付墙"（Paywall），尝试对数字内容收费的运营模式，在《纽约时报》的 App 登录 iPhone、黑莓和平板电脑之后，其支付墙的操作方式也相应地迁徙到新平台，并且实现了温和的过渡和兼容。但是，对于尚未尝试在数字平台上收费的媒体，对新媒体平台的内容进行收费的时机、媒介生态环境是否已经成熟？

关于免费和收费的问题，是互联网界争论多年的话题。一般而言，不可能有完全的免费，短期内的免费产品，是因为它在前期积累用户量，或者从其他方面得到了补偿。尽管不属于互联网范畴，但传统报纸的盈利也正是从其他方面得到了补偿的典范。自从便士报诞生以来，报纸的主要盈利方式就是广告，而非直接发行。尽管在这个模式中，内容是至关重要的因素，因为只有好的内容才能提高销量，进而产生影响力，并

---

① 陈昌凤、郭城春，《2.0 新闻业：呈现与营销新模式》，见《新闻与写作》2010 年 9 月。

因此有了广告的价值以及随之而来的盈利能力，但是长期以来，大部分报纸的内容都不直接盈利。

对内容进行收费的最大保障是媒体具备不可替代性。不可替代性分为四方面。1. 时间的不可替代性，在第一时间对新闻事件做出反应，往往是决定媒体受关注程度的关键；2. 渠道的不可替代性，这在今天已经是不可能的了，渠道已经向所有媒体开放；3. 内容的不可替代性，在与其他媒体竞争的过程中，以更有深度、更完美的作品取得先机，好的内容、高品质的媒体永远是有市场的；4. 产品的不可替代性，以产品包装好内容，给予用户以好的体验，使其对产品产生依赖。

在以上四点中，产品的不可替代性，即产品至上的理念是新媒体竞争中胜败的关键。

对于应用程序收费，亟须解决的一个关键问题是安全、可靠、便捷易操作的支付系统后台的研发和维护。通过这一平台，用户无需帮助即可完成支付，完善的结算体系保障用户个人利益。对于购买 App 本身，可以直接使用 App Store 或者 Android Market 进行交易；对于购买内容，是通过第三方支付软件如支付宝等进行交易，还是开发自身的支付系统，都值得后来的实战者勇于探索并谨慎而为。

建议与展望

传统媒体向新媒体转型刚刚起步，各家媒体根据自身优势和所处的媒介生态制定攻略做出尝试，都抱着"跑马圈地"的尝试心态，尚未将严格的"投入—产出"衡量体系纳入考量，但是，当移动新闻业务逐渐成熟并开始竞争，把握两个方面的大局十分必要。

其一，是把握渠道与品牌的辩证关系。前文提及新闻媒体、电信运营商和移动终端设备的制造商正在争夺用户个人信息，正是这种"内容"与"渠道"博弈的一个写照。把握移动内容产业链上的互利共存多个经济个体之间的辩证关系，可保护媒体不被移动数字媒体的滚滚浪潮迷失了发展方向，且有力地保证自身品牌优势的延续。

技术决定论认为技术在领跑社会的前进方向；移动新闻业也正在表现出对移动终端制造商和电信运营商的强烈依赖。例如 CNN 的移动新闻策略的蓝图，基本就是与各个国家的一到三个通信运营商签署合作协议，为自己的内容找到载体。然而，一味依赖于既有的终端生产商和电信运营商，媒体自身的品牌有可能被蚕食。虽然目前内容与渠道的提供方仍处于互利共生的关系，但如果任凭渠道提供商不断扩张，逐步形成垄断后，自己开始进行内容生产，很容易就将内容提供方挤出市场。许多媒介集团已经意识到这个问题并采取措施保证自己品牌的独立性和影响力。例如，如果直接与《纽约时报》进行电子版订阅，读者可以获得一个星期的免费阅读权限，《纽约时报》出让一星期的权限，旨在绕开苹果公司通过信用卡支付掌握了一切用户信息的中间隔阂，建立自己的用户信息库。甚者，区别于《纽约时报》的"多孔支付墙"（用户每月可以免费阅读二十篇文章，也可通过搜索引擎直接阅读部分文章），《华尔街日报》的所有内容都需要直接付费后才能阅读，默多克通过此举意在掌握更多的用户信息，与苹果公司等终端生产商抢占主体性地位。

在"强渠道—弱内容"的关系中保证媒体的品牌，比较基础的思路是规划品牌标识的延续性。路透社、《纽约时报》等登录所有媒介终端的 App 经过精心打造，保证风格一致。路透社和《纽约时报》App 图标经过精炼优化，仍沿用品牌标识核心元素。

另一种思路是通过继承发扬既有的品牌优势，积极与新技术的融合开发出新的产品，通过内容细分创造移动新闻业的增量市场，以打造"强内容—弱渠道"的互惠关系。

发扬传统品牌优势以保证与渠道的辩证关系，是移动阅读新闻业的长久之计。与媒体在移动新媒体时代的内容应对策略也密切相关。各大媒体主要通过内容细分的方式来保证品牌的强势影响力，比如，路透社发挥财经新闻和法律咨询的优势，《纽约时报》发挥其言论优势，BBC 发挥影音娱乐信息的特长，美联社发挥快捷咨询的专项。

其二，是在内容细分和渠道细分的路上走出自己媒体的特色。渠道的细分不仅要把握不同终端的特有属性，还应把握渠道形态有"软""硬"之分，媒体应根据自身定位制定攻略。以硬件设备的数字终端如手机、平板电脑、游戏机等为支持的渠道，新闻媒体与电信运营商、终端生产商进行合作，新闻内容通过"登录"这些"硬渠道"的方式接触到阅读者。但是，若干 App 图标放在移动终端桌面上，用户是否安装、是否点击运行，取决于该报是否有足够强大的吸引力。对于品牌还处于成型期的媒体来说，通过"软渠道"来扩大影响力和美誉度，可谓磨刀不误砍柴工。所谓"软渠道"，是指业已有一定规模和用户的软件或者网站，成为媒体与读者"见面"的另一种渠道。软渠道登录不直接以硬件的移动终端为载体，但同样能够满足用户的"移动阅读"需求。例如，《纽约时报》、美联社、彭博社都注册了社交网站如 Facebook、Twitter 账号，通过这个渠道扩大读者规模，获得或保持影响力；《创业家》、《新周刊》等杂志在新浪微博上的个性化展示也属于软渠道诉求，是一种相对简单的方式。时下盛行的"社交杂志"（Social Magazine）是一种值得关注的形式。

Flipboard 被称作 iPad 上的革命性社交新闻应用，是"社交杂志"的成功代表。其特点是将特定新闻源（一般是指各大媒体的内容），或者将个人的 Facebook 与 Twitter 上个人账号的内容进行整合，以其独有的逻辑算法，将重要内容自动搜索后，呈现出更详细的文字、图片与视频，再通过其特有的技术手段重排版、渲染，将相关内容以精美的杂志版面形式呈现。归结起来，Flipboard 的工作流程大致有以下几个特点：1. 将 Facebook 与 Twitter 登录后，该程序会根据这两个网站上相关条目的分享数、评论数等可以表征重要性的数据，对内容重要性进行排序；2. 点击一篇文章时，它会将网络上与此有关的文章（程序会进行自动搜索）一并呈现，使对该问题感兴趣的人能够深度阅读；3. 视频嵌套在文章内，点击后可以直接在文章中播放；4. 如果对正在阅读的内容感兴趣，可以通过评论、转发等方式，影响好友们的 Flipboard 页面。

　　Flipboard 所代表的使用者导向思路，是今天的传统媒体人不得不重视的。因为对传统媒体人来说，在个人电脑、平板电脑、手机等各种阅读终端上呈现出精美的页面并不困难。但在讲究随意性与便捷性的时代，当排版不受传统媒体左右时，其内容生产就陷入了被动，因为除了内容之外，媒体人很难对用户体验做出实质性改变。为每个用户提供设计完备的"新闻编辑系统"，可以帮助传统媒体人从这种困境中脱离，既能专注于内容生产和深度信息把握，也不必担心因信息冗余和版面效果而失去受众。这种全新的模式已经引入国内，腾讯推出的"QQ 阅读"就是这种模式。用户可以通过添加媒体源、国内主流微博帐号、QQ 空间等多种方式定制阅读内容，相关内容以杂志方式呈现，用户可以在平板电脑、上网本和个人电脑上阅读。这种新型的内容组织方式，连同承载它的 iPad 新移动终端，在上市以来受到追捧，未经宣传就发展至一定规模，代表了移动新闻业的一种发展可能性，今天的传统媒体不得不引起关注与思考。

一份报纸的"品牌探戈"

——新京报品牌分析

张树庭　孔清溪[①]　李若曦[②]

张树庭，教授、博士生导师。现任中国传媒大学 MBA 学院院长，中国传媒大学 BBI 商务品牌战略研究所所长、IRI 网络舆情（口碑）研究所所长、IAI 国际广告研究所副所长。先后主持教育部人文社科专项任务项目、国家广电总局部级社科重点研究项目、北京市"十一五"哲学社会科学重点项目等课题。主持完成的主要成果有《有效的品牌传播》、《品牌蓝皮书》、《有效的广告创意》、《广告教育定位与品牌塑造》等。

如果用一个词来形容报纸当前的处境，那无疑是"内忧外患"。

"外患"自不必多说，一场发端于新媒体的媒介巨变正在迅速修改着

---

① 作者为中国传媒大学 BBI 商务品牌战略研究所讲师。

② 作者为中国传媒大学广告学院广告学硕士研究生。

人类的进程，而以报纸、广播、电视领衔的传统媒体似乎一夜间从王者变成了主要的"革命"对象。于是，"报纸消亡论"风生水起，人们纷纷围观这个古老媒体的命运，揣测着它是否会被互联网、手机等这样的"后浪"拍死在沙滩上。

除了来势汹汹的新媒体之外，业内的竞争也没让任何一家报纸获得喘息的机会。据《2010年度中国传媒产业发展报告》显示，目前我国正式出版的报纸有1937种，平均期印数20837.15万份，总印数439.11亿份，总印张1969.4亿印张，而在北京、上海这样的一线城市里，相同种类的报纸更是数不胜数。由此可见，面临着生存空间的日益缩小，各家报纸势必要展开一场激烈的博弈。

那么，群雄逐鹿，谁主沉浮？

面对着相同的质问，新京报用八年的时间给出了自己的答案，上演了一场动静结合、张弛有度的"品牌探戈"。

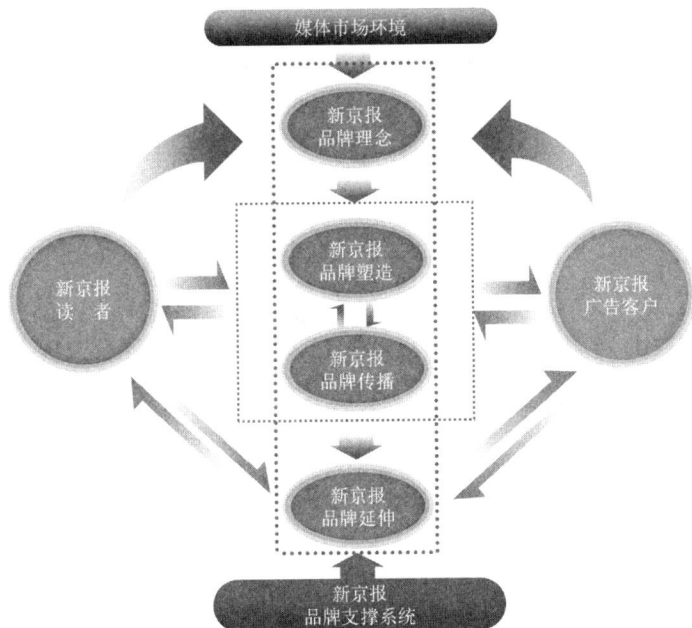

新京报品牌分析图

从不谙世事的"混血贵族"到北京综合类日报销量的三甲之一，新京报用实践验证了品牌的力量。自创办伊始，新京报的销售逐年上升，到 2011 年报纸的日均发行量为 86.7 万份，其中征订量为 53.26 万份，占整个发行市场的 61.43%；零售量为 32.08 万份，占市场的 37%；而定向赠阅量为 1.36 万份，仅占 1.57 个百分点。可以说，八年来新京报已成为北京主流社会的首选报纸之一，并占据政府机关、高校、写字楼、中高端社区等主要发行渠道，拥有高品质的读者群体。同时，根据中国传媒大学 IRI 网络（口碑）舆情研究所 2011 年 3 月发布的最新研究成果，新京报连同新华社、新浪微博、天涯、中新社成为 2010 年五大舆情源头，并且居于首位。可见，新京报在与网络等新媒体的较量中继续保持了传统媒体的强大优势。

新京报的成功并非偶然得之，而是在整体品牌发展战略指导下进行的一项长期的品牌塑造活动。分析其整个过程，我们不难发现其中蕴含的报纸品牌塑造的一般规律以及新京报的创新之举，希望这些分析能对我国报业媒体的常青之路提供可借鉴的参考。

品牌理念：梦开始的地方

归根结底，一份报纸的成长取决于对内容设置、传播、营销等方面规律的认知和总结，即品牌理念。而品牌理念上的差异，则会导致品牌走上完全不同的发展轨迹，直接或间接地影响品牌在市场上的表现，从而决定品牌在行业中的位置。可见，富有远见的品牌理念是一个报纸品牌得以扶摇直上的原动力，它站在起跑线上却能望得到品牌的终点。

一、品牌制胜——影响力营销

响亮的品牌是能够让产品享受从量变到质变得以溢价的最好理由，也是能够让一份报纸从夹缝中突围的绝好途径。任何市场的终极竞争都是以品牌为导向的决斗。由此可见，对"品牌"这一概念的认知和理解将关乎报纸发展的成败。

由《南方日报》和《光明日报》强强联手的新京报，用自己的话来形容便是"一出生就风华正茂"。光明、南方这两个在背景和运营上有着较大差异的母体不仅为新京报带来了无可比拟的优势资源、超乎想象的发展空间、丰富的办报经验，还将先进的经营理念根深蒂固地植入到新京报的 DNA 中。因此，与其他初出茅庐的报纸不同，新京报在创刊之初就对品牌有着清晰的定位和理解，并且结合自身的特点，发展出一套具有新京报特色的经营理念，即在坚持社会效益的前提下，本着报社、读者、客户三方共赢的原则，实现经济利益、品牌价值最大化的影响力营销。这一营销模式是新京报的品牌法宝，它为新京报的发展打下了良好的基础。依据它的规划，新京报在内容、广告、营销、发行等多个方面都做了相应的努力，朝着全面提升报纸影响力的"红心"万箭齐发，全速前进。

二、品牌创新——穷则变，变则通

面对瞬息万变的市场，固步自封只能使自己与成功渐行渐远。行业竞争的关键词始终是"淘汰"与"发展"，因此，适者生存的法则同样要求报纸应与时俱进，实现可持续性发展。

没有创新作为实践的指导，就不可能让新京报迈出精彩的步伐。为了应对市场的变化，新京报也在适时调整自己的策略，从而使之更加顺应行业的发展和客户的需求。例如，针对 2008 年举世瞩目的奥运盛事，新京报抓住机遇，精心策划，全力备战，提出了"北京人的新闻主场"的品牌发展目标。而到了 2010 年，新京报又乘新媒体发展大潮，高效整合优质资源，将品牌带入"全媒体时代"。2011 年，面对信息持续的井喷式的爆发和人们媒介接触习惯的改变，新京报又一次对品牌的成长方向提出反思，确定了互联网时代报纸发展的三个特征，即"精华"、"阅读"、"实用"，并通过深度挖掘信息、缩减字数、增加图片使用比例等一系列内容和版面上的改革，将品牌的影响力推向一个新的高度。

三、品牌精神——对信念的坚持

无论是富有远见的品牌理念，还是谋求突破的品牌创新，都无法缺少一以贯之的信念。对信念的坚持已经成为新京报的品牌精神，也是让经营战略得以持续的保障。不断地妥协和放弃只会让一个品牌满目疮痍，难以实现质的飞跃。

坚持是品牌镇守的底线，更是发展对实践提出的要求。新京报在创刊近八年的时间里，排除万难，始终坚持着"责任"、"品质"、"专业"、"影响力"的发展理念，正如社长戴自更自诉的那样："没有什么比坚持更能阐释新京报走过的道路了，多少次身处逆境，我们没有选择放弃，而是坚韧地向着既定目标迈进。现实的磨砺，没有消减我们的情怀，只是擦亮了我们的眼睛，让我们更加清醒，更加从容不迫，于每天的勤奋中体现充实和专注，体现新闻人存在的价值。"

环环相扣，塑造可识别的品牌形象

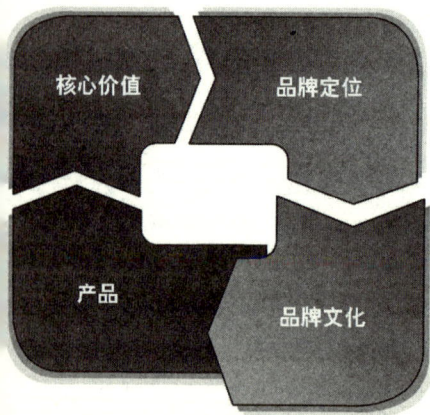

品牌塑造圈

如何打造优质的品牌形象？是从产品入手，还是仰仗独具匠心的定位，亦或铸造品牌文化的"圣杯"？可以说，以上述任何一种手段为策略的品牌塑造都是正确而不完全正确的。品牌塑造是一个环环相扣的过程，通过由产品到核心价值，核心价值到定位，定位到文化，文化再到产品的渐进，每一次循环都会使品牌形象更加清晰而强大。

一、产品的符号化

品牌源于产品而高于产品。因此，仅将品牌的塑造集中在产品固有元素的层面上，会导致难以实现差异化、降低战略灵活性、限制品牌延伸等多方面的问题。但不可否认，产品是品牌的基础，任何品牌的成败归根结底都依赖于产品本身的强弱。而能够被符号化的元素往往是产品的"强音"，它们使产品能够被识别，能够被接纳，它们蕴藏着巨大的品牌价值。因而，实现产品的符号化是塑造品牌的基石。

可以被符号化的产品元素很多，对报纸而言，它们或许是名称、标识等此类外在表现，也可能是内容特色、栏目等这种内在因素。新京报在产品符号化的实践上有着不少值得借鉴的经验。首先，从外在的表现形式来看，新京报在创刊伊始就别具一格地设计了报徽"长城烽火台"，并且为自己量身定制了具有浓郁中国特色和北京特色的标准字体。通过对标徽和字体的详细阐述，新京报表达着与国际接轨的愿望，昭示了为中国报业树起一块"金字招牌"的壮志雄心。其次，新京报一直不遗余力地磨砺着内容的"锋芒"。经过长期的坚持与积累，新京报目前已基本形成"评论"、"深度报道"、"新锐视觉"、"专题策划"等几个为人熟知的特色产品。

二、核心价值："品质源于责任"

每一个被符号化的产品元素都携带着品牌想要传达的声音，这些相同或不同的声音会将品牌带向四面八方。但是，当可供选择的道路太多时，结果往往会变成无从选择。因此，在天马行空的诉求中，对品牌核心价值的提炼是至关重要的。而一个成功的核心价值主题将会使品牌在竞争的混战中脱颖而出。

品牌核心价值是品牌的精髓，而"责任"就是新京报的精髓。从初期"负责报道一切"到2006年提出的"品质源于责任"，新京报始终把责任看作办报的天条。在这一核心价值的引导下，报纸从内容、传播、营销、发行等各个环节，全面体现出对国家和人民利益负责、对新闻真相负责、对时代进步负责的态度。通过反复传递"责任"的概念，新京报在公众中树立起清晰而有力的品牌形象，与受众形成了良好的品牌关系。根据

CCMC 关于北京地区 2011 年报纸订阅原因的调查发现，新京报在公信力方面的表现十分突出，以高于竞争对手七个百分点的优势稳居榜首。而在由中国传媒大学和中国商务广告协会共同主办的"2010 中国消费者理想品牌大调查"[①] 中，新京报也成为最受北京消费者喜爱的五大报纸之一。

三、品牌定位的"第三条路"

定位并全力维护和宣扬品牌核心价值，已成为许多国际一流品牌的共识。品牌定位旨在实现品牌间的差异化竞争，并且通过"和而不同"的方式获得巨大的竞争优势。

自创办以来，新京报就在实践并摸索着这条"和而不同"的道路。面对着北京地区最优势的资源和最严肃的报纸，新京报选择走一条有别于传统党报和传统都市报的"第三条路"。这样一份新型的时政大报用新京报人自己的话来讲，就是："试图把传统党报坚持导向性、权威性、严肃性与传统都市报贴近读者、注重服务、追求经济效益的优势结合起来。"介于党报及都市报之间的品牌定位，对于读者和广告主来说无疑都是新鲜的。摒弃了严肃可能导致的空洞无物和"唯娱乐"的浮躁粗俗，不但符合新闻的普世价值，更注重报纸的经济利益。从 2004 年开始不断攀升的发行量和销售量就是定位有效性的最好佐证。"第三条路"不仅为品牌提供了差异性的优势，同时有助于融市场、资源、资金为一体，探索一条适合品牌持续性发展的道路。

四、文化成就品牌

"一切资源都会枯竭，只有文化将生生不息"。文化是品牌内核中最

---

① "2010 中国消费者理想品牌大调查"是由中国商务广告协会和中国传媒大学主办，中央电视台广告部协办，十五家协会、商会和研究机构的大力支持，BBI 商务品牌战略研究所策划执行，全国三十六所知名高校共同研究的权威性、系统性的消费者品牌消费行为调研。

为稳定的支撑性元素，它在品牌的塑造和传播过程中得以积淀，并最终反作用于品牌的运营。优秀的企业文化不但可以在消费者中获得高度的认同，起到区隔和震慑竞争对手的作用，同时也能够使品牌自身的发展从中获益，并源源不断地转化为新的价值。

新京报的成功在很大程度上依靠的是企业文化的成功。新京报一向重视企业文化的培育，从报纸成立之时就将企业文化建设纳入了议事日程并提高到战略高度。经历了八年的沉淀和积累，新京报如今已经形成了完整且颇具特色的文化体系，鼓舞着报纸品牌以及团队成员在发展的道路上不断前行。其中，一个值得回味的细节是新京报将自己的文化整理和浓缩成了一曲社歌——《我的纸里包着我的火》。这首歌不但凝聚起新京报的每一份力量，还向世人展示着她的气魄与风采。

传播生力，迈开强者步伐

"品牌探戈"不是一场"独舞"，仅仅独善其身将无法成就品牌的传奇。把怀揣的美好淋漓尽致地展现在观众面前，是一个舞者的职责，也是一个品牌的追求。因此，有效的品牌传播将在品牌的成长中扮演关键性的角色。

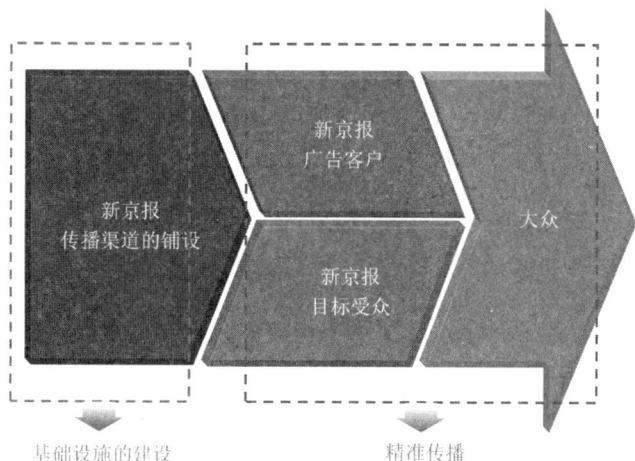

新京报品牌传播模式

一、传播渠道的铺设

渠道是传播的基础设施，渠道的丰富程度与布局的合理性都将直接影响品牌的传播实力。因此，传播的首要任务在于基础设施的铺设和搭建。如今，新媒体势如破竹的发展使一元媒介为载体的时代早已一去不复返，而媒介接触习惯的改变迫使品牌在传递信息之前，不得不先完成"人群—媒介"的连线题。由此可见，为了让信息更快速、更准确地传递出去，全媒体布局已然是大势所趋。

报纸自然也不例外。作为借助"纸"这一载体传递信息的行业，报纸的重点是"报"，而不是"纸"。因此，它完全有能力摆脱"纸"而联姻新媒体拓宽自己的传播与发行渠道。为了顺应这种发展趋势，新京报在2010年提出了"转身全媒体"的品牌发展战略。通过创办两刊（《名汇FAMOUS》和《房地产世界》）两网（新京报网和京探网）并推出手机报，新京报整合优势资源，打造适于当前发展的媒体通道，初步实践全媒体部署，为报纸的品牌传播和影响力的提升打下坚实的基础。

二、精准传播

在获得完备的基础设施的保障之后，品牌传播的下一个问题就在于传什么？传给谁？对报纸而言，主要的品牌传播对象无外乎目标受众和广告客户两类人群。但为了产生更为深远的影响，报纸还必须将触角伸向大众，广泛宣传其品牌价值。

首先，报纸应针对其读者展开有效的品牌攻势。读者是报纸的"衣食父母"，没有消费者的青睐，报纸的品牌价值就无从谈起。品牌传播的关键在于把信息精准地传递给有需求的人。因此，新京报在这一方面采取了精准发行的策略。所谓"精准发行"，主要包含了"全面覆盖"、"创新"、"整体联动"和"定向"四个理念。在这些理念的带动下，新京报在北京地区的发行达到了以中高端读者为主、多样化、质量并重的目的。同时，通过与其他品牌策略的联动，新京报抓住一切机会，贴近读者，有条不紊地扩大了品牌在读者中的影响力。

其次，赚取广告费用仍然是报纸目前主要的盈利模式。因此，实现自身品牌价值与客户品牌价值平稳对接的重要性自然不言而喻。针对这一问题，新京报主要的应对手段是通过整合媒体优势资源，结合广告客户特点，制定个性化的品牌传播方案，并取得了良好的成效。在中国传媒大学、中国商务广告协会及 CTR 央视市场研究联合发布的"BBI2010中国最具品牌贡献力媒体排行榜"[①]中，新京报位列全国报纸媒体第十二名。同时，新京报还利用策划、活动营销、行业评选、影响力论坛、数据库营销等方式，将自身的品牌利益与广告主的品牌利益"合多为一"，在传递客户品牌价值的同时，扩大自身的品牌影响力，如举办多年的"集体婚礼"、"360°试乘试驾"等活动，其活动本身已经具备了一定的品牌知名度，实现了报纸与客户的双赢。

最后，品牌传播的效果是由"广度"、"深度"和"认可度"来衡量的。为了使品牌的影响力走得更深更远，就必须把品牌带入更多人的视线之中。公益营销是新京报面向公众，拓展其社会影响力的主要方式。公益营销一方面承载着社会效益，另一方面则肩负着品牌核心价值的传播。"爱心包裹"、"温暖孩子"、"孤儿来京过春节"等这类公益行动高度契合了新京报以"责任"为天条的品牌核心价值，容易引起公众的共鸣，从而强化报纸的品牌形象。

华丽旋转，延伸品牌价值

强势的品牌能够利用其现有的品牌资产完成向另一市场的延伸。对

---

① BBI2010 中国最具品牌贡献力媒体排行榜是中国传媒大学、中国商务广告协会联合 CTR 央视市场研究，为深入考察各媒体在广告客户品牌传播与塑造过程中的贡献力，在"2010 中国消费者理想品牌大调查"的基础上，提出最具品牌贡献力的媒体评估规则，对电视、广播、报纸、杂志和互联网五大媒体类型进行品牌贡献力评估计算，最终得出各媒体的品牌贡献力得分。

于品牌而言，一次成功的延伸可能意味着市场的拓展、新用户的增加以及知名度和认知质量的提升。它使原有的品牌价值获得了延续性的利用，并且能够创造新的品牌增长点。

多年的累积成就了新京报丰富的品牌资源，也让延伸变为了可能。从 2009 年到 2010 年，借力新媒体的发展和报纸全媒体布局的机遇，新京报趁势而上，果断出击，将自己的品牌触角延伸到了杂志和网络两大领域，分别创办了《名汇 FAMOUS》、《房地产世界》两本杂志和新京报网、京探网两家网站。这些举动不仅回应了全媒体战略的需要，更进一步实现了新京报的品牌拓展。两刊两网无一例外都延续着"责任"这一新京报的品牌核心价值，它们从全新的角度对报纸的品牌价值进行了诠释，为品牌的发展注入新的活力。

需要提出的是，延伸虽然为品牌带来的利益和价值不可估量，但这并不意味着品牌延伸没有风险。任何品牌在投入一个不曾涉足的新领域时，都有可能遭到猛烈的冲击。一次失败的延伸足以毁灭一个品牌。因此，品牌延伸应该注意把握分寸，谨思慎行。

舞步铿锵，源自有效管理

从塑造到延伸，品牌得以健康成长的背后必然有一套强大的支撑体系在运转。每一条战术的快速传达，每一个策略的顺利实施都是以支撑系统的保障为前提。在这套机器中，团队建设和体制保障起到了关键性的作用。

首先，品牌的发展最终还是要落在人的问题上。新京报长久以来秉持着以人为本的管理理念，致力于最大限度地激发和挖掘员工的潜力，发挥个体的积极性和创造性，做到人尽其才。在新京报的员工构成中，以 25—30 岁的中青年人为主，折射出报社充沛的精力。新京报重视团队文化的建设，并通过企业价值观的渗透，在成员间形成一种强烈的归属感和凝聚力。此外，报社会定期开展一系列的员工培训和拓展活动，为团队成员创造良好的个人成长环境和工作氛围，激发他们对品牌以及工作的热情。

其次，体制常常是牵绊国内品牌发展的祸首。尤其对具有双重属性的报业而言，在政府与市场的夹缝中求生存难免会束缚手脚。因此，如何让体制能够适应媒体的发展，是报业经营所面临的重大问题。新京报目前在组织架构上已经实现了采编与经营的完全分离。并坚持采编生产影响力，经营传播影响力的理念，在二者间形成良性的互动。采编与经营的分离能够使不同的主体各司其职，从而提供更为专业和优质的内容及服务，加强经营的灵活性，也为品牌和报社的发展创造了更多机会。

品牌眺望：让梦想继续

通过剖析新京报的品牌生态，从中不难对中国报业品牌的发展规律管窥一二：

一、内容为王、服务为本

言及传统媒体的核心竞争力，相信绝大部分人会不假思索地回答，是内容。虽然我们经历着媒体的巨变，但最终被改变的只有传播方式和承载介质，信息本身并没有发生质的变化。人们真正要看的不是传送，不是平台，不是各种技术，而是内容本身。因此，对于同为传统媒体的报纸而言，"内容为王"依然适用。

但是，继续坚持"内容为王"并不意味着今天的市场仍与一百年前一样。媒体，尤其是传统媒体已不再是高高在上、令人垂涎的稀缺资源。如今的报纸应该更多地看到自己作为信息服务者的角色。通过打磨内容、丰富渠道，报纸旨在满足消费者五花八门的需求，进而使信息和服务产生价值。因此，报纸在秉持"以提供优质的服务为己任"的经营理念的前提下，摆正自己在市场中的位置，以顾客的需求为导向，坚持服务为本，才能真正实现报纸品牌的飞跃。

二、报纸路在何方

面对着新旧媒体的围追堵截，同行业内的混战厮杀，报纸路在何方？

答案是：延伸。延伸。延伸。

第一个延伸指的是横向延伸，即报纸利用现有的品牌、产品等资源，摆脱"纸"的束缚，向外拓展业务，并借助全媒体的布局，实现产品的"一次生产、多次加工、多功能服务、多载体传播"。横向延伸带来了诸如手机报、门户网站、微新闻等这样的"新媒旧品"，它是报纸延伸的初级阶段。虽然横向延伸可以使品牌得到迅速的提升，却无法实现持久性的增长。

第二个延伸指的是纵向突破，即报社沿着报纸从生产到流通的轨迹，深度开发产业链上除报刊出版以外的其他环节，并进行产业链向上或向下的延伸性挖掘。纵向突破代表着报纸向产业化方向的挺进，它能够为报社的发展开辟一条全新的道路。

第三个延伸指的是报业跨行业、跨地区的拓展，它是报纸延伸的高级阶段。报纸凭借自己的资金、品牌、产品、资源等优势，进入与主业相近或者相关的领域，建造一个属于自己的传媒集团王国。

结语

跳一段探戈不难，但跳一出精彩绝伦的"品牌探戈"实则不易。从理念到塑造，从传播到延伸，甚至是身后强大的组织体系，以及每一双托起品牌的手……新京报用自己热忱的声音向世人宣告着："一份美好的报纸就在这里。"